TEA-BAG

Henning Mankell, né en 1948, est romancier et dramaturge. Depuis une dizaine d'années il vit et travaille essentiellement au Mozambique – « ce qui aiguise le regard que je pose sur mon propre pays », dit-il. Il a commencé sa carrière comme auteur dramatique, d'où une grande maîtrise du dialogue. Il a également écrit nombre de livres pour enfants couronnés par plusieurs prix littéraires, qui soulèvent des problèmes souvent graves et qui sont marqués par une grande tendresse. Mais c'est en se lançant dans une série de romans policiers centrés autour de l'inspecteur Wallander qu'il a définitivement conquis la critique et le public suédois. Sa série, pour laquelle l'Académie suédoise lui a décerné le Grand Prix de littérature policière, décrit la vie d'une petite ville de Scanie et les interrogations inquiètes de ses policiers face à une société qui leur échappe. Il s'est imposé comme le premier auteur de romans policiers suédois. En France, il a reçu le prix Mystère de la Critique, le prix Calibre 38 et le Trophée 813.

Henning Mankell

TEA-BAG

ROMAN

*Traduit du suédois
par Anna Gibson*

Éditions du Seuil

TEXTE INTÉGRAL

TITRE ORIGINAL
Tea-Bag

ÉDITEUR ORIGINAL
Leopold Förlag, Stockholm

© original : 2001, Henning Mankell
ISBN original : 91-7343-000-5

Cette traduction est publiée en accord
avec l'agence littéraire Leonhardt & Høier, Copenhague

ISBN 978-2-7578-0800-9
(ISBN 978-2-02-055674-3, 1re publication)

© Éditions du Seuil, mars 2007, pour la traduction française

1

C'était un des derniers jours du siècle.

La fille au grand sourire fut réveillée par la pluie, le bruit des gouttes s'écrasant avec douceur sur la toile de la tente. Tant qu'elle gardait les yeux fermés, elle pouvait s'imaginer chez elle, au village, au bord du fleuve qui charriait l'eau claire et froide des montagnes. Mais dès qu'elle les ouvrait, elle avait la sensation de basculer dans une réalité vide, impossible à comprendre. Son passé se réduisait alors à un carrousel d'images hachées, saccadées, tirées de sa longue fuite. Immobile, elle faisait l'effort d'ouvrir les yeux lentement, de ne pas laisser filer les rêves tant qu'elle n'était pas prête à affronter le réveil. Ces premières difficiles minutes décidaient de la suite de la journée. Là, en cet instant, elle était entourée de pièges.

Depuis trois mois qu'elle était dans le camp, elle s'était aménagé un rituel auquel elle ajoutait chaque matin un nouvel élément, jusqu'à trouver la meilleure manière, la plus sûre, de commencer la journée sans que la panique la submerge aussitôt. L'essentiel était de ne pas se lever d'un bond avec le faux espoir que ce jour-là apporterait un événement décisif. Rien n'arrivait, dans le camp, elle en avait maintenant la certitude. C'était le premier enseignement qu'elle avait dû assimiler, à compter de l'instant où elle s'était traînée hors de l'eau

7

sur cette plage caillouteuse d'Europe où elle avait été accueillie par des chiens menaçants et des douaniers espagnols armés. Être en fuite, cela voulait dire être seul. Cette certitude valait pour tous, quelle que soit leur origine, quels que soient leurs motifs d'être partis pour l'Europe. Elle était seule et il valait mieux ne pas espérer voir finir cette solitude, qui l'envelopperait encore pour un temps peut-être très long.

Allongée, les yeux fermés, sur le lit de camp inconfortable, elle laissait ses pensées remonter doucement à la surface. À quoi ressemblait sa vie ? Au milieu de toute cette confusion, elle avait un point de repère, un seul. Elle était enfermée dans un camp de rétention du sud de l'Espagne après avoir eu la chance de survivre alors que presque tous les autres s'étaient noyés, tous ceux qui avaient embarqué à bord du bateau pourri qui devait les amener là depuis l'Afrique. Elle se rappelait la somme d'espoirs enfermés dans cette cale sombre. La liberté avait un parfum. Qui devenait de plus en plus fort à mesure que la liberté approchait, et qu'on n'en était plus séparé que par quelques milles marins. La liberté, la sécurité, une vie qui ne serait pas marquée uniquement par la peur, la faim ou le désespoir.

C'était une cale pleine de rêves, pensait-elle parfois, mais peut-être aurait-il été plus juste de dire que c'était une cale pleine d'illusions. Après avoir attendu dans l'obscurité d'une plage marocaine, entre les mains de passeurs avides venus de divers coins du monde, ils avaient été conduits à la rame vers le bateau qui attendait sur la rade, tous feux éteints. Des marins réduits à des ombres sifflantes les avaient poussés sans ménagement dans la cale, comme des esclaves des temps modernes. Ils n'avaient pas de chaînes aux pieds. Leurs chaînes, c'étaient les rêves, le désespoir, toute la peur au ventre avec laquelle ils avaient fui un enfer terrestre pour tenter d'atteindre la liberté en Europe. Ils touchaient presque au but quand le bateau s'était échoué. L'équipage grec avait disparu à bord des canots de sauvetage en laissant les gens entassés dans la cale se débrouiller.

L'Europe nous a abandonnés avant même que nous touchions terre. Je ne dois pas l'oublier, quoi qu'il arrive. Elle ignorait combien étaient morts noyés, et elle ne voulait pas le savoir. Les cris, les appels entrecoupés résonnaient encore dans sa tête. Ces cris l'avaient entourée, dans l'eau froide où elle flottait, puis ils s'étaient tus un à un. En touchant les rochers, elle avait senti un déferlement de triomphe. Elle avait survécu, elle avait atteint le but. Mais quel but? Ses rêves, elle avait tenté de les oublier par la suite. En tout cas, rien n'avait répondu à ses attentes.

Sur la plage espagnole où elle grelottait dans le noir, des projecteurs l'avaient soudain aveuglée, puis elle avait été repérée par les chiens, et les hommes en uniforme aux fusils étincelants l'avaient regardée avec des yeux las. Elle avait survécu. Mais c'était bien tout. Après, il ne s'était rigoureusement rien passé. Elle avait été placée dans le camp: des baraques et des tentes, des douches qui fuyaient et des W.-C. malpropres. De l'autre côté du grillage, elle pouvait voir la mer qui l'avait recrachée, mais rien de plus, rien de ce dont elle avait rêvé.

Tous ces gens qui emplissaient le camp – avec leurs langues et leurs vêtements divers, leurs expériences épouvantables qu'ils communiquaient, souvent en silence, parfois en paroles – avaient une seule chose en commun: l'absence de perspectives d'avenir. Beaucoup d'entre eux étaient là depuis des années. Aucun pays ne voulait les accueillir, et leur combat se réduisait à ne pas être reconduits dans leur pays d'origine. Un jour, alors qu'ils attendaient de recevoir une de leurs trois rations de nourriture quotidiennes, elle avait parlé à un jeune homme qui venait d'Iran, ou peut-être d'Irak – il était quasi impossible de savoir d'où venaient les uns et les autres puisque tous mentaient, dissimulant leur identité dans l'espoir d'obtenir asile dans un de ces pays qui, pour des raisons confuses, apparemment arbitraires, ouvraient soudain brièvement leur porte. Ce garçon, qui venait donc peut-être d'Iran ou d'Irak, lui avait dit que le camp était une cellule dans un couloir de la mort où une horloge silencieuse mesurait le temps pour chacun. Elle avait compris, mais elle résistait, elle ne voulait pas admettre qu'il puisse avoir raison.

Ce garçon la regardait avec des yeux tristes. C'était surprenant. Depuis sa sortie de l'enfance, tous les hommes avaient pour elle un regard qui exprimait, d'une manière ou d'une autre, la faim. Mais le jeune homme maigre ne semblait pas avoir remarqué sa beauté ni son sourire. Elle avait pris peur. Elle ne pouvait pas supporter qu'un homme ne s'intéresse pas immédiatement à elle, pas plus qu'elle ne supportait l'idée que sa fuite, sa longue fuite désespérée, ait pu être vaine. Comme les autres qui n'avaient pas réussi à filer entre les mailles, qui avaient été capturés et restaient retenus dans le camp espagnol, elle nourrissait l'espoir que sa fuite prendrait fin un jour. Un jour, quelqu'un apparaîtrait par miracle devant chacun d'entre eux, un papier à la main, un sourire aux lèvres, et leur dirait : « Soyez les bienvenus. »

Pour ne pas perdre la tête, il fallait s'armer de patience ; cela, elle l'avait compris très tôt. Et la patience dépendait de la faculté de se persuader que rien n'arriverait. Il fallait se débarrasser de l'espoir. Il y avait souvent des suicides, dans le camp, et encore plus de tentatives. Ces gens-là n'avaient pas appris à combattre suffisamment leur espoir et ils finissaient par s'écrouler sous le fardeau – le fardeau de croire que leurs rêves se réaliseraient bientôt.

Chaque matin au cours de son lent réveil, elle se persuadait donc que le mieux était de ne rien attendre. Et de ne rien dire du pays d'où elle venait. Le camp était une grande ruche bourdonnante de rumeurs quant aux nationalités qui, à tel moment, avaient une chance d'obtenir l'asile quelque part. C'était une place boursière, où les différents pays du monde étaient cotés sur un marché qui connaissait sans cesse des fluctuations spectaculaires. Aucun investissement n'était sûr ni durable.

Au tout début de son séjour, le Bangladesh avait été en haut de la liste. Pour une raison mystérieuse, l'Allemagne accordait subitement l'asile à tous ceux qui pouvaient prouver qu'ils venaient du Bangladesh. Durant quelques jours de fébrilité intense, des personnes de toutes couleurs avaient fait la queue devant les petits bureaux où siégeaient des fonctionnaires espagnols désabusés, pour leur assurer à tour de rôle qu'ils se rappelaient brusquement venir du Bangladesh. Au moins quatorze Chinois de la province du Hunan avaient de la sorte réussi à entrer en Allemagne. Quelques jours plus tard, l'Allemagne avait « fermé le Bangladesh », selon la formule d'usage, et, après trois jours d'attente incertaine, la rumeur s'était répandue que la France serait prête à accueillir un petit quota de Kurdes.

Elle avait essayé de se renseigner, savoir d'où venaient les Kurdes, à quoi ils ressemblaient. Peine perdue. Elle avait néanmoins pris place docilement dans l'une des files d'attente, et quand son tour fut venu de se présenter devant le fonctionnaire aux yeux rouges dont le badge portait le nom « Fernando », elle dit avec son plus beau sourire qu'elle était kurde et qu'elle demandait l'asile en France. Fernando secoua la tête.

– Quelle est la couleur de ta peau ?

Elle comprit le danger. Mais elle devait répondre. Les fonctionnaires espagnols n'aimaient pas ceux qui se taisaient. Quoi qu'on dise, même un pur amas de mensonges, c'était toujours mieux que le silence.

– Tu es noire. (Fernando avait répondu à sa propre question.) Et il n'existe pas de Noirs qui soient kurdes. Les Kurdes ont la même tête que moi. Rien à voir avec toi.

– Il y a des exceptions. Mon père n'était pas kurde. Ma mère oui.

Les yeux de Fernando paraissaient de plus en plus rouges. Elle continua de sourire, c'était son arme principale, ça l'avait toujours été.

– Que faisait ton père au Kurdistan ?

– Des affaires.

Fernando parut triompher.

– Il n'y a pas de Kurdistan. C'est bien pour ça que les Kurdes s'en vont de chez eux.

– Comment peuvent-ils s'en aller d'un pays qui n'existe pas ?

Fernando n'eut pas la force de lui expliquer comment un pays qui n'existait pas pouvait exister quand même. Il agita la main d'un air définitif.

– Je devrais te dénoncer. Parce que tu mens.

– Je ne mens pas.

Elle crut voir une lueur d'intérêt dans le regard de Fernando.

– Tu dis la vérité ?

– Les Kurdes ne mentent pas.

L'étincelle s'éteignit.

– File. C'est ce que tu as de mieux à faire. Comment t'appelles-tu ?

Ce fut à cet instant qu'elle décida de se donner un nouveau nom. Regardant autour d'elle, elle aperçut la tasse de thé posée sur le bureau de Fernando.

– Tea-Bag, dit-elle.

– Quoi ?

– Tea-Bag.

– C'est un nom kurde ?

– Ma mère aimait les noms anglais.

– Tea-Bag, c'est un nom ?

– Faut croire que oui, puisque c'est le mien.

Fernando soupira et la renvoya d'un geste résigné. Elle attendit, pour éteindre son sourire, d'être revenue à une place près du grillage où elle pouvait être seule.

La pluie tambourinait toujours contre la toile de tente. Elle repoussa la pensée de Fernando et de son échec à assumer une identité kurde convaincante. À la place, elle essaya de se remémorer les rêves anxieux, chaotiques, qui l'avaient secouée cette nuit-là. Mais tout ce qui en restait, c'était, telles les ruines d'une maison incendiée, les ombres indistinctes du sommeil, ces ombres qui semblaient sortir d'elle en rampant pour lui présenter leur étrange spectacle avant de disparaître une fois de plus dans les méandres de son cerveau. Elle avait vu son père, accroupi sur le toit, chez eux, au village. Il criait des insultes à des ennemis imaginaires, les menaçait de faire revivre les morts et mourir les vivants. À la fin, il s'évanouissait d'épuisement et tombait du toit, atterrissant dans le sable sec où la mère de Tea-Bag, désespérée, en larmes, le suppliait de redevenir normal et de cesser de se battre contre des fantômes.

De ce rêve, il ne restait presque rien. Seulement l'image noircie de son père, là-haut sur le toit. Rien non plus des autres rêves, rien que des odeurs, des silhouettes dont elle n'était pas sûre de connaître l'identité.

Tea-Bag remonta la couverture crasseuse jusqu'à son menton. Peut-être était-ce elle, là-haut sur le toit, enfermée dans la même douleur que son père ? Elle ne savait pas, ne trouvait pas de réponse. La pluie crépitait contre la toile, la vague lumière filtrant à travers ses paupières lui disait qu'il était sept heures, ou peut-être la demie.

Elle effleura son poignet, là où elle avait porté la montre-bracelet volée à l'ingénieur italien cette nuit-là, juste avant d'entamer l'ultime étape de sa fuite. Mais la montre avait disparu lors du naufrage, sans doute pendant qu'elle se débattait follement pour sortir de la cale. Elle n'avait que de très vagues souvenirs de cette nuit. Il n'y avait pas de détails, seulement une lutte désespérée, la sienne et celle des autres, pour survivre, ne pas être englouti, ne pas mourir à quelques mètres à peine du rivage qui signifiait la liberté.

Tea-Bag ouvrit les yeux et regarda la toile de tente. Dehors des gens toussaient, échangeaient quelques mots dans des langues qu'elle ne comprenait pas. Elle entendait à leurs voix qu'ils bougeaient lentement, comme elle le ferait elle-même au moment de se lever – cette lenteur qui n'appartenait qu'aux gens sans espoir. Des pas lourds, comme réticents, car entièrement dépourvus de but. Au début elle avait compté les jours à l'aide d'une rangée de cailloux blancs qu'elle ramassait sur la plage, au pied du grillage. Par la suite, les cailloux avaient perdu leur sens. À l'époque, au tout début, elle avait partagé sa tente avec deux femmes, l'une originaire d'Iran, l'autre du Ghana. Ces deux femmes ne se supportaient pas ; elles étaient incapables de se répartir l'espace confiné de la tente. Les migrants étaient des créatures solitaires, la peur rendait toute promiscuité intolérable, comme si le désespoir était contagieux et pouvait entraîner des infections incurables.

La femme iranienne était enceinte à son arrivée dans la tente et elle pleurait chaque nuit parce que son mari avait disparu à un moment donné de leur fuite. Aux premières contractions sérieuses, les gardes espagnols étaient arrivés avec une civière, et après cela Tea-Bag ne l'avait plus revue. La fille du Ghana appartenait à la catégorie des impatients, ceux qui ne pouvaient voir un grillage sans éprouver aussitôt le besoin de le défier. Une nuit, en compagnie de quelques garçons togolais arrivés en Europe à bord d'un radeau qu'ils avaient fabriqué avec des bidons volés dans un dépôt Shell, la Ghanéenne avait tenté l'escalade. Les chiens et les projecteurs avaient eu vite fait de la capturer et elle n'était jamais revenue dans la tente. Tea-Bag soupçonnait qu'elle se trouvait maintenant dans la partie du camp réservée aux rebelles, qu'on surveillait plus étroitement que les autres – les dociles voués à la résignation et au silence.

Tea-Bag se redressa sur le lit de camp. Être seule, c'est ça qui la faisait le plus souffrir. Dès qu'elle sortait de la tente, les autres l'entouraient. Elle mangeait avec eux, marchait le long du grillage, regardait la mer avec eux, parlait avec eux, mais elle était seule. C'est pareil pour les autres. La peur dresse autour de chacun un mur invisible. Pour survivre, je dois cesser d'espérer.

Elle posa ses pieds nus sur le sol de la tente et frissonna au contact du froid. Au même instant, elle repensa à son père. Dès qu'il rencontrait une difficulté imprévue, ou peut-être juste une pensée à laquelle il ne s'attendait pas, son père appuyait, fort, la plante de ses pieds contre le sol de la case ou le sable de la cour. Cela faisait partie de ses premiers souvenirs : la découverte de ces comportements énigmatiques, surprenants, dont pouvaient faire preuve sans crier gare des personnes proches. Plus tard, alors qu'elle avait six ou sept ans, son père lui avait expliqué qu'il était très important pour un être humain de s'assurer une bonne prise au sol, pour faire face à des ennuis ou à une douleur qu'on n'avait pas anticipée. À condition de respecter cette règle, elle resterait toujours maîtresse d'elle-même.

Elle appuya la plante de ses pieds, fort, contre le sol et se persuada qu'aujourd'hui non plus, il ne se produirait aucun événement décisif. Le contraire serait une surprise, non quelque chose qu'elle aurait attendu avec une fébrilité inquiète.

Tea-Bag resta longtemps ainsi sans bouger, assise sur le lit de camp, les pieds par terre, le temps que la force se présente et l'emplisse, la force de traverser une journée de plus dans ce camp rempli de gens obligés de nier leur identité et qui passaient leur temps à guetter, contre toute évidence, un signe qu'ils étaient les bienvenus quelque part dans le monde. Qu'une porte s'ouvre, ne fût-ce que pour quelques heures, quelques jours, quelques semaines.

Quand elle se sentit suffisamment raffermie, elle se leva, échangea sa chemise de nuit usée contre un tee-shirt que lui avait offert la fille ghanéenne, orné d'un dessin et d'un texte publicitaire pour Nescafé. Elle pensa que le texte du tee-shirt dissimulait son identité, comme les tenues de camouflage des soldats quand ils avaient surgi au village ce matin terrible et qu'ils avaient emmené son père, qui n'était jamais revenu.

Elle repoussa très vite ces images. Elle pouvait rêver de son père assis sur le toit. Elle pouvait revoir ses pieds pressés contre la terre. Mais sa disparition, elle n'avait le courage d'y repenser que le soir. Au moment où elle était la plus forte, juste avant le coucher du soleil, quelques brèves minutes où il lui semblait être habitée de forces surhumaines. Juste après, c'était comme si elle se mettait à tomber lentement, son pouls ralentissait, son cœur essayait d'enfouir ses battements irrépressibles tout au fond d'une des cavités secrètes qui existaient dans son corps.

Tea-Bag ouvrit la tente. Il ne pleuvait plus. Une brume humide recouvrait le camp, les baraquements et les tentes s'alignaient en longues rangées, tels des animaux entravés et sales. Les gens se déplaçaient avec lenteur vers des buts qui n'existaient qu'à l'intérieur d'eux-mêmes, de l'autre côté du grillage les gardes marchaient, avec leurs armes et leurs chiens qui semblaient sans cesse guetter vers la mer, comme s'ils étaient entraînés à savoir que le danger venait toujours de là, le danger qui avait la forme de bateaux pourris, d'embarcations étranges ou de radeaux de fortune, voire de portes arrachées à leurs gonds et transformées en flotteurs.

Je suis ici, pensa Tea-Bag. C'est le centre de ma vie, ici je suis au centre du monde. Il n'y a rien derrière moi, et rien devant peut-être. Je suis ici, c'est tout. Je suis ici et je n'attends rien.

Un jour de plus venait de commencer. Tea-Bag se dirigea vers le baraquement des douches réservées aux femmes. Comme d'habitude, il y avait la queue. Après une bonne heure, son tour arriva. Elle ferma la porte, ôta ses vêtements, se plaça sous le filet d'eau. Se rappela la nuit où elle avait failli mourir noyée. La différence, pensa-t-elle en savonnant sa peau noire, en fait, je ne la comprends pas. Je vis, mais je ne sais pas pourquoi, et je ne sais pas non plus ce que c'est d'être morte.

Une fois séchée et rhabillée, elle laissa sa place à la personne suivante, une grosse fille dont le voile noir entortillé autour de la tête ne laissait apparaître que les yeux, comme deux trous profonds. Tea-Bag se demanda distraitement si la fille enlevait son voile pour se laver.

Elle continua le long des baraquements et des tentes. Chaque fois que quelqu'un croisait son regard, elle souriait. Dans un espace plus ou moins protégé par un toit de tôle, elle alla chercher sa ration du matin, servie par quelques Espagnoles solides et suantes qui discutaient entre elles sans interruption. Tea-Bag s'assit à une table en plastique, la débarrassa des miettes et commença à manger. Chaque matin, elle avait peur d'avoir perdu l'envie de se nourrir. Parfois elle pensait que c'était ça qui la maintenait en vie : le fait de ressentir encore la faim.

Elle s'y prenait lentement, pour faire durer le temps du repas. Tout en mangeant elle pensait à la montre qui gisait au fond de l'eau. Elle se demanda si le mécanisme marchait encore ou s'il s'était arrêté à l'instant où elle-même aurait dû mourir si elle s'était noyée comme les autres. Elle chercha dans sa mémoire le nom de l'ingénieur italien à qui elle l'avait volée, cette nuit où elle s'était vendue pour gagner l'argent qui lui permettrait de continuer le voyage. Cartini ? Cavanini ? Elle ignorait s'il s'était présenté sous son nom de famille ou son prénom. Mais ça n'avait aucune importance.

Elle se leva de table et retourna vers les femmes qui continuaient de puiser à l'aide de grandes louches dans les énormes marmites sans cesser de faire résonner leurs voix crépitantes. Elle laissa son assiette sur le chariot et retraça ses pas jusqu'au grillage où elle s'arrêta et regarda la mer. Un navire passait à l'horizon, très loin, dans la brume.

– Tea-Bag, dit une voix dans son dos.

Elle se retourna. Fernando la dévisageait de ses yeux rougis.

– Quelqu'un pour toi.

Elle fut aussitôt sur ses gardes.

– Qui ?

Fernando haussa les épaules.

– Un type. Il veut parler à quelqu'un. À n'importe qui. Donc à toi.

– Personne ne veut parler avec moi.

Elle se méfiait vraiment à présent. Elle élargit son sourire pour empêcher Fernando d'approcher.

– Si ça ne t'intéresse pas, je peux demander à quelqu'un d'autre.

– Qui veut me parler ?

Le danger approchait. Elle se prenait déjà à espérer que quelqu'un allait lui désigner un trou invisible dans le grillage. Pour s'en défendre, elle élargit encore son sourire et répéta sa question :

– Qui ?

– Quelqu'un qui s'est mis en tête d'écrire sur vous.

– Écrire quoi ? Pour quoi faire ?

– Un journal, j'imagine.

– Il va écrire sur moi ?

Fernando fit une grimace et tourna les talons.

– Je vais demander à quelqu'un d'autre.

Tea-Bag eut le sentiment d'être face à une des décisions les plus importantes de sa vie : rester près du grillage ou suivre Fernando. Elle choisit de le suivre.

– Je veux bien parler à quelqu'un qui veut me parler.

– Ce ne sera pas bon pour toi si tu critiques les conditions d'accueil ici dans le camp.

Tea-Bag essaya de comprendre. Les gardes espagnols parlaient toujours un langage où l'essentiel était entre les mots.

– Qu'est-ce qui peut être bon pour moi ?

Fernando fit halte, sortit un papier de sa poche et lut à haute voix :

– « Je remercie les autorités espagnoles de la bienveillance humanitaire dont elles témoignent à notre égard. »

– C'est quoi ?

– Ce que tu dois dire. Tous ceux qui travaillent ici en ont une copie. Ça vient du ministère de l'Intérieur. C'est ce que doivent répondre tous ceux qui sont interrogés par les journalistes. Toi aussi. Ça peut être à ton avantage.

– Quel avantage ?

– Le tien.

– Qu'est-ce que ça veut dire ?

– Qu'on va continuer à te considérer avec une bien-veillance humanitaire.

– Qu'est-ce que ça veut dire, « bienveillance huma-nitaire » ?

– Que tu as atteint ton but.

– Quel but ?

– Celui que tu t'es fixé.

Tea-Bag eut la sensation qu'on la faisait marcher en rond avec un bandeau sur les yeux.

– Ça veut dire que je pourrai quitter le camp ?

– Au contraire.

– Comment ça ?

– Ça veut dire que tu pourras y rester.

– Alors ça ne changera rien.

– On peut aussi te renvoyer d'où tu viens. Dans le pays d'où tu viens.

– Je n'ai pas de pays.

– Dans le pays où tu étais avant d'arriver en Espagne.

– Ce pays ne voudra pas de moi.

– Bien sûr. On te renvoie là-bas, ils te renvoient ici, on te renvoie là-bas. C'est ce qu'on appelle le *cercle*.

– Qu'est-ce que ça veut dire ?

– Que tu te déplaces en rond.

– Autour de quoi ?

– De toi-même.

Tea-Bag secoua la tête. Elle ne comprenait pas. Et rien ne la contrariait autant que le fait de ne pas comprendre.

– Il y a un type qui dit venir de République centra-fricaine, continua Fernando sur sa lancée. Ça fait douze ans qu'il est dans un aéroport en Italie. Personne ne veut de lui. Et comme personne non plus ne veut payer son billet de retour, on a trouvé que le plus commode et le moins cher était encore qu'il habite à l'aéroport.

Tea-Bag montra le papier.

– C'est ce que je dois dire ?

– Ça et rien d'autre. Il attend dans mon bureau.

– Qui ?

– Le journaliste. En plus, il a amené un photographe.

– Pourquoi ?

Fernando soupira.

– C'est une habitude qu'ils ont.

Devant le bureau de Fernando, elle vit deux hommes qui attendaient. Le premier était petit, roux, vêtu d'un imperméable. À la main il tenait un appareil photo. L'autre homme était très grand et très mince. Tea-Bag pensa qu'il ressemblait à un palmier. Il se tenait légèrement incliné, et ses cheveux épais partaient dans tous les sens, comme des palmes. Fernando désigna Tea-Bag d'un geste, puis les laissa seuls. Tea-Bag sourit. L'homme aux allures de palmier lui rendit son sourire. Il n'avait pas de bonnes dents, constata-t-elle. L'autre homme leva son appareil. L'imperméable produisit un froissement, comme quand on marche dans un tas de feuilles mortes.

– Je m'appelle Per, dit le palmier. On fait un reportage sur les migrants. On a décidé de l'intituler « Gens sans visage ». Ça parle de toi.

La vigilance de Tea-Bag s'aiguisa d'un cran et son sourire étincela, plus éblouissant que jamais. Elle était furieuse.

– J'ai un visage, répliqua-t-elle.

Le palmier la regarda, surpris. Puis il parut comprendre ce qu'elle venait de dire.

– C'est un symbole. Une image. « Gens sans visage ». C'est-à-dire les gens comme toi, qui essaient d'entrer en Europe mais qui n'y sont pas les bienvenus.

Pour la première fois au cours de tous ces mois qu'elle avait passés dans le camp, Tea-Bag ressentit un besoin de le défendre – pas seulement le camp lui-même et les gardes aux yeux rouges, mais aussi les bergers allemands, les grosses femmes qui distribuaient la nourriture, les hommes qui vidaient les latrines. Elle voulait tous les défendre, de la même manière qu'elle voulait défendre les gens présents à l'intérieur et les autres, ceux qui s'étaient noyés, évadés, ou suicidés par désespoir avant d'avoir atteint le but.

– Je ne veux pas parler avec toi, dit-elle. Pas tant que tu ne te seras pas excusé d'avoir dit que je n'avais pas de visage.

Puis elle se tourna vers l'homme à l'imperméable qui n'arrêtait pas de changer de position et d'appuyer sur son déclencheur.

– Je ne veux pas que tu me prennes en photo.

L'homme sursauta et baissa son engin, comme si elle l'avait frappé. Au même instant Tea-Bag comprit que cette attitude l'entraînait peut-être sur une mauvaise voie. Les deux hommes qui lui faisaient face étaient aimables, ils lui souriaient et leurs yeux n'étaient pas rouges de fatigue. Elle résolut de battre en retraite et de ne plus exiger d'excuses.

– Vous pouvez me parler, dit-elle. Et vous pouvez prendre vos photos.

L'homme à l'imperméable se remit aussitôt à la mitrailler. Quelques enfants qui traînaient par là s'immobilisèrent pour observer la scène. Je parle pour eux, pensa Tea-Bag. Pas seulement pour moi, aussi pour eux.

– Comment ça se passe ? demanda l'homme qui s'appelait Paul ou Peter ou peut-être Per.

– Quoi donc ?

– Le fait d'être ici.

– Je rencontre la bienveillance humanitaire des autorités. Je les en remercie.

– Ce doit être épouvantable d'être parqué dans cet endroit ! Depuis combien de temps es-tu ici ?

– Quelques mois. Ou peut-être mille ans.

– Comment t'appelles-tu ?

22

– Tea-Bag.

Cet homme qui l'interrogeait n'avait toujours pas dit s'il avait une porte en réserve, et s'il l'ouvrirait pour la laisser sortir.

– Pardon ?

– Je m'appelle Tea-Bag. Comme toi tu t'appelles Paul.

– Je m'appelle Per. D'où viens-tu ?

Attention, pensa-t-elle. Je ne sais pas ce qu'il veut. Il a peut-être une porte dans son dos, mais il peut aussi vouloir me renvoyer ailleurs, m'arracher mes secrets.

– J'ai failli me noyer, dit-elle. J'ai reçu un coup à la tête. J'ai perdu la mémoire.

– Tu as parlé à un médecin ?

Tea-Bag fit un geste négatif. Pourquoi posait-il toutes ces questions ? Où voulait-il en venir ? La méfiance prenait possession d'elle ; elle se retira aussi loin qu'elle le pouvait.

– Je rencontre une bienveillance humanitaire dans ce camp espagnol.

– Comment peux-tu dire ça ? C'est une prison.

Il a une porte, pensa Tea-Bag. Il me teste pour savoir si j'en suis digne. Elle dut se faire violence pour ne pas se jeter sur lui et l'embrasser.

– D'où viens-tu ?

C'était elle qui posait les questions maintenant.

– De Suède.

Qu'est-ce que c'était ? Une ville ? Un pays ? Le nom d'une porte ? Elle ne le savait pas. Les noms de villes et de pays bourdonnaient sans interruption dans le camp comme des essaims inquiets. Mais avait-elle déjà entendu le mot « Suède » ? Peut-être, elle n'en était pas sûre.

– ... Suède ? répéta-t-elle, pour voir.

– La Scandinavie. Le nord de l'Europe. Nous sommes de là-bas. Nous faisons une série d'articles sur les migrants qui sont prêts à payer n'importe quel prix pour entrer en Europe. Nous défendons ta cause. Nous voulons te redonner un visage.

– J'en ai déjà un. Qu'est-ce que ton ami est en train de photographier, à ton avis ? Peut-on sourire sans avoir de dents, de bouche ? Je n'ai pas besoin d'un visage. J'ai besoin d'une porte.

– Tu veux dire un endroit où aller ? Où tu serais la bienvenue ? C'est bien pour ça que nous avons fait ce long voyage. Pour te donner un endroit où aller.

Tea-Bag essayait de comprendre les mots qui parvenaient à ses oreilles. Que voulait-il dire quand il parlait de « défendre sa cause » ? Ce grand type mince qui n'arrêtait pas d'osciller avait clairement une porte en réserve, qu'il ne lui avait pas encore montrée.

– Nous voulons que tu nous racontes ton histoire, dit-il. Depuis le début. Tout ce dont tu te souviens.

– Pourquoi ?

– Parce que nous voulons la raconter à d'autres.

– Je veux sortir d'ici.

– C'est justement ce que j'ai l'intention d'écrire.

Après coup, Tea-Bag penserait toujours qu'elle ignorait pourquoi elle avait finalement choisi de faire confiance à l'homme oscillant et questionneur. Quelque chose lui murmurait qu'une porte allait réellement s'ouvrir pour elle. Peut-être avait-elle osé se fier à son intuition parce qu'elle était solidement debout, les deux pieds agrippés au sol, comme son père le lui avait enseigné, ce qui représentait d'ailleurs son seul héritage de lui. Ou peut-être parce que cet homme paraissait sincèrement intéressé par ses réponses. Ou parce qu'il n'avait pas les yeux rouges de fatigue. Quoi qu'il en soit, elle avait pris sa décision. Oui, elle voulait bien raconter son histoire.

Ils étaient entrés dans le bureau de Fernando, où la tasse maculée traînant sur la table lui avait rappelé la manière dont elle s'était inventé un nom – mais elle ne dit rien là-dessus. Elle commença par la vérité pure, à savoir que quelque part, dans un pays dont elle avait oublié le nom, elle avait eu un père qu'elle n'avait pas oublié, qui avait été emmené un matin par des soldats et qui n'était jamais revenu. Par la suite les soldats avaient harcelé sa mère, sa famille appartenait au mauvais groupe, un autre groupe étant au pouvoir, et sa mère l'avait encouragée à fuir, ce qu'elle avait fait. Elle omit certains épisodes de son voyage ; elle ne dit pas un mot de l'ingénieur italien auquel elle s'était vendue – autant de secrets gardés que de secrets dévoilés. Mais elle s'aperçut, à mesure qu'elle la racontait, qu'elle était émue par sa propre histoire. Elle vit que l'homme qui avait posé son petit magnétophone devant elle était ému lui aussi. Au moment de décrire la nuit d'épouvante dans la cale, à bord du bateau qui sombrait, elle fondit en larmes.

Elle parlait depuis plus de quatre heures quand les mots se tarirent enfin. Fernando s'était manifesté de temps à autre à la porte ; dès qu'elle l'apercevait, elle glissait les mots « bienveillance humanitaire » dans la fin de sa phrase. Et le palmier parut comprendre qu'elle lui envoyait ainsi un signal secret.

Ce fut tout.

Le palmier rangea le magnétophone dans son sac. Il ne lui avait pas permis de quitter le camp. Mais elle avait tout de même obtenu une porte : le nom d'un pays lointain. La Suède. Où certains, contre toute attente, étaient prêts à s'intéresser à elle, à son visage et à son histoire. Elle décida que c'était là qu'elle irait, là et nulle part ailleurs. En Suède, là où vivaient des personnes qui avaient envoyé leurs éclaireurs jusqu'à elle personnellement.

Elle les suivit jusqu'à l'entrée, très surveillée, du camp.

– Tu t'appelles juste Tea-Bag ? demanda le palmier en prenant congé. Tu n'as pas de nom de famille ?

– Pas encore.

Il la dévisagea. Son regard était interrogateur, mais il souriait, et son compagnon demanda à l'un des gardes de prendre une photo d'eux trois, elle au milieu.

C'était l'un des derniers jours du siècle.

Dans l'après-midi, il recommença à pleuvoir. Ce soir-là, assise sur le lit de camp, Tea-Bag appuya longuement, fermement, la plante de ses pieds contre le sol froid de la tente. La Suède, pensa-t-elle. C'est là que j'irai. C'est là que je vais. C'est là qu'est mon but.

2

Jesper Humlin, l'un des auteurs les plus en vue de sa génération, était bien plus préoccupé par l'état de son bronzage que par le contenu des poèmes volontiers hermétiques dont il publiait un recueil chaque année à la date rituelle du 6 octobre, jour de l'anniversaire de sa maman désormais âgée de quatre-vingt-sept ans. Ce matin-là, quelques mois après la parution de son dernier opus, il constatait devant le miroir de la salle de bains que son teint avait atteint un cuivré uniforme approchant la perfection, image idéale selon lui d'un homme dans la force de l'âge. Depuis trois jours, il retrouvait une Suède frappée par le froid, après un mois de vacances dans les mers du Sud – deux semaines sur les îles Salomon et autant à Rarotonga.

Comme il aimait voyager confortablement et choisissait toujours les hôtels les plus chers, ce voyage n'aurait pu avoir lieu sans Nylanderska Legatet, la fondation qui lui avait décerné sa bourse d'un montant de quatre-vingt mille couronnes. Cette bourse n'existait que depuis un an. Le donateur en était un fabricant de chemises de Borås qui nourrissait depuis toujours le rêve de devenir poète. Amer, il avait vu ses ambitions lyriques s'effacer au profit d'une interminable guérilla contre des stylistes arrogants, des syndicats soupçonneux, des inspecteurs du fisc intraitables. Son temps s'était consumé en décisions à prendre sur des enjeux tels que le boutonnage ou non des pointes de cols, la préférence à donner à telle couleur ou à tel type de tissu pour telle saison. Pour surmonter ses désillusions, il avait eu l'idée de créer ce fonds spécial destiné aux « auteurs suédois ayant besoin de calme et de sérénité pour mener à son terme un projet poétique en cours ». Le premier bénéficiaire en avait été Jesper Humlin.

Le téléphone l'arracha à sa contemplation.
– Je veux des enfants.
– Tout de suite ?
– J'ai trente et un ans. Alors je te laisse le choix : soit on fait des enfants, soit on se sépare.

C'était Andrea. Elle était infirmière anesthésiste et ne frappait jamais aux portes. Jesper Humlin l'avait rencontrée lors d'une soirée de lecture quelques années plus tôt, à une époque où il souhaitait mettre un terme à son existence de célibataire inquiet et trouver une femme avec laquelle il pourrait vivre. Andrea était séduisante, avec son visage étroit et ses longs cheveux sombres. Il avait été conquis par ses commentaires encourageants à propos de ses poèmes. Quand elle était en colère, et elle l'était souvent, Andrea l'accusait de l'avoir choisie uniquement à cause de son métier, parce que avec son imagination hypocondriaque, toujours en proie à diverses maladies mortelles, il était bien content d'avoir en permanence sous la main quelqu'un du monde médical.

Au ton de sa voix, il était clair qu'elle était en colère. Jesper Humlin voulait des enfants, beaucoup d'enfants. Mais pas encore et peut-être pas avec Andrea. Ça, évidemment, il ne pouvait pas le lui dire. En tout cas, pas au téléphone.

– Bien sûr que nous allons avoir des enfants. Plein d'enfants.

– Je ne te crois pas.

– Pourquoi ?

– Tu changes d'avis sur tout, sauf sur une chose : qu'on doit remettre les enfants à plus tard. J'ai trente et un ans, moi.

– Et alors ? Trente et un ans, ce n'est rien.

– Je ne vois pas les choses comme ça.

– Peut-être pouvons-nous en reparler plus tard ? J'ai un rendez-vous.

– Quel rendez-vous ?

– Avec mon éditeur.

– Si ce rendez-vous a plus d'importance pour toi que la conversation que nous avons en ce moment, je veux qu'on se sépare tout de suite. Il existe d'autres hommes.

Jesper Humlin sentit la jalousie monter et atteindre très vite un niveau menaçant.

– Quels hommes ?

– Des hommes. N'importe lesquels.

– Tu veux dire que tu es prête à m'échanger contre n'importe qui ?

– Je ne veux plus attendre.

– Tu sais que ça ne me vaut rien d'avoir ce genre d'échange dès le matin, dit-il en sentant qu'il perdait le contrôle de la conversation.

– Tu sais que je ne peux pas en parler le soir. Je dois dormir car je me lève tôt pour aller travailler.

Le silence fit un aller-retour.

– Qu'est-ce que tu es allé faire au juste dans les mers du Sud ?

– Je me suis reposé.

– Mais tu ne fais rien d'autre que te reposer ! Tu m'as encore trompée, c'est ça ?

– Je ne t'ai pas trompée. Pourquoi dis-tu cela ?

– Ce ne serait pas la première fois.

– C'est ce que tu crois. Mais tu te trompes. Je suis allé là-bas pour me reposer.

– Te reposer de quoi ?

– Figure-toi que j'écris des livres.

– Un livre par an. Dans chaque livre, quarante poèmes. Qu'est-ce que ça donne ? Moins d'un poème par semaine.

– Tu oublies ma rubrique œnologique.

– Une fois par mois. Dans un journal professionnel pour tailleurs que personne ne lit. *Moi*, j'aurais eu besoin d'aller me reposer au soleil.

– Je t'ai proposé de m'accompagner.

– Parce que tu savais que je ne pourrais pas poser de jours à ce moment-là. Mais je vais prendre des vacances maintenant. J'ai quelque chose à faire.

– Quoi donc ?

– Je vais écrire un livre.

– Sur quoi ?

– Sur nous.

Jesper Humlin ressentit une violente morsure à l'estomac. De tous les nuages qui couvraient en permanence son ciel intérieur, l'idée qu'Andrea puisse s'avérer un écrivain plus doué que lui était encore la plus inquiétante. Chaque fois qu'elle laissait entendre qu'elle pourrait concrétiser rapidement ses projets d'écriture, son existence à lui était menacée. Il restait éveillé la nuit, imaginant les critiques dithyrambiques, Andrea portée aux nues et lui-même, par un effet mécanique, relégué dans les coulisses. Dès que ces ambitions s'emparaient d'elle, il s'empressait donc de lui consacrer plus de temps, de lui préparer à dîner et de lui raconter en détail quels tourments infinis représentait l'acte d'écrire ; jusque-là, il avait toujours réussi à la convaincre, provisoirement.

– Je ne veux pas que tu publies un livre sur nous.

– Pourquoi ?

– Je tiens à ma vie privée.

– Qui a dit qu'il serait question de ta vie privée ?

– Si le livre parle de nous, il s'agit bien de ma vie privée.

– Je peux t'appeler Anders.

– Quelle différence ?

Il soupira et tenta une diversion.

– J'ai réfléchi à ce que tu m'as dit.

– Sur ton infidélité ?

– Je ne t'ai pas trompée. Combien de fois faudra-t-il que je te le répète ?

– Jusqu'à ce que je te croie.

– Quand me croiras-tu ?

– Jamais.

Il battit en retraite.

– J'ai réfléchi. N'imagine pas que je ne pense pas à ces choses.

– Et alors ?

– Tu as raison. Nous allons avoir des enfants.

La voix d'Andrea, quand elle répondit, exprimait un profond scepticisme.

– Tu es malade ?

– Pourquoi dis-tu ça ?

– Je ne te crois pas.

– Je ne suis pas malade. Je suis sérieux. Je suis un homme très sérieux.

– Tu es puéril et vaniteux. Tu parlais sérieusement, à l'instant ?

– Je ne suis ni puéril ni vaniteux.

– Tu parlais sérieusement ? On ne va plus attendre ?

– En tout cas, je m'engage à réfléchir à la question.

– On croirait un politicien.

– Je suis poète.

– Si nous devons avoir des enfants, nous ne pouvons pas rester au téléphone. J'arrive.

– Pourquoi ?

– Qu'est-ce que tu crois ? Si on veut des enfants, il faut se mettre au lit.

– Impossible. J'ai rendez-vous avec mon éditeur.

Andrea lui raccrocha au nez. Jesper Humlin retourna dans la salle de bains et observa à nouveau son reflet dans la glace. Cette fois il aperçut, au-delà du bronzage, les douces soirées sur les îles Salomon et Rarotonga. Je ne veux pas d'enfants, pensa-t-il. En tout cas pas avec Andrea.

Jesper Humlin poussa un soupir et alla se chercher un café à la cuisine. Dans son bureau, il parcourut une série d'articles provenant de différents quotidiens de province, soigneusement filtrés par l'attaché de presse de sa maison d'édition. Jesper Humlin avait donné des directives précises quant à ce qu'il souhaitait voir. Il ne lisait que les bonnes critiques. Dans un cahier relié conservé dans un tiroir de son bureau, il tenait depuis de longues années la liste des journalistes qui continuaient à l'encenser et à voir en lui le « représentant par excellence de la poésie mature de la fin du vingtième siècle ».

Jesper Humlin parcourut les articles, consigna ses commentaires dans son journal de bord, constata que l'*Eskilstuna-Kuriren* lui avait une fois de plus accordé une place bien trop insignifiante dans ses colonnes. Puis il se leva et alla à la fenêtre. L'esclandre d'Andrea l'inquiétait. Il existait un réel danger qu'il soit bientôt contraint de choisir. Soit lui faire un enfant, soit la voir mettre à exécution son projet de livre.

Il rumina sa préoccupation toute la journée. À dix-neuf heures, il commanda un taxi, dressant l'oreille pour entendre, à la voix de la standardiste, si elle avait reconnu son nom, et descendit attendre dans la rue. Le chauffeur était un Africain qui parlait mal le suédois. Jesper Humlin lui donna l'adresse, irrité par avance de penser que l'autre ne trouverait sans doute pas le petit restaurant de la vieille ville où il allait – non pour voir son éditeur, rencontre qui ne devait avoir lieu que le lendemain, mais pour un autre rendez-vous tout aussi important.

Une fois par mois, Jesper Humlin retrouvait son collègue et contemporain Viktor Leander. Ils avaient lié connaissance du temps où ils étaient tous deux jeunes et encore non publiés, et ils se voyaient rituellement une fois par mois afin de réévaluer au plus juste leur valeur marchande respective et de braconner dans la mesure du possible sur le territoire de l'autre. Leur relation reposait sur la certitude qu'au fond ils ne se supportaient pas. Ils étaient concurrents sur le même segment de marché, et chacun vivait dans la terreur que l'autre puisse un jour avoir l'idée de génie qui le consignerait aux oubliettes.

Le chauffeur trouva son chemin sans problème dans le dédale des ruelles de la vieille ville et le déposa devant le restaurant. Il inspira plusieurs fois à fond avant de pousser la porte. Viktor Leander l'attendait à leur table habituelle dans un coin de l'établissement. Jesper Humlin nota tout de suite qu'il portait un costume neuf et qu'il s'était laissé pousser les cheveux. Viktor Leander arborait lui aussi un beau bronzage. Un an plus tôt il s'était offert un solarium privé grâce à une série d'articles lucratifs publiés sous le titre «Envols électroniques» dans une revue spécialisée pour informaticiens. Jesper Humlin s'attabla face à lui.

– Bienvenue parmi nous, dit Viktor Leander.

– Merci.

– J'ai bien reçu ta carte. Jolis timbres.

– Un voyage très réussi.

– Raconte !

Viktor Leander, il le savait, n'avait aucune envie d'entendre la moindre anecdote en provenance des îles Salomon ou Rarotonga. Il était de son côté tout aussi indifférent à ce qu'avait pu vivre Viktor Leander depuis leur dernière entrevue.

Ils passèrent commande. Venait maintenant l'étape délicate du braconnage. Jesper Humlin l'aborda de biais.

– J'avais emporté dans mes bagages un choix de livres de débutants. C'était consternant.

– Mais instructif. Je comprends tout à fait.

Le fait de mépriser les débutants faisait partie du rituel. Si l'un ou l'autre jeune auteur avait été particulièrement remarqué, ils pouvaient passer un long moment à l'éreinter ensemble.

Jesper Humlin leva son verre. Ils trinquèrent.

– Et toi ? Que fais-tu en ce moment ?

– Un roman policier.

Jesper Humlin faillit avaler de travers.

– Pardon ?

– J'ai pensé que j'allais écrabouiller ces auteurs de best-sellers qui ne savent même pas écrire. Je vais utiliser le polar à des fins littéraires. Je lis Dostoïevski, il m'inspire.

– Et de quoi va-t-il parler, ce polar ?

– Je n'en suis pas encore là.

Jesper Humlin crut entendre le bruit de la porte lui claquant au visage. Viktor Leander savait bien évidemment de quoi parlerait son livre. Mais il ne voulait pas prendre le risque de se faire voler son idée.

– Ça me paraît excellent.

En son for intérieur, Jesper Humlin était exaspéré. Il aurait dû y penser lui-même. Un roman policier de la main d'un des poètes les plus connus du pays ne manquerait pas de faire sensation. Ce livre-là aurait toutes les chances de devenir un best-seller, à la différence de ses propres livres, dont le tirage restait toujours aussi modeste. Soudain il maudit son voyage dans les mers du Sud. S'il était resté à la maison, l'idée de Viktor Leander lui serait sûrement venue aussi. Il chercha fébrilement une riposte.

– De mon côté, j'envisage une série télé.

Ce fut au tour de Viktor Leander de manquer renverser son verre. À leur dernière rencontre, quelques jours avant son départ en voyage, le dîner avait été en partie consacré à dire le plus grand mal des séries minables qui passaient à la télévision. Jesper Humlin n'avait pas la moindre intention d'écrire un scénario, ni d'ailleurs quoi que ce soit en lien avec la dramaturgie. Il s'y était déjà essayé ; après deux refus de la part des principaux théâtres de Stockholm, il avait admis ses limites dans ce domaine. Mais la seule manière de contrer le roman policier de Viktor Leander était de poser sur la table une carte au moins aussi forte et aussi inattendue.

– Quel est ton sujet ?

– La réalité.

– Intéressant. Quelle réalité ?

– L'incurable ennui du quotidien.

Jesper Humlin se sentit un peu mieux. Il avait cru voir frémir Viktor Leander.

– Il y aura aussi un élément criminel.

– Quoi, tu écris une série policière ?

– Pas du tout. Le crime sera inclus dans la trame, en filigrane, tu vois ? Je crois que les gens en ont marre du polar conventionnel. Je compte m'y prendre tout à fait différemment.

– Comment ?

– Je n'ai pas encore fait mon choix. Il y a plusieurs options.

Jesper Humlin leva son verre. Égalité.

– La grisaille du quotidien, dit-il. Un thème littéraire sous-estimé de notre temps.

– Qu'y a-t-il à dire sur ce thème, à part que le quotidien est ennuyeux ?

– J'ai quelques idées.

– Je t'écoute.

– C'est trop tôt. Si j'en parle maintenant, je risque de perdre l'inspiration.

Ils commandèrent des desserts et, par un accord tacite, se replièrent en terrain neutre. Ils étaient l'un et l'autre friands de potins.

– Que s'est-il passé en mon absence ?

– Presque rien.

– Allons, il y a toujours quelque chose.

– Un des éditeurs de la grande maison s'est pendu.

– Qui ?

– Carlman.

Jesper Humlin hocha pensivement la tête. Carlman avait autrefois presque refusé un de ses premiers recueils.

– Autre chose ?

– La Bourse tangue.

Jesper Humlin remplit leurs verres.

– J'espère que tu n'as pas eu la sottise de miser sur la nouvelle économie.

– J'ai toujours été attaché aux piliers de l'industrie suédoise, j'ai nommé le fer et le bois. Mais ça tangue de partout.

– Moi, dès que j'ai vu le vent tourner, je suis passé aux obligations. Plus ennuyeux, mais beaucoup moins risqué.

La bataille économique faisait toujours rage entre eux. Tous deux épluchaient d'année en année l'annuaire détaillant le patrimoine et le revenu de chaque contribuable suédois, ils savaient pour cette raison que l'autre n'avait aucun héritage à attendre.

Trois heures plus tard exactement, les potins ayant été épuisés, ils partagèrent l'addition et repartirent ensemble, à pied, en direction du pont.

– Bonne chance avec ton polar.

– Pas polar. Roman policier. Ce n'est pas la même chose.

Viktor Leander avait répondu sur un ton acerbe ; Jesper Humlin sentit qu'il avait encore le dessus.

– Merci pour cette bonne soirée. On se revoit dans un mois.

– Merci à toi. À dans un mois.

Ils hélèrent chacun un taxi et partirent dans des directions opposées. Jesper Humlin, qui avait indiqué au chauffeur une adresse dans le quartier huppé d'Östermalm, se laissa aller sur la banquette et ferma les yeux. Il était satisfait d'avoir pu égratigner Viktor Leander ce soir. Cette petite réserve de vigueur ne serait pas de trop pour affronter l'épreuve qui l'attendait à présent.

Trois soirs par semaine, Jesper Humlin rendait visite à sa vieille mère. Une femme pleine de vitalité, butée, capricieuse et méfiante. On ne pouvait jamais prévoir comment se déroulerait l'entrevue. Jesper Humlin préparait donc systématiquement quelques sujets de conversation inoffensifs. Quand la soirée virait à l'orage, il formulait secrètement le souhait qu'elle meure vite. Mais quand leur échange restait agréable, il pouvait aller jusqu'à se dire qu'il devrait lui consacrer un jour un recueil.

Il était vingt-deux heures quarante-cinq quand il sonna à la porte de l'appartement. Sa mère était du soir – elle se levait rarement avant midi et ne se couchait pas avant l'aube. Le meilleur moment, pour elle, se situait autour de minuit. En attendant sur le palier, Jesper Humlin pensa à toutes les nuits où il avait dû lutter contre l'épuisement tandis que sa mère, face à lui, devenait de plus en plus expansive. La porte s'ouvrit à la volée, avec cette frénésie caractéristique, mi-enthousiaste mi-suspicieuse, qui n'appartenait qu'à elle. Märta Humlin était ce soir-là vêtue d'un tailleur-pantalon qui évoquait vaguement un uniforme et qu'il lui sembla avoir déjà vu dans des films inspirés des années trente.

– Je croyais t'avoir invité pour vingt-trois heures.

– Il est vingt-trois heures.

– Moins le quart.

– Tu veux que j'attende sur le palier ?

– Si tu n'es pas ponctuel, tu ne pourras jamais mettre de l'ordre dans ta vie.

– Ma vie est en ordre. J'ai quarante-deux ans et je suis un écrivain reconnu.

– Ton dernier recueil est le moins bon de tous.

– Il vaut peut-être mieux que je revienne un autre soir.

– Et pourquoi donc ?

– Tu veux que j'entre, oui ou non ?

– Je ne sais pas pourquoi tu t'obstines à avoir cette conversation sur le palier.

Dans l'entrée, il trébucha sur un carton volumineux.

– Attention !

– Tu as l'intention de déménager ?

– Pour aller où ?

– Qu'y a-t-il dans ce carton ?

– Ça ne te regarde pas.

– Tu es obligée de le laisser traîner dans le passage ?

– Si ça ne te convient pas, tu peux revenir un autre jour.

Jesper Humlin soupira, se débarrassa de son manteau et suivit sa mère dans ce qui ressemblait moins à un appartement qu'à l'entrepôt d'un brocanteur. Sa mère avait vécu selon le principe de l'écureuil, collectionnant au cours de sa longue existence tout ce qui s'était présenté sur sa route. Jesper Humlin se rappelait les disputes de ses parents, quand il était petit, au sujet de ces objets que Märta refusait de jeter. Le père, chef comptable taciturne, traitait ses enfants avec un mélange de bonne volonté et d'étonnement. Il avait toujours été

38

silencieux, menant sa propre vie parallèlement à son énergique épouse, sauf lorsqu'il trouvait son lit ou son bureau enterré sous une masse de journaux ou de petits vases en porcelaine dont sa femme refusait de se séparer. Il entrait alors dans des rages folles, qui pouvaient durer des jours. Mais pour finir, vases et journaux trouvaient une place dans l'appartement, et le père se réfugiait une fois de plus dans son silence. Jesper Humlin ne se rappelait pas, en revanche, que sa mère eût jamais été silencieuse. Elle était au contraire dominée par une volonté intense d'être entendue. Quand elle s'affairait à la cuisine, on était assourdi par le tintamarre des ustensiles et des casseroles, et quand elle sortait sur le balcon, c'était pour battre les tapis avec un bruit de tonnerre qui se répercutait entre les immeubles.

Jesper Humlin avait souvent pensé que le livre non écrit qu'il portait au plus près de son cœur évoquerait ses parents. Son père, Justus Humlin, avait consacré toute sa jeunesse au lancer du marteau. Il avait grandi dans la province de Blekinge, un village près de Ronneby pour être exact, où il s'entraînait sur le talus derrière la ferme à lancer le marteau qu'il avait bricolé lui-même. Un jour il l'avait envoyé si loin qu'il aurait pulvérisé le record nordique si seulement son lancer avait pu être homologué. En l'occurrence, seules deux sœurs cadettes étaient présentes, et on avait mesuré l'exploit à l'aide d'un vieux mètre de couturière. Le record nordique, à l'époque détenu par Ossian Skiöld, était de 53,77 m. Justus Humlin avait mesuré son propre lancer quatre fois de suite et obtenu les résultats suivants : 56,44 m ; 56,40 m ; 56,42 m et 56,41 m. Il avait donc battu le record nordique de plus de deux mètres. Par la suite, quand il participa aux compétitions au niveau du district, il ne réussit jamais à dépasser les cinquante mètres. Mais il insista jusqu'à sa mort sur le fait qu'il avait autrefois lancé le marteau plus loin qu'aucun autre Scandinave à son époque.

Märta Humlin ne s'était jamais intéressée à l'athlétisme. Son monde à elle était celui de la culture. Elle avait grandi à Stockholm, fille unique d'un chirurgien renommé. Son plus grand rêve était de devenir artiste, mais son talent n'y avait pas suffi. De rage, elle s'était choisi une autre voie, montant son propre théâtre avec l'argent de son père. Là, elle avait donné quelques représentations scandaleuses, mises en scène par ses soins, où elle rampait sur les planches dans une nuisette translucide. Elle avait ensuite été galeriste pendant un temps, avant d'aborder la musique en tant qu'agente et organisatrice de tournées. Puis elle s'était consacrée au cinéma.

À soixante-dix ans, veuve depuis peu, il lui vint à l'esprit qu'elle n'avait encore rien donné à l'art chorégraphique. Avec son énergie habituelle, elle monta alors une compagnie où aucun des danseurs n'avait moins de soixante-cinq ans. Märta Humlin avait touché à tout, autrement dit, mais rien n'avait voulu prendre forme entre ses doigts inquiets.

Jesper, cadet de quatre enfants, avait vu ses frères et sœurs quitter la maison le plus tôt possible l'un après l'autre. À vingt ans, il avait à son tour annoncé à sa mère qu'il souhaitait vivre seul. Le lendemain matin au réveil, il ne pouvait plus bouger. Sa mère l'avait ligoté dans son lit. Il fallut la journée entière pour la convaincre de le détacher. Entre-temps, il avait dû jurer sur l'honneur qu'il lui rendrait visite trois fois par semaine jusqu'à sa mort.

Jesper Humlin déplaça un panier qui, pour une raison mystérieuse, était rempli de fixations de skis et s'installa dans son fauteuil habituel pendant que Märta Humlin s'agitait à grand bruit dans la cuisine. Elle revint avec une bouteille de vin et deux verres.

– Je ne veux pas de vin.

– Pourquoi ?

– J'ai déjà bu ce soir.

– Avec qui ?

– Viktor Leander.

– Je ne sais pas qui c'est.

Sa mère avait déjà rempli son verre, à ras bord. Il ne pourrait donc pas y toucher sans répandre du vin sur la nappe, ce qui fournirait à Märta l'occasion d'évoquer, justement, cette précieuse nappe égyptienne tachée par sa faute.

– Tu as assisté à plusieurs de ses lectures.

– En tout cas, je ne me souviens pas de lui. Je vais avoir quatre-vingt-dix ans. Ma mémoire n'est plus ce qu'elle était.

Pourvu qu'elle ne fonde pas en larmes, pensa Jesper Humlin. Je n'ai pas la force d'endurer une séance de chantage affectif.

– Pourquoi remplis-tu mon verre alors que je viens de te dire que je ne voulais pas de vin ?

– Pourquoi ? Il n'est pas assez bon pour toi ?

– Il ne s'agit pas de la qualité du vin. Il s'agit du fait que je n'ai pas envie de boire davantage ce soir.

– Tu n'es pas obligé de venir si tu n'en as pas envie.

J'ai l'habitude d'être seule, pensa automatiquement Jesper Humlin. C'est ce qu'elle va ajouter maintenant.

– J'ai l'habitude d'être seule.

La satisfaction d'avoir cloué le bec de Viktor Leander n'était plus qu'un souvenir. Jesper Humlin admit en son for intérieur que sa mère l'avait déjà vaincu. Il leva son verre et répandit du vin sur la nappe blanche.

La soirée serait longue.

3

Le lendemain, lorsqu'il franchit l'imposant portail de la maison d'édition, Jesper Humlin était épuisé. La conversation avec sa mère s'était prolongée jusqu'au petit matin.

À midi quarante-cinq, il frappa à la porte de son éditeur. *Olof Lundin*, lisait-on sur la plaque. C'était toujours avec une certaine appréhension que Jesper Humlin pénétrait dans ce bureau. Après tant d'années de collaboration – il n'avait au fond jamais eu d'autre éditeur que Lundin –, leurs entrevues débouchaient encore fréquemment sur des discussions désespérantes, et totalement incohérentes, pour savoir ce qu'était, à bien y réfléchir, une « littérature qui se vend ». Olof Lundin était l'un des êtres les plus confus sur le plan intellectuel que Jesper Humlin eût jamais croisés dans le métier. C'était incompréhensible, pensait-il bien des fois avec irritation, qu'un cerveau si embrumé ait pu gravir les échelons au point de devenir le principal éditeur de cette vénérable maison.

– On n'avait pas dit une heure et quart ?

– On avait dit une heure *moins* le quart.

Olof Lundin, qui était trop gros, possédait un rameur – enfoui sous les piles de manuscrits qui recouvraient le sol – ainsi qu'un tensiomètre posé sur son bureau, à côté du cendrier débordant. Ce cendrier témoignait d'ailleurs d'une des luttes intestines les plus acharnées de l'histoire de la maison, datant du jour où la direction, en accord avec les syndicats, avait décrété l'interdiction totale de fumer dans les locaux. Olof Lundin avait refusé net, menaçant de démissionner si on lui déniait le droit de fumer dans son propre bureau. Comme cette position était partagée par un graphiste, à qui on n'envisageait pas d'accorder une dérogation, le conflit était remonté jusqu'à la direction suprême. Or la maison, qui appartenait à la même famille depuis plus d'un siècle, avait été vendue dix ans plus tôt, à la surprise générale, à une société pétrolière française ayant choisi d'investir dans les médias les gains provenant de ses puits angolais. Les directeurs de la firme avaient donc dû se prononcer sur l'affaire du tabagisme d'Olof Lundin. On avait abouti à un compromis au terme duquel un puissant ventilateur avait été installé dans son bureau, à ses frais.

Jesper Humlin débarrassa une chaise des manuscrits qui l'encombraient et s'assit au milieu du brouillard. Il faisait très froid car le ventilateur soufflait en permanence de l'air provenant de la rue. Olof Lundin portait pour sa part un bonnet et des moufles.

– Comment se vend mon livre ?

– Lequel ?

Jesper Humlin soupira.

– Le dernier bien sûr.

– Comme prévu.

– C'est-à-dire ?

– Moins bien que prévu.

– Pourrais-tu être un peu plus précis ?

– On ne s'attend pas à ce qu'un recueil de poèmes se vende à plus de mille exemplaires. Jusqu'à présent, on a vendu mille cent exemplaires du tien.

– Dans ce cas, il me semble au contraire qu'il a surpassé les attentes.

– Pas vraiment.

– Que veux-tu dire ?

– Qu'est-ce que tu ne comprends pas ?

– Si un livre se vend mieux que prévu, on ne peut pas dire qu'il n'a pas été à la hauteur des attentes.

– Nous attendons évidemment que nos attentes se révèlent être une sous-estimation.

Jesper Humlin secoua la tête et reboutonna sa veste. Il avait froid. Olof Lundin écarta une pile de paperasse pour mieux le voir.

– Comment va le nouveau livre ?

– Je viens juste d'en publier un. Je ne suis pas une usine.

– Comment va le livre que tu vas bientôt écrire ?

– Je n'en sais rien.

– J'espère qu'il sera bon.

– Moi aussi.

– Je voudrais te donner un conseil.

– Lequel ?

– Ne l'écris pas.

Jesper Humlin soutint le regard de son éditeur.

– C'était ça, ton conseil ?

– Oui.

– Je ne dois pas écrire le livre dont tu espères qu'il sera bon ?

Olof Lundin désigna le plafond d'un geste lourd de sous-entendus.

– Les directeurs sont inquiets.

– Je devrais peut-être consacrer un cycle poétique au pétrole ?

– Rigole si tu veux. Moi, je les ai en permanence sur le dos. Ils veulent de meilleures marges.

– Qu'est-ce à dire ?

– Un livre qui ne nous garantit pas au moins cinquante mille exemplaires vendus ne devrait pas être publié.

Jesper Humlin n'en croyait pas ses oreilles.

– Parmi les livres que tu publies, combien se vendent à cinquante mille exemplaires ?

– Aucun, répondit Olof Lundin avec insouciance.

– Alors ? La maison va fermer ?

– Pas du tout. En revanche, nous allons commencer à publier des livres qui se vendent à cinquante mille.

– Je te défie de me citer un seul livre dans l'histoire de la poésie suédoise qui ait eu un premier tirage à cinquante mille exemplaires.

– C'est bien la raison pour laquelle je te conseille de ne pas écrire le livre auquel tu penses. Et dont j'espère naturellement qu'il sera bon.

Jesper Humlin commençait à avoir mal au ventre. Était-il en passe de figurer sur la liste noire ? De devenir l'un des auteurs dont la maison souhaitait se débarrasser ?

– Tu veux que je m'en aille ?

– Pas du tout. Pourquoi cette question ? N'ai-je pas toujours affirmé que tu étais un des piliers contemporains de cette maison ?

– Je n'aime pas être défini comme un tas de ciment. Et je ne vends pas à cinquante mille. Tu le sais aussi bien que moi.

– C'est bien pour ça que je ne veux pas que tu écrives ton livre. Je veux que tu en écrives un autre.

– Lequel ?

– Un roman policier.

Jesper Humlin crut voir en cet instant, à travers l'épaisse fumée planant dans le bureau, une désagréable ressemblance entre le visage d'Olof Lundin et celui de Viktor Leander.

– Je suis poète. Je n'écris pas de romans policiers. Je ne veux pas le faire. Si je jouis d'une certaine estime, c'est bien grâce à mon intégrité sur le plan artistique. En plus, je ne sais pas comment on fait.

Olof Lundin se leva, repoussa quelques manuscrits

d'un coup de pied, s'installa dans sa machine et se mit à ramer avec des gestes amples.

– Tu es sûr de ne pas savoir comment on fait ?

Jesper Humlin avait toujours autant de mal à se concentrer face à un interlocuteur qui ramait au ras du sol.

– Je n'aime pas les romans policiers. Ils m'ennuient. Je ne vois pas l'intérêt de livres dont le seul but est de s'arranger pour qu'on se trompe sur l'identité du tueur.

– C'est parfait. Exactement ce que je pensais.

– Tu es obligé de ramer ?

– J'assume la responsabilité de ma tension. Mon médecin dit que je serai mort d'ici quatre ans et demi si je ne fais pas régulièrement de l'exercice.

– Pourquoi quatre ans et demi ?

– Ça correspond au départ à la retraite de mon toubib. Il a l'intention de s'installer aux Açores.

– Pourquoi ?

– La population des Açores a la meilleure santé du monde.

– Je n'écrirai pas de roman policier.

Olof Lundin avait cessé de s'agiter et se reposait à présent sur ses rames.

– Cela me réjouit.

– Ah. Juste avant de commencer à ramer, tu voulais que j'en écrive un.

– Je suis à hauteur de Möja. Grosso modo.

– Pardon ?

– Je fais la Finlande, aller-retour, une fois par mois.

Jesper Humlin commençait à se sentir à bout de forces.

– Je n'écrirai pas de roman policier, juste pour ta gouverne. Ces directeurs du pétrole, que connaissent-ils à la littérature ?

Olof Lundin ramait de nouveau.

– Rien du tout.

– Je te remettrai un livre de poèmes au printemps.

– Un roman policier plutôt.

– Je n'écrirai pas de roman policier. Combien de fois dois-je te le répéter ?

– Ça va faire sensation. Un poète de premier plan, qui ne sait ni ne veut écrire un roman policier, le fait malgré tout. Ce sera totalement différent. Mais bien. Peut-être un polar philosophique ?

– Si tu ne veux plus de mes poèmes, il existe d'autres éditeurs qui n'ont pas été rachetés par des pétroliers fous à lier.

Olof Lundin lâcha les rames, se leva, alluma une cigarette et fixa le tensiomètre à son poignet.

– Je croyais qu'on prenait sa tension au repos.

– Je dois juste contrôler mon pouls. Bien sûr que je veux de tes poèmes.

– Ils ne se vendent pas à cinquante mille.

– Mais ton roman policier, oui.

– Je n'écrirai pas de roman policier. Je suis poète.

– Écris tes poèmes. Comme d'habitude. Le roman, tu le mets entre les poèmes.

– Que veux-tu dire ?

– J'arrive à quatre-vingt-dix-huit.

– Je me fiche de ton pouls. Je veux comprendre ce que tu viens de dire.

– C'est très simple. Tu écris un roman policier dont chaque chapitre est introduit par un poème contenant des indices.

– Quels indices ?

– Des indices qui pourront être décryptés moyennant une certaine familiarité avec la littérature. Je suis convaincu qu'il fera sensation. Un thriller philosophique. « Jesper Humlin nous ouvre des perspectives inédites. » Ce sera parfait. On en vendra soixante-deux mille au minimum.

– Pourquoi pas soixante et un mille ?

– C'est mon instinct qui parle.

Jesper Humlin se leva après un regard à sa montre. Il éprouvait le besoin de fuir ce qui ressemblait de plus en plus à un champ de bataille enseveli sous le brouillard.

– J'ai une lecture à Göteborg ce soir. Il faut que j'y aille.

– Quand comptes-tu me remettre ton manuscrit ?

– Je n'écrirai pas de roman policier.

– Si tu le remets en avril, on pourra sortir le livre pour septembre. Il nous faudrait un titre. *Le Poème meurtrier*, quelque chose dans cette veine.

Le téléphone sonna. Jesper Humlin en profita pour prendre congé de son éditeur. Dans la rue, il aspira l'air frais au fond de ses poumons. Cette conversation l'avait laissé à la fois énervé et inquiet. D'habitude, il n'était que fatigué en sortant de chez Olof Lundin. Il resta les bras ballants sur le trottoir, en proie à l'indécision. Il comprit que c'était sérieux. Viktor Leander n'était pas le seul à s'être laissé persuader que l'unique chance de vendre était de prendre le train du roman noir.

Tout en se dirigeant vers la gare, il repensa à la couverture de son dernier livre. Jusqu'au bout, jusqu'à son départ pour les mers du Sud, il avait protesté contre la proposition qu'on lui avait soumise. Il avait eu de nombreux échanges houleux avec Olof Lundin à ce sujet. Cette couverture n'avait pas le moindre rapport avec le contenu de ses poèmes. En plus elle était laide, dans le style néo-bâclé qui caractérisait la plupart des jaquettes et couvertures depuis quelques années. Mais Olof Lundin avait insisté, ce serait vendeur, il en était certain. Jesper Humlin se rappelait encore sa dernière conversation téléphonique avec lui à ce propos. Il était à l'aéroport d'Arlanda, le matin de son départ, c'était son ultime tentative pour arrêter cette couverture calamiteuse.

– Je la déteste. Si tu la laisses passer, je ne te le pardonnerai jamais.

– Ce n'est pas parce que tes poèmes sont ennuyeux que la couverture doit l'être aussi.

– Que veux-tu dire ?

– C'est pourtant clair.

– Tu m'humilies.

– Ne te méprends pas. Ils ne sont pas ennuyeux d'une manière ennuyeuse, ce n'est pas ça. Ils sont ennuyeux parce qu'ils sont tristes.

– Alors dis-le.

– Je viens de le dire.

– Je déteste cette couverture.

– C'est une bonne couverture.

La conversation avait été interrompue par une voix diffusant le nom de Jesper Humlin dans les haut-parleurs. Ces dernières années, depuis qu'il bénéficiait d'une certaine notoriété, il avait pris l'habitude de se présenter en retard à la salle d'embarquement des aéroports afin que son nom soit appelé au micro, attirant ainsi l'attention sur sa personne.

Le train s'ébranla. Jesper Humlin décida qu'il ruminerait son entrevue avec Olof Lundin jusqu'à l'arrêt en gare de Södertälje. Ensuite il se concentrerait sur la soirée de lecture qui l'attendait. En réalité, il aurait dû s'y atteler dès le matin, mais la visite nocturne chez sa mère lui avait ôté toute énergie.

Son portable sonna. Andrea.

– Où es-tu ?

– Dans le train pour Göteborg. J'ai une lecture là-bas ce soir. Tu avais oublié ?

– Je n'ai rien oublié puisque tu ne m'as jamais dit que tu devais aller à Göteborg.

Elle avait peut-être raison. Il choisit de ne pas se lancer dans des protestations vouées à l'échec.

– On discutera à mon retour.

– Que vas-tu faire à Göteborg ?

– Lire des poèmes et parler de mon métier d'écrivain.

– Quand on se verra, à ton retour, je veux qu'on parle de la réalité. Pas de tes poèmes.

Andrea raccrocha brutalement comme à son habitude. Jesper Humlin recommença à dérouler intérieurement le film de sa conversation avec Olof Lundin. Son indignation augmenta de quelques crans.

Après Södertälje, il fit un effort de volonté pour repousser toute pensée relative aux romans policiers et commença à envisager la soirée qui s'annonçait. Il aimait bien prendre la parole ici et là à travers le pays. Viktor Leander l'avait accusé un soir – au cours d'un dîner particulièrement arrosé – d'être un cabot invétéré et irrécupérable. De tous les lieux où on l'invitait, les bibliothèques et les lycées pour adultes étaient de loin ses préférés. Il aimait moins les lycées tout court, et il avait littéralement peur des collèges et des écoles élémentaires. Ce qui l'attendait à Göteborg était pour lui l'idéal. Une soirée tranquille dans une bibliothèque, devant un public attentif d'une cinquantaine d'auditeurs qui applaudissaient poliment et ne posaient jamais de questions embarrassantes.

Il sélectionna les poèmes qu'il lirait, et l'angle sous lequel il décrirait ce soir-là son travail d'écrivain. Au fil des ans, il avait testé différents modèles et en avait finalement retenu trois, qu'il alternait pour ne pas trop succomber à la routine. Le premier modèle consistait tout bonnement à dire la vérité. Il y évoquait son enfance protégée, et le fait effrayant qu'il n'avait jamais éprouvé le besoin de se révolter, même à l'adolescence. Il se plaisait à l'école, n'avait jamais appartenu à une organisation extrémiste, jamais pris de drogues, jamais eu le goût des voyages aventureux. Sur le canevas de cette normalité anormale, il avait bâti une conférence qui durait exactement vingt et une minutes.

Mais par souci de variété, il avait donc imaginé deux autres modèles. L'un se basait sur de pures affabulations. Il s'y prêtait une jeunesse dramatique, en total décalage avec son passé réel. Dans la mesure où d'anciens amis ou camarades de classe pouvaient surgir à l'improviste lors de ses prestations, il prenait grand soin de rendre ses allégations invérifiables.

La troisième et dernière version était centrée sur la route, longue et difficile, qui menait à une identité d'écrivain. Il prétendait avoir écrit son premier roman à l'âge de huit ans – roman qu'il aurait, selon ses propres dires, brûlé l'année de la parution de son premier recueil de poèmes. Dans cette version, Jesper Humlin racontait à un public souvent hypnotisé une fable dont il aurait, tout au fond de lui, voulu qu'elle soit vraie. Mais la vérité profonde, à savoir que ce n'était qu'un tissu d'inventions, il était bien décidé à ne jamais la dévoiler devant quiconque.

Le train arriva ponctuellement à Göteborg. Il prit un taxi jusqu'à Mölndal. La bibliothécaire qui l'accueillit était jeune.

– On attend du monde ce soir ?

– On a vendu tous les billets. Cent cinquante personnes.

Jesper Humlin esquissa un sourire humble et charmant.

– Qui a prétendu que les mouvements populaires étaient morts dans ce pays ? Par une sombre et froide soirée de février, voilà que cent cinquante personnes se déplacent pour écouter un pauvre poète.

– Il y a quelques groupes parmi eux.

– Quels groupes ?

– Je ne sais pas. Tu pourras poser la question à l'autre bibliothécaire[1].

Par la suite, Jesper Humlin regretterait souvent de n'avoir pas suivi ce conseil. Il avait imaginé des cercles de lecteurs, ou peut-être une association de retraités. Mais lorsqu'il monta sur l'estrade illuminée de l'auditorium à dix-neuf heures, après une brève allocution du vice-porte-parole de la commission culturelle lui souhaitant la bienvenue, il n'aperçut ni retraités ni cercles de lecteurs. Parmi son public habituel de dames attentives entre deux âges, il enregistra en revanche la présence de quelques éléments, comment dire, inclassables de prime abord.

Au premier rang se trouvait un groupe d'hommes, la cinquantaine, dont les vêtements et la physionomie étaient fort différents de ce qu'il avait l'habitude de voir. Plusieurs avaient les cheveux longs et portaient des boucles d'oreilles, des vestes en cuir ainsi que des jeans troués. Jesper Humlin fut aussitôt sur la défensive. Laissant courir son regard, il découvrit ensuite quelques personnes à la peau foncée, regroupées sur un seul rang. Les réseaux d'immigrés ne faisaient pas partie de ses fidèles lecteurs. Mis à part un Chinois domicilié à Haparanda, en Laponie, qui lui envoyait régulièrement de longues lettres contenant des analyses détaillées et totalement fausses de ses poèmes, Jesper Humlin n'avait jamais eu de contact avec ceux qu'on appelait « les nouveaux Suédois ». Mais ici à Mölndal, quelques représentants de ce groupe de citoyens mal définis avaient donc répondu présents. De plus, ils étaient sans exception relativement jeunes.

---

1. En Suède, le tutoiement généralisé a été instauré dans les années 1970 comme une mesure égalitariste. Le « vous » existe cependant et continue d'être utilisé dans certaines circonstances. *[Toutes les notes sont de la traductrice.]*

Jesper Humlin prit son élan et débita sa tirade, celle qui se basait sur la réalité et qui durait vingt et une minutes. Il s'apprêta ensuite à lire quelques poèmes de son dernier recueil, ceux qui, selon lui, se prêtaient le mieux à la lecture à voix haute. Depuis le début de sa performance, il surveillait du coin de l'œil les hommes du premier rang. Ceux-ci l'écoutaient avec un air attentif et il se prit à croire, non sans satisfaction, qu'il était peut-être en train de conquérir de nouveaux lecteurs. Mais dès qu'il aborda l'étape de la lecture, l'ambiance changea du tout au tout. Un des hommes du premier rang commença à s'agiter, à se balancer sur sa chaise et à soupirer de façon ostentatoire. Jesper Humlin se mit à transpirer. D'angoisse, il sauta une strophe, ce qui eut pour effet de rendre le poème, déjà abscons, totalement incompréhensible.

Quand il eut fini, les hommes du premier rang restèrent assis à le toiser en silence. Aucun d'eux n'applaudit. Jesper Humlin feuilleta fébrilement son livre. Il résolut en toute hâte de changer de tactique et de ne lire que les poèmes les plus courts. Il se demanda avec désespoir qui pouvaient bien être ces types du premier rang, ces hommes aux jeans troués et aux vestes de cuir maculées. L'autre élément étranger, les immigrés de la rangée du fond, gardait un air impénétrable. Ils avaient applaudi, mais sans enthousiasme. Jesper Humlin eut à ce moment l'intuition d'une catastrophe imminente, sans savoir du tout quelle allure elle prendrait. Une chose était d'ores et déjà acquise : la soirée littéraire dans laquelle il était embarqué ne ressemblait à aucune de celles qu'il avait pu connaître.

Il lut son dernier poème et s'épongea le front. Son public – son public habituel, son public *normal* – l'applaudit avec chaleur. Les hommes du premier rang continuaient à le dévisager d'un regard, lui sembla-t-il à présent, un peu trop brillant. Il posa son recueil et risqua un sourire qui ne dissimulait qu'imparfaitement sa peur.

– Je suis prêt à répondre à vos questions. Ensuite je dédicacerai des exemplaires de mon livre, si cela intéresse quelqu'un.

Une femme leva la main pour demander comment il choisirait de définir le mot « mansuétude », dont elle avait cru comprendre qu'il imprégnait tout le recueil, comme une tonalité d'ensemble. Jesper Humlin enregistra un léger grondement au premier rang. Il était à nouveau en sueur.

– La mansuétude, selon moi, est un beau mot pour dire la bonté.

L'homme qui s'était agité pendant la lecture des poèmes se leva si brutalement que sa chaise se renversa.

– C'est quoi, ces questions débiles ? Moi, ce que je voudrais savoir, monsieur l'écrivain, c'est où tu veux en venir avec ces poèmes que tu nous obliges à écouter depuis tout à l'heure. Si tu veux, je peux te donner mon avis.

– Volontiers.

– Je ne comprends pas comment il peut y avoir de la place pour autant de merde à l'intérieur d'un livre aussi mince. Qui vaut presque trois cents couronnes, en plus. J'ai une seule question, et j'aimerais que tu y répondes.

– Quelle question ? (La voix de Jesper Humlin tremblait.)

– Combien est-ce que tu te fais payer au mot ?

Un murmure de protestation s'éleva du côté de ceux qui avaient apprécié la lecture de Jesper Humlin. Celui-ci se tourna abruptement vers la bibliothécaire en chef, assise en biais derrière lui.

– Qui sont ces gens ? siffla-t-il.

– Ils sont détenus dans un centre ouvert, en dehors de Göteborg.

– Pourquoi sont-ils ici ?

La bibliothécaire le toisa d'un air sévère.

– Je considère que l'une de mes principales missions est de promouvoir la littérature auprès d'un public qui n'a peut-être jamais compris ce qu'il perdait en passant à côté des livres. Tu ne peux pas savoir combien j'ai dû me battre pour les faire venir.

– Je crois deviner. Tu as entendu la question qu'il m'a posée ?

– Je trouve que tu devrais lui répondre.

Jesper Humlin rassembla son courage et fit face à l'homme qui, au lieu de se rasseoir, le regardait, debout, avec des airs de lutteur furieux.

– Je ne suis pas payé au mot, dit-il. De façon générale, les poètes sont très peu payés pour leur labeur.

– Tu me rassures.

La femme qui avait posé la question sur la mansuétude se leva alors et frappa le sol de sa canne.

– Je trouve indécent le fait d'interroger M. Humlin sur des questions d'argent. Nous sommes venus ici ce soir parce que nous voulions écouter ses poèmes et en parler ensuite, dans le calme et la sérénité.

Un autre homme au premier rang se leva. Il faillit perdre l'équilibre. Jesper Humlin, qui l'avait vu somnoler pendant la lecture, comprit qu'il était ivre.

– Elle dit quoi, la vieille ? Je n'ai pas bien saisi.

– Qu'est-ce que tu n'as pas saisi ? demanda Jesper Humlin, impuissant.

– On n'est pas dans un pays libre ? On n'a pas le droit de poser les questions qu'on veut ? Alors tant pis. Moi, ce que je veux te dire, c'est que je suis d'accord avec ce qu'a dit Åkesson. Je n'ai jamais lu ni entendu une daube pareille avant ce soir.

Un flash crépita. Jesper Humlin n'avait rien vu, mais un photographe et un journaliste de la presse locale avaient dû se glisser dans l'auditorium pendant sa prestation. Ça y est, pensa-t-il avec épouvante. C'est le scandale. Il voyait déjà les manchettes, y compris dans les quotidiens nationaux. Comme chez d'autres écrivains, il existait un recoin secret de lui-même où il doutait de son talent, un recoin où tout s'écroulait en un misérable tas de cailloux amoncelés par un charlatan littéraire. Jesper Humlin voulut supplier le photographe et le journaliste de ne pas couvrir l'événement. Mais avant qu'il ait pu intervenir, un secours inattendu se présenta en la personne du dénommé Åkesson. Celui-ci se jeta sur le photographe avec un rugissement.

– Qui t'a permis de me prendre en photo ? hurla-t-il. C'est pas parce qu'on est en tôle qu'on doit se faire traiter n'importe comment.

Le photographe essaya de se défendre, mais tous les hommes du premier rang faisaient maintenant cercle autour de lui. Les bibliothécaires s'étaient levées et appelaient au calme les auditeurs, qui tentaient de quitter la salle à toute vitesse, avant le début de la bagarre. Jesper Humlin était muet. Jamais il n'aurait imaginé que ses poèmes aient le pouvoir de susciter pareil chaos.

Le tumulte cessa aussi vite qu'il avait commencé. Soudain Jesper Humlin fut seul dans l'auditorium. Une rumeur de voix indignées lui parvenait du couloir. Puis il vit qu'il restait contre toute attente quelqu'un dans la salle. Une fille à la peau sombre. Elle était assise sur une chaise, au milieu, la main levée. Mais le plus frappant était son sourire. Jesper Humlin n'avait jamais de sa vie vu un sourire pareil. Comme si ses dents blanches émettaient de la lumière.

– Oui ? Tu voulais me demander quelque chose ?

– Tu n'aurais pas écrit quelque chose sur quelqu'un comme moi ?

Les questions simples n'existent donc plus, pensa Jesper Humlin avec désespoir.

– Je ne suis pas sûr de comprendre…

La fille s'exprimait dans un suédois hésitant, mais tout à fait compréhensible.

– Quelqu'un comme moi. Qui est venu ici. Qui n'est pas né ici.

– J'ai toujours été d'avis, je crois, que la poésie transcendait les frontières.

Il entendit lui-même à quel point sa phrase sonnait creux. Comme mes poèmes, pensa-t-il.

La fille se leva.

– Merci pour cette réponse.

– Je veux bien répondre à d'autres questions.

– Je n'en ai pas d'autre.

– Puis-je t'en poser une à mon tour ?

– Je n'ai pas écrit de poèmes.

– Comment t'appelles-tu ?

– Tea-Bag.

– Pardon ?

– Tea-Bag.

– D'où viens-tu ?

La fille souriait toujours. Mais la dernière question de Jesper Humlin resta sans réponse. Il la vit disparaître en direction du couloir où la discussion houleuse se poursuivait.

Jesper Humlin quitta l'auditorium par une porte de service et s'engouffra dans le taxi qui l'attendait. Il n'avait pas signé un seul livre et il n'avait pas pris congé des bibliothécaires. Le paysage défilait par la vitre arrière du taxi. Un lac aux eaux noires scintilla, entre arbres et immeubles. Il frissonna. Il avait la tête vide. Puis il s'aperçut qu'une idée se frayait un passage en douce. Cette fille, qui s'était attardée, seule, dans l'auditorium, la main levée, avec son beau sourire. Sur elle, oui, je pourrais peut-être écrire un poème, pensa-t-il. Mais même ça, ce n'est pas sûr.

4

En se réveillant le lendemain dans son hôtel à Göteborg, Jesper Humlin se rappela qu'un vieil ami à lui habitait Stensgården, la banlieue où il devait se rendre ce soir-là : Pelle Törnblom, un ancien marin qui avait changé de vie pour monter un club de boxe. Pelle et lui s'étaient fréquentés assidûment pendant quelques années dans leur jeunesse, unis par le fait que Pelle Törnblom avait lui aussi des ambitions littéraires. Par la suite, ils avaient échangé quelques cartes postales et des appels téléphoniques sporadiques au fil des ans. Jesper Humlin essaya en vain de se rappeler leur dernière rencontre. Sa seule certitude : Pelle Törnblom travaillait à cette époque à bord d'un remorqueur qui traînait du bois de flottage le long des côtes du Norrland.

Il résolut de dénicher son numéro de téléphone. Mais d'abord, le journal. Il le feuilleta avec inquiétude, ne trouva rien, se sentit brièvement rassuré. Il craignait cependant que ce ne fût que partie remise. Le scandale éclaterait le lendemain. Il envisagea d'appeler la bibliothécaire, responsable d'avoir invité le groupe d'énergumènes du premier rang – ces types avec leur regard fixe qui avaient ensuite pris le mors aux dents. Mais que lui aurait-il dit ? Son initiative partait d'une bonne intention. Elle s'était donné du mal pour attirer un public qui d'ordinaire ne s'intéressait pas aux livres.

Le téléphone sonna. C'était Olof Lundin. Il n'avait pas envie de lui parler.

– C'est Olof. Où es-tu ?

Dans le temps, pensa Jesper Humlin, on commençait par demander aux gens comment ils allaient. Maintenant on leur demande où ils sont.

– La communication est mauvaise, dit-il. Je ne t'entends pas.

– Où es-tu ?

– La liaison est mauvaise. Je suis à Göteborg. Je n'ai pas envie de te parler.

– Qu'est-ce que tu fabriques à Göteborg ?

– Tu m'as organisé deux lectures là-bas.

– J'avais oublié. En bibliothèque ?

– Hier, j'étais à Mölndal. Ce soir, je dois aller dans un endroit qui s'appelle Stensgården.

– Où est-ce ?

– Tu devrais le savoir, c'est toi qui as organisé l'événement. Je ne peux pas te parler. D'ailleurs je t'entends à peine.

– Pourquoi ne peux-tu pas me parler ? Je t'ai réveillé ?

– Non. Je ne t'entends pas.

– Tu m'entends très bien. Ta prestation d'hier soir a été appréciée.

Jesper Humlin en resta sidéré.

– Je croyais que tu ne savais même pas où j'étais.

– Ah ! Tu m'entends bien, tout à coup.

– La friture a cessé.

– La bibliothécaire m'a appelé. Elle était très satisfaite.

– Qu'est-ce que tu racontes ? Ça a dégénéré en bagarre ou presque !

– Il est très rare qu'une lecture de poésie entraîne ce genre de réaction. J'ai contacté les tabloïds pour qu'ils en parlent.

Jesper Humlin faillit lâcher son portable.

– Qu'est-ce que tu racontes ?

– J'ai contacté les tabloïds.

– Je ne veux pas que les journalistes s'emparent de ça ! cria Jesper Humlin. Des types bourrés ont dit qu'ils n'avaient jamais rien entendu de pire que mes poèmes. Ils ont voulu savoir combien j'étais payé au mot.

– Question intéressante.

– Ah oui ?

– Je peux faire le calcul, si tu veux.

– Et ça m'apportera quoi ? J'écrirai des poèmes plus longs ? Je ne veux pas que tu parles aux journaux. Je te l'interdis.

– Je n'entends pas ce que tu dis.

– Je dis que je ne veux pas qu'ils écrivent quoi que ce soit là-dessus !

– Rappelle-moi quand la ligne sera meilleure. Je dois continuer à relancer les journalistes.

– Je ne le veux pas. Tu m'entends ?

La communication fut interrompue. Jesper Humlin jeta un regard noir à son portable. Quand il rappela la maison d'édition, on l'informa qu'Olof Lundin était en réunion et ne pourrait être joint que l'après-midi. Jesper Humlin s'allongea sur le lit de sa chambre d'hôtel. Il allait changer de maison d'édition, à l'instant. Il ne voulait plus avoir affaire à Olof Lundin. Plus jamais. Pour se venger de lui, il resta allongé plus d'une heure à échafauder une intrigue de roman policier tout en se promettant qu'il ne l'écrirait jamais.

En fin d'après-midi, alors qu'il pleuvait sur Göteborg, Jesper Humlin prit un taxi jusqu'à la banlieue de Stensgården. Des barres d'immeubles lugubres à perte de vue : il pensa à des boîtes alignées sur un champ en friche par un géant de conte de fées. Sur l'esplanade centrale, venteuse et désolée, il se fit déposer devant la

60

bibliothèque, coincée entre un Systembolaget[1] et un McDonald's. Cette fois encore, le chauffeur était africain et il trouva son chemin du premier coup. L'enseigne de la bibliothèque était cassée et la porte d'entrée couverte de graffitis. Jesper Humlin partit à la recherche de la bibliothécaire en chef. Physiquement, c'était presque la copie de celle qu'il avait rencontrée la veille à Mölndal. Il lui demanda, sans réussir à masquer tout à fait son appréhension, si des groupes particuliers étaient attendus ce soir-là.

– Quels groupes ?

– Je ne sais pas. Peut-être as-tu l'ambition d'attirer à la bibliothèque un public neuf ?

– Et lequel ?

– Je ne sais pas. C'était juste une question.

– Je ne vois pas bien de quels groupes tu parles. Dans le meilleur des cas, on aura dix personnes.

– Ah bon ? – Jesper Humlin était consterné.

– C'est le cas en général, quand on reçoit des poètes. Pour un auteur de polars, il y a évidemment plus de monde.

– Combien ?

– La dernière fois, nous étions cent cinquante-sept.

Jesper Humlin cessa de poser des questions. Il rangea sa valise dans le bureau de la bibliothécaire, ressortit sur l'esplanade balayée par le vent et essaya de rappeler Olof Lundin. Cette fois, on le lui passa.

– J'espère que tu plaisantais tout à l'heure, en parlant d'appeler les journalistes.

– Bien sûr que non. Malheureusement ils ne sont pas très intéressés par l'histoire.

Jesper Humlin éprouva un soulagement inouï.

---

1. *Systembolaget* (abréviation courante : *Systemet*) : en Suède, chaîne de magasins d'État détenant le monopole de la vente d'alcool.

– Alors ils n'écriront rien ?

– Sans doute. Mais je n'ai pas totalement renoncé.

– Je veux que tu renonces immédiatement.

– As-tu réfléchi à mon roman policier ?

– Non.

– Fais-le. Rappelle-moi quand tu auras un bon titre.

– Je suis poète. Je n'écris pas de romans policiers.

– Rappelle-moi quand tu auras un bon titre.

Jesper Humlin éteignit rageusement le téléphone, boutonna sa veste et se mit en marche au hasard. Après quelques mètres, il s'arrêta et regarda autour de lui. Quelque chose avait éveillé son attention. Il mit une seconde à comprendre : c'étaient les gens. Les gens qu'il voyait là, qui avançaient courbés en luttant contre le vent, étaient des étrangers. La couleur de leur peau, leur visage, leurs vêtements… C'était comme s'il avait franchi une frontière invisible, sans même s'en apercevoir, et qu'il se découvrait soudain dans un autre pays.

Cette pensée le frappa d'un coup : il n'avait encore jamais rendu visite à cette autre Suède, cette Suède nouvelle qui émergeait peu à peu dans les banlieues aux allures de ghettos où l'on entassait tous ceux qui étaient venus là en tant qu'immigrés ou réfugiés. Avec une lucidité effarante, il comprit qu'évidemment on ne pouvait guère attendre qu'une dizaine de personnes à la bibliothèque ce soir-là. En quoi ses poèmes pouvaient-ils apporter quoi que ce soit à ces gens ?

Il déambula sur l'esplanade jusqu'à ce qu'il ait froid. Dans un café où passait de la musique arabe, il attrapa un annuaire crasseux et chercha l'adresse de Pelle Törnblom. « Club de boxe Törnblom ». Il s'adressa à la caissière, une fille à la peau sombre. Savait-elle où se trouvait le club de boxe ?

– Derrière l'église.

Jesper Humlin n'avait vu aucune église.

La fille indiqua une direction par la fenêtre embuée et replongea dans son magazine.

Jesper Humlin finit son café et se mit à la recherche de l'église, derrière laquelle il aperçut en effet un entrepôt délabré avec une porte en fer où un panneau signalait l'entrée du «club de boxe Pelle Törnblom». Il hésita. Pourquoi relancer Pelle, au fond? Qu'avaient-ils à se dire? Il résolut de retourner à la bibliothèque. Au même instant, la porte s'ouvrit. La première pensée de Jesper Humlin fut que Pelle Törnblom avait pris du poids. Autrefois il était athlétique. L'homme qui venait d'apparaître à la porte était gros, le visage congestionné. Son ventre débordait par-dessus sa ceinture, et sa chemise, sous la veste en cuir, était tendue à faire craquer tous les boutons.

– Salut, dit Pelle Törnblom en souriant. On pensait aller t'écouter ce soir.

– Qui ça, «on»?

– Amanda et moi.

– Qui est Amanda?

– Ma femme. Quatrième et dernière.

– Alors on sera douze. La bibliothécaire m'a promis dix auditeurs.

Pelle Törnblom le fit entrer. Ils gravirent un escalier étroit jusqu'à une salle d'entraînement qui sentait la sueur aigre. Un ring en occupait le centre. Divers instruments de musculation étaient alignés contre les murs. Jesper Humlin chercha du regard une machine qui ressemblerait au rameur d'Olof Lundin.

– Je ferme le jeudi. Le reste du temps, c'est bondé.

Ils s'assirent dans un petit bureau. Pelle Törnblom le dévisagea en plissant les yeux.

– Pourquoi es-tu si bronzé?

– J'étais en voyage.

– Ça ne m'a pas l'air naturel.

– Que veux-tu dire?

– Pas naturel. Comme si tu avais passé du temps dans un solarium.

Jesper Humlin était maintenant certain d'avoir commis une erreur en allant voir Pelle Törnblom.

– J'étais en voyage. Dans une région ensoleillée. Dans ces cas-là, on bronze.

Pelle Törnblom haussa les épaules.

– Tu as grossi, contre-attaqua Jesper Humlin.

– Je me suis marié pour la quatrième et dernière fois. Je n'ai plus besoin de faire attention à mon physique.

– Tu es trop gros.

– Seulement en hiver. L'été je maigris.

– Qui est Amanda ?

– Elle nous vient de Turquie. Mais en fait, elle est d'origine iranienne. Sauf que son père est né au Pakistan. Maintenant il habite au Canada.

– C'est une immigrée ?

– Elle est née en Suède. À supposer que ça ait de l'importance.

– J'ai remarqué tout à l'heure que beaucoup de gens d'ici étaient des immigrés.

– En gros il n'y a que moi et les poivrots qui traînent devant Systemet qui sont ce qu'on peut appeler des Suédois de souche. Tous les gars qui viennent boxer chez moi sont d'ailleurs. J'ai compté dix-neuf nationalités.

– Je suppose qu'ils ne seront pas à la bibliothèque ce soir.

Jesper Humlin s'aperçut avec surprise que cette idée lui causait une certaine tristesse.

– Tu en rencontreras quelques-uns après, dit Pelle Törnblom en tirant sur le fil d'une cafetière électrique très sale posée sur une étagère.

– Que veux-tu dire ?

– Je n'ai pas pu les convaincre de se rendre à la bibliothèque. Mais ils viendront à la fête après.

– Quelle fête ?

– La fête que nous organisons en ton honneur, ici, ce soir.

Une vive inquiétude s'empara de Jesper Humlin.

– Personne ne m'a parlé d'une fête.

– Bien sûr que non. C'est une surprise.

– Impossible. Je dois retourner à Stockholm. On a programmé l'horaire de la lecture exprès pour me permettre d'attraper le dernier avion.

– Tu rentreras demain matin.

– Ça ne va pas. Andrea sera folle de rage.

– Qui est Andrea ?

– La femme avec laquelle je suis censé vivre.

– Tu es marié ?

– Non. Je ne vis même pas avec elle.

– Appelle-la, dis-lui que tu restes jusqu'à demain. Ce n'est pas compliqué.

– C'est impossible. Tu ne la connais pas.

– Une seule nuit.

– Non, je regrette.

– Beaucoup de gens seront déçus si on annule la fête. Je pense surtout aux jeunes qui boxent ici. Ils n'ont jamais rencontré un célèbre auteur de best-sellers.

– Je ne suis pas un auteur de best-sellers. Je ne suis même pas très célèbre.

Pelle Törnblom avait entre-temps réussi à faire fonctionner la cafetière et à préparer un café. Il tendit une tasse à Jesper Humlin, qui fit non de la tête.

– À mon avis, dit Pelle Törnblom, tu n'es pas du genre à décevoir les jeunes. Certains de leurs parents seront là aussi.

Jesper Humlin capitula à cet instant. Il essaya d'imaginer l'explication qu'il donnerait à Andrea, quelle raison l'aurait obligé à passer la nuit à Göteborg. Dans tous les cas, il le savait, cette explication se retournerait contre lui.

– Des Tziganes doivent venir jouer, dit Pelle Törnblom, comme si cet argument allait le convaincre.

Jesper Humlin ne répondit pas. Son regard et ses pensées étaient tournés vers le mur où une affiche déchirée annonçait un combat entre Eddy Machen et Ingemar Johansson.

Treize personnes assistèrent en définitive à la lecture poétique, car l'un des gardiens de la bibliothèque s'était attardé, bien qu'il fût en principe de congé le soir. Ils auraient pu être dix-sept, car quelques personnes éméchées qui avaient leur séjour habituel sur les bancs publics devant Systemet avaient tenté de se joindre à eux. À leur entrée, Jesper Humlin, qui n'avait toujours pas appelé Andrea, contemplait d'un air morose la salle presque vide. Mais en les voyant, il se ranima soudain et fit valoir qu'il refusait de lire des poèmes à des gens manifestement ivres qui ne s'intéressaient qu'à la chaleur de la bibliothèque.

Il allait commencer lorsque Pelle Törnblom apparut, boudiné dans un vieux costume. Il lui présenta sa femme, Amanda. Jesper Humlin tomba tout de suite amoureux d'elle. Elle avait un beau visage aux yeux enfoncés dans leurs orbites. Au cours de la lecture, il dirigea mentalement toute son énergie vers elle. C'était pour elle seule qu'il lisait ses poèmes. Le public se composait essentiellement de retraités, parmi lesquels un homme à la respiration sifflante que Jesper Humlin, dans son désespoir, convertit en bruit de vagues s'échouant sur des récifs. Quand ce fut fini, personne ne posa de questions. Pelle Törnblom souriait, et Jesper Humlin sentit naître un soupçon. Il me méprise, pensa-t-il. Quand nous étions jeunes, nous avions en tête une littérature très différente. Des livres de reportage sans complaisance sur le monde et sa misère. Pour moi, en fin de compte, il y a eu des poèmes et pour lui, un remorqueur puis un club de boxe.

Une fois que la bibliothécaire l'eut remercié pour sa prestation en lui remettant un bouquet de fleurs – l'un des plus petits de toute sa carrière –, il décida de s'éclipser par une porte de service et de filer directement à l'aéroport. Cela pouvait signifier la fin définitive de ses relations avec Pelle Törnblom. Mais la peur de la réaction d'Andrea pesait plus lourd. Quand la salle se fut vidée des rares auditeurs, Pelle Törnblom et Amanda approchèrent de sa table.

– Je n'ai pas compris tes poèmes, dit Amanda avec franchise. Mais ils étaient beaux.

– Moi je les ai compris, dit Pelle Törnblom. Mais je ne les ai pas trouvés beaux.

– Je vais chercher mon manteau, dit Jesper Humlin. Je vous retrouve au club de boxe.

Pelle Törnblom lui lança un regard perçant.

– Je pensais qu'on irait ensemble.

– Après une lecture, j'ai besoin de faire un tour tout seul.

– Pourquoi ?

– Pour me laver la tête.

– Allons-y ensemble. On n'a pas besoin de parler.

Il a deviné mon intention, pensa Jesper Humlin. En arrivant dans la pièce où il avait laissé son manteau, il hésitait encore. La perspective de téléphoner à Andrea pour lui dire qu'il ne rentrerait pas comme convenu le tétanisait. Il alluma son portable. Il allait appeler un taxi en lui demandant de l'attendre de l'autre côté de l'esplanade, comme ça personne ne remarquerait son départ. Au même instant, l'appareil sonna. L'écran affichait un numéro inconnu. Il prit la communication. C'était sa mère.

– Où es-tu ?

– Pourquoi ne me demandes-tu pas plutôt comment je vais ?

– On a changé d'époque, figure-toi. Avec les portables, on ne sait jamais où sont les gens. Pourquoi ne me demandes-tu pas où je suis, moi ?

– Je ne reconnais pas le numéro.

– J'ai été invitée au restaurant.

– Par qui ?

– Un admirateur.

– Qui ?

– Je n'ai pas l'intention de te le dire.

– C'est pour ça que tu m'appelles ? Pour me dire que tu n'as pas l'intention de me dire avec qui tu es en train de dîner ?

– Je veux que tu passes me voir plus tard dans la soirée. Il faut que je te parle. C'est important.

– Je ne peux pas. Je suis en voyage.

– J'ai parlé avec Andrea. Elle a dit que tu rentrais ce soir. Elle en était absolument certaine.

Il se sentit cerné.

– Pense que je serai peut-être morte demain. Je n'ai pas loin de quatre-vingt-dix ans.

– Tu ne mourras pas cette nuit. Je peux passer chez toi demain soir.

– Impossible. Demain soir, je reçois Andrea.

– Que veux-tu dire ?

– Je te vois ce soir, et Andrea demain soir.

– Pourquoi ne pouvons-nous pas nous voir en même temps ?

– J'ai quelques déclarations importantes à faire. Mais je veux vous parler séparément.

Il essaya en vain d'imaginer ce qu'avait encore mijoté sa mère.

– Je serai là, dit-il. Si j'arrive à temps à l'aéroport.

– Où es-tu ?

– Andrea ne te l'a pas dit ?

– Elle ne savait plus si c'était Luleå ou Malmö.

– Je suis à Göteborg.

– Écoute, je n'ai pas le temps de te parler. Je serai chez moi à partir de minuit. Je t'offrirai un verre de vin.

– Je ne veux pas de vin.

Elle avait déjà raccroché. Jesper Humlin fit le numéro du taxi. Occupé. Dans l'annuaire qui traînait sur une étagère, il chercha d'autres sociétés de taxis. Occupé partout. Il transpirait. Je ne veux pas aller à cette soirée. Par contre, je pourrais avoir envie de voir Amanda et de lui expliquer mes poèmes en tête-à-tête.

Il réessaya. Cette fois, on lui répondit.

– On peut t'envoyer une voiture dans vingt minutes.

– C'est trop tard. J'ai un avion à prendre.

– Il y a un congrès de médecins en ville. On ne peut pas aller plus vite que la musique.

– Vingt minutes, c'est trop.

– Dans ce cas, on ne peut rien faire pour toi.

Jesper Humlin résolut de héler un taxi dans la rue et se mit à chercher l'issue de secours de la bibliothèque. Il pensa qu'il s'apprêtait à prendre la porte des poètes ratés. Les auteurs à succès passaient par l'entrée principale. Lui, il se faufilait par l'escalier de service.

À peine à l'air libre, il tomba nez à nez avec Pelle Törnblom.

– Amanda est partie devant. On a eu peur que tu disparaisses.

L'humiliation était totale : pris sur le fait et capturé comme un rat.

– J'ai vu à ta tête que tu avais l'intention de filer. Je suis bien obligé de penser à tous les amis. Ils auraient été affreusement déçus de ne pas te voir.

– Tu ne connais pas Andrea.

Pelle Törnblom ouvrit la main, exaspéré.

– Donne-moi ton portable. Je vais l'appeler.

– Pour lui dire quoi ?

– Que tu es tombé malade.

– Je ne suis jamais malade et elle le sait. Elle est infirmière, elle me connaît.

– Je lui dirai que tu as eu une chute de tension.

– Je n'ai aucun problème de tension.

– Une gastro. Ça, ça s'attrape n'importe où.

– Tu ne comprends pas. Même si j'avais une crise cardiaque pour de vrai, elle me ferait une scène en m'accusant de ne pas tenir mes promesses.

Pelle Törnblom parut saisir que le problème était incontournable. Il réfléchit.

– Quand part ton avion ?

– Dans soixante-dix-sept minutes exactement.

– On attend une heure. Ensuite je l'appelle et je lui dis que je t'ai conduit à l'aéroport, mais que ma voiture est tombée en panne.

– Elle ne me croira pas.

– Peu importe, du moment qu'elle me croit, moi.

Pelle Törnblom dégageait une très grande autorité. Jesper Humlin sentit que toute résistance était inutile. Il lui donna son portable.

– Appelle Andrea au moment qui te paraîtra le meilleur. Mais si tu n'es pas convaincant, le cauchemar sera pour moi.

– Ne t'inquiète pas.

Jesper Humlin sentit son inquiétude augmenter de plusieurs crans.

Ils traversèrent l'esplanade déserte, où le vent soufflait toujours. Il voulut demander ce qui l'attendait au juste au club de boxe, mais Pelle Törnblom le devança.

– C'est une chance que mes boxeurs n'aient pas assisté à ta lecture.

– Mes poèmes ne t'ont pas plu, je sais.

Pelle Törnblom haussa les épaules.

– Ils sont comme les poèmes en général.

– C'est-à-dire ?

– Inintéressants.

Ils marchèrent quelques instants en silence. Le malaise de Jesper Humlin, son sentiment d'insignifiance, augmentait à chaque pas dans le vent glacial.

Devant le club, des veilleuses à la flamme vacillante avaient été allumées en signe de bienvenue de part et d'autre de la porte entrebâillée. D'un geste, il arrêta Pelle Törnblom.

– Qu'est-ce qu'ils attendent de moi ?

– Tu es l'invité d'honneur.

– Je te demande ce qu'ils attendent de moi.

– Que tu te conduises comme un invité d'honneur.

– Je ne sais pas comment se conduit un invité d'honneur.

– Tu réponds aux questions. Tu signes les autographes. Tu montres que tu es honoré.

– Qui suis-je, à leurs yeux ?

Pelle Törnblom parut surpris et réfléchit avant de répondre.

– Un représentant d'un autre monde. Tu arrives de Stockholm, mais tu pourrais aussi bien débarquer tout droit de la Voie lactée.

Comme le craignait Jesper Humlin, Andrea réagit très mal quand Pelle Törnblom lui annonça au téléphone que sa voiture était tombée en panne sur le chemin de l'aéroport. Il entendit la voix d'Andrea, dominant l'orchestre tzigane, se déverser telle une coulée de lave sur Pelle Törnblom, qui écarta précipitamment le téléphone de son oreille et raccrocha.

– Alors ?

– Elle ne m'a pas cru.

– Qu'est-ce que je te disais !

– Tu avais raison. On aurait dû sortir pour l'appeler.

Pelle Törnblom paraissait vaincu.

– *Tu* aurais dû sortir. C'est toi qui l'as appelé.

– C'est vrai. Quand une voiture tombe en rade sur une route de campagne, on n'entend pas un orchestre tzigane jouer à l'arrière-plan.

– Qu'a-t-elle dit ?

– Elle a parlé d'un livre qu'elle allait se mettre à écrire ce soir.

– Arrête. Je ne veux pas en savoir plus.

Jesper Humlin avait décidé qu'il ne boirait rien au cours de cette fête où il avait été entraîné de manière si inattendue en qualité d'invité d'honneur. À cet instant, après le coup de fil à Andrea, tous ses scrupules passèrent par-dessus bord. Un jour ou l'autre, il faut bien consommer le dernier repas. La dernière communion avant le grand départ pour l'au-delà – et pourquoi pas dans un club de boxe. Il se mit donc à boire, de façon lente et méthodique au début, puis avec une frénésie de plus en plus maniaque. Pelle Törnblom et lui étaient les seuls à boire du vin ; les autres tenaient tous des canettes de boissons gazeuses. Pelle Törnblom le présenta à des jeunes, des immigrés qui s'exprimaient, pour certains, dans un suédois si rudimentaire que Jesper Humlin les comprenait à peine. D'autres jeunes approchaient sans cesse pour lui parler. Il mobilisa toute sa patience pour répondre à leurs questions, quand il parvenait enfin à en saisir le sens.

Ensuite quelqu'un le fit monter sur le ring pour danser. Jesper Humlin détestait danser, il n'avait jamais su danser, il avait toujours envié ceux qui maîtrisaient l'art d'enchaîner des mouvements complexes en rythme. En essayant de descendre du ring, il fit un faux mouvement et tomba entre les cordes. Il était alors très ivre, mais il atterrit au sol en douceur, sans se blesser. Amanda le conduisit dans le bureau où il avait discuté en début de soirée avec Pelle Törnblom. Il voulait qu'elle reste, mais quand il commença à vouloir la toucher en lui disant qu'elle était belle, elle rougit violemment et sortit à toute vitesse, en fermant la porte derrière elle.

Jesper Humlin fut envahi par la solitude. Un gai brouhaha de voix et de musique lui parvenait de la salle de boxe. Soudain, sans savoir pourquoi, il se rappela la fille de Mölndal, celle qui avait dit s'appeler Tea-Bag. Il ferma les yeux. Plus de poèmes, pensa-t-il soudain. Mais pas davantage le roman policier qu'Olof Lundin attend de moi. Ce que je vais écrire, si j'y arrive, et ça n'a rien d'évident – je n'en sais rien.

La porte s'ouvrit. Une fille d'origine arabe, pour autant qu'il pût en juger à sa physionomie, le dévisagea depuis le seuil.

– Je te dérange ?

Le monde me dérange, pensa Jesper Humlin.

– Pas du tout.

La fille parlait un suédois hésitant, mais Jesper Humlin n'avait aucune difficulté à comprendre ce qu'elle disait.

– Je veux devenir écrivain, déclara-t-elle.

Jesper Humlin sursauta comme si on l'avait agressé en traître. Malgré l'ivresse, il ressentait profondément l'inquiétude et la méfiance qui l'envahissaient, comme chaque fois que quelqu'un affichait devant lui l'ambition d'écrire. Il imaginait toujours que la personne se révélerait supérieurement douée.

– Pourquoi ? réussit-il à lui demander.

– Je veux raconter mon histoire.

– Quelle histoire ?

– La mienne.

Jesper Humlin considéra la fille. Elle pouvait avoir dix-huit ou dix-neuf ans. Il était tellement ivre que les murs du bureau tanguaient, mais il fit l'effort d'essayer de la regarder. Elle était très grosse. C'était évident, malgré l'espèce de châle qui l'enveloppait et qui cachait ses formes. Plus que grosse, quasiment obèse. Son visage était couvert d'acné et luisant de sueur.

– D'où viens-tu ?

– D'Iran.

– Comment t'appelles-tu ?

– Leïla.

– Tu boxes ?

– Je suis ici parce que mon frère m'a demandé de venir. C'est lui, le boxeur.

– Et toi, tu veux être écrivain.

– C'est juste que je ne sais pas comment on fait.

Jesper Humlin essaya de stabiliser son regard. Une idée venait de lui traverser l'esprit – impossible de savoir d'où elle avait surgi, mais elle était limpide, comme dans les rares occasions où il avait *vu* intérieurement un poème achevé dont il n'avait par la suite jamais pu changer le moindre mot. *C'est juste que je ne sais pas comment on fait.* Jesper Humlin se redressa lentement dans le fauteuil.

Viktor Leander peut bien écrire son roman policier et Olof Lundin attendre le mien jusqu'à la fin des temps. Moi, ce que je vais faire, c'est aider cette fille ici présente à raconter son histoire. Et elle, à son tour, va m'aider à écrire sur ces gens qui vivent à Stensgården.

Jesper Humlin attrapa la bouteille de vin laissée par Amanda et but comme un assoiffé, au goulot. Leïla le regarda faire, avec un air de reproche.

– Je vais t'aider, dit Jesper Humlin en reposant la bouteille. Si tu me donnes ton numéro de téléphone, je t'appelle.

Elle sursauta.

– C'est impossible !

– Quoi donc ?

– Te laisser mon numéro de téléphone.

– Pourquoi ?

– Si un homme m'appelle, mes parents vont me harceler.

– Tu leur diras qui je suis.

Elle fit non de la tête.

– Ce n'est pas possible. Appelle ici, demande à parler à Pelle Törnblom, ou à Amanda.

Brusquement elle sourit :

– C'est sûr que tu veux m'aider ?

– Oui. Si je le peux, c'est une autre question.

La fille disparut. La musique avait repris. Jesper Humlin resta assis avec sa bouteille à contempler les affiches déchirées qui tapissaient les murs. Même si son projet était encore flou, il avait déjà une idée de ce qu'il allait écrire. Pas un livre comme celui que complotait Viktor Leander, ou celui que voulait lui imposer Olof Lundin, mais quelque chose de complètement différent.

Le lendemain matin, Pelle Törnblom le conduisit à l'aéroport. Jesper Humlin avait la gueule de bois et une relative incertitude concernant les événements de la nuit. Il s'était réveillé étendu sur un tapis de sol au pied du ring, avec un mal de crâne atroce.

– Une fête réussie, commenta Pelle Törnblom. Je suis content que tu sois resté. Andrea comprendra sûrement.

Jesper Humlin frémit à la pensée de ce qui l'attendait à son retour à Stockholm. Il se languissait de la bière qu'il espérait avoir le temps de boire à l'aéroport.

– Elle ne comprendra rien du tout.

– Pour mes boxeurs et les autres personnes présentes, ta visite a été un moment fort.

Jesper Humlin ne répondit pas. Il pensait à la grosse fille, Leïla. Et à l'idée qui lui était venue en sa présence. Là, à la lumière blafarde du lendemain de cuite, il ne savait plus si l'idée était bonne. Et cela lui parut soudain plus effrayant que la perspective de ce que dirait Andrea quand il arriverait à la maison.

5

Il s'avéra que tous étaient contre son idée. Pour des raisons très différentes, qu'ils lui jetèrent à la figure avec une formidable énergie. Andrea était hors d'elle, comme prévu, parce qu'il avait passé la nuit à Göteborg. Elle ne voulut même pas entendre parler de son nouveau projet.

– Tu n'es qu'un faux jeton qui n'a qu'une idée en tête : comment faire pour me tromper sans que je m'en aperçoive.

– Je ne te trompe pas.

– Qui est Amanda ?

Jesper Humlin ouvrit des yeux ronds. Ils dînaient chez Andrea, dans son appartement de Hägersten, dans la banlieue de Stockholm, quelques jours après son retour de Göteborg.

– Amanda est la femme d'un vieil ami à moi, qui est entraîneur de boxe.

– Depuis quand te préoccupes-tu de savoir si les femmes que tu pourchasses sont mariées ou non ? Tu as marmonné son nom cette nuit.

– Ça ne veut rien dire. Ce qui importe en revanche, c'est le désir que j'ai d'écrire ce livre, sur les immigrés et avec eux.

– Quelles sont tes références dans ce domaine ?

– Je suis écrivain, quand même.

– C'est ça. Bientôt tu vas m'annoncer que tu veux écrire un polar.

Jesper Humlin était effaré.

– Et pourquoi ferais-je une chose pareille ?

– Parce que tu as l'air de croire que tu peux écrire sans effort tout ce qui te passe par la tête. Je trouve que tu devrais laisser cette pauvre fille tranquille.

Jesper Humlin renonça à essayer de convaincre Andrea. Pendant le reste de la soirée, jusqu'à ce qu'elle parte pour prendre son service de nuit à l'hôpital, il fut question de leurs futurs enfants et de l'absence de sérieux dont il faisait preuve sur ce sujet. Juste avant de s'en aller, elle lui fit promettre d'être là le lendemain matin quand elle reviendrait du travail.

À peine eut-elle quitté l'appartement qu'il alla dans sa chambre pour fouiller parmi ses papiers et ses journaux intimes. Il trouva le brouillon d'une lettre adressée par Andrea à elle-même, qui décrivait l'une de leurs précédentes scènes de ménage. Il s'installa dans le séjour pour le lire en profondeur. L'angoisse revint le hanter. Andrea écrivait bien. Inutilement bien, pensa-t-il en reposant les feuilles avec une grimace. Sa première idée fut de rompre, ou du moins de menacer Andrea d'une rupture. Mais il était incertain de l'issue.

Fidèle à ses habitudes, il lut ensuite son journal intime. C'était un genre de cahier destiné aux adolescentes, mais il savait comment ouvrir le petit cadenas à l'aide d'une épingle à cheveux et il n'avait aucun scrupule. Il lut tout ce qu'elle avait écrit depuis la dernière fois. La plupart des entrées étaient sans intérêt, puisqu'il s'agissait de problèmes qu'elle rencontrait à son travail. Son attention s'aiguisait uniquement dans les passages où elle évoquait ses projets de mariage et son désir d'enfant. Une formule resta gravée dans son esprit. *Je dois à chaque instant me demander ce que je veux. Si on ne fournit pas du carburant neuf à sa volonté, elle s'étiole.* Il décida aussitôt de recopier la phrase dans son propre carnet, celui où il notait ses idées. Il n'avait encore jamais écrit de poème sur la volonté. La formule d'Andrea pouvait être développée au point de devenir une strophe dans son prochain recueil de poèmes.

Après le viol du journal intime, il se sentit un peu mieux. Il alla se servir un petit verre de grappa à la cuisine et s'allongea sur le canapé avec un des magazines de mode d'Andrea, qu'il avait l'habitude de lire en cachette.

Épuisé par leur longue querelle, il venait de se coucher quand sa mère l'appela au téléphone.

– Tu ne devais pas passer ce soir ?

– Je suis au lit. Je suis fatigué. Si ça ne t'ennuie pas, je viendrai plutôt demain.

– Andrea est-elle là ?

– Elle travaille.

– Tu devrais l'imiter. Il n'est que vingt-trois heures trente ! Je nous ai préparé un petit souper. J'ai même fait des emplettes chez un traiteur.

Jesper Humlin se rhabilla, commanda un taxi et constata, devant le miroir de l'entrée, que le bronzage des mers du Sud s'estompait déjà. Le chauffeur, une femme, connaissait très mal le centre-ville.

– Je suis stockholmoise depuis trois générations, annonça-t-elle gaiement après un long détour pour aborder correctement la rue à sens unique où vivait Märta Humlin. Je suis née dans cette ville, mais je n'y trouve pas mon chemin.

Il s'avéra ensuite qu'elle n'avait pas de monnaie. La carte de crédit de Jesper Humlin ne fonctionnait pas dans son taxi. Pour finir, elle nota son numéro de compte bancaire et jura sur l'honneur qu'elle lui virerait la différence dès que possible.

Dans l'appartement, Märta Humlin lui proposa des huîtres. Jesper Humlin n'aimait pas ça.

– Pourquoi as-tu acheté des huîtres ?

– Pour faire honneur à mon fils. Elles ne sont pas assez bien pour toi ?

– Tu sais bien que je n'aime pas les huîtres.

– Ah bon ? Tu ne me l'as jamais dit.

Au lieu de se lancer dans une discussion perdue d'avance, il lui raconta l'idée qui avait germé dans son esprit à Göteborg. Il était déjà arrivé que sa mère lui fournisse de bons conseils et des points de vue intéressants sur ses livres.

– Ton idée me paraît excellente, dit-elle quand il eut fini.

– Tu le penses vraiment ? – il était sincèrement surpris.

– Tu sais que je dis toujours ce que je pense.

– Ah bon. Certains ne sont pas de cet avis.

– Il faut écouter ce que je dis. Je pense que tu dois écrire un livre sur cette fille indienne. C'est un sujet à la fois pittoresque et romantique. Est-ce que ce sera une histoire d'amour ?

– Elle ne vient pas d'Inde, mais d'Iran. J'avais plutôt en tête un roman dans la veine du réalisme social.

– Je trouve que tu devrais écrire un conte d'amour entre un écrivain suédois et une belle femme venue d'un pays lointain.

– Elle est grosse et laide. En plus je ne sais pas écrire des romans d'amour.

Märta Humlin le regarda attentivement.

– Je croyais que tu voulais t'essayer à quelque chose de neuf.

– Je veux décrire les choses comme elles sont.

– Et comment sont-elles ? Pourquoi ne goûtes-tu pas une huître ?

– J'ai déjà mangé. Je veux écrire sur la difficulté extrême d'arriver dans un pays étranger et d'essayer d'y prendre racine.

– Qui, au nom du ciel, a envie d'entendre parler de grosses filles voilées des banlieues ?

– Pas mal de monde, à mon avis.

– Si tu suis mes conseils, c'est un bon projet. Dans le cas contraire, je pense que tu devrais laisser tomber. En plus tu n'as aucune idée de ce que c'est d'arriver dans un pays étranger. Pourquoi n'avez-vous pas d'enfants, Andrea et toi ?

– On s'y emploie.

– Andrea prétend que vous couchez très rarement ensemble.

Jesper Humlin lâcha la petite fourchette avec laquelle il tripotait son huître à contrecœur.

– Vous parlez ensemble de ces choses-là ?

– Nous avons une relation très ouverte et très confiante.

Pour Jesper Humlin, c'était un choc. Andrea lui avait dit plus d'une fois à quel point elle trouvait insupportable l'égoïsme illimité de Märta Humlin. Et voilà qu'en réalité, elle confiait ses soucis intimes à cette femme qui était sa mère et qui le forçait en cet instant même à manger une huître dont il ne voulait pas.

– Si vous continuez à comploter dans mon dos, Andrea et toi, je ne remettrai plus jamais les pieds ici.

– Mais c'est pour ton bien !

Jesper Humlin se rappela soudain leur échange téléphonique quelques jours plus tôt. Il n'allait pas se laisser entraîner dans une discussion stérile sur ce qu'Andrea et sa mère se confiaient ou ne se confiaient pas. Ce qu'il venait d'apprendre était bien suffisant.

– Quel est le sujet important dont tu désirais me parler ?

– Quel sujet ?

– Tu m'as dit au téléphone que tu devais me voir en tête-à-tête, et que c'était très important.

– Tiens, je n'en ai aucun souvenir.

– Si tu as l'intention de modifier ton testament et de nous déshériter, je veux que tu me le dises.

– C'est moi qui décide de mon testament.

– Si nous devions avoir des enfants, Andrea et moi, une certaine sécurité financière ne serait pas à négliger.

– Es-tu en train de me dire que tu souhaites ma mort ?

Jesper Humlin posa sa fourchette. Il était très tard. Mais sa mère débordait d'énergie.

– Il faut que je rentre, dit-il. Je suis fatigué. Je n'ai pas envie de parler d'argent avec toi en pleine nuit.

Märta Humlin parut offensée.

– Jamais je n'aurais cru que j'aurais un fils qui n'arrête pas de se plaindre de la fatigue. Tu tiens ça de ton père.

Là-dessus elle se mit à parler de la fatigue chronique de son défunt mari, et Jesper Humlin l'écouta jusqu'à trois heures du matin. Pour ne pas être réveillé par Andrea quand elle rentrerait, il se coucha dans le séjour avec des boules Quiès dans les oreilles. Il mit plusieurs heures à s'endormir. Il était hanté par le souvenir de la fille nommée Tea-Bag.

Le lendemain en fin d'après-midi il se rendit à sa maison d'édition, bien décidé à convaincre Olof Lundin de l'excellence de son idée. Il avait fourré un bonnet dans sa poche, prévoyant la possibilité d'un séjour prolongé dans le froid polaire du bureau. Olof Lundin était à bord de son rameur.

– Je viens de dépasser l'île d'Åland, annonça-t-il en le voyant. Comment va le roman policier ? Il me faut un titre d'ici une semaine maximum. On va bientôt démarrer le lancement.

Jesper Humlin ne répondit pas. Il avait pris place dans le fauteuil le plus éloigné du ventilateur. Olof Lundin finit de ramer. Il alla enfoncer une épingle à tête colorée dans la carte marine de la Baltique punaisée au mur. Puis il alluma une cigarette et s'installa derrière son bureau.

– Je suppose que tu es venu pour me donner un titre.

– Je suis ici pour te dire que je n'écrirai jamais ce que tu me demandes. Par contre j'ai une idée à te soumettre.

– C'est moins bien.

– Comment peux-tu le savoir avant que je t'en parle ?

– Seuls les romans policiers et certaines confessions sensationnelles se vendent à plus de cinquante mille exemplaires.

– Je veux écrire un livre sur une fille immigrée.

Olof Lundin le considéra avec intérêt.

– Ah. Un roman-confession. Depuis combien de temps as-tu cette liaison ?

Jesper Humlin sortit son bonnet et l'enfonça sur son crâne. Il avait si froid qu'il en tremblait.

– Quelle est la température dans ton bureau ?

– Un degré au-dessus de zéro.

– C'est insupportable. Comment peux-tu travailler dans ces conditions ?

– Il faut s'endurcir. À propos, qu'est-il arrivé à ton bronzage ?

– Rien, sauf qu'il pleut tout le temps dans ce pays. Tu veux entendre mon idée, oui ou non ?

Olof Lundin écarta les mains dans un geste que Jesper Humlin interpréta comme une combinaison d'ouverture d'esprit et d'indifférence. Il lui soumit son idée, avec le sentiment de se trouver face à un tribunal où ceux qui n'écrivaient pas de romans policiers étaient condamnés d'avance. Olof Lundin alluma une nouvelle cigarette et mesura sa tension. Puis il se rencogna dans son fauteuil et secoua la tête.

– Ce livre-là se vendra à quatre mille trois cent vingt exemplaires.

– Comment peux-tu le savoir ?

– Il fait partie de cette catégorie de livres. En plus tu ne peux pas faire un bouquin où il est question de grosses filles immigrées. Tu ne sais rien de leur vie.

– Justement. Je vais me renseigner.

– Elles ne vont jamais te raconter la vérité.

– Pourquoi ?

– Parce que je te le dis. C'est mon expérience qui parle.

Olof Lundin jaillit de son fauteuil et abattit ses mains sur la table.

– Tu dois écrire un roman policier, un point c'est tout. Laisse les grosses filles en paix. Tu n'as pas besoin d'elles et elles n'ont pas besoin de toi. Ce qu'il nous faut, c'est un roman policier de ta main, en attendant qu'un jeune talent issu de l'immigration écrive le grand roman sur la Suède nouvelle. Je veux un titre d'ici une semaine.

Olof Lundin se leva.

– C'est toujours aussi agréable de discuter avec toi. Mais j'ai une réunion avec mes directeurs du pétrole. Ils ont déjà noté avec approbation le fait que tu publies un roman policier l'an prochain.

Olof Lundin quitta majestueusement le bureau. Jesper Humlin se rendit dans un salon de thé non loin de la maison d'édition et but un café pour se réchauffer. Il se demanda brièvement s'il devait discuter de son idée avec Viktor Leander. Non, il valait mieux s'abstenir. Si son idée était aussi bonne qu'il le pensait, Viktor Leander s'empresserait de la lui voler.

Il rentra chez lui en taxi et constata avec soulagement que ni Andrea ni sa mère n'avaient laissé de message sur son répondeur. Après avoir parcouru, avec un dégoût croissant, les notes qu'il avait prises en vue de son prochain recueil sur le thème «tourments et contradictions», il s'allongea sur le lit et se mit à observer le plafond. Même s'il hésitait encore, il lui semblait que l'idée qui avait germé en lui à Göteborg se révélerait, dans l'immédiat, la plus féconde.

Il resta allongé à tourner ses pensées dans tous les sens avant de se relever et d'aller dans son bureau pour appeler Pelle Törnblom. Celui-ci finit par arriver au téléphone, très essoufflé.

– Qu'est-ce que tu fabriques? demanda Jesper Humlin.

– J'entraîne un Pakistanais. Au lieu de cogner dans le sac, il cogne sur moi. Qu'a dit Andrea?

– Ce que je savais qu'elle dirait. Mais j'ai survécu.

– Avoue que c'était une bonne fête. Les gars d'ici sont très fiers.

– Je voulais savoir si une fille iranienne du nom de Leïla t'avait laissé son numéro de téléphone.

– Son frère boxe avec moi. Il m'a expliqué votre affaire. Je trouve que c'est une bonne idée.

Jesper Humlin feuilleta rapidement son agenda.

– Dis-lui que je viendrai mercredi prochain. On peut faire ça chez toi?

– Au club, ça vaut mieux. Il y a une salle au rez-de-chaussée qui m'appartient mais dont je ne me sers jamais.

– J'espère qu'on ne nous dérangera pas.

– Son frère sera présent bien sûr.

– Pourquoi?

– Pour s'assurer que la séance se déroule en tout bien tout honneur. Qu'il n'arrive rien à sa sœur.

– Que pourrait-il lui arriver?

– Il n'est pas convenable pour elle d'être seule avec un homme. Nous parlons là de différences culturelles qu'il faut absolument respecter. On ne sait jamais ce qui peut arriver lorsqu'un homme et une femme restent seuls ensemble.

– Mais bon sang de bonsoir, tu l'as vue ?

– Ce n'est pas la plus belle femme du monde. Mais ça ne veut rien dire. Son frère sera juste présent pour vérifier qu'il ne se passe rien de déshonorant.

– Que penses-tu de moi, au juste ?

– Je trouve que tu as eu une excellente idée de laisser tomber tes poèmes et d'écrire un truc intelligent. Voilà ce que je pense de toi : que tu peux mieux faire.

Jesper Humlin sentit monter l'énervement. Il était vexé. Mais il ne dit rien. Et il comprit qu'il n'avait pas le choix, il faudrait accepter la présence du frère de Leïla.

À peine eut-il raccroché que le téléphone sonna. Il attendit que le répondeur se déclenche. C'était un journaliste, représentant d'un des plus grands quotidiens du pays. Jesper Humlin décrocha en s'efforçant de paraître débordé.

– J'espère que je ne te dérange pas, dit le journaliste.

Jesper Humlin espérait toujours, dans ses contacts avec les médias, avoir affaire à des femmes à la voix douce et agréable. Là, c'était un homme qui parlait du nez.

– Je travaille. Mais je t'écoute.

– Je voudrais te poser quelques questions concernant ton nouveau livre.

Mon *dernier* livre, corrigea Jesper Humlin intérieurement.

– D'accord, à condition que ce soit bref.

– Ça te dérange si je branche mon magnéto ?

– Non.

Jesper Humlin attendit que le journaliste dont il n'avait pas identifié le nom mette en marche son appareil.

– Je voulais juste savoir quel effet ça fait.

La soirée de Mölndal traversa l'esprit de Jesper Humlin comme une vision fugitive.

– Un effet très positif, répondit-il.

– Ce livre a-t-il un arrière-plan particulier ?

Jesper Humlin aimait bien cette question précise. Elle revenait sans cesse dans la bouche des journalistes. Quelques jours plus tôt, pendant qu'il était dans son bain, il avait imaginé une nouvelle réponse.

– Je m'efforce toujours de repousser les limites de mon paysage littéraire familier afin d'explorer de nouvelles voies. Si je n'avais pas été poète, je serais sûrement devenu constructeur de routes.

– Pourrais-tu développer cette étrange réponse ?

– J'ai du mal à imaginer une activité plus importante que celle consistant à ouvrir de nouvelles routes pour ceux qui viendront après nous.

– De qui parles-tu ?

– Des nouvelles générations.

Le journaliste toussota.

– C'est une réponse bizarre, mais belle.

– Merci.

– Il y a pourtant une sacrée distance entre la poésie et le roman policier à grand tirage.

Jesper Humlin se figea littéralement. Ses articulations blanchirent autour du combiné.

– Je ne suis pas sûr de bien comprendre.

– Nous avons reçu un communiqué de presse de ton éditeur annonçant que tu publierais un polar à l'automne prochain.

Il était souvent arrivé à Jesper Humlin de penser du mal de son éditeur. Mais là, en réalisant qu'il venait de se faire piéger par ce journaliste, il se prit à le haïr. La seule intrigue policière qui lui vint à l'esprit à ce moment précis était celle d'un écrivain qui assassinait son éditeur en lui enfonçant dans la gorge des piles de communiqués de presse mensongers.

– Allô ?

– Je suis là.

– Veux-tu que je répète la question ?

– Ce n'est pas nécessaire. J'ai décidé de ne pas m'exprimer davantage concernant mon prochain livre. Je viens d'entrer dans le processus d'écriture. On a vite fait de perdre sa concentration. Un peu comme quand on laisse entrer chez soi des gens qu'on n'a pas invités.

– Ça me paraît très subtil. Mais tu devrais quand même pouvoir dire quelque chose. Sinon pourquoi l'éditeur aurait-il diffusé un communiqué de presse ?

– Je ne peux pas répondre pour lui. Tout ce que je peux dire, c'est que je serai disposé à parler de mon livre d'ici un mois environ.

– Tu peux peut-être préciser quel en sera le sujet ?

Jesper Humlin réfléchit fébrilement.

– Disons que le champ magnétique du livre se situera dans la confrontation entre des pôles culturels.

– Je ne peux pas écrire ça. Personne ne va comprendre.

– Des gens originaires de cultures différentes se rencontrent et ne se comprennent pas. C'est plus clair ?

– Ah. C'est quelqu'un qui tue des immigrés ?

– Je n'en dirai pas davantage. Mais la conclusion que tu viens de tirer n'est pas la bonne.

– Ce sont donc des immigrés qui tuent des Suédois ?

– À vrai dire, il n'y aura pas un seul meurtre dans mon livre.

– Alors comment peut-on en parler comme d'un roman policier ?

– Je te le dirai le moment venu.

– Quand ?

– Dans un mois.

– As-tu quelque chose à ajouter ?

– Pas pour l'instant.

– Dans ce cas, il ne me reste plus qu'à te remercier.

Jesper Humlin reposa le combiné sur son socle.

Le journaliste était mécontent. Pour sa part, il était en nage et hors de lui. Il pensa qu'il devait appeler Olof Lundin sans attendre. Mais ça n'arrangerait rien. Un communiqué de presse avait été lâché dans la nature, on ne pourrait pas revenir dessus. Le roman policier qu'il n'écrirait pas faisait en ce moment la une de l'actualité littéraire.

Le soir même, Andrea débarqua chez lui à l'improviste. Jesper Humlin, qui s'était endormi d'épuisement sur le canapé après sa conversation avec le journaliste, se redressa d'un bond en entendant la clé tourner dans la serrure. Il se tranquillisa en entendant qu'Andrea ne claquait pas la porte. Elle ne l'agresserait donc pas tout de suite. Quand elle refermait la porte doucement, c'est qu'elle était de bonne humeur.

Elle se laissa tomber à côté de lui sur le canapé et ferma les yeux.

– Je deviens grincheuse. Je me fais l'effet d'une bobonne.

– Je sais que je te cause souvent de l'inquiétude. Mais j'essaie de changer.

Andrea ouvrit les yeux.

– Pas vrai. Mais j'apprendrai peut-être un jour à vivre avec.

Ils préparèrent le dîner ensemble et burent du vin à table, bien que ce fût un jour de semaine ordinaire. Il écouta patiemment sa tirade amère sur le chaos qui régnait dans le monde hospitalier suédois. En même temps, il réfléchissait à la meilleure manière de lui dire qu'il était sur le point de revoir la fille iranienne. Mais surtout, il pensait à ce que lui avait révélé sa mère la nuit précédente, le fait qu'Andrea et elle échangeaient des confidences sur leur vie intime.

Elle parut lire dans ses pensées.

– Comment s'est passée ta soirée chez Märta ?

– Comme d'habitude. Sauf qu'elle avait acheté des huîtres. Et qu'elle m'a raconté quelque chose qui ne m'a pas plu.

– Quoi ? Son intention de te déshériter ?

Jesper Humlin se raidit.

– Elle t'a dit qu'elle voulait me déshériter ?

– Non.

– Alors pourquoi dis-tu ça ?

– Qu'est-ce qui t'a déplu ?

Jesper Humlin savait que le moment n'était pas bien choisi. Ils avaient déjà bu trop de vin. Ça pouvait dégénérer rapidement. Mais il était incapable de se maîtriser.

– Elle prétend que vous discutez ensemble de notre vie sexuelle. Ainsi, tu aurais affirmé devant elle que nous ne couchions pas souvent ensemble.

– C'est la vérité.

– Tu es obligée d'en parler avec elle ?

– Pourquoi pas ? C'est quand même ta mère.

– Justement.

– On parle de tout, elle et moi. Je l'aime bien.

– Ce n'est pas ce que tu dis d'habitude.

– J'ai changé d'avis. Et elle est très ouverte avec moi. Je sais des choses sur elle dont tu n'as pas la moindre idée.

– Quoi par exemple ?

Andrea remplit leurs verres avec un sourire énigmatique. Jesper Humlin n'aimait pas du tout ce sourire.

– Je t'ai posé une question. Qu'est-ce que j'ignore, concernant ma mère ?

– Des choses que tu n'as pas envie de savoir.

– Je ne peux pas savoir si j'ai envie de les savoir tant que je ne les sais pas.

– Elle exerce un métier.

Jesper Humlin écarquilla des yeux.

– Quel métier ?

– C'est ce que tu n'as pas envie de savoir.

– Ma mère n'a jamais travaillé de sa vie. Elle est passée d'un projet à l'autre dans tous les domaines culturels possibles et imaginables. Mais elle n'a jamais eu de métier digne de ce nom.

– Maintenant elle en a un.

– Que fait-elle ?

– Elle vend du sexe par téléphone.

Jesper Humlin reposa lentement son verre.

– Je n'apprécie pas que tu dises du mal de ma mère.

– C'est la vérité.

– Quoi donc ?

– Elle vend du sexe par téléphone.

– Elle a quatre-vingt-sept ans. Comment peux-tu même avoir l'idée de prétendre une chose pareille ?

– C'est elle qui me l'a raconté. Pourquoi une femme de quatre-vingt-sept ans ne pourrait-elle pas faire ça ?

Jesper Humlin commençait à entrevoir avec épouvante qu'Andrea disait peut-être vrai. Pourtant il ne comprenait pas de quoi il pouvait être question.

– Peux-tu m'expliquer en quoi consiste ce travail ?

– Tu vois les petites annonces, celles qu'on trouve dans n'importe quel journal, des numéros qu'on peut appeler si on veut avoir des conversations cochonnes, gémir, grogner et Dieu sait quoi encore ? Une copine de ta mère a pensé qu'il pouvait y avoir un marché pour des vieux qui auraient envie de grogner avec des femmes de leur âge.

– Et alors ?

– Elle avait vu juste. Elles ont monté une entreprise. Une société anonyme, plus précisément. Quatre femmes, dont la plus jeune a quatre-vingt-trois ans et l'aînée quatre-vingt-onze. Ta mère est d'ailleurs présidente du conseil d'administration. L'an dernier, elles ont fait un bénéfice net de quatre cent quarante-cinq mille couronnes.

– Quel bénéfice net ? Je ne comprends pas de quoi tu parles.

– Je te dis simplement que ta mère passe quelques heures par jour au téléphone à gémir moyennant finances. Je l'ai entendue. Elle est très crédible.

– Comment ça, crédible ?

– On croirait vraiment qu'elle est excitée. Ne fais pas l'idiot, tu sais exactement de quoi je parle. Comment va ton nouveau livre ?

– Je passe quelques jours à Göteborg la semaine prochaine pour en commencer l'écriture.

– Bonne chance.

Andrea se leva et se mit à débarrasser la table. Jesper Humlin resta assis. Ce qu'elle venait de lui révéler au sujet de sa mère éveillait en lui un mélange d'inquiétude et d'indignation. Il savait déjà, au fond de lui, qu'Andrea avait dit la vérité. Sa mère était réellement capable de tout.

Une semaine plus tard, quand Jesper Humlin monta dans le train pour Göteborg, il avait passé le plus clair de son temps à éluder les questions des journalistes concernant le roman policier qu'il n'écrirait pas mais qui paraîtrait néanmoins à l'automne. Il avait essuyé une dispute avec Viktor Leander, qui l'avait accusé au téléphone de « voler les idées de son meilleur ami ». En échange d'un serment de silence, il avait finalement réussi à le persuader qu'aucun roman policier signé de lui ne verrait le jour dans un avenir proche ou lointain.

L'homme qu'il pourchassait avec le plus d'insistance, Olof Lundin, s'était rendu inaccessible toute la semaine. Jesper Humlin lui avait même téléphoné en pleine nuit, à son domicile, sans qu'il décroche. Il n'avait pas non plus trouvé l'occasion de discuter avec sa mère de l'activité scandaleuse à laquelle elle se livrait au téléphone. Mais il s'était contraint à vérifier par lui-même la véracité des paroles d'Andrea. Un après-midi où il se trouvait seul chez lui, après s'être donné du courage avec deux verres de cognac, il composa le numéro de l'annonce qu'Andrea lui avait désignée dans le journal. Deux voix de femmes inconnues lui répondirent successivement. Mais au troisième appel il reconnut avec horreur sa propre mère, qui s'adressait à lui d'une voix altérée. Il raccrocha précipitamment comme si le téléphone l'avait mordu et avala quelques cognacs supplémentaires pour essayer de se calmer.

Une fois dans le train, il s'écroula à sa place en regrettant de n'être pas plutôt à bord d'un avion qui l'emmènerait très loin. Il se laissa aller et ferma les yeux. Cette semaine l'avait rigoureusement épuisé. À la lisière du sommeil, il entendit quelqu'un vociférer dans un portable à côté de lui. Il était confusément question d'une pelleteuse qui n'avait pas été payée dans les temps. Jesper Humlin abandonna tout espoir de repos et attrapa un journal. Il lui arrivait encore de ressentir un frisson de peur en ouvrant un quotidien national. Un journaliste avait pu s'intéresser après coup aux événements de Mölndal, puisque le nom de Jesper Humlin était en ce moment très présent dans les médias à cause de ce livre qu'il n'avait pas l'intention d'écrire.

Il picora vaguement son plateau-repas et passa le reste du voyage à contempler avec abattement le paysage crépusculaire qui défilait par la vitre. J'ai perdu pied, pensa-t-il. Je suis au cœur de la vie, au cœur du monde, au cœur de l'hiver suédois. Et je manque cruellement d'ancrage.

À son arrivée à Göteborg, Pelle Törnblom l'attendait et le fit monter dans une vieille fourgonnette cabossée. À peine sortis du périmètre de la gare, ils se retrouvèrent coincés dans un embouteillage.

– Ils sont déjà là, dit Pelle Törnblom avec satisfaction. Ils nourrissent de grandes espérances.

– Mais je ne dois la voir que dans quatre heures…

– Ils sont là depuis ce matin. C'est un grand jour pour eux.

Jesper Humlin jeta un regard méfiant au conducteur. Était-il sérieux ou ironique ?

– Je ne sais pas du tout à quoi ce projet va mener, répondit-il. Peut-être à rien.

– Le plus important, c'est que tu le fasses. Les immigrés dans ce pays sont considérés comme des victimes. Victimes des circonstances, de leur mauvaise maîtrise de la langue, de tout ce qu'on peut imaginer. Parfois ils se voient eux-mêmes comme des victimes. Mais la plupart ont vraiment envie d'être considérés et traités comme des gens ordinaires. Si tu peux les aider à raconter leur propre histoire, tu auras accompli quelque chose d'important.

– Qui ça, « ils » ? Je dois parler à une fille qui s'appelle Leïla.

La fourgonnette avança de quelques mètres et s'immobilisa de nouveau. Il se mit à neiger.

– Il y aura peut-être quelques personnes en plus.

– Qui ? Combien ?

– On a dû rajouter quelques chaises supplémentaires.

Jesper Humlin agrippa la poignée de la portière, prêt à fuir.

– Des chaises supplémentaires ? Mais de quoi parles-tu ?

– Je crois qu'ils seront une cinquantaine.

Jesper Humlin essaya d'ouvrir la portière. La poignée lui resta dans la main.

– C'est quoi, cette bagnole ?

– La poignée tombe souvent. Ne t'inquiète pas, je la réparerai après.

– Que veux-tu dire par une « cinquantaine » ?

– Leïla a amené quelques copines qui ont aussi envie d'apprendre à écrire.

– Alors pourquoi me parles-tu de cinquante personnes ?

– Leurs familles les accompagnent.

– Pourquoi ?

– Comme je le disais avant : elles surveillent leurs filles. Sérieusement, je pense que tu devrais être heureux que ton projet les intéresse tant.

– Mais je suis venu pour parler avec *une* fille ! Pas avec un tas de filles, et certainement pas avec leurs familles. Ramène-moi à la gare.

Pelle Törnblom se tourna vers lui.

– Tu verras, tout va bien se passer. Quand ils auront compris que tu es un homme sur qui on peut compter, ils viendront moins nombreux. À l'avenir.

– Je ne veux rien savoir. Je suis venu pour parler avec une seule fille. Ramène-moi à la gare.

– Et au fait, il y aura encore quelqu'un.

– Qui ?

– Un journaliste.

– Comment a-t-il eu vent de cette histoire ?

– C'est moi qui l'ai appelé.

– Que le diable t'emporte !

– Tu peux imaginer ce qu'il risque d'écrire si tu manques à ta parole vis-à-vis de ces filles qui sont déjà très exposées et très vulnérables dans notre société.

Jesper Humlin en resta muet, serrant dans sa main la poignée de la portière. Pourquoi personne n'écoute ce que je dis ? Pourquoi vient-il cinquante personnes alors que je devais parler à une seule ?

La caravane de voitures s'ébranla. La neige tombait, de plus en plus dense et serrée. En arrivant au club de boxe de Stensgården, Jesper Humlin avait surtout envie de pleurer. Mais il suivit docilement Pelle Törnblom dans la salle bondée. Des gens de tous âges et de tous aspects s'entassaient sur les chaises. Il y avait de tout, même des gens très vieux et des petits enfants qui criaient. La salle était saturée d'odeurs, un mélange d'épices exotiques que Jesper Humlin n'avait jamais respiré auparavant.

Il s'arrêta sur le seuil. À l'autre bout de la salle, Leïla l'attendait à une table, avec ses copines. À sa grande surprise, il vit que l'une d'elles était Tea-Bag.

Il se retourna. Pelle Törnblom bloquait l'issue.

Il ne lui restait plus qu'une direction à prendre.

6

À vingt-deux heures quinze, Jesper Humlin fut mis K.-O. par un Tzigane finlandais géant du nom de Haiman. Celui-ci l'avait vu effleurer de la main la joue de sa nièce, Sacha, et il n'avait pas apprécié. Sacha ne faisait pas partie des amies de Leïla, et on ne put jamais éclaircir la raison pour laquelle Jesper Humlin avait eu ce geste envers elle ; mais le coup de poing asséné par l'oncle n'était pas une plaisanterie. Haiman pratiquait depuis de nombreuses années une sorte de rugby maison, avec quelques copains, dans un champ du côté de Frölunda. Jesper Humlin n'eut pas le temps de comprendre ce qui lui arrivait. Le coup percuta sa joue et l'envoya valdinguer contre le mur. Il s'écroula sans connaissance. Selon Pelle Törnblom, qui avait vu beaucoup de K.-O. au cours de sa carrière, c'était un des plus purs qu'il ait jamais eu l'occasion d'admirer.

Quand Jesper Humlin rouvrit les yeux une heure plus tard, il était allongé sur une civière de l'hôpital Sahlgrenska, dans le couloir des urgences, bondées comme d'habitude. Il vit que Pelle Törnblom était là, et réussit à faire un premier tri dans ses idées grumeleuses. Pelle Törnblom s'aperçut qu'il était réveillé.

– D'après le médecin, la mâchoire n'est pas fracturée, annonça-t-il. Tu as de la chance.

– De la chance ? siffla Jesper Humlin – la douleur lui déchirait la gorge.

– Je n'entends pas ce que tu dis.

Pelle Törnblom fouilla dans ses poches, en tira un bout de papier et un crayon et les tendit à Jesper Humlin, qui griffonna sa question : *Que s'est-il passé ?*

– Un malentendu. Tout le monde était désolé après coup. Ils sont une vingtaine, là-dehors, qui attendent de tes nouvelles. Ils veulent entrer te dire bonjour. Ils se font beaucoup de souci pour toi.

Devant l'air effaré de Jesper Humlin, il ajouta :

– Ils n'entreront que sur mon signal. Ce n'était qu'un malentendu. Un choc culturel sans importance.

Pelle Törnblom lui adressa un regard encourageant et voulut lui serrer l'épaule, ce qui provoqua un terrible élancement dans sa joue.

– Je dirais que c'est le type même d'expérience que tu viens chercher en apprenant à ces filles l'art d'écrire.

Jesper Humlin attrapa le papier et nota, d'une main qui tremblait d'indignation : *Je ne suis pas venu me faire démolir la mâchoire par un dingue.*

– Haiman est quelqu'un de très réservé en temps normal. Mais il a trouvé que tu étais un peu… intrusif. Tu devrais cesser de caresser les joues des filles. Ça peut être source de malentendus. Mais tu as de la chance. Les médecins croient que tu n'as même pas de commotion cérébrale. Par acquit de conscience, ils veulent quand même te garder jusqu'à demain.

Jesper Humlin reprit le crayon. *Je veux rentrer chez moi. Je ne reviendrai jamais.*

– Bien sûr que tu reviendras. Tu es juste un peu secoué. Tout le monde était très content de la soirée. Tu as été formidable. Tu vas voir que les choses vont prendre tournure.

Jesper Humlin, à moitié aveuglé par la lampe puissante suspendue au-dessus de lui, dévisagea Pelle Törnblom.

Puis il secoua lentement la tête. S'il avait pu, il l'aurait frappé. Il reprit le crayon et lui demanda par écrit d'aller dire aux gens qui attendaient dehors qu'il espérait bien ne plus jamais revoir un seul d'entre eux. Pelle Törnblom acquiesça d'un air compréhensif et disparut derrière une cloison. Jesper Humlin tâta du bout des doigts sa joue enflée. La douleur était comme une pulsation sous sa peau. Pelle Törnblom revint.

– Ils sont ravis d'apprendre que tu vas mieux. Ils espèrent te revoir bientôt. Je leur ai dit que tu avais trouvé la soirée très enrichissante.

Jesper Humlin griffonna rageusement sur la feuille et la lui tendit : *Sors d'ici.*

– J'attends Amanda. Elle restera auprès de toi pendant quelques heures. Je viendrai te chercher demain matin pour te conduire à la gare ou à l'aéroport. Nous devons convenir d'une date pour ta prochaine visite.

Jesper Humlin jura silencieusement et ferma les yeux. Il entendit Pelle Törnblom repasser derrière la cloison. Pour tenir la douleur en respect, il entreprit avec mille précautions de reconstituer les événements de la soirée, avant que l'obscurité ne l'engloutisse.

Pelle Törnblom était dans son dos et lui coupait la retraite. Dans la salle, le silence s'était fait d'un coup. Il vit tous les visages se tourner vers lui. Puis la rumeur reprit, plus forte qu'avant. Il essaya de ne pas les regarder dans les yeux, tous ces gens effrayants qui l'observaient pendant qu'il se dirigeait tant bien que mal vers la table où l'attendaient Leïla, Tea-Bag et une troisième fille. Et une chaise vide. À l'instant où il s'assiérait sur cette chaise, il faudrait à tout prix qu'il ait un plan pour maîtriser la situation. Il était complètement affolé.

Pour une raison obscure, il pensa soudain à Anders Burén, le courtier qui gérait son portefeuille d'actions.

Peut-être parce que le chaos ambiant rappelait les images de places boursières qu'on pouvait voir à la télé. Ou alors tout simplement parce qu'il n'avait pas été en contact avec lui depuis plus d'une semaine. Après quelques années de dividendes inespérés, ses titres tanguaient à présent comme tous les autres sur un marché mondial de plus en plus instable.

Si je survis à cette soirée, je l'appelle demain sans faute, pensa-t-il. Aussitôt il frémit à l'idée qu'à l'instant même, pendant qu'il se frayait un chemin dans cette salle bondée, un marché s'effondrait à l'autre bout du monde – catastrophe dont les répercussions anéantiraient tous ses investissements en une nuit. Quand il fut enfin devant la table, le brouhaha cessa. Il adressa un signe de tête à Tea-Bag, mais ce fut Leïla qui lui tendit la main. Tea-Bag se tenait visiblement en retrait. La troisième fille détournait son regard.

En serrant la main de Leïla, il eut la sensation de toucher un poisson mort et suant. Mais les poissons ne transpirent pas, pensa-t-il, en pleine confusion. Et les filles ont bien le droit de transpirer quand elles ont le trac. Je pourrais peut-être utiliser cette image. Dans un poème que je n'écrirai sans doute pas. Mon avenir est pour l'instant constitué de deux livres qui ne verront jamais le jour. Dont le premier est déjà en pleine campagne de lancement.

Jesper Humlin restait agrippé à la main de Leïla, de peur de sombrer s'il la lâchait. Il la salua courtoisement. Quelque part derrière lui, quelqu'un applaudit.

– Je vois que tu as amené quelques amies, dit-il en s'efforçant de paraître aimable.

– C'est elles qui ont voulu venir. Tu connais déjà Tea-Bag.

Jesper Humlin prit la main de Tea-Bag. Mais il la serra trop fort et elle la retira aussitôt. Il ne comprit pas le nom de la troisième fille, qui ne lui serra pas la main et ne tourna pas son visage vers lui. Il prit place sur la chaise vacante. Au même instant un groupe de gens se leva au fond de la salle et entreprit de fendre la foule en direction de la table.

– Mes parents, expliqua Leïla.

– Tous les quatre ?

– Les deux plus grands sont mon frère et ma sœur. À côté, ce sont ma mère et mon père.

Aux yeux de Jesper Humlin, ils étaient tous aussi petits les uns que les autres.

– Ce sont mes parents, insista Leïla. Ils veulent te dire bonjour.

– Je croyais que seul ton frère devait venir.

– J'ai trois frères. Ma grand-mère paternelle est venue aussi. Et les deux sœurs de mon père.

Jesper Humlin salua à tour de rôle les membres de la famille. Leur regard était à la fois aimable et inquisiteur. Il entendit leurs noms, mais les oublia sur-le-champ. Quand la cérémonie fut terminée, ils fendirent la foule en sens inverse. Jesper Humlin sentait la sueur couler sous sa chemise. Les fenêtres de la salle avaient été condamnées avec des planches et des clous. Il jeta un regard à Pelle Törnblom, qui se tenait toujours devant la porte, tel un videur. La panique était proche. Il se maudit d'avoir oublié pour une fois de glisser dans sa poche son flacon de calmants.

– Voici Tania, dit Leïla en désignant la fille qui regardait ailleurs.

Jesper Humlin se prépara à un nouveau déplacement de chaises. Mais personne ne se manifesta. Tania semblait être venue seule.

– D'où viens-tu ?

– De Russie, répondit Leïla à sa place.

– Et tu veux participer à cet atelier pour apprendre à écrire ? Pour raconter ton histoire ?

– De nous trois, c'est elle qui en a le plus vu, dit Leïla. Mais elle ne parle pas beaucoup.

Cette dernière observation se révéla tout à fait exacte. Tania ne prononça pas un mot de toute la soirée. De temps à autre, Jesper Humlin lui glissait un regard. Il devina qu'elle était la plus âgée des trois – elle devait avoir vingt-cinq ou vingt-six ans. Elle était tout le contraire de Leïla : mince, un beau visage ovale, des cheveux châtains qui lui arrivaient aux épaules. Elle était aussi très tendue, le regard rivé à un point indéterminé au fond de la salle. Même en mobilisant toute son imagination, il était clair qu'il n'avait pas la moindre idée de ce que pouvait penser cette fille. Il constata aussi, avec le mélange habituel d'angoisse et de convoitise, qu'il commençait à être attiré par elle.

À côté de Tania se trouvait la fille qu'il avait déjà rencontrée à Mölndal, celle qui s'appelait Tea-Bag et qui lui avait posé la question motivant peut-être à elle seule le fait qu'il soit revenu à Stensgården. Ce soir-là, à Mölndal, elle lui avait fait l'effet d'une personne libre et volontaire. À présent elle paraissait soucieuse, mal assurée, et elle évitait soigneusement son regard.

La rumeur se tut. Jesper Humlin comprit que le chef d'orchestre était arrivé, et que le chef d'orchestre, c'était lui. Il devait faire quelque chose. Il se tourna vers Leïla.

– Pourquoi veux-tu apprendre à écrire ?

– Je veux devenir une star de la télévision.

Jesper Humlin en perdit ses moyens.

– Pardon ?

– Je veux qu'on me voie à la télé. Dans une série qui passe tous les soirs pendant dix ans.

– Là, je crains de ne pas pouvoir t'aider. Nous n'allons pas nous consacrer beaucoup aux séries télévisées dans cet atelier.

Comment poursuivre ? La situation devenait ingérable. Le brouhaha dans la salle avait repris. Face à lui, Leïla qui transpirait et voulait devenir star de série télé, Tania qui regardait toujours ailleurs et une Tea-Bag qu'il ne reconnaissait pas. Pour gagner du temps, il indiqua les blocs de papier posés sur la table, un devant chaque fille, qui portaient tous le même tampon : « Club de boxe Törnblom ».

– Je veux que vous écriviez deux choses, commença-t-il.

Aussitôt il fut interrompu par quelqu'un qui lui demandait, du fond de la salle et avec un fort accent, de parler plus fort.

– En réalité, cria Jesper Humlin, ceci n'est pas une conférence. Mais je veux que les filles répondent par écrit aux deux questions que je vais poser maintenant. Pourquoi voulez-vous apprendre à écrire ? C'est la première question. Voici la deuxième : quel est votre rêve d'avenir ?

Un murmure plein d'expectative s'éleva dans la salle. Pelle Törnblom s'était entre-temps ménagé un passage jusqu'à la table, un verre d'eau à la main. Jesper Humlin en profita :

– On ne pourrait pas ouvrir une fenêtre ? Il fait une chaleur à mourir.

– On a eu tellement de cambriolages que j'ai été obligé de tout barricader.

– Je vais mourir étouffé !

– Tu es trop couvert. Mais ça se passe bien. Très, très bien.

– Ça se passe atrocement mal. Je vais devenir dingue. Si tu ne fais pas entrer un peu d'air, je vais m'évanouir. Je ne veux pas m'évanouir. En fait, je devrais te tuer.

– Impossible, je suis plus fort que toi. Mais tout va bien. Très, très bien.

Pelle Törnblom retourna surveiller la porte. Les filles écrivaient. Qu'est-ce que je fais ensuite ? se demanda Jesper Humlin. La panique l'envahissait. Il décida qu'il ne ferait rien du tout. Il allait simplement rassembler les papiers, lire les réponses et demander ensuite à chacune, pour la prochaine fois – sauf qu'en réalité il n'y aurait pas de prochaine fois –, d'écrire une histoire brève sur la manière dont elle avait vécu cette soirée. Après quoi il pourrait quitter cette salle suffocante et, dans le meilleur des cas, attraper le dernier train ou le dernier avion pour Stockholm. Il était fermement décidé à ne jamais revenir. Il leva la tête. La foule le dévorait des yeux. Une femme qui allaitait un bébé lui adressa un signe de tête encourageant. Jesper Humlin le lui rendit. Puis il rassembla les papiers. Il n'avait pas l'intention de lire à haute voix ce qu'avaient écrit les filles. Pour ne pas s'attirer des protestations sauvages, il se pencha vers l'oreille de Leïla.

– Je veux que tu leur expliques que ce que vous avez écrit est confidentiel. Je n'ai pas l'intention de leur lire vos réponses.

Leïla parut horrifiée.

– C'est impossible ! En plus je ne connais pas toutes leurs langues.

– Ils comprennent tout de même un peu le suédois ?

– Pas sûr.

– Pourquoi ne veux-tu pas leur dire que ce que vous avez écrit ne concerne que nous ?

– Mes frères pourraient croire que je t'ai adressé un message secret.

– Et pourquoi diable aurais-tu fait une chose pareille ?

– Ça, ils ne peuvent pas le savoir.

– Je ne vais jamais pouvoir animer cet atelier d'écriture s'il faut sans cesse informer tout le monde de ce que nous faisons. Écrire, c'est raconter des histoires qui ont leur source à l'intérieur de nous. Il s'agit de dévoiler ses pensées les plus intimes.

Leïla réfléchit.

– Tu n'es pas obligé de lire à haute voix ce qu'on a écrit. Mais tu dois nous rendre nos papiers pour qu'on puisse les montrer à nos familles. Sauf Tania, évidemment.

– Pourquoi ?

– Elle n'a pas de famille. Sa famille, c'est nous.

Jesper Humlin comprit qu'il n'obtiendrait rien de plus. Il se leva.

– Je n'ai pas l'intention de révéler ce que les filles ont écrit, cria-t-il.

Un grondement de mécontentement parcourut la salle.

– En revanche, elles pourront garder leurs papiers.

Les protestations décrurent. Jesper Humlin se rassit, avec un regard de gratitude à Leïla, et entreprit de parcourir ce qu'elles avaient écrit. Le premier papier était celui de Tania. Une feuille vierge, à l'exception d'un petit cœur qui paraissait saigner. Rien d'autre. Jesper Humlin regarda longuement ce cœur tracé au stylo bille d'où tombaient des gouttes de sang, ou peut-être des larmes. Puis il se tourna vers Tania. Mais elle ne lui rendit pas son regard, elle fixait toujours le même point, qui semblait se trouver au-delà des murs de la salle surchauffée. Il replia le papier, en constatant qu'il était touché par son petit dessin, et le posa devant elle. Le papier suivant était celui de Leïla. Elle voulait devenir écrivain pour raconter ce que c'était de vivre en tant que réfugiée dans un pays comme la Suède. Puis elle ajoutait, dans un élan de franchise : *je veux apprendre à écrire pour devenir mince.* Jesper Humlin pensa que c'était une des réponses les plus honnêtes qu'il avait jamais entendues, à la question de savoir ce qui motivait, en dernier recours, une vocation d'écrivain. À la deuxième question, elle avait répondu qu'elle voulait être star de série télévisée ou alors animatrice d'émission télévisée.

Le dernier message était celui de Tea-Bag. *Je veux raconter ce qui s'est passé sur la plage.* À la question du rêve d'avenir, à la surprise de Jesper Humlin, elle avait elle aussi répondu qu'elle voulait être animatrice d'émission télé.

Les réponses des trois filles étaient à la fois révélatrices et déconcertantes. Il chercha dans son cerveau épuisé une façon de conclure dignement la soirée. Il regarda les filles. Puis il regarda toutes les familles qui attendaient avec impatience qu'il dise quelque chose. Maintenant je vais mentir, pensa-t-il en se levant. Et je vais le faire d'une manière convaincante. Pas par mauvaise volonté ou par mépris, mais parce que ce projet a fait naufrage avant même que je le mette à l'eau.

– Nous nous en tiendrons là pour ce soir. Nous nous sommes maintenant rencontrés, vous et moi, et j'en sais un peu plus long sur vos attentes concernant ce projet. On vous communiquera la date de notre prochain rendez-vous. Merci.

L'espace d'un instant, il y eut un silence perplexe. Puis quelqu'un commença à applaudir. Jesper Humlin fut envahi par un soulagement indicible. Il serait bientôt dehors. Il se dirigea vers la sortie, serrant au passage plusieurs mains tendues. Et ce fut à ce moment-là qu'une fille qui devait avoir environ dix-sept ans lui sourit et, sans trop savoir pourquoi, il lui effleura la joue, après quoi tout devint noir.

Il était maintenant aux urgences, sur un chariot, la joue gauche terriblement enflée. La douleur affluait par vagues. Un médecin stressé entra en coup de vent et l'examina. Il avait un fort accent. Son badge portait un nom que Jesper Humlin devina être d'origine polonaise, ou peut-être russe.

– Les radios sont bonnes. Comment te sens-tu ?

– J'ai mal.

– On va te donner des antalgiques. Ça se tassera d'ici quelques jours. Est-ce que tu avais bu ?

– Tu me demandes si j'étais ivre ?

– C'est le cas, en général, quand la soirée se finit en bagarre.

– Je proteste contre ces insinuations. Je n'étais pas ivre. J'ai été agressé.

– Dans ce cas, tu dois faire une déclaration à la police.

Au même instant, Pelle Törnblom apparut en compagnie d'Amanda. Il avait entendu la dernière réplique.

– Inutile. C'est juste une petite dispute familiale qui a mal tourné.

Le médecin disparut. Jesper Humlin se redressa avec effort, bien décidé à dire une fois pour toutes à Pelle Törnblom ce qu'il pensait des disputes familiales qui tournaient mal. Mais la douleur l'obligea à se rallonger.

– Qu'est-ce que tu racontes ? chuchota-t-il.

– Chez nous, à Stensgården, on se sent comme une grande famille. Du moins, on devrait. Tu commences à en faire partie.

Jesper Humlin eut un geste interrogateur en direction de la cloison.

– Ils sont partis. Ils me chargent de te dire qu'ils se réjouissent de te revoir bientôt. Haiman est au désespoir. La prochaine fois, il te donnera un cadeau.

– Il n'y aura pas de prochaine fois. Quel cadeau ?

– Il a parlé d'un ballon de rugby.

– Je ne veux pas d'un ballon de rugby. Je déteste le rugby. Je ne remettrai jamais les pieds ici.

Soudain une pensée le frappa.

– Et le journaliste ? Tu as dit que tu avais parlé à un journaliste. Il est venu ? Il a vu ce qui s'est passé ?

– Il était enthousiaste. Il va écrire un article très positif sur la soirée.

– La seule chose qu'il écrira, c'est que je me suis fait agresser. Ça fera les gros titres. Et celui qui m'a agressé prétendra que j'ai peloté sa fille ou sa cousine, ou Dieu sait quoi encore. Comment veux-tu que je me défende ? Je suis condamné d'avance.

– Il ne va rien écrire là-dessus. Je te le promets. Il s'intéresse sincèrement à votre projet d'écriture.

Jesper Humlin était sceptique. Mais il prit quand même le parti de le croire.

– Je dois filer. Amanda reste avec toi. Je te conduirai au train demain matin, on décidera ensemble de la date de ton retour.

Jesper Humlin ne répondit pas. Il venait de comprendre que tout ce qu'il disait à cet homme était immédiatement transformé en son contraire.

Pelle Törnblom parti, Amanda alla lui chercher un verre d'eau. Jesper Humlin admira sa belle chute de reins, pensa en même temps à Tania, et se sentit aussitôt un peu mieux. Le petit cœur rouge l'avait ému. Le physique de Tania aussi. Mais il se cuirassa. Il ne retournerait pas à Stensgården. L'idée même de rassembler ces quelques filles pour un atelier d'écriture improvisé était absurde. Ou alors, ce n'était pas à lui de le faire. Pour la première fois, il se dit qu'il devrait peut-être malgré tout donner une chance au roman policier. Il y avait un peu de vrai dans ce qu'avait dit Olof Lundin à bord de son rameur – il pourrait écrire quelque chose d'inattendu qui renverrait dans les coulisses tous les polars habituels, plus conventionnels et plus prévisibles les uns que les autres.

Au matin, Pelle Törnblom le conduisit à l'aéroport de Landvetter. Il avait encore la joue endolorie et enflée.

– Alors ? Ils sont déjà impatients de savoir quand tu reviens.

– Jamais.

– D'ici quelques jours tu comprendras quelle aventure passionnante il t'a été donné de vivre parmi nous. Quand reviens-tu ?

– Mercredi. Mais à une condition qui n'est pas négociable.

– Laquelle ?

– Que chacune des filles n'amène qu'un seul membre de sa famille.

– Ce sera difficile.

– Alors je ne viens pas.

– Je peux leur demander de limiter le nombre.

– J'exige aussi que le type qui m'a tabassé ne se montre plus.

– C'est impossible. Ça va l'offenser.

Jesper Humlin n'en crut pas ses oreilles.

– *L'offenser ? Lui ?* Et moi alors ? Qu'est-ce que je devrais dire ?

– Il veut t'offrir un cadeau de réconciliation.

– Je ne veux pas de son ballon de rugby.

– Tu pourras toujours le jeter après. Mais tu dois voir Haiman, accepter son cadeau et ses excuses.

– Il va peut-être me renvoyer au tapis.

– Tu as beaucoup de préjugés, Jesper Humlin. Tu ne sais pas grand-chose de ce pays et des gens qui y vivent.

– Que faisait-il à cette réunion, déjà, pour commencer ?

– Il a peut-être l'intention d'envoyer une de ses filles à ton prochain atelier.

– Quel prochain atelier ? Il n'y aura pas de prochain atelier.

La douleur augmentait chaque fois qu'il ouvrait la bouche. Il resta donc silencieux pendant la fin du trajet. Il lui était également difficile de répondre à l'accusation concernant ses préjugés ; Pelle Törnblom avait probablement raison sur ce point. Ils se séparèrent à l'aéroport sous la pluie. Jesper Humlin espérait que personne ne le reconnaîtrait dans l'avion. La joue enflée était à présent violacée.

De retour chez lui, il se rendit tout droit dans sa chambre, ferma les rideaux et se glissa au fond de son lit. Il fut réveillé quelques heures plus tard par le téléphone. À la septième sonnerie, il souleva le combiné. C'était Pelle Törnblom.

– Le journaliste a écrit un très bon article.

– Rien sur la bagarre, j'espère ?

– Ce n'était pas une bagarre. Tu t'es pris un coup, qu'on peut caractériser comme un direct du droit d'une rare pureté. Mais il n'en parle pas. Il évoque une « initiative exemplaire de la part d'un poète de premier plan ».

– Il a vraiment écrit ça ?

– Mot pour mot.

Jesper Humlin se redressa dans le lit.

– Et quoi encore ?

– Que d'autres écrivains devraient prendre exemple sur ton initiative. « Pourquoi écrire des polars quand on peut s'engager dans la réalité ? »

– C'est sérieux ?

– Je te cite le journal.

Pour la première fois depuis plusieurs jours, Jesper Humlin éprouva quelque chose comme la sensation libératrice d'être redevenu réel.

– La prochaine fois, il veut t'interviewer. La télévision aussi a appelé.

– Laquelle ?

– Deux chaînes différentes.

– Je veux bien leur parler.

– Je t'avais dit que tu verrais les choses sous un autre angle dès que tu te sentirais mieux.

– Je ne me sens pas mieux.

– Rappelle-moi quand tu sauras quel train ou quel avion tu prends, je viendrai te chercher.

Jesper Humlin raccrocha et s'étira entre les draps. Même s'il se demandait encore avec inquiétude comment s'extraire de cette aventure de Stensgården, il se réjouissait d'être soudain remarqué à un autre titre que celui de poète – poète respecté et reconnu, d'accord, mais pas franchement passionnant. Sa plus grande satisfaction était d'imaginer les réactions d'Olof Lundin et de Viktor Leander. Lundin, de rage, allait sans doute briser ses rames parce que l'un de ses auteurs avait eu l'outrecuidance de ne pas suivre ses conseils.

Jesper Humlin se rappela l'unique fois où il avait été invité chez son éditeur, dans l'immense appartement que celui-ci occupait sur Strandvägen. Les murs étaient couverts d'œuvres d'art hors de prix. Tard dans la soirée, alors qu'ils étaient tous les deux très ivres, Lundin lui avait fait faire le tour du propriétaire en lui racontant, devant chaque tableau, lequel de ses auteurs l'avait financé – grâce aux bénéfices empochés par la maison sur les ventes de ses livres. Il lui avait ensuite montré une toute petite aquarelle d'un peintre méconnu de la côte ouest, qui était accrochée dans un coin de l'entrée. À cet endroit, il avait déclaré sur un ton querelleur que lui, Jesper Humlin, avait au moins réussi à lui payer ça.

Du fond de son lit, il se délectait à la pensée que la tension d'Olof Lundin allait atteindre par sa faute des sommets insoupçonnés. En même temps, il ne pouvait se défaire d'une sourde inquiétude : le même Olof Lundin avait une très grande influence dans le monde éditorial et il pouvait, si l'envie lui en prenait, lui fermer beaucoup de portes.

La réaction de Viktor Leander n'était pas difficile à prévoir et, contrairement à celle de Lundin, elle lui causait une satisfaction sans mélange. Viktor Leander passerait des nuits blanches à s'angoisser parce que Jesper Humlin avait découvert une idée meilleure que celle consistant à rejoindre le troupeau des auteurs qui s'acharnaient à bricoler des romans policiers plus ou moins insignifiants. Dans la lutte perpétuelle qui opposait Jesper Humlin et Viktor Leander, les coups décisifs se mesuraient en nombre de nuits d'insomnie infligées à l'autre. Cette fois, ce serait au tour de Leander de compter les moutons.

Jesper Humlin passa le reste de la journée au lit. Le soir il se rendit en taxi chez Andrea. Il lui raconta ses mésaventures, moyennant quelques entorses à la vérité – par exemple, il omit de mentionner la caresse amicale sur la joue de la jeune inconnue – et rejeta toute la faute sur un Tzigane colérique à qui il avait refusé l'accès à l'atelier qu'il s'efforçait de mettre sur pied.

– Pourquoi ne l'as-tu pas accepté dans ton cours ? Les Tziganes ont toujours été maltraités dans notre société.

– J'ai décidé qu'il n'y aurait que des filles.

– Ne pouvais-tu pas faire une exception ?

– Dans ce cas, dix boxeurs se seraient mis sur les rangs.

– Pourquoi des boxeurs ?

– Parce que Pelle Törnblom dirige un club de boxe. Je n'ai pas la force de tout t'expliquer. Ça me fait mal à la joue.

Cette nuit-là, ils couchèrent ensemble pour la première fois depuis trois semaines. Le lendemain, quand Andrea fut partie à son travail, Jesper Humlin ouvrit son journal intime – elle avait l'habitude de tenir son journal tôt le matin.

Qu'est-ce qu'il a, à la fin ? Ça va tellement vite que je n'ai pas le temps de sentir quoi que ce soit.

Humilié, il se vengea en imaginant une nuit de passion dans un hôtel de Göteborg avec la femme belle et silencieuse qui se prénommait Tania. Il avait plus d'une raison de retourner à Göteborg et de poursuivre cet atelier d'écriture chaotique qu'il n'avait pas « mis sur pied », contrairement à ce qu'il avait affirmé à Andrea, mais où il était tombé comme dans un traquenard.

Il rentra chez lui. L'après-midi fut consacrée à tenter de cacher l'ecchymose de sa joue à l'aide de fond de teint de différentes nuances. Le téléphone sonna deux fois, et les deux fois il se pencha sur le répondeur. Olof Lundin et Viktor Leander avaient effectivement été rattrapés par la nouvelle de son atelier d'écriture. Jesper Humlin ne décrocha pas le combiné. Il ne les rappela pas. Il avait mal au visage dès qu'il souriait.

Peu après dix-sept heures, il résolut de sortir pour une courte promenade. En ouvrant la porte de l'appartement, il découvrit qu'il y avait quelqu'un sur le palier. La personne était assise sur les marches. Dans la semi-pénombre, il ne la reconnut pas tout de suite. Puis il vit que c'était Tea-Bag.

7

Une porte claqua quelques étages plus haut. Ne voulant pas être surpris dans l'escalier en compagnie d'une fille noire, Jesper Humlin la fit entrer précipitamment. À peine eut-il refermé la porte qu'il commença à s'angoisser à l'idée qu'Andrea surgisse et lui fasse une scène. Il emmena Tea-Bag dans la cuisine et lui demanda si elle voulait du thé. Elle secoua la tête avec énergie.

– Je ne bois pas de thé.

Jesper Humlin fut surpris, compte tenu du nom qu'elle se donnait.

– Qu'est-ce que tu veux alors ?

– Du café.

Elle suivait ses moindres gestes depuis sa chaise. Chaque fois qu'il la regardait, elle souriait. Il pensa qu'elle était très belle – une des plus belles femmes qu'il avait jamais vues. Il avait du mal à évaluer son âge – entre dix-sept et vingt-cinq ans. Sa peau était vraiment sombre, si noire qu'elle en avait presque des reflets bleus. Ses cheveux étaient prolongés par des tresses artificielles, longues et joliment nouées. Aucune trace de maquillage. Elle n'avait pas quitté sa doudoune, ni même défait la fermeture éclair, malgré la chaleur de la cuisine. Aux pieds, elle portait des baskets avec des lacets de différentes couleurs.

Quand le café fut prêt, il s'attabla en face d'elle. Elle occupait la place d'Andrea. Ce détail était à la fois angoissant et excitant. Il avait sans cesse comme une envie de toucher son visage, de sentir avec ses doigts si elle avait la peau chaude ou froide.

– Comment as-tu déniché mon adresse ?

– Ce n'était pas difficile.

– Pelle Törnblom te l'a donnée ?

Elle remua les lèvres, mais ne répondit pas.

Il perçut un bruit du côté de l'entrée. Andrea ! Ça va être un enfer, pensa-t-il, terrorisé. Mais personne ne se manifesta. Plus tard, lorsque Tea-Bag quitta son appartement, il vit le prospectus que quelqu'un avait glissé par la fente du courrier. « Vérification des systèmes de ventilation des occupants de l'immeuble ».

– Tu t'es donné la peine de te procurer mon adresse. Tu as fait le long voyage depuis Göteborg. Autrement dit, tu me veux quelque chose.

Tea-Bag resta un instant silencieuse, à étirer ses doigts avec ceux de l'autre main. Puis elle prononça quelques mots dans une langue étrangère.

– Je n'ai pas compris.

– Je dois le dire dans ma langue avant de pouvoir le faire dans la tienne. J'ouvre une porte.

– Qu'as-tu dit ?

– Avant, quand j'étais petite, un singe se grippait à mon dos.

Jesper Humlin attendit en vain la suite.

– Tu peux répéter ?

– Tu as entendu. Avant, quand j'étais petite, un singe se grippait à mon dos.

– On ne dit pas *se grippait*. On dit *s'agrippait*.

– Il ne s'agrippait pas. Il faisait autre chose.

– Il était attaché ?

– Non.

– Il s'accrochait ? Il grimpait ?

– Non.

Jesper Humlin chercha parmi les verbes.

– Il l'escaladait, peut-être ?

Tea-Bag sourit, finit sa tasse en une seule gorgée et se leva.

– Tu t'en vas déjà ?

– C'est ce que je voulais savoir.

– Quoi ?

– Qu'il l'escaladait.

Elle paraissait soudain inquiète. Jesper Humlin ne put retenir sa curiosité.

– Mets-toi à ma place. Tu as parcouru des centaines de kilomètres juste pour me demander un mot ?

Elle se rassit, avec hésitation cette fois, toujours sans ouvrir sa doudoune. Il essaya de l'aborder autrement.

– Tu t'appelles vraiment Tea-Bag ?

– Oui. Non. C'est important ?

– Ce n'est pas complètement anodin.

– Taïta.

– Taïta ? C'est ton nom de famille ?

– Ma sœur.

– Ta sœur s'appelle Taïta ?

– Je n'ai pas de sœur. Ne me pose plus de questions.

Jesper Humlin obéit. Tea-Bag regardait sa tasse vide. Il devina qu'elle avait faim.

– Tu veux manger un morceau ?

– Oui.

Il plaça du pain et différentes choses sur la table. Elle se jeta sur la nourriture. Jesper Humlin ne dit rien. Il la laissa manger, tout en essayant de se rappeler l'emploi du temps d'Andrea ce jour-là. Il guettait sans cesse le bruit de sa clé dans la serrure. Quand Tea-Bag eut fini, il ne restait plus rien à manger sur la table.

– Tu habites bien à Göteborg ?

– Oui.

– Pourquoi es-tu venue jusqu'ici ?

– Pour te demander ce mot.

C'est faux, pensa Jesper Humlin. Mais je ne vais pas lui mettre de pression. La vérité finira bien par sortir.

– D'où viens-tu, à l'origine ?

– Du Kazakhstan.

Jesper Humlin fronça les sourcils.

– Je suis kurde.

– Tu n'en as pas l'air.

– Mon père était ghanéen, mais ma mère était kurde.

– Ils ne le sont plus ?

– Papa est en prison et maman est partie.

– Comment ça, « partie » ?

– Elle est montée dans un conteneur et elle a disparu.

– Que veux-tu dire par « elle est montée dans un conteneur » ?

– C'était peut-être un temple. Je ne me souviens plus.

Jesper Humlin essayait d'interpréter, de faire coller ensemble ces réponses énigmatiques. Mais il n'y arrivait pas.

– Tu es donc venue ici en tant que réfugiée ?

– Je veux habiter chez toi.

Jesper Humlin sursauta.

– Ce n'est pas possible.

– Pourquoi ?

– C'est comme ça, c'est tout.

– Je peux dormir dans l'escalier.

– Ce ne serait pas très convenable. Pourquoi ne veux-tu pas habiter à Göteborg ? Là où tu as tes amis ? Leïla est ton amie.

– Je ne connais personne de ce nom-là.

– Bien sûr que si ! C'est elle qui t'a fait venir au club de boxe.

– Personne ne m'a fait venir. J'y suis allée toute seule.

Son sourire s'était éteint. Jesper Humlin commençait à être mal à l'aise. Ce n'était pas possible qu'elle ait fait le voyage jusqu'à Stockholm pour lui demander quel verbe décrivait au mieux les agissements d'un singe sur le dos de quelqu'un. De façon générale, il ne discernait aucune cohérence dans ses propos, pas plus qu'entre ses paroles et le sourire qui déferlait et se retirait tour à tour, comme une grande vague, sur son visage.

– À quoi penses-tu ?

– Je pense au bateau qui a coulé. À tous ceux qui sont morts noyés. Et à mon papa qui est sur le toit de la maison et qui ne veut pas redescendre.

– Et cette maison se trouve au Ghana ?

– Au Togo.

– Ah. Je croyais que tu étais du Ghana.

– Je viens du Nigeria. Mais c'est un secret. Le fleuve charriait l'eau claire et froide des montagnes. Avant, un singe escaladait mon dos.

Jesper Humlin commençait à croire que cette fille souffrait de confusion mentale.

– Que faisait ce singe, à part de l'escalade ?

– Il a disparu.

– C'est tout ?

– Ça ne suffit pas ?

– Si, sûrement. Mais je me demande pourquoi il a une telle importance.

– Tu es bête ?

Jesper Humlin lui jeta un regard sévère. Il n'appréciait pas ce dernier commentaire. Aucune petite négresse, quelle que soit la beauté de son sourire, ne pouvait se permettre de venir l'accuser d'être bête dans sa propre cuisine.

– Pourquoi es-tu venue ?

– Je veux habiter ici.

– Ce n'est pas possible. Je ne sais pas qui tu es, je ne sais pas ce que tu fais. Je ne peux pas laisser n'importe qui emménager chez moi pour un oui ou pour un non.

– Je suis réfugiée.

– J'espère que tu as été bien reçue.

– Personne ne sait que je suis là.

Jesper Humlin la considéra.

– Tu es entrée illégalement dans le pays ?

Sans répondre, elle se leva et quitta la cuisine. Jesper Humlin tendit l'oreille, guettant le bruit de la porte d'entrée, ou un autre bruit révélant qu'elle serait allée aux toilettes. Mais tout était silencieux. Un peu trop, pensa-t-il en se levant. Peut-être était-elle en train de voler quelque chose. Il alla dans le séjour. Rien. La porte des toilettes était entrebâillée. Il alla dans le bureau. Elle n'y était pas. Puis il ouvrit la porte de la chambre.

Elle avait enlevé sa doudoune, qui traînait par terre, avec ses autres vêtements. Sa tête se détachait, noire sur l'oreiller blanc. Elle s'était mise du côté d'Andrea. Jesper Humlin sentit une main glacée se refermer sur son cœur. Si Andrea arrivait maintenant, aucune explication au monde ne pourrait la persuader qu'il n'y était pour rien si cette fille – une clandestine selon toute vraisemblance – était couchée dans son lit. De son côté à elle.

Jesper Humlin voyait déjà les gros titres. D'abord il avait caressé la joue d'une jeune fille étrangère, ce qui lui avait valu d'être envoyé au tapis. Si maintenant Tea-Bag choisissait d'affirmer qu'il l'avait entraînée dans son lit de force, les journalistes réunis se feraient un plaisir de se jeter sur lui, tous ensemble, et de le tailler en pièces. Il s'approcha. Elle avait les yeux fermés.

– Qu'est-ce que tu fabriques ? Tu ne peux pas te coucher comme ça dans mon lit ! Du côté d'Andrea, en plus. Que va-t-elle dire, à ton avis ?

Elle ne répondit pas. Il répéta sa question. Il était en nage. Andrea pouvait surgir d'un instant à l'autre, son emploi du temps variait sans cesse. Il secoua la fille par l'épaule. Aucune réaction. Il se demanda comment il était possible de s'endormir si vite. Mais ce n'était pas une feinte. Elle dormait vraiment. Il la secoua à nouveau, sans ménagement. Irritée, mais sans se réveiller pour autant, elle fit un mouvement du bras qui l'atteignit à la joue, là où un certain Haiman lui avait déjà rendu visite avec son poing.

Le téléphone sonna. Jesper Humlin tressaillit comme sous l'effet d'une décharge électrique. Il courut répondre. C'était Andrea.

– Pourquoi es-tu hors d'haleine ?

– Je ne suis pas hors d'haleine. Où es-tu ?

– Je voulais juste te dire que je pensais aller à une conférence.

– Combien de temps dure-t-elle ?

– Pourquoi ?

– Parce que je veux savoir à quelle heure tu auras fini, si tu viens chez moi, ou si tu rentres chez toi. Je n'aime pas être seul ici, tu le sais.

– Aucune idée. C'est une lecture, en fait, donnée par quelques jeunes poètes. Tu devrais y aller aussi. J'espère qu'ils vont m'inspirer, pour mon livre.

– Je ne veux pas que tu écrives un livre sur notre vie privée.

– Je viendrai chez toi après.

– À quelle heure ?

– Comment veux-tu que je le sache ?

Jesper Humlin sentit qu'elle commençait à se méfier.

– On pourrait dîner ensemble, éluda-t-il. Si tu me dis à quelle heure tu arrives, je peux préparer le repas.

– Pas avant vingt et une heures.

Jesper Humlin soupira de soulagement. Ça lui laissait trois heures pour faire déguerpir la fille. Il n'aimait pas qu'Andrea écoute d'autres poèmes que ceux qu'il lui déclamait. Mais à cet instant précis, il avait été sauvé par quelques jeunes poètes dont les œuvres sûrement incompréhensibles remplissaient pour une fois une vraie fonction pratique. Il raccrocha et retourna dans la chambre.

Cette fois encore, elle ne voulut pas se réveiller. Il lâcha son épaule, s'assit sur le bord du lit et tenta d'analyser la situation. Qui était-elle ? Pourquoi était-elle venue ? De quel singe parlait-elle ? Il regarda sa doudoune, son jean. Il fut tenté de soulever doucement les couvertures pour voir si elle était nue. Mais il résista.

Il fouilla ses poches. Sa première surprise fut de ne trouver ni clés, ni argent. Comment un être humain pouvait-il exister sans clés et sans argent ? C'était une totale énigme. Dans la poche intérieure de la doudoune, il découvrit un petit étui plastifié. Il contenait un passeport soudanais établi au nom de Florence Kanimane. La photographie représentait Tea-Bag. En feuilletant le passeport, il ne découvrit aucun tampon. Encore moins un visa pour la Suède. Pourtant elle avait parlé du Ghana, du Togo. Et du Kazakhstan, en prétendant qu'elle était kurde !

Dans le passeport il découvrit en revanche un insecte, mort, desséché, d'une taille effrayante, et une fleur jaune pressée. La fleur ressemblait à un cœur. Un cœur pressé. Il pensa au cœur qu'avait dessiné la muette Tania. L'étui contenait également une photographie en noir et blanc, abîmée à force d'avoir été manipulée. Elle représentait une famille africaine, un homme, une femme et six enfants. La photo avait été prise à l'extérieur. On apercevait à l'arrière-plan une maison en terre séchée. Il n'y avait aucune ombre ; le soleil devait être au zénith. L'image était si floue que Jesper Humlin, même après avoir allumé une lampe, ne put déterminer si l'un de ces enfants était Tea-Bag. *Alias* Taïta. *Alias* Florence – dernier ajout en date à la liste de noms.

La poche plastifiée contenait encore autre chose : une feuille pliée en quatre, qui portait, tracés à la main, le mot « Suède » et le prénom « Per ». C'était tout. En examinant le papier à la lumière, il aperçut en filigrane un tampon où figurait le mot « Madrid ». Il fronça les sourcils. Qui était-elle en réalité, cette fille qui lui avait posé une question à Mölndal avant de venir s'asseoir devant sa porte, et qui occupait maintenant son lit ?

Il fouilla ses vêtements, sans y trouver autre chose que du sable. C'est une histoire que j'ai devant moi, pensa-t-il. Une fille qui séjourne sans doute illégalement en Suède et qui me parle d'un singe, une fille dont je ne peux être sûr du nom, une fille qui se promène sans clés et sans argent. Il s'assit sur le bord du lit. Elle dormait, profondément, calmement. Avec mille précautions, il effleura sa joue. Brûlante. Il regarda sa montre. Bientôt dix-huit heures. Il la laisserait dormir encore une heure. Puis il faudrait la réveiller et la faire sortir de l'appartement.

Le téléphone sonna. Il se pencha sur le répondeur. C'était Viktor Leander.

« Je me demandais juste ce que tu faisais. On devrait se voir. Appelle-moi. Ou réponds, si tu es chez toi comme je le pense. »

Au lieu de décrocher, Jesper Humlin s'assit dans un fauteuil et essaya d'imaginer ce que ce serait d'avoir un singe sur le dos. Un singe qui ferait de l'escalade. Son imagination n'y suffisait pas. Il ne sentait la présence d'aucun singe.

Il ne l'entendit pas sortir de la chambre. Elle se déplaçait sans le moindre bruit.

— Pourquoi t'es-tu couchée dans mon lit ?

— J'étais fatiguée. Je vais y aller, maintenant.

— Qui es-tu ?

— Tea-Bag.

Il hésita.

— Pendant que tu dormais, j'ai trouvé ton passeport. Il était tombé de ta poche. Je n'ai pas pu éviter de voir que tu t'appelles Florence.

Elle éclata de rire, comme s'il venait d'en raconter une bien bonne.

– C'est un faux, dit-elle gaiement.

– Où te l'es-tu procuré ?

– Je l'ai acheté dans le camp. Sur la plage.

– Quel camp ? Quelle plage ?

Ce fut alors qu'elle commença à lui raconter. Comment elle avait réussi à rejoindre le rivage, où elle avait été capturée par les garde-côtes et les bergers allemands albinos…

« Même les langues qui pendaient hors de leurs gueules étaient blanches. Je ne sais pas combien de temps je suis restée dans ce camp. Peut-être beaucoup d'années, peut-être suis-je née là-bas, peut-être cette plage qui s'étend derrière le grillage est-elle le drap où mon corps nouveau-né a pour la première fois touché le sol, la terre, le sable. Je ne sais pas combien de temps je suis restée là-bas et je ne veux pas le savoir. Mais à la fin, un matin où mon désespoir était plus grand que d'habitude, je suis allée jusqu'au grillage et j'ai lancé tous mes cailloux, je les ai vus se déployer comme un éventail de jours et de nuits perdus avant de disparaître dans les vagues.

J'avais abandonné tout espoir de quitter un jour le camp. Cette plage où je m'étais hissée en sortant de l'eau n'était plus la liberté, c'était le passage vers la mort, j'attendais seulement que quelqu'un pointe son doigt sur moi et m'oblige à retourner dans l'eau, pour retrouver ceux qui reposaient déjà au fond de la mer. Chaque jour était comme une attente indéfinie entre deux battements de cœur. Mais un matin, un grand homme maigre s'est dressé devant moi, il oscillait comme un palmier, c'est là que j'ai entendu parler pour la première fois de la Suède et que j'ai décidé que j'irais là-bas, parce qu'il y avait là-bas des gens que ça intéressait de savoir que moi, moi personnellement, j'existais pour de vrai.

Dans le camp, il y avait un trafic de passeports, qui avaient parfois été falsifiés plusieurs fois de suite. Un vieux Soudanais, sentant approcher le vent froid de la mort et comprenant qu'il ne ressortirait pas vivant de ce camp espagnol, m'a échangé ce passeport contre la promesse qu'une fois par mois, aussi longtemps que je vivrais, j'entrerais dans une église, ou une mosquée, ou un autre temple, et je penserais à lui pendant une minute exactement. Voilà ce qu'il voulait, en échange du passeport, un rappel qu'il avait existé autrefois, même s'il avait tout laissé, tout abandonné dans le pays qu'il avait fui. Ma photo, je l'avais déjà, dans une poche en toile imperméable, et c'est comme ça, avec l'aide d'un communiste de Malaisie, très fort pour fabriquer des tampons – pourtant il n'y avait quasiment aucun outil dans le camp –, que la photo du vieil homme a été remplacée par mon visage à moi, et son prénom par celui de Florence. C'était comme un rituel. Le passeport du vieil homme recevait une nouvelle vie. J'ai fait entrer mon âme dans le passeport et j'ai aidé l'âme du vieil homme à se libérer. Je n'oublierai jamais l'instant où le passeport s'est transformé. Ce sera toujours un des moments les plus importants de ma vie.

Sur une carte appartenant à un Marocain qui essayait pour la neuvième fois d'entrer en Europe pour rejoindre un frère qui se trouvait dans une ville, je ne sais plus où, dans le nord de l'Allemagne, j'ai réussi à localiser la Suède. J'ai compris que le voyage serait long, mais pas vraiment à quel point. En fait, en voyant la carte, j'ai peut-être compris que c'était impossible, mais je n'ai pas voulu l'admettre. Je ne sais pas. Comme je n'avais jamais permis à un espoir de prendre le pouvoir sur moi, je me suis juste fixé comme but de sortir du camp sans être tout de suite capturée.

Je suis devenue amie avec des garçons irakiens qui avaient commencé leur fuite comme passagers clandestins d'une cale qui puait le poisson pourri. C'était la cale d'un bateau espagnol qui faisait de la pêche illégale dans les eaux turques. Ils avaient réussi à rejoindre le port de Malaga, c'est là qu'ils avaient été capturés et transférés directement dans le camp, sans beaucoup de délicatesse. Les Irakiens avaient fabriqué en cachette une échelle avec des bouts de corde, des branches et des morceaux de plastique qu'ils arrachaient aux tables du réfectoire. Quand je suis allée les voir, ils ont refusé de me prendre avec eux. Ils voulaient réussir leur évasion et ils ne pensaient pas qu'une fille noire en fuite avait de grandes chances de se débrouiller plus de quelques heures sur le territoire espagnol. Mais ils ont fini par céder devant ma solitude. Ils m'ont dit que je pouvais utiliser leur échelle, à une condition : je devrais attendre une heure, une fois qu'ils auraient escaladé le grillage, avant de me lancer à mon tour.

Par une nuit noire, une nuit sans lune, les Irakiens sont donc partis. Au bout d'une heure exactement – je n'avais pas de montre, la mienne, je l'avais perdue dans le naufrage, mais j'ai compté les secondes et les minutes en prenant mon pouls au poignet –, j'ai escaladé la clôture et je me suis fondue dans la nuit. J'ai suivi le premier chemin que j'ai croisé, puis j'ai bifurqué, exactement comme si j'avais eu une boussole à l'intérieur qui me conduisait dans la bonne direction, j'ai traversé la nuit sans savoir ce qui m'attendait quand le matin arriverait. Plusieurs fois j'ai trébuché, je suis tombée, je me suis griffé le visage sur des buissons pleins d'épines, mais j'ai continué, sans arrêt j'ai continué vers la Suède, avec le souvenir du grand type qui ressemblait à un palmier et qui avait été le premier à s'intéresser à mon histoire.

Quand le soleil s'est levé, après cette première nuit, j'étais à bout de forces. Je me suis assise sur un rocher. Je me rappelle seulement que j'avais très soif. J'ai découvert que j'avais traversé pendant la nuit un paysage montagneux, avec des ravins abrupts qui auraient pu facilement causer la mort que j'avais évitée dans la mer. J'apercevais des gens au loin, dans un champ, j'ai vu un éclair de soleil dans la vitre d'une voiture, et je me suis mise en marche vers le nord. Je faisais attention à ne pas m'approcher des gens. Je me nourrissais de fruits et de baies, je buvais l'eau de pluie que je recueillais dans les failles, et je marchais tout le temps vers le nord. J'ai continué comme ça, jour et nuit. Chaque matin au lever du soleil, je déterminais où était le nord et je me remettais en route.

Je ne sais pas combien de temps j'ai marché. Mais un jour je n'ai plus eu de forces. Je me suis arrêtée au beau milieu d'un pas, et je me suis effondrée au bord du chemin. J'avais planté mes pieds dans la terre comme mon père me l'avait enseigné et pourtant, à cet instant, j'ai été tout près d'abandonner, de me coucher simplement, de me dessécher petit à petit jusqu'à me confondre avec la terre brûlée. Je ne savais pas si j'avais marché une semaine ou un an. Mais je devais absolument savoir où j'étais. Je me suis obligée à me relever et à continuer jusqu'à une petite ville posée toute seule au milieu d'une plaine immense.

J'y suis entrée. Au moment de la pire chaleur du jour. Le bourg gisait au soleil comme le cadavre desséché d'un animal. Sur un panneau, j'ai vu qu'il s'appelait Alameda de Cervera. Sur un autre panneau, il était écrit : "Toledo, 111 km". Les volets des maisons blanches étaient fermés, des chiens étaient couchés dans l'ombre, langue pendante, mais nulle part il n'y avait d'être humain. J'ai marché le long des rues désertes, aveuglée par la lumière, et j'ai fini par trouver un magasin ouvert. Ou peut-être était-il fermé, lui aussi, mais la porte était entrebâillée et je me suis glissée dans la pénombre.

Un homme dormait dans un coin, sur un matelas. J'ai essayé de ne faire aucun bruit. J'avais enlevé mes chaussures trouées, je me souviens encore de la fraîcheur du sol en pierre contre la plante de mes pieds. J'étais là, mes chaussures à la main, quand j'ai compris que c'était, justement, un magasin de chaussures. Les rayonnages en étaient remplis. Sur le mur j'ai trouvé ce que je cherchais, une carte. Avec le doigt, j'ai cherché Alameda de Cervera. Une fois trouvé, j'ai cherché Tolède. J'ai compris alors que je n'avais parcouru qu'une courte distance, que le camp n'était pas loin, alors que moi j'avais l'impression d'avoir marché pendant une éternité. Je me suis mise à pleurer, sans bruit pour ne pas réveiller l'homme endormi.

Ce que j'ai fait ensuite, je ne m'en souviens pas, il n'y a que des bouts d'images. La chaleur, les chiens, la lumière blanche renvoyée par les murs des maisons. Je suis entrée dans une église ; il y faisait frais et j'ai bu l'eau croupie. Puis j'ai fracturé la boîte qui était à côté d'une table pleine de cartes postales. Avec l'argent j'ai acheté un ticket de bus.

– Tolède, j'ai dit au chauffeur qui regardait ma peau noire avec dégoût et désir.

Mais en fait, mon sourire ne l'attirait pas. Quelque part en moi est née à cet instant une sorte de rage face à ces lourdauds d'Européens, ces hommes incapables d'apprécier ma beauté et de se laisser tenter par elle. J'avais juste assez d'argent pour le ticket. Je ne me rappelle rien de ce voyage. Je dormais, et j'ai été réveillée par le chauffeur qui me secouait durement. On était arrivés. Le bus était à l'arrêt quelque part dans un parking en sous-sol. J'ai marché dans les odeurs de gaz d'échappement, au milieu d'une foule

*qui montait dans des bus ou descendait d'autres bus,
jusqu'à me retrouver dans une rue où la circulation
était si forte, si violente que j'ai pris peur. Le soir
tombait et je me suis cachée dans un parc. Tout à
coup, je me suis mis en tête qu'il y avait des animaux
sauvages là-dedans. La peur m'est tombée dessus d'un
coup, très puissante, bien plus forte que la raison qui
me disait : il n'y a pas de fauves en Europe.*

*J'ai veillé jusqu'à l'aube, avec la peur qui cognait
dans ma poitrine. Aux premières lueurs, j'ai vu un
homme ivre qui avançait en titubant sur un sentier. Il
s'est assis sur un banc, soudain il s'est penché en
avant, il a vomi, et puis il s'est endormi. Je me suis
approchée sans bruit, j'ai volé son portefeuille et je suis
partie en courant. Plus tard je me suis cachée dans des
fourrés qui puaient l'urine, et j'ai découvert avec
surprise que le portefeuille était rempli de billets. Je
les ai fourrés dans ma poche, j'ai jeté le portefeuille et
je suis sortie du parc. Pendant que je prenais mon petit
déjeuner dans un café, j'ai compris que je n'aurais plus
besoin de marcher. Maintenant j'avais de l'argent. Je
pouvais m'acheter une carte routière, chercher une
gare et continuer en train vers le nord tant que dure-
raient les billets de banque.*

*J'ai traversé la frontière française en rampant le
long d'un fossé. J'entendais les chiens aboyer et gémir
au loin comme les bergers blancs du camp dont je
m'étais évadée. Dans une petite ville, j'ai échangé
l'argent qui me restait. J'avais encore de quoi manger
et m'acheter de nouveaux billets de train. Mais en
sortant de la banque, j'ai été arrêtée par un policier
qui a demandé à voir mes papiers. J'ai sorti mon
passeport soudanais, puis j'ai changé d'avis et j'ai
couru. J'ai entendu le policier crier après moi, mais il
ne m'a pas rattrapée. À cet instant j'ai compris que
j'avais des pouvoirs magiques. Quand je franchissais*

un fossé pour passer une frontière, la peur me rendait invisible, et, quand j'étais poursuivie, je me déplaçais aussi vite que ces oiseaux que j'avais vus planer dans les courants chauds ascendants par-dessus la vallée, de l'autre côté du fleuve, dans le village où je suis née. Je savais maintenant que j'irais pour de vrai jusqu'à ce pays qui s'appelait la Suède, à condition de ne plus combattre ma peur. La peur était ma meilleure alliée. Elle m'aidait à trouver en moi des forces dont je ne soupçonnais même pas l'existence.

J'étais si exaltée par ma découverte que j'ai couru des nuits d'affilée, toujours vers le nord. Parfois je suivais des chemins qui longeaient de grandes routes où les voitures passaient à toute vitesse. Mais je bougeais aussi vite qu'elles, et mes yeux voyaient dans l'obscurité comme si la nuit était illuminée par des projecteurs. Si une pierre ou un ravin surgissaient devant mes pieds, je les sentais, même si tout était noir.

Un matin je suis arrivée au bord d'un grand fleuve aux eaux brunes et lentes. J'ai vu une barque attachée à un tronc par une chaîne. J'ai écrabouillé le cadenas avec une pierre et je suis partie. Ce jour-là je n'ai pas été prudente, je n'ai pas pris la peine d'attendre le retour de la nuit. Je me suis laissée dériver, je me suis allongée de tout mon long au fond de la barque qui sentait le goudron, j'ai regardé les nuages dans le ciel, très haut au-dessus de ma tête, et soudain j'ai senti que je respirais à nouveau calmement. C'était comme si j'avais été hors d'haleine depuis l'instant où j'avais escaladé la clôture en Espagne pour disparaître dans la nuit. Je me suis endormie et j'ai rêvé que mon passeport était un portail : deux battants qui s'ouvraient vers un paysage que je reconnaissais, car il provenait de mon enfance. Je voyais mon père, il venait vers moi et me soulevait comme une plume qu'il aurait voulu lancer vers le soleil et récupérer

dans ses bras chauds quand je redescendrais en volti-
geant.

Je me suis réveillée parce que la barque tanguait. Un
grand bateau venait de passer. À bord du bateau, il y
avait des chemises qui s'agitaient au vent, sur une
corde à linge. Il n'y avait personne en vue, mais je
leur ai fait un signe de la main. »

Tea-Bag s'interrompit, comme si elle regrettait soudain de s'être trahie et d'avoir livré ses secrets. Jesper
Humlin attendit. Mais elle remonta juste la fermeture de
sa doudoune jusqu'au col, avec un air farouche.

– Qu'est-il arrivé ensuite ?

Elle secoua la tête.

– Je ne veux pas en dire plus. Pas maintenant.

– Comment vas-tu retourner à Göteborg ? Où vas-tu
dormir ? Tu ne peux pas rester ici. Tu as de l'argent ?

Elle ne répondit pas.

– Je ne sais pas comment tu t'appelles. Peut-être ton
nom est-il réellement Tea-Bag. Je ne sais pas où tu
habites. Je ne sais pas pourquoi tu es venue. Mais je te
soupçonne d'être dans ce pays sans titre de séjour. Je ne
sais pas comment tu te débrouilles.

Elle ne dit toujours rien.

– Après-demain je retournerai à Göteborg. Je verrai
Leïla et Tania, et j'espère que tu seras là aussi. Tu
pourras prendre le train avec moi si tu n'es pas rentrée
entre-temps. Pendant le voyage, tu pourras me dire
pourquoi tu es venue. Et me raconter la fin de l'histoire,
ce qui s'est passé après que tu as agité la main vers des
chemises pendues sur une corde à linge. Retrouve-moi
au milieu du grand hall de la gare centrale à quatorze
heures quinze, après-demain. Si tu n'es pas là, tu n'es
pas là. Mais si tu es là, je te paie ton billet. Tu as
compris ?

– Oui.

– Maintenant, il faut que tu partes.

– Oui.

– Tu as un endroit où aller ?

Elle ne répondit pas. Il lui tendit deux billets de cent couronnes qu'elle rangea dans sa poche sans les regarder.

– Avant que tu t'en ailles, j'aimerais savoir comment tu t'appelles.

– Tea-Bag.

Pour la première fois depuis qu'elle était ressortie de la chambre à coucher, elle sourit. Jesper Humlin la raccompagna jusqu'à la porte.

– Tu n'as pas le droit de dormir dans l'escalier.

– Non. Je ne vais pas dormir ici. Je vais aller dire bonjour à mon singe.

L'instant d'après, il la vit, soudain débordante d'énergie, disparaître en dansant dans l'escalier. Pendant qu'il lissait les draps et la courtepointe de son lit en vérifiant qu'elle n'avait laissé aucune trace dans la chambre, il avait une seule image en tête.

Des chemises séchant sur une corde.

Une barque, dans laquelle une fille à la peau noire agitait la main vers des gens qui n'existaient pas.

8

Le lendemain matin, Jesper Humlin se sentit reposé au réveil, pour la première fois depuis très longtemps. Comme si la rencontre avec la fille souriante qui s'appelait Tea-Bag ou peut-être Florence avait libéré en lui des réserves d'énergie secrètes. Il se leva au lieu de traîner au lit comme à son habitude, et décida d'affronter le jour même la difficile mise au point qui l'attendait avec sa mère. Mais avant cela, il devait mettre la main sur son conseiller financier.

Ce fut plus facile que prévu. Celui-ci répondit sur l'un de ses téléphones portables.

– Ici Burén.

– Sais-tu combien de fois j'ai essayé de te joindre cette semaine ?

– Dix-neuf, je crois.

– Alors pourquoi ne me rappelles-tu pas ?

– J'ai pour règle de ne pas importuner mes clients.

– Si je t'appelle, c'est que je désire te parler.

– Tu me parles en ce moment même.

– J'arrive. Je serai dans ton bureau dans une demi-heure.

– Tu es le bienvenu. Si j'y suis.

– Comment ça ?

– Je serai là, à moins qu'un imprévu ne se produise entre-temps.

Jesper Humlin appela un taxi, car il craignait que la moindre minute de retard ne laisse à Burén le temps de disparaître dans un des innombrables labyrinthes du monde des finances, sans espoir de le retrouver.

Le chauffeur de taxi portait un turban et écoutait du raga à plein volume. Le bureau de Burén se trouvait sur Strandvägen ; l'itinéraire ne parut pas poser de problème au chauffeur. Pendant le trajet, Jesper Humlin s'irrita du volume trop élevé, et de la musique elle-même. Mais par-dessous tout, il s'irrita de ne pas oser demander au chauffeur de baisser le son. Pourquoi est-ce que je ne proteste pas ? Ai-je peur d'être traité de raciste sous prétexte que je demande de baisser un peu le son au cours d'un trajet que je paie de ma poche ? Quand la voiture s'arrêta devant chez Burén, il était encore contrarié. Pour démontrer son ouverture d'esprit, il laissa au chauffeur un pourboire excessif.

Jesper Humlin éprouvait toujours un certain malaise en entrant dans le bureau d'Anders Burén. Plusieurs fois il lui avait demandé pourquoi il tenait à tout prix à recevoir ses clients dans une pièce obscure, aux rideaux bien fermés.

– Ça crée une ambiance intime tout à fait particulière.

– J'ai l'impression d'être dans un sous-sol.

– Quand on parle d'argent, on doit être parfaitement calme et repousser les pensées parasites.

– Quand je te rends visite, je n'ai qu'une idée, c'est de repartir le plus vite possible.

– C'est aussi mon intention.

– Quoi ?

– Que mes clients ne restent pas plus longtemps que nécessaire.

Anders Burén avait atteint l'âge respectable de vingt-quatre ans, mais en paraissait quinze. Il avait entamé sa carrière fulgurante au lycée, avec de l'argent emprunté et aussitôt investi dans le secteur naissant de la nouvelle économie, empochant son premier million avant même d'avoir quitté l'école. Il avait ensuite travaillé quelques années pour l'un des principaux groupes financiers du pays avant de s'établir à son compte dans ce bureau sinistre. Jesper Humlin prit place sur la chaise en bois inconfortable qu'Anders Burén avait acquise pour une somme vertigineuse lors d'une vente chez Bukowski.

– Je voulais juste savoir comment allaient mes affaires.

– Elles vont bien.

– Malgré l'instabilité du marché ?

– Qui a prétendu que le marché était instable ?

– On ne parle que de ça dans les journaux ! Rien que la semaine dernière, l'indice a perdu quatorze points.

– C'est une évolution tout à fait favorable.

– Comment peux-tu dire ça ?

– Tout dépend de la manière dont on envisage les choses.

– Je ne les envisage que d'une seule manière : comment se portent mes actions ?

Quelques années plus tôt, au moment d'investir l'ensemble de ses économies – soit deux cent cinquante mille couronnes –, Jesper Humlin avait choisi de suivre le conseil prudent de sa mère et de ne pas placer tous ses œufs dans le même panier. Il avait bien insisté là-dessus : Burén, qui lui avait d'ailleurs été présenté par Viktor Leander, devait varier autant que possible les entreprises et les secteurs. Mais, un an plus tard, Burén l'avait persuadé qu'il fallait tout miser sur la nouvelle économie qui connaissait alors une expansion fulgurante. Il lui avait recommandé une entreprise en particulier, qui portait le nom de White Vision et qui développait des « accès clonés » – Jesper Humlin ne savait d'ailleurs toujours pas de quoi il s'agissait.

L'entreprise était encensée par les médias. Sa fondatrice, âgée de dix-neuf ans, élève de la prestigieuse école d'ingénieurs de Chalmers, passait pour une innovatrice géniale, tout en étant d'autre part une très belle femme dont la vie privée représentait une manne pour la presse people.

Au départ, l'évolution avait été on ne peut meilleure. Les deux cent cinquante mille couronnes investies avaient triplé de valeur en quelques mois. Mais chaque fois qu'il s'était proposé de vendre et d'encaisser la plus-value, Anders Burén l'avait persuadé que le sommet n'était pas encore atteint. À présent, ce même Anders Burén fixait d'un air pensif l'écran de son ordinateur, dans un silence concentré. Jesper Humlin commençait à avoir mal au ventre.

– Tes titres se comportent on ne peut mieux.

Le soulagement fut immédiat et intense. Ces dernières semaines, il s'était inquiété à chaque instant de l'évolution du marché boursier, au point qu'il n'osait même plus suivre les cours dans le journal.

– Ils grimpent donc toujours ?

Anders Burén jeta un dernier regard à son écran.

– Non. Mais ils se comportent comme il faut.

– Arrête ! On croirait que tu parles d'une classe d'écoliers. On a acheté ces actions cent vingt couronnes pièce. La dernière fois qu'on en a parlé ensemble, elles en valaient presque quatre cents. Quel est leur cours aujourd'hui ?

– Il bouge à peine.

– Vers le haut ou vers le bas ?

– Les deux. Parfois plutôt vers le haut, parfois surtout vers le bas.

Jesper Humlin sentit l'angoisse revenir au galop.

– Et en ce moment ?

– Elles se sont stabilisées à un niveau de bon augure.

– Pourrais-tu me donner une réponse claire ?

– Je te donne une réponse claire.

– Quel est le cours de l'action aujourd'hui ?

– Dix-neuf cinquante.

Jesper Humlin ouvrit des yeux épouvantés. Il s'efforça de déchiffrer l'expression de l'homme assis en face de lui dans la pénombre. Intérieurement, il voyait ses ressources disparaître à une vitesse vertigineuse, la montagne d'or réduite en quelques secondes à un tas de cendres.

– Mais c'est une catastrophe ! J'ai acheté des actions pour deux cent cinquante mille couronnes. Si je les vendais aujourd'hui, combien en tirerais-je ?

– Environ trente-cinq mille.

Jesper Humlin poussa un rugissement, d'amertume et d'angoisse.

– J'aurais donc perdu plus de deux cent mille couronnes ?

– Tant que tu ne vends pas, tu n'as rien perdu du tout.

Jesper Humlin en eut des palpitations cardiaques.

– Elles vont remonter ?

– Bien sûr.

– Quand ?

– Très vraisemblablement bientôt.

– Comment peux-tu le savoir ? Quand ?

– White Vision est une entreprise saine. Si elle ne fait pas faillite, elle connaîtra probablement une expansion remarquable au cours des prochaines années.

– Tu as parlé de *faillite* ?

– Dans ce cas, on échange simplement tes pertes contre les gains que tu auras réalisés dans d'autres secteurs.

– Mais je n'ai pas d'autres actions !

Anders Burén le considéra d'un air à la fois soucieux et plein de reproche.

– C'est ce que j'essaie pourtant de te dire depuis longtemps. Tu devrais acheter plus d'actions. Pour compenser tes pertes.

– Je n'ai pas d'argent !

– Tu peux en emprunter.

– Tu veux que je m'endette pour acheter des actions rentables afin de contrebalancer mes actions déficitaires ?

Jesper Humlin se sentait anéanti, à peu de chose près. Mais par-dessus tout, il aurait voulu coller une raclée au jeune homme boutonneux assis de l'autre côté de la table.

– Ce qu'il nous faut, là tout de suite, ce sont des nerfs d'acier.

– J'ai les nerfs en compote.

– La tendance va s'inverser. Tes actions se sont stabilisées à un niveau serein tout à fait favorable. L'entreprise a signalé récemment une diminution de ses bénéfices et des difficultés de trésorerie. Mais ça peut encore changer. Comment vont tes poèmes ?

– En tout cas, ils n'ont pas perdu leur valeur comme mes actions.

Anders Burén se pencha par-dessus la table.

– Je devrais peut-être te l'annoncer : nous serons bientôt collègues.

– Je n'ai aucune intention de m'occuper du portefeuille des autres.

– Ce n'est pas ça. Je suis en train d'écrire un roman.

L'espace d'un instant vertigineux, Jesper Humlin crut voir un livre signé Anders Burén, porté aux nues par la critique dès sa sortie et le précipitant, lui, de façon définitive, dans les oubliettes.

– Quel en est le sujet ?

– C'est un polar. Sur le monde impitoyable de la finance.

– Tu envisages un autoportrait ?

– Pas du tout. L'assassin est une femme. Une courtière sans scrupule qui ne se contente pas de dépouiller ses clients de leur argent.

– Que fait-elle ?

– Elle les dépouille littéralement. Elle leur enlève la peau. Je compte l'avoir terminé d'ici un mois.

Brusquement, Jesper Humlin se sentit humilié jusqu'au tréfonds de son être par le fait qu'un homme tel qu'Anders Burén puisse apparemment considérer l'art d'écrire comme une chose qu'il maîtrisait sans problème. Il aurait voulu protester. Bien entendu, il ne dit rien.

Anders Burén consulta à nouveau son écran.

– Tout est calme pour l'instant. Un palier serein, comme je le disais. Dix-sept couronnes.

– Il y a cinq minutes, elles étaient à dix-neuf cinquante.

– Ce sont des mouvements marginaux. Quand tu les as achetées, elles valaient cent vingt couronnes pièce. Alors dix-sept ou dix-neuf maintenant, quelle importance ?

Jesper Humlin était au bord des larmes.

– Que me conseilles-tu ?

– De rester calme.

– C'est tout ?

– Je te promets de te tenir au courant dès que ça ira mieux.

– Quand ?

– Très bientôt.

– Quand ?

– D'ici deux ou trois semaines. Dix ans au maximum.

Jesper Humlin le regarda. Un chant grégorien s'éleva au même instant dans le bureau. Burén avait dû brancher un magnétophone à son insu. La musique devint dans ses oreilles un fracas assourdissant.

– Dix ans ?

– Tout au plus. Certainement pas davantage.

Anders Burén se leva.

– Il faut que je file. Mais tu ne dois pas t'inquiéter. Je t'envoie une copie du manuscrit dès qu'il est prêt. Ça me ferait plaisir d'avoir ton avis.

Jesper Humlin se retrouva dans la rue dans un état d'égarement total. Il chercha en vain une pensée apaisante, jusqu'au moment où il crut voir, intérieurement, le sourire de Tea-Bag. Alors seulement il put se remettre en marche, libéré du froid qui le poursuivait depuis qu'il était entré dans l'obscur bureau d'Anders Burén. Il pensa qu'il devait peut-être écrire un polar tout compte fait, ne serait-ce que pour gagner de l'argent. La crainte que Burén se révèle un auteur de talent le taraudait.

Le soir même, Jesper Humlin rendit visite à sa mère. Il ne pouvait plus repousser l'échéance. Pourtant, cette entrevue l'effrayait. Quand il lui avait annoncé sa venue au téléphone, il avait eu l'impression qu'elle savait déjà ce qu'il avait à lui dire.

– Je ne veux pas que tu viennes chez moi ce soir.

– Tu as pourtant dit que j'étais toujours le bienvenu.

– Pas ce soir.

– Pourquoi ?

Sa méfiance était en éveil, il croyait presque entendre un gémissement voilé dans le ton de sa mère.

– J'ai rêvé que je ne devais pas accepter de visite.

– Je dois te parler.

– À quel sujet ?

– Je te le dirai ce soir.

– Je ne veux pas que tu viennes.

– Pour une fois, on fera comme je dis, pas comme tu veux. À quelle heure puis-je passer ?

– Tu ne le peux pas.

– Je serai là à vingt-trois heures.

– Pas avant minuit.

– Je serai là à vingt-trois heures trente. C'est mon dernier mot.

Lorsqu'il entra chez elle à vingt-trois heures trente tapantes, l'appartement baignait dans une sorte de vapeur où surnageait une forte odeur d'épices.

– Qu'est-ce que ça sent ?

– J'ai préparé un ragoût de bambou javanais.

– Tu sais très bien que je n'aime pas manger en pleine nuit. Pourquoi n'écoutes-tu jamais ce que je te dis ?

Sa mère ouvrit la bouche. Puis elle tomba à la renverse. Un instant pétrifié, Jesper Humlin crut que ce qu'il redoutait depuis toujours s'était produit : elle était morte d'une crise cardiaque. Puis il comprit que c'était juste l'un de ses spectaculaires évanouissements.

– Tu n'as rien du tout. Que fais-tu par terre ?

– Je ne me lèverai pas tant que tu ne m'auras pas présenté tes excuses.

– Je n'ai pas à m'excuser de quoi que ce soit.

– On ne maltraite pas ainsi sa mère de quatre-vingt-dix ans. Je me suis donné la peine de réunir tous les ingrédients, de compulser des livres de cuisine et de suer pendant quatre heures devant les fourneaux. Tout cela parce que mon fils m'oblige à le recevoir alors que je n'en ai pas le désir.

Elle indiqua un tabouret posé dans un coin de l'entrée.

– Assieds-toi.

– Tu vas rester par terre ?

– J'ai l'intention de ne jamais me relever.

Jesper Humlin poussa un soupir et alla s'asseoir sur le tabouret. Il savait que sa mère resterait au sol tant qu'il ne lui aurait pas obéi. Dans l'exercice de la terreur affective, ses méthodes pouvaient être extraordinairement raffinées et usantes pour les nerfs.

– J'ai quelque chose à te dire, déclara-t-elle.

– C'est moi qui veux te parler. Ne peux-tu pas au moins te mettre en position assise ?

– Non.

– Veux-tu que j'aille te chercher un oreiller ?

– Si tu en as la force, oui.

Jesper Humlin se releva. Au passage, il ouvrit une fenêtre dans la cuisine. Chaque fois que sa mère s'avisait de préparer un repas, la cuisine évoquait les vestiges sanglants d'une bataille. En route vers la chambre à coucher, il s'arrêta devant le téléphone. Mû par une impulsion, il souleva l'annuaire. Dessous, il y avait une publicité : « Femmes matures en direct ». En revenant, l'oreiller sous le bras, il se demanda s'il ne devrait pas s'en servir pour étouffer sa mère au lieu de lui rendre le sol de l'entrée plus confortable.

– De quoi voulais-tu me parler ?

– J'ai décidé de t'informer de mes activités.

Jesper Humlin se raidit. Sa mère pouvait-elle lire dans ses pensées ? Il contre-attaqua.

– Je sais quelles sont tes activités.

– Tu ne sais rien du tout.

– Si je suis venu, c'est justement pour t'en parler. Tu imagines bien que je suis dans tous mes états.

Sa mère se redressa.

– Tu fouilles dans mes papiers maintenant ?

– S'il y a quelqu'un dans cette famille qui fouille dans les affaires ou les pensées des autres, c'est toi. Je ne lis pas tes papiers.

– Dans ce cas, tu ne peux pas savoir ce que je fais.

Jesper Humlin essayait de trouver une position supportable sur ce tabouret, qui était aussi dur que la chaise où l'avait fait asseoir Anders Burén un peu plus tôt dans son horrible bureau. Je vais l'avoir à l'usure, pensa-t-il. Je ne dirai rien de plus, je vais juste attendre, et on verra bien qui aura le dernier mot.

140

– Très bien. Je ne sais pas ce que tu fais. Je ne sais pas de quoi tu veux me parler.

– J'écris un livre.

Il écarquilla les yeux.

– Quel livre ?

– Un roman policier.

Jesper Humlin eut la sensation qu'il devenait lentement fou. Il était la victime d'une conspiration dont il commençait à peine à entrevoir l'ampleur. Quelle que soit la personne qu'il avait en face de lui, cette personne écrivait un roman policier.

– Ça ne te réjouit pas ?

– Et pourquoi diable cela devrait-il me réjouir ?

– Parce que. Tu devrais être heureux que ta mère ait conservé une créativité intacte, malgré son âge.

– J'ai l'impression que tout le monde écrit des romans policiers en ce moment. Sauf moi.

– Ce n'est pas ce que j'ai lu dans les journaux. Mais le tien ne sera pas très bon, à mon avis.

– Ce que disent les journaux n'est pas vrai. Pourquoi mon livre ne serait-il pas bon ?

Sa mère s'étendit à nouveau sur le sol.

– Pour m'éviter une concurrence de ta part.

– Dans cette famille, l'écrivain, c'est moi. Ce n'est pas toi.

– Tout cela aura changé d'ici quelques mois. Je vais faire sensation. Imagine un peu : moi, une femme de quatre-vingt-sept ans, je débute avec un roman policier qui sera porté aux nues par la critique internationale.

Jesper Humlin sentait la catastrophe approcher à toute vitesse. Ce serait la défaite finale : que sa propre mère soit considérée comme un écrivain plus doué que lui.

– Quel est ton sujet ? parvint-il à articuler.

– Je n'ai pas l'intention de te le dire.

– Pourquoi ?

– Tu me volerais mon idée.

– Je n'ai jamais de ma vie volé une idée. Aussi incroyable que cela puisse te paraître, je suis un artiste qui prend son travail au sérieux. Quel est le sujet de ton livre ?

– Une femme qui tue ses enfants.

– Ça ne me paraît pas très original.

– En plus, elle les mange.

Malgré la fenêtre ouverte, l'odeur provenant de la cuisine l'incommoda à nouveau.

– C'est donc là-dessus que tu vas écrire ?

– J'en suis déjà au chapitre quarante.

– Ah. Un gros roman, alors ?

– J'envisage sept cents pages. Dans la mesure où les livres sont chers de nos jours, il faut écrire de gros volumes qui font de l'usage au lecteur.

– Tu devrais en parler à mon éditeur, Olof Lundin. Il s'intéresse toujours aux idées neuves.

– Je lui en ai déjà parlé. Il dit qu'il attend mon manuscrit avec impatience. Il envisage de nous lancer ensemble. « Écrivains de mère en fils », c'est le concept.

Jesper Humlin en resta sans voix – comme un peu plus tôt lorsque Anders Burén l'avait informé de la nouvelle valeur de ses actions. Sa mère se mit debout, ramassa l'oreiller et passa dans le séjour. Jesper Humlin resta assis sur son tabouret. Ça recommence, se dit-il. Je perds pied. Puis il vit, en une succession d'images brèves mais très nettes, Tea-Bag qui souriait, Tania qui regardait ailleurs, Leïla avec son corps sans grâce, et il pensa : j'accomplis peut-être malgré tout un acte digne en m'intéressant à l'histoire de ces filles.

Jesper Humlin se força à avaler quelques bouchées de l'âcre ragoût javanais préparé par sa mère et se donna du courage en buvant quelques verres de vin. Au cours du repas, il ne fut plus question du roman policier qu'elle écrivait ni de celui que Jesper Humlin n'écrirait pas. Par un accord tacite, ils évitèrent tous les sujets sensibles, car tous deux avaient besoin de souffler avant l'épreuve de force qui s'annonçait.

Jesper Humlin repoussa son assiette presque pleine sous le regard mécontent de sa mère.

— Tu ne sais pas apprécier le raffinement culinaire.

— Ce n'est pas ma faute si je n'ai pas faim à minuit.

— Si tu ne commences pas à t'initier à la gastronomie et à mettre de l'ordre dans ta vie avec Andrea, ça va mal aller pour toi.

Jesper Humlin cligna des yeux, incrédule. Mais cette attaque lui fournissait le petit élan dont il avait besoin pour se lancer.

— Ce n'est pas de ma vie sexuelle que nous allons parler ce soir, mais de la tienne.

— Je n'ai pas de vie sexuelle.

— Ça, je n'en sais rien. Ce que je sais, c'est que tu te livres par téléphone à des conversations répréhensibles et probablement illégales ayant un contenu sexuel explicite.

Elle lui adressa un regard mi-surpris, mi-amusé.

— On croirait entendre quelqu'un de la police. Je l'ai toujours su, d'ailleurs. Que tu n'avais pas une âme d'écrivain, mais une âme de flic.

— Que se passerait-il, à ton avis, si la chose s'ébruitait ?

— Quoi, que tu as une âme de flic ?

Jesper Humlin frappa du poing sur la table.

— On ne parle pas de moi, mais de toi. Je n'ai aucun flic en moi. Je veux que tu cesses immédiatement ces épouvantables activités téléphoniques. Je ne comprends pas comment tu peux te supporter. N'as-tu aucune morale ? C'est humiliant, c'est avilissant, c'est...

— Pas la peine d'en faire des tonnes. Les petits vieux qui m'appellent sont gentils et inoffensifs. Il y a aussi des personnalités intéressantes. J'ai un écrivain parmi mes clients réguliers.

Jesper Humlin dressa l'oreille.

– Qui ?

– Je n'ai aucune intention de te le dire. Ce secteur d'activité repose entièrement sur la confiance.

– Mais tu te fais payer. En d'autres termes, c'est de la prostitution.

– Il faut bien que je paie ma note de téléphone.

– Arrête. Vous gagnez de l'argent avec ce business.

– Pas grand-chose.

– Combien ?

– Oh, je gagne peut-être entre cinquante et soixante mille par mois. Je ne paie évidemment pas d'impôts.

Jesper Humlin n'en croyait pas ses oreilles.

– Tu empoches cinquante mille couronnes par mois pour gémir au téléphone ?

– À peu près.

– Où passe tout cet argent ?

– J'achète de quoi préparer des ragoûts javanais. J'achète des huîtres. Tout ça pour bien recevoir mes enfants.

– Mais c'est complètement illégal ! Tu as bien dit que tu ne payais pas d'impôts ?

Le visage de sa mère s'assombrit.

– Nous avons discuté de ce problème en conseil d'administration, et nous avons trouvé une solution qui nous paraît satisfaisante.

– Laquelle ?

– Nous avons établi un testament commun. Les actifs de la société iront à l'État après notre mort. Cela devrait suffire à compenser les pertes fiscales.

Jesper Humlin résolut de frapper le plus fort possible.

– Si tes copines et toi n'arrêtez pas immédiatement ce trafic, je vous dénonce. De façon anonyme.

Il n'avait pas anticipé l'accès de fureur que cette réplique déclencha chez sa mère.

– Je l'aurais parié ! Une âme de flic dans toute sa splendeur ! Je veux que tu t'en ailles immédiatement et que tu ne remettes plus les pieds chez moi. Je te raye de mon testament. Je ne veux plus jamais te revoir. Je t'interdis de venir à mon enterrement.

Là-dessus, elle lui balança au visage le contenu de son verre de vin. Il n'était encore jamais arrivé que son indignation prenne une telle forme. Médusé, il la vit remplir à nouveau son verre. Elle paraissait en parfaite possession de ses moyens.

– Si tu ne t'en vas pas sur-le-champ et sans commentaire, je recommence.

– On devrait pouvoir discuter de cette question calmement.

Cette fois, tout le vin se répandit sur sa chemise. Jesper Humlin comprit que la bataille était provisoirement perdue. Il se leva et tamponna tant bien que mal sa chemise à l'aide de sa serviette.

– On en reparlera à mon retour de Göteborg.

– Je ne veux plus jamais te parler.

– Je t'appellerai à mon retour.

Sa mère leva son verre. Jesper Humlin s'enfuit de l'appartement.

Dehors il tombait une pluie mêlée de neige. Bien entendu, il ne réussit pas à mettre la main sur un taxi. Deux Finlandais ivres lui réclamèrent des cigarettes avant de le suivre, de plus en plus menaçants, sur plusieurs pâtés de maisons. Quand il fut enfin de retour chez lui, il était frigorifié et trempé jusqu'aux os. Andrea dormait. Il avait espéré passer la nuit seul. Pour éviter d'affronter ses questions importunes au petit déjeuner, il enterra la chemise tachée de rouge au fond de la poubelle. Il avait l'impression que ce n'était pas du vin, mais du sang.

Il était encore très secoué par la scène qui venait d'avoir lieu dans l'appartement maternel. Il était clair qu'il n'arriverait pas à dormir. Il s'installa donc dans son bureau pour préparer sa deuxième rencontre à Göteborg avec les filles et un nombre inconnu de membres de leurs familles. Soudain il n'était plus du tout certain que Tea-Bag se présenterait à la gare. Cela l'attrista, comme si on l'abandonnait de façon inattendue. Il repensa à ce qu'elle lui avait raconté, son histoire inachevée. Quelle part était vraie ? Il ne pouvait le savoir. Mais intérieurement il enchaînait, comblait les failles, la prenait par la main, la guidait à travers son propre récit. Il n'était jamais de sa vie allé en Afrique. Maintenant c'était comme s'il pouvait enfin s'y rendre, puisqu'il avait trouvé quelqu'un pour l'accompagner.

Il dénicha un sachet de thé dans la cuisine et le plaça sur son bureau, devant lui. Il pensa que les feuilles fragmentées enfermées dans le papier blanc étaient des lettres, des mots, des phrases, peut-être même des chansons, qui racontaient la véritable histoire de la fille au grand sourire…

– Pourquoi dors-tu assis en serrant dans ta main un sachet de thé ?

Andrea était penchée au-dessus de son fauteuil. Il sursauta, essaya de se lever mais retomba, à cause des fourmillements dans sa jambe.

– Je te demande pourquoi tu tiens un sachet de thé à la main.

– Je voulais me faire du thé, mais je me suis endormi.

Andrea secoua la tête d'un air résigné et l'abandonna à son sort. Il resta assis, en se massant la jambe. Ce n'est que lorsqu'il entendit claquer la porte de l'appartement qu'il s'approcha de la fenêtre. Il vit que le jour se levait et qu'il ne neigeait plus. Il se glissa dans le lit, du côté où s'attardait encore la chaleur du corps d'Andrea, et s'enfonça dans un sommeil lourd et sans rêves.

À quatorze heures quinze, il était dans le hall de la gare centrale. Autour de lui, personne ne souriait, chacun semblait désespérément occupé à se diriger vers une destination qu'il n'avait pas choisie. Il allait laisser tomber lorsque quelqu'un lui effleura le bras.

Tea-Bag souriait.

Ils eurent juste le temps de monter avant que le train ne s'ébranle avec une secousse.

9

Tout alla bien jusqu'à l'arrêt à Hallsberg. Là, Tea-Bag disparut sans laisser de trace. Mais avant cela, elle avait eu le temps de reprendre le récit si brusquement interrompu dans l'appartement de Jesper Humlin. Son histoire, pensa-t-il, était tellement invraisemblable qu'elle avait toutes les chances d'être vraie. Dans son suédois raboteux mais très compréhensible, elle lui avait donc raconté la suite de son périple pour rejoindre la Suède depuis le camp de rétention du sud de l'Espagne. Jesper Humlin commençait à se demander s'il pouvait exister un être humain plus solitaire qu'un jeune garçon ou une jeune fille en fuite à travers l'Europe, cet interminable no man's land à peu près dépourvu de grillages et de murs, mais qui n'en était pas moins totalement interdit à celui ou celle qui n'avait pas reçu l'autorisation officielle d'y entrer.

Jusqu'à Södertälje, elle était restée assise sans bouger, comme figée sur place, et n'avait même pas réagi quand il avait acheté pour elle un billet au contrôleur – ce manque de gratitude l'avait d'ailleurs un peu irrité. Engoncée dans sa doudoune, elle regardait fixement le paysage par la vitre. Jesper Humlin avait essayé de trouer son silence par quelques questions inoffensives. Elle n'avait pas répondu, et il s'était demandé ce qu'il fabriquait au juste avec elle. Mais après les tunnels de

Södertälje, ce fut comme si le passage dans l'obscurité l'avait inspirée. Elle ôta même sa doudoune et il ne put s'empêcher de constater une fois de plus qu'elle avait un corps magnifique.

– Le singe, dit-elle. Tu veux que je t'en parle ?

– Volontiers. Mais d'abord je voudrais entendre la fin de l'autre histoire. La barque, les chemises sur la corde à linge, toi qui agitais la main alors qu'il n'y avait personne en vue sur le bateau.

– J'aimerais mieux parler du singe.

– On doit raconter ses histoires jusqu'au bout. Les récits inachevés sont comme des esprits inquiets. Ils peuvent revenir et te hanter.

Elle le considéra avec attention.

– Je t'assure que c'est vrai, dit-il. Les récits inachevés peuvent devenir des ennemis.

Lentement, elle reprit son histoire où elle l'avait laissée, à contrecœur semblait-il, comme si elle voulait la casser, comme si cette histoire lui causait une trop grande douleur.

« *J'ai continué à dériver dans la barque. Le temps n'avait plus d'importance. Je crois que je suis restée allongée comme ça pendant trois jours et trois nuits. Parfois, en passant devant de petits villages, je ramais jusqu'à la rive et j'achetais à manger en échange de mes derniers billets. Dans un de ces villages, à l'intérieur du magasin qui paraissait le moins cher, le genre de magasins que je choisissais toujours, avec la façade la plus sale et l'enseigne la plus abîmée, j'ai vu un homme noir assis sur une chaise en bois à moitié cassée. Il me regardait d'un air grave. Mais quand j'ai souri, il m'a souri aussi. Il m'a dit quelque chose, je n'ai pas compris. Quand je lui ai répondu dans ma propre langue, qui commençait déjà à me devenir étrangère, il s'est levé d'un bond et s'est écrié :*

– Ma fille ! Tu es de mon pays ! Que fais-tu ici, qui es-tu, vers où te diriges-tu ?

J'ai pensé que je devais être prudente. Cet homme parlait la même langue que moi, il appartenait à mon peuple. Mais il occupait une chaise étrangère sur une terre étrangère. Peut-être me dénoncerait-il à la police, peut-être viendraient-ils avec leurs bergers allemands pour me mettre en prison ? Je ne pouvais pas le savoir. Mais c'était comme si je n'avais plus la force. Ni de m'enfuir, ni de mentir. J'avais appris à mentir, comme tout le monde. Mais là j'ai senti que ça ne servirait à rien, que les mensonges rebondiraient dans ma gorge et m'étoufferaient. J'ai décidé de dire la vérité à cet homme.

– Je me suis enfuie d'un camp en Espagne.

Il a froncé les sourcils. J'ai vu, au nombre de rides et de cicatrices sur sa figure, qu'il avait traversé bien des dangers et bien des chagrins.

– Comment es-tu venue jusqu'ici ?

– J'ai marché.

– Mon Dieu ! Tu as marché depuis l'Espagne ?

– J'ai aussi dérivé dans une barque sur le fleuve.

– Depuis combien de temps es-tu en route ?

Quand il m'a posé cette question, j'ai su la réponse. Je croyais avoir perdu la notion du temps. Mais sous mes paupières, soudain, j'ai vu un long collier de cailloux blancs. Je les ai comptés.

– Trois mois et quatre jours.

Il a secoué la tête, il n'y croyait pas.

– Comment as-tu fait ? Comment t'es-tu débrouillée ? Où as-tu trouvé à manger ? As-tu été seule tout le temps ? Comment t'appelles-tu ?

– Tea-Bag.

Il était grand et fort, ses cheveux étaient déjà blancs. Il s'est penché vers moi et il m'a regardée dans les yeux.

– *Si tu es restée seule pendant si longtemps, alors tu es maintenant ma fille. En tout cas pour un temps. Le patron va bientôt arriver, il ne faut pas qu'il te voie. Il dit qu'il ne supporte de voir qu'un Noir à la fois.*

Je n'osais toujours pas lui faire confiance. Même s'il me regardait droit dans les yeux, en les écarquillant presque pour que je puisse voir jusqu'au fond, j'étais en plein territoire interdit, et ça, je ne l'oubliais pas. Je lui ai demandé comment il s'appelait.

– *Zacharias. Mais dans notre langue, la tienne et la mienne, je m'appelle Luningi.*

Le nom de mon père ! Alors j'ai écarquillé les yeux, moi aussi, en espérant qu'il pourrait y voir le village où mon père avait vécu toute sa vie, jusqu'au jour où il avait été emmené.

– *Mon père s'appelait Luningi.*

– *Moi, j'ai reçu mon nom d'un oncle, qui est parti dans le désert un jour, après avoir rêvé d'une montagne où il devait se rendre. Il n'est jamais revenu. Nous croyons qu'il a trouvé la montagne et qu'elle était si belle qu'il a décidé d'y rester. Peut-être s'y est-il taillé une grotte, peut-être y est-il encore. Qu'est-ce que j'en sais, qu'est-ce que tu en sais, qu'en savons-nous ? Et toi, as-tu même une idée de l'endroit où tu vas ?*

– *La Suède.*

Luningi a réfléchi en plissant le front.

– *C'est une ville ? J'ai déjà entendu ce nom.*

– *C'est un pays. Au nord.*

– *Pourquoi vas-tu là-bas ?*

– *Quelqu'un m'attend.*

Luningi a continué à me regarder longtemps, longtemps, avec ses yeux écarquillés. Son silence était rempli de pensées. La pénombre de la boutique, avec l'odeur un peu aigre des fromages sur le comptoir, me donnait une sensation de calme. L'odeur des fromages et l'homme noir avec ses cheveux blancs étaient absolument réels.

J'ai pensé que j'avais à peine adressé la parole à quelqu'un depuis plus de trois mois. Bien des jours, ma langue m'avait fait l'effet d'être enflée et raide, comme attristée de n'être jamais de service.

– Qui t'attend là-bas ?

– Le pays. Les gens qui habitent là savent qui je suis. Luningi a hoché la tête.

– Si tu as un but, vas-y. Les gens qui oublient leur but se comportent souvent d'une manière négligente. On a un seul but dans la vie. Le mien, autrefois, était de me rendre en Europe et d'y travailler pendant dix ans. Juste travailler, vivre avec le moins d'argent possible, tout économiser et rentrer ensuite chez moi pour accomplir mon rêve.

– Quel rêve ?

– Ouvrir une morgue.

Je n'avais jamais entendu ce mot-là avant. C'était quoi ? Un magasin où on vendait des fromages ? Ou des tissus à fleurs pour coudre des robes ? Ou peut-être un restaurant où la nourriture était si épicée qu'on se mettait à transpirer dès la première bouchée ? Aucune idée.

– Tu ne sais peut-être pas ce qu'est une morgue. Ou peut-être ne veux-tu pas le savoir, si tu as peur de la mort ?

– Tout le monde a peur de la mort.

– Pas moi. Une morgue, c'est un endroit où les morts se reposent avant d'être enterrés. Une salle remplie de glace, où le soleil n'atteint pas les morts, où leur corps peut profiter de la fraîcheur, après la dernière bataille, avant d'être mis en terre.

– Pourquoi veux-tu ouvrir une morgue ?

– Quand j'étais jeune, j'ai fait le tour de notre pays, le tien et le mien, avec mon père qui aidait les gens à trouver de l'eau. Il ne se promenait pas avec une tige fourchue à la main, non, il voyait l'eau avec son regard

intérieur. Et j'ai compris alors – dans les grandes villes où les gens s'entassent, si nombreux qu'ils sont presque collés les uns aux autres, et dans les villages où la solitude rend les gens muets – que nous étions en train d'oublier comment faire pour avoir une mort digne. Une mort lente et pensive. Un Africain qui ne sait plus mourir est un homme perdu. Il perd aussi son savoir-vivre. C'est le cas de beaucoup de gens ici. Je veux construire une morgue où la dignité existera. Chez moi les morts pourront se reposer dans la fraîcheur avant de s'incliner une dernière fois vers la terre et de disparaître.

– Je crois que je comprends.

– Non. Tu ne comprends pas. Un jour peut-être, si tu n'es pas engloutie par le pays qui t'attend. Les pays sont parfois comme des fauves affamés. Ils ont mille gueules, ils nous avalent quand ils ont faim, et ils nous recrachent quand ils n'ont plus besoin de nous. Je suis assis dans ce magasin et je vends chaque jour quelques fromages ; je n'ai pas réussi à mettre de l'argent de côté. La seule chose que je crains, c'est que le jour où je sentirai mon heure approcher, je n'aie ni l'argent ni la force de retourner chez moi pour mourir là où je suis né. On peut vivre sans racines. Mais on ne peut pas mourir sans savoir où on enterrera ses racines dernières, les plus précieuses.

Luningi est allé à la porte, il a regardé la rue en plissant les yeux.

– Il vaut mieux que tu t'en ailles maintenant. Le patron ne va pas tarder.

Luningi a mis quelques fromages dans un sac en plastique qu'il m'a donné. J'ai remarqué que son dos était courbé comme par une charge que je ne pouvais pas voir. Il traînait aussi la jambe gauche.

– Les fromages, ça cale bien, a-t-il dit.

Puis il a tiré quelques billets chiffonnés de la poche de son pantalon. Je n'ai pas voulu les prendre.

– C'est pour ta morgue, ai-je dit.

– D'autres la construiront. Pour moi, il est trop tard.

– Tu as besoin de cet argent pour ton voyage du retour.

– Pas autant que toi pour ton voyage vers le nord.

On était debout dans la pénombre de la boutique. Luningi a tendu la main et il a effleuré ma joue.

– Tu es très belle, ma fille. Quand j'aurai retiré ma main, je ne pourrai plus te protéger. Beaucoup d'hommes vont te désirer, et peut-être te causer du tort parce que tu es si belle. La seule personne qui peut te défendre, c'est toi.

– Je n'ai pas peur.

Luningi a retiré sa main. Il n'avait pas l'air content.

– Pourquoi dis-tu que tu n'as pas peur alors que c'est la première chose que j'ai vue chez toi quand tu es entrée ici, au milieu de ces maudits fromages ? Moi aussi, j'ai été en fuite. Je sais ce que c'est de ne pas être le bienvenu, d'être chassé, interdit de séjour, entouré de gens qui ont dans les yeux des armes prêtes à tirer. Alors ne viens pas me dire que tu n'as pas peur. Je suis trop vieux pour devoir supporter des mensonges.

– J'ai peur.

– Tu as peur. Va maintenant. Je vais essayer de rêver de toi pour savoir si tu as atteint ton but. Arriver là-bas. Et redevenir visible, ne plus être chassée. Mais n'oublie pas : tu vis sur une planète parcourue par de grandes vagues de gens en fuite, qui viennent des mondes pauvres et qui ne sont les bienvenus nulle part. Et ceux qui sont de l'autre côté des frontières que nous voulons franchir vont tout faire pour t'empêcher d'arriver. Va maintenant.

– Pourquoi traînes-tu la jambe ?

– Parce que mes forces me permettent juste de nourrir l'autre. Va maintenant.

Il m'a accompagnée jusqu'à la porte, il m'a touché la joue encore une fois, et il m'a poussée dehors. J'ai essayé de garder la sensation de cette poussée-là pendant tout le reste de mon voyage, de ressentir encore et encore la force dont il avait essayé de me faire cadeau, en plus des fromages et des billets chiffonnés. En moi-même, je parlais avec lui tous les jours. Je lui demandais conseil, et chaque fois qu'il me répondait, cette réponse lui coûtait tant d'efforts que ses cheveux blanchissaient un peu plus. En tout cas, c'est l'impression que j'avais.

Quand j'étais fatiguée, l'image de Luningi et celle de mon père se confondaient parfois pour former un visage nouveau, que je n'avais jamais vu et que je reconnaissais pourtant. Dans mes rêves, ou juste avant de m'endormir, les deux hommes – mon père et l'autre Luningi – se parlaient dans une langue que je ne comprenais pas. De temps en temps, ils se retournaient vers moi et souriaient. Ils parlaient de moi, et ils discutaient entre eux des conseils qu'ils devaient me donner, des prières qu'ils devaient faire et des dieux auxquels les adresser pour me protéger de tous les dangers. Souvent aussi, leur impuissance me faisait enrager. Luningi et mon père n'étaient pas des protecteurs très efficaces. J'avais sans arrêt des ennuis, et la seule personne qui m'aidait, en dernier recours, c'était moi.

Bien des semaines après avoir quitté Luningi et ses fromages, j'ai traversé la frontière vers l'Allemagne par une nuit de tempête terrible. Il tombait depuis quelques jours de longues pluies désespérantes, qui me laissaient trempée, me donnaient des rhumes et des fièvres, m'obligeaient à me réfugier sous des ponts, dans des maisons en ruine. Une fois, je me suis approchée d'une aire de stationnement au bord d'une des grandes routes qui crachaient des voitures jour et nuit comme un four plein d'étincelles, et j'ai cherché des restes de nourriture dans une poubelle. Un chauffeur de camion qui pissait contre un mur m'a aperçue. Il était sale, il sentait comme la poubelle, la même odeur, et son ventre pendait comme un sac par-dessus sa ceinture. Il m'a demandé si je voulais monter. Je savais ce que je risquais. Pourtant j'ai répondu oui. Mais pas avant de lui avoir fait dire qu'il était en route vers le nord.

Je ne sais pas pourquoi, mais je me souviens encore du nom de la ville où il allait, Cassel. Pour moi, ça sonnait comme le nom d'un insecte, une de ces bestioles qui rampaient toujours sur moi quand j'étais petite et que je jouais devant notre maison. Un cassel, une petite bête avec des milliers de pattes prudentes, qui ne mordait pas, qui avançait juste à tâtons sur ma peau, comme j'avançais moi-même à présent sur cette partie de la surface de la terre appelée "Europe".

J'ai grimpé dans la cabine et il a démarré. J'ai pensé que je devrais peut-être avoir peur. Mais la chaleur m'a vite engourdie. Quand je me suis réveillée, le camion était à l'arrêt et le type était couché sur moi, un poids énorme qui menaçait d'écraser mon cœur. Je l'ai griffé au cou avec mes ongles et j'ai réussi à me dégager. Il ne gémissait plus du tout – je l'ai entendu pousser un rugissement, mais j'étais déjà loin. Après, le moteur s'est mis en marche, les phares du camion se sont allumés, et je l'ai vu disparaître.

Malgré ce qui s'était passé, ou avait failli se passer, j'ai continué à rechercher les camionneurs, qui pissaient toujours sur les aires de stationnement, le long des grandes routes toujours aussi chargées de voitures se donnant la chasse pour avancer plus vite. Mon sourire persuadait les hommes de m'emmener, et j'ai dû à nouveau me défendre avec mes ongles, sauf une

156

fois où le chauffeur m'a laissée à une station-service en disant qu'il n'allait plus vers le nord, mais vers l'ouest. Il m'a payé le petit déjeuner. Il n'a posé aucune question, il ne m'a rien dit de lui, il m'a juste serré la main après avoir fini son café, et il est reparti avec son camion.

Pour finir je suis arrivée sur une plage. Un vent froid soufflait sur mon visage, mais ce n'était sûrement pas le moment de renoncer. Je suis montée en cachette à bord d'un ferry et je me suis glissée sous un banc, dans une salle à manger où il n'y avait personne. Ça tanguait fort, j'ai vomi plusieurs fois, mais j'avais regardé une carte sur le mur et je savais maintenant que j'étais presque arrivée. Les cailloux blancs formaient une ligne infinie dans ma tête. Mais le temps était derrière moi, chaque matin c'était comme si je changeais de peau, je laissais tomber l'ancienne et je m'obligeais à regarder de l'avant.

Au lever du jour je me suis glissée hors du restaurant, j'ai cherché des toilettes et je me suis rincé le visage. Dans le miroir j'ai vu quelqu'un que je ne reconnaissais pas. J'avais maigri et j'avais des boutons bizarres sur la figure. Mais la différence, par rapport à avant, c'était surtout les lignes qui faisaient comme des plis sur mon front. Là, je pouvais voir tous les chemins, les routes, les fleuves, les poubelles accumulés pendant mon voyage. L'itinéraire s'était incrusté dans ma peau, sans bruit. Je n'aurais jamais la possibilité de l'oublier.

Quand je suis sortie sur le pont dans le froid de l'aube, après avoir quitté les toilettes, j'ai découvert quelqu'un que je connaissais. Il était recroquevillé à l'abri d'un canot de sauvetage et il tremblait de froid. C'était un des garçons qui avaient construit l'échelle dont je m'étais servie pour m'évader du camp espagnol, un des Irakiens qui étaient partis une heure avant mon propre départ. Il a sursauté en me voyant. Je souriais,

mais il ne m'a pas reconnue. La peur brillait dans ses
yeux. Je me suis accroupie devant lui. Le vent était
glacial.

– Tu me reconnais ?

Il a secoué la tête.

– C'est moi qui ai escaladé le grillage après vous.

– Quel grillage ?

Sa voix était enrouée, absente, son visage caché sous
une barbe sale. Quand j'ai essayé de lui prendre la
main, il l'a retirée brutalement.

– Où sont les autres ?

– Quels autres ?

– Ceux avec qui tu es parti.

– Je suis seul. J'ai été seul tout le temps.

– Où vas-tu ?

– Chez moi.

– C'est où ?

Il a marmonné quelque chose. J'ai essayé de lui
reprendre la main, de le calmer, mais il m'a repoussée,
et il est parti, il a dévalé un escalier. Je l'ai suivi. J'ai
hésité. Puis j'ai renoncé. Il voulait être seul. Il titubait
comme un ivrogne, je l'ai vu longer le pont glissant et
disparaître derrière une très grande cheminée.

Il faisait jour maintenant, une mer grise avec des
vagues écumantes et, loin devant, le contour sombre de
la terre. Je ne savais plus quoi faire. J'ai soulevé la
bâche qui recouvrait un des canots et je me suis glissée
dessous. J'avais vu la folie dans le regard de ce garçon.
La peur l'avait dévoré. Les parasites invisibles avaient
fait leurs trous sous sa peau. Je me suis recroquevillée
dans le canot humide et j'ai essayé de me réchauffer. Je
pleurais. J'ai appelé mon père, mais il ne me répondait
pas. Ma mère flottait comme une âme inquiète, très
loin. Je l'ai appelée, mais elle non plus n'entendait pas
ma voix. J'avais atteint le fond de ma solitude, je ne
pouvais pas descendre plus bas. J'avais épuisé mes

forces. L'étape suivante, c'était la folie dans mon regard à moi. Alors que je n'étais pas encore arrivée dans le pays où je savais que j'étais la bienvenue. Une fois de plus je me trouvais sur un bateau, en route vers un rivage inconnu.

Je ne sais pas combien de temps j'ai mis à traverser le Danemark. Mais un jour je me suis retrouvée sur une plage pleine de cailloux gris, une plage qui sentait les algues pourries. Et en face, de l'autre côté de l'eau, je voyais la Suède. J'avais fait une partie de la route sur des vélos, que je volais la nuit, quand j'errais comme un chien sauvage dans des villes et des lotissements de banlieue. C'est un cousin de ma mère qui m'a appris à faire du vélo. Il s'appelait Baba et il était resté long-temps dans les villes où il avait appris beaucoup de choses. Il était revenu au village avec une vieille bicy-clette, c'est comme ça que j'avais appris à mon tour.

J'étais arrivée à ma dernière frontière. Là, sur la plage, j'ai vu aussi la neige, pour la première fois de ma vie. Elle s'était mise à tomber, une couverture qui tombait doucement sur le sable dur. J'ai cru que j'avais un problème aux yeux. Puis j'ai compris que c'était de l'eau gelée, sur ma tête, comme des pétales tombés d'un jardin de glace, tout là-haut parmi les nuages. Je suis restée debout, immobile, et j'ai vu ma veste devenir blanche... »

C'est là, sur cette plage grise, que Jesper Humlin fut pour la seconde fois privé de la suite du récit de Tea-Bag. Elle s'était exprimée jusque-là avec une sorte d'enthousiasme retenu, ponctué de silences. Parvenue à l'épisode du rivage danois, elle avait fermé les yeux, comme si tout cela lui avait coûté un trop grand effort. Jesper Humlin avait fermé les yeux, lui aussi, et quand il les avait rouverts, le train était à l'arrêt à Hallsberg et la place de Tea-Bag était vide.

Le train avait déjà quitté la gare quand il commença à s'inquiéter. S'étant lui-même assoupi quelques instants, il pensait naturellement qu'elle s'était rendue aux toilettes. Mais les petits bonshommes lumineux étaient tous verts, y compris dans la voiture suivante, ainsi qu'il put le constater en allant vérifier. Il traversa le train entier, s'arrêtant devant les toilettes occupées pour voir qui en sortirait. Mais Tea-Bag avait disparu. À Stockholm, tandis qu'il l'attendait dans le hall de la gare en pensant qu'elle ne viendrait pas, il avait été assailli par un découragement imprévu. Maintenant qu'elle avait disparu, il n'éprouvait que de l'inquiétude. Il ne comprenait pas pourquoi elle était partie. Il n'avait perçu aucun signe avant-coureur que quelque chose n'allait pas. En fait, se dit-il, il y avait sûrement eu des signes. Mais il n'avait pas su les reconnaître.

Ils venaient de dépasser Herrljunga lorsque le train ralentit sans raison et s'immobilisa sur la voie. Après une demi-heure d'attente, Jesper Humlin s'adressa au contrôleur.

– Pourquoi sommes-nous à l'arrêt ?

– Il n'y a plus de courant.

– Pourquoi ne nous donne-t-on aucune information ?

– Je t'en donne en ce moment même. On est à l'arrêt parce qu'il n'y a plus de courant.

– Combien de temps allons-nous rester ici ?

– On va repartir dans un petit moment.

Jesper Humlin essaya de joindre Pelle Törnblom sur son portable mais, bien entendu, le train avait été privé de courant dans un endroit qui n'était pas couvert par le réseau.

Le contrôleur revint une heure plus tard. Jesper Humlin n'en pouvait plus.

– Je croyais qu'on devait repartir bientôt ?

– Oui, dans un petit moment.

– Petit comment ?

– Quelques minutes.

– On a déjà une heure de retard.

– Le machiniste croit qu'il pourra récupérer une dizaine de minutes.

– Ça nous fera quand même un retard de cinquante minutes.

– C'est comme ça. On va bientôt repartir.

Le train resta à l'arrêt pendant trois heures. Puis on informa les voyageurs qu'un car les achemineraît jusqu'à Göteborg. Jesper Humlin était à ce stade proche de l'implosion, plein d'inquiétude quant à ce qui avait pu arriver à Tea-Bag et d'angoisse à l'idée de la salle comble qui l'attendait à Stensgården.

Une fois à bord du car bondé, il voulut rappeler Pelle Törnblom. Il fouilla dans sa serviette, dans ses poches : pas de portable. Il avait dû l'oublier dans le train.

Il était vingt-deux heures quarante-cinq quand le car freina devant la gare centrale de Göteborg. Jesper Humlin chercha fébrilement du regard la fourgonnette de Pelle Törnblom. Mais évidemment, personne ne l'attendait plus.

10

Jesper Humlin inspira profondément.

Puis il abandonna toute idée de poursuivre ce qu'il avait entamé avec Leïla et ses deux amies. La meilleure chose à faire était de se retirer de cette entreprise dont il avait de toute façon perdu le contrôle dès le premier instant.

Dans la neige boueuse, là, devant la gare de Göteborg, la réalité lui apparut avec une clarté limpide. Le projet était tordu. Il s'était laissé entraîner par l'idée folle qu'une aventure littéraire l'attendait dans une salle de boxe de la banlieue de Göteborg. Or il y avait un abîme entre l'existence qu'il menait et celle de ces gens de Stensgården. Jamais il ne construirait un pont entre eux et lui, même si sa volonté était sincère. Ce qui n'était d'ailleurs pas sûr. Il eut une pensée furtive : le rêve de ces filles, qui voulaient animer des émissions à la télé, ne se distinguait pas beaucoup de ses propres ambitions, devenir riche et célèbre, avoir sans cesse son nom dans les journaux, voler de succès en succès, y compris sur la scène littéraire internationale.

Il héla un taxi et donna le nom de l'hôtel où il descendait chaque année à l'occasion de la Foire du livre de Göteborg. Mais alors que la voiture freinait devant l'hôtel situé en haut d'Avenyn, au cœur du centre-ville, il changea d'avis et demanda à être conduit à Stensgården. Le chauffeur se retourna.

– Tu as pourtant demandé à venir ici ?

– J'ai changé d'idée.

Le chauffeur parlait un suédois mal assuré, mais avec un très fort accent de Göteborg.

– Où ça, à Stensgården ?

– Le club de boxe de Pelle Törnblom.

Le taxi démarra comme une fusée.

– Mon frère boxe là-bas. J'habite à Stensgården.

Jesper Humlin recula vivement dans l'ombre. Le chauffeur roulait à tombeau ouvert dans les rues désertes.

– Je te serais reconnaissant de conduire moins vite. Je tiens à arriver là-bas vivant.

Le taxi ralentit. Après le premier feu rouge, il accéléra de nouveau. Jesper Humlin renonça à entamer une discussion sur le sens des termes « vite » et « moins vite ».

– Ma cousine est au club ce soir, annonça le chauffeur.

– Ah. Elle boxe aussi ?

– Non. Elle et d'autres filles, elles rencontrent un écrivain là-bas ce soir.

Jesper se ratatina sur la banquette.

– Tiens…

– Leïla va devenir un grand écrivain. Il doit lui apprendre comment faire pour gagner beaucoup d'argent. Leïla a calculé qu'elle peut écrire quatre livres en un an. S'ils se vendent à cent mille exemplaires chacun, elle sera millionnaire en quelques années. Alors on ouvrira un institut.

– Qui ça, « on » ?

– Elle et moi et mon frère et ses autres cousins. Et deux oncles qui se trouvent encore en Iran. Mais ils sont en route. Ils entreront peut-être ici avec des passeports turcs. On n'a pas encore décidé. On sera onze associés.

– Quel genre d'institut ? Est-ce vraiment aussi simple d'obtenir le droit de séjour en Suède ? Les passeports ne sont-ils pas contrôlés ?

– Un endroit où les gros peuvent devenir maigres. C'est très difficile d'obtenir un droit de séjour en Suède. Il faut savoir s'y prendre. Alors c'est facile.

– Et toi, tu le sais ?

– Tout le monde le sait.

– Et comment s'y prend-on ?

– On arrive. Soit on est accepté, soit on est refusé. Si on est accepté, c'est tout bon. Si on est refusé, c'est tout bon aussi.

– Comment ça ?

– On ne se laisse pas expulser.

– Est-ce possible ?

– Sans problème. On s'évade du camp. On change de nom avec quelqu'un. On passe clandestin. Ou alors on cherche l'asile dans des églises.

Jesper Humlin protesta.

– Ça me paraît beaucoup trop simple pour être vrai. Je lis chaque jour dans les journaux l'histoire de gens qui cherchent désespérément à rester, qui se suicident pour pouvoir rester, mais qui se font expulser quand même.

– Le problème, c'est que les autorités en Suède n'ont pas compris les règles du jeu. On a essayé de leur expliquer notre façon de voir. Mais ils n'ont pas toujours envie d'écouter.

Jesper Humlin eut un sursaut d'indignation en imaginant ce tableau : une Suède aux frontières grandes ouvertes, par lesquelles s'engouffraient des hordes de gens joyeusement complices.

– Ah bon, dit-il. Je croyais que c'étaient les autorités qui décidaient des règles. Pas les immigrés.

164

– Ce serait tout de même une façon peu démocratique de traiter une question aussi importante! Les immigrés en savent beaucoup plus sur leur propre compte que n'importe quelle administration. Aucun fonctionnaire ne possède l'expérience personnelle de ce que c'est, par exemple, de traverser l'Europe enfermé dans un conteneur.

Jesper Humlin médita en silence ces informations – le point de vue du chauffeur concernant l'immigration en Suède, et aussi les motivations de la jeune Leïla. Quelque chose ne collait pas. Ses mobiles étaient-ils vraiment purement extérieurs? N'avait-elle aucune autre raison de vouloir apprendre l'art de créer des récits personnels avec des mots? Jesper Humlin avait du mal à croire que la vérité puisse se résumer à une histoire d'argent et à un institut d'amaigrissement où elle serait l'associée d'une foule de cousins iraniens.

Le taxi freina devant l'entrée du club de boxe. Tout était éteint, désert.

– Ils sont sûrement rentrés chez eux. Il est vingt-trois heures trente.

Jesper Humlin se pencha pour payer. Il ne savait toujours pas pourquoi il avait changé d'avis. Il n'avait même pas de téléphone pour commander un autre taxi et repartir de là. Je ne comprends plus rien à mes actes, pensa-t-il avec résignation. Je continue à perdre pied. La meilleure initiative serait de retourner immédiatement à l'hôtel. Pourtant je m'obstine.

– Tu es sûr que tu veux descendre ici?

– Oui.

Jesper Humlin regarda la voiture disparaître sur les chapeaux de roues dans la neige sale. Qu'est-ce que je fous là? se demanda-t-il en secouant la poignée de la porte, qui était évidemment verrouillée. Puis il fit volte-face. Une silhouette était en marche vers lui. Je vais me faire agresser. Agresser, voler, défigurer à coups de couteau – et peut-être mourir ici, dans la boue. Puis il vit que c'était Tania. Ses longs cheveux étaient mouillés. Elle tremblait de froid. Mais pour la première fois, son regard n'était pas dirigé vers un point insondable à l'horizon. Elle le regardait au fond des yeux. Et elle souriait. Jesper Humlin comprit soudain qu'elle l'attendait. Quand tous les autres avaient renoncé à le voir débarquer, Tania était restée, dans la nuit et la neige.

– Je regrette d'arriver si tard, dit-il. Mais le train a eu un problème. Et Tea-Bag a disparu pendant le voyage. Sais-tu où elle habite ?

Elle ne répondit pas. Comprend-elle ce que je dis ? Elle doit tout de même avoir quelques notions de suédois. Ou bien ne veut-elle pas parler de Tea-Bag ?

– C'est fermé, ajouta-t-il. On n'arrivera pas à entrer. Ils sont tous repartis. Je les comprends, vu l'heure à laquelle j'arrive.

Au même instant, il eut la preuve qu'elle comprenait chacune de ses paroles. Elle tira de sa poche un anneau auquel était attaché un grand nombre de clés et de passes. Puis elle coinça une petite lampe entre ses dents et se mit au travail sur la serrure de Pelle Törnblom. Comme elle n'arrivait pas à l'ouvrir, elle sortit un pied-de-biche – qu'elle gardait coincé dans une de ses bottes –, tâtonna le long du montant, inséra le pied et fractura la porte. Avant qu'il ait pu protester, elle l'avait entraîné dans le hall obscur et tiré derrière eux la porte cassée.

– Mais c'est une effraction !

Tania ne répondit pas. Elle se dirigeait déjà vers la salle aux fenêtres condamnées. Le faisceau de sa lampe jouait sur les affiches collées aux murs, du haut desquelles le dévisageaient des boxeurs au regard menaçant. Il la suivit. Elle alluma les néons.

– La lumière va se voir de l'extérieur, s'inquiéta-t-il.

– Pas même en Suède la lumière ne peut traverser des fenêtres condamnées avec des planches.

Elle parlait lentement, en cherchant ses mots, comme un aveugle cherche un endroit sûr où poser son pied. Sa voix avait un timbre de clochette, à la fois fragile et décidé.

– Quelqu'un a pu nous voir.

– Personne ne nous a vus.

– Ça t'est déjà arrivé de forcer des portes ?

Il entendit lui-même à quel point sa question était idiote. Mais trop tard. Tania se laissa tomber sur la chaise où elle avait été assise la première fois. Elle posa son sac, ôta sa veste, repoussa ses mèches mouillées, disposa devant elle son bloc-notes et un crayon, et attendit. Elle est prête à commencer, comprit Jesper Humlin. Qu'est-ce que je fais maintenant ?

Une pensée le frappa : il venait de vivre le prologue de quelque chose qui pouvait devenir une histoire. Il prit mentalement quelques notes. *Nuit, taxi, club de boxe, Tania, effraction, salle vide, fenêtres condamnées. Ici, cette nuit, est né un grand récit sur la Suède contemporaine.* Il déboutonna son pardessus et s'assit sur la chaise qui était la sienne. Elle suivait ses gestes d'un regard vigilant.

– L'autre fois, tu as dessiné un cœur, commença-t-il. Le cœur de qui ?

Au lieu de répondre, elle ouvrit son sac à dos et en déversa le contenu sur la table. Surpris, il observa les objets éparpillés. Il y avait de tout : des icônes miniatures, des pommes de pin, des tickets de cinéma déchirés, quelques tétines, un ouvre-boîte, un prisme de cristal provenant d'un lustre et deux enveloppes en papier kraft. Tania fit glisser les enveloppes vers lui. Il crut qu'elle voulait qu'il les ouvre, mais quand il prit la première enveloppe, elle frappa du poing sur la table. Il prit la deuxième et en tira une feuille de papier à en-tête de l'Office des migrations. *Lors de sa séance ordinaire du 12 août 1997, l'Office des migrations a rejeté votre demande visant à obtenir un titre de séjour permanent en Suède.*

La lettre était adressée à Inez Liepa et le motif du refus, notifié dans la lettre, était qu'elle avait fourni de fausses informations concernant son nom et sa nationalité lors de sa demande d'asile en Suède. Dans la marge, une main avait griffonné plusieurs cœurs d'où tombaient des gouttes de sang, ou des larmes. Jesper Humlin formula l'hypothèse que l'auteur de ces dessins n'était pas le fonctionnaire de l'Office des migrations.

Il ramassa la deuxième enveloppe. Ce courrier provenait de la police de Västerås et stipulait que la personne répondant au nom de Liepa Inez, de nationalité russe, devait avoir quitté le territoire suédois à la date du 14 janvier 1998. Jesper Humlin rangea la lettre. Elle le regardait faire, toujours avec la même expression vigilante. N'y avait-il donc personne ici dont le nom était certifié ? D'abord Tea-Bag qui s'appelait peut-être Florence, et maintenant Inez qui se faisait appeler Tania. Il ne put réprimer son irritation.

– Nous avons des lois et des conventions dans ce pays. Si tu donnes un faux nom, il est évident que tu ne peux pas espérer rester là. Pourquoi ne dis-tu pas la vérité ?

– Quelle vérité ?

– Comment t'appelles-tu ? Inez ou Tania ?

– Je m'appelle Natalia.

– Ah ! Un troisième nom ! Tania, Inez et maintenant Natalia !

– Je n'ai qu'un seul nom pour de vrai. Natalia.

– Et tu es russe ?

– Je suis née à Smolensk.

– Mais Liepa, ça me fait l'effet d'un nom estonien. Tu devrais être de Riga.

– Riga est en Lettonie.

– C'est ce que je voulais dire. Lettonie, pas Estonie.

– Il y a beaucoup de pays dans le monde. C'est facile de se tromper.

Il la dévisagea sans pouvoir affirmer si elle était ironique ou non. Son exaspération augmenta encore.

– Peut-être pourrais-tu répondre à ma question ? Me dire quel est ton vrai nom et d'où tu viens en réalité ? D'autre part, j'aimerais bien savoir où habite Tea-Bag. Je m'inquiète pour elle.

Elle ne répondit pas. Jesper Humlin indiqua les objets sur la table.

– Si tu veux, tu peux me raconter pourquoi tu es venue en Suède. Ça m'intéresserait bien sûr aussi de savoir comment tu as réussi à échapper à la police pendant si longtemps. Mais surtout, je veux savoir pourquoi tu es partie. Qu'est-ce qui t'a poussée à tout quitter pour venir ici ? C'est là-dessus que tu dois écrire. C'est ton histoire. Je te promets de t'écouter. Mais je veux que tu me dises la vérité. Pas des mensonges. Je commence à en avoir assez de ne jamais savoir comment s'appellent les gens.

Il attendit. Inez ou Tania ou Natalia gardait le silence. J'ai la nuit devant moi, pensa-t-il. Tôt ou tard il faudra bien qu'elle dise quelque chose.

Mais il se trompait. Une demi-heure plus tard, elle n'avait toujours rien dit. Et le silence fut rompu par un chien de police qui débapla dans la salle en aboyant. L'instant d'après, trois agents firent irruption, l'arme au poing.

– Levez les mains et ne bougez pas !

Jesper Humlin crut qu'il rêvait. Mais la peur qu'il éprouvait était réelle.

– Je peux tout vous expliquer, dit-il aux policiers. Il ne se passe rien d'illégal ici.

Tania s'était figée sur sa chaise, son regard de nouveau perdu vers un point indéfini. Mais Jesper Humlin sentit qu'elle suivait très attentivement ce qui se passait autour d'elle.

– Vous pouvez appeler Pelle Törnblom, qui est le propriétaire de ce local.

– On a été alertés pour un cambriolage en cours. La porte a été fracturée.

– Cela peut s'expliquer. Je m'appelle Jesper Humlin, je suis écrivain. Je suppose que messieurs les agents ne lisent pas de poésie, mais vous avez peut-être quand même entendu parler de moi. Mon nom est cité assez régulièrement dans les médias.

– On parlera au poste. Allez, en route.

Tania fourra ses objets dans le sac à dos. Jesper Humlin vit qu'elle laissait délibérément les deux enveloppes sur la table.

– Je proteste contre ce traitement. Si vous me prêtez un téléphone, je vais appeler Pelle Törnblom moi-même.

Un des policiers le saisit par le bras. Il voyait déjà les gros titres.

Il était quatre heures du matin quand Jesper Humlin persuada enfin l'agent qui avait rédigé le rapport de téléphoner à Pelle Törnblom. À leur arrivée au commissariat, Tania et lui s'étaient retrouvés seuls quelques minutes.

– Je dirai que la porte était déjà fracturée, murmura-t-il. Où as-tu appris à faire ça ?

– Mon père était cambrioleur. J'ai appris de lui.

– Qu'est-ce que ça veut dire ? Tu es une voleuse, toi aussi ?

– De quoi est-ce que je vivrais, sinon ?

– C'est pour ça que tu te promènes avec un pied-de-biche dans ta botte ?

Il y eut comme un éclat dans son regard.

– Je déteste être pauvre. Tu sais ce que c'est ? Être tellement pauvre qu'on en vient à ne plus s'aimer soi-même ? Tu le sais ? Non, tu ne le sais pas.

– Tu as donc fui la pauvreté ?

– Je n'ai rien fui du tout. Fuir, c'est comme partir en courant. Moi, je suis partie de Smolensk pour devenir riche. J'en avais assez de cambrioler des maisons où il n'y avait rien à prendre. Je voulais arriver dans un pays où il y aurait quelque chose derrière les portes. Il s'est trouvé que c'était la Suède.

Leur conversation fut interrompue sans ménagement. On les emmena séparément. Jesper Humlin fut placé dans une cellule avec un supporter de hockey ivre mort qui avait vomi par terre et n'y voyait plus que d'un œil. Au cours de la demi-heure qui suivit, il dut écouter le compte rendu incohérent d'une bagarre qui avait dégé-néré dans les gradins du Scandinavium, le célèbre stade de Göteborg. Le supporter fut enfin emmené, et Jesper Humlin put rassembler ses esprits. Que pouvait-il faire ? Quand Pelle Törnblom fit enfin son apparition, à l'aube, il avait préparé une explication destinée avant tout à protéger Tania. Mais Pelle Törnblom commença par le toiser froidement.

– Ça n'aurait pas été plus simple de m'appeler et de me demander de vous ouvrir ?

– Mon portable est resté dans le train. Tu n'as pas su que j'avais été retardé ?

– De fait, j'ai attendu ton coup de fil. Ça a été l'enfer d'expliquer à tous que tu nous avais trahis.

– Le train avait du retard, s'insurgea Jesper Humlin. Je n'ai trahi personne.

– Haiman avait apporté un ballon de rugby pour toi. Quand il a compris que tu ne viendrais pas, il a regretté de n'avoir pas cogné plus fort. Tout le monde était extrêmement déçu.

– J'étais bloqué en pleine voie, près de Herrljunga, à cause d'une panne de courant. Combien de fois vais-je devoir le répéter ?

– Pourquoi n'as-tu pas appelé ?

– L'endroit où le train s'est arrêté n'était pas couvert par le réseau.

– Tu comprendras sûrement que j'ai du mal à croire tes explications. Ça fait un peu trop de coïncidences.

– Chacune de mes paroles est vraie. Qu'avez-vous fait en ne me voyant pas arriver ?

– Je leur ai expliqué que tu te révélais, hélas, être quelqu'un à qui on ne pouvait pas se fier. On a décidé de tout arrêter.

– Quoi ?

– J'espère que tu mesures la déception que tu as causée à ces filles.

– Je ne mesure rien du tout. Je peux tout t'expliquer. Je ne vous ai pas trahis.

– Où as-tu trouvé Tania, au fait ?

– Elle m'attendait devant la porte du club.

– Que faisait-elle là ?

Jesper Humlin déclencha alors le plan destiné à protéger Tania.

– Elle surveillait la porte parce qu'il y avait eu un cambriolage dans ton local.

– Il n'y a pas eu de cambriolage. Rien n'a été volé.

– Ça, je n'en sais rien.

Jesper Humlin fut pris de court quand la grosse main de Pelle Törnblom l'agrippa brutalement par le col.

– Je ne sais pas ce que tu fabriques, ni ce que tu as dans le crâne. Mais je te conseille de foutre la paix à mon club.

Il lâcha prise et Jesper Humlin, d'étonnement, s'effondra sur une chaise. Ils étaient seuls dans un bureau, attendant que le rapport soit enfin rédigé et qu'il puisse être relâché. Il ignorait où se trouvait Tania.

– Combien de fois vais-je devoir te dire que ce n'est pas moi qui ai fracturé cette porte ?

– Tu es sans doute assez lâche pour accuser Tania.

– Mais je t'ai dit qu'elle la surveillait au contraire ! Je ne l'accuse de rien.

Pelle Törnblom dénicha dans ses poches un paquet de cigarettes. Un avis punaisé sur le mur informait les visiteurs qu'il était strictement interdit de fumer dans les locaux du commissariat.

– Tu n'as pas le droit de fumer ici.

Pelle Törnblom alluma sa cigarette et s'assit.

– Tu n'es pas à la hauteur.

– Qu'est-ce que ça veut dire ?

– Ça ne peut pas vouloir dire dix mille choses. Tu n'es pas à la hauteur, même pas quand il s'agit d'aider ces filles à gagner un peu de confiance en elles.

– Et comment pourrais-je le faire alors que tu as décidé de tout arrêter ?

– En voyant que tu n'arrivais pas, j'ai eu honte. Leïla était au bord des larmes et sa famille était dans tous ses états. Même si tu n'en as rien à faire d'elles, ce n'est pas une raison pour les traiter comme de la merde. Mais tu auras l'occasion de le regretter.

– Tu vas donner mon adresse à Haiman pour qu'il vienne me tabasser chez moi. C'est ça ?

– Nous ne sommes pas violents. Voilà encore un préjugé que les gens comme toi répandent au sujet des gens issus d'autres cultures.

– Je ne répands aucun préjugé. Je veux savoir pourquoi tu dis que je « vais le regretter ».

– Le journaliste était aussi déçu que nous. Il va étudier tes poèmes pour trouver des exemples qui montrent qu'au fond, tu es quelqu'un qui méprise la faiblesse. Même si tu donnes le change en enrobant ta pensée de mots mielleux. Il va te démolir.

Jesper Humlin eut aussitôt mal au ventre.

– C'est injuste. Je ne mérite pas d'être traité comme ça.

Pelle Törnblom écrasa son mégot.

– Cette conversation ne rime à rien. D'ailleurs je ne comprends pas comment tu peux prétendre qu'une des filles a pris le train avec toi et qu'elle a disparu à Hallsberg. Ce genre de choses n'arrive pas. Je préférerais que nous n'ayons plus de contact à l'avenir. Je crois aussi qu'il vaut mieux que tu ne te montres plus parmi nous au cours des prochaines années. Tu as peut-être du mal à le comprendre, mais les gens ont leur dignité, même s'ils vivent dans des conditions difficiles.

Après le départ de Pelle Törnblom, Jesper Humlin chercha fébrilement une solution à ce qui lui apparaissait comme son principal problème : empêcher le journaliste dont il ne connaissait même pas le nom de publier cet article qui l'anéantirait. En même temps, il était peiné et blessé par les paroles de Pelle Törnblom.

La porte s'ouvrit. Un policier entra.

– Tu peux partir, il faut juste que tu signes quelques papiers avant.

– Je ne signerai rien.

– C'est une déclaration comme quoi on t'a informé que tu n'étais soupçonné d'aucun délit.

Jesper Humlin signa tout de suite.

– Où est la fille qui a été arrêtée en même temps que moi ?

– Tu parles de Tatiana Nilsson ?

Jesper Humlin ne s'étonnait plus de rien.

– C'est ça. Où est-elle ? Nous sommes arrivés au club de boxe ensemble. La porte était déjà fracturée.

– Tu l'as déjà dit.

– Dans ce cas, elle devrait être relâchée en même temps que moi.

– Ce n'est plus nécessaire.

– Pourquoi ?

– Elle s'est évadée par la fenêtre des toilettes.

Comment elle a fait pour l'ouvrir et pour passer au travers, c'est une autre histoire.

– A-t-elle, ce faisant, commis un acte répréhensible ?

– Pas directement. Mais on a lancé un avis de recherche à partir de son permis de conduire. Il y a un truc qui cloche.

– C'est le cas de beaucoup de choses dans la vie, répondit aimablement Jesper Humlin. Puis-je partir ?

Il était cinq heures et quart. Avant de quitter le commissariat, il dénicha un appareil à pièces et appela son portable. À sa grande surprise, on lui répondit.

– À qui ai-je l'honneur ?

– Quoi ?

– C'est mon téléphone que tu es en train d'utiliser.

L'interlocuteur était mal réveillé et, apparemment, pas très sobre.

– J'ai payé ce portable cent couronnes hier.

– Je vais le faire bloquer dès qu'on aura fini cette conversation. Si tu l'as acheté, sache que c'est un téléphone volé. Recel, en d'autres termes.

– Ça, ce n'est pas mon business, pas vrai ? Mais tu peux le récupérer pour cinq cents couronnes.

– Où pouvons-nous nous rencontrer ?

– Je vais réfléchir. Rappelle-moi dans une heure. Quelle heure il est, au fait ? Tu trouves que c'est une heure pour réveiller les gens ?

– Je te rappelle dans quinze minutes.

Jesper Humlin avait mal aux tempes. Ces dernières années, il avait acquis la conviction qu'il aurait bientôt les mêmes problèmes de tension qu'Olof Lundin. Mais son médecin, une femme d'une grande patience, lui trouvait à chaque visite une tension parfaitement normale. Il avait fini par s'acheter un tensiomètre en cachette, car il la soupçonnait de lui cacher la vérité. Quand le tensiomètre afficha le même résultat, il commença à mettre en doute la qualité technique de l'appareil.

D'ailleurs, il était temps de faire un nouveau check-up approfondi. Chaque matin, Jesper Humlin consacrait les premières minutes de sa journée à une inspection minutieuse de toutes ses fonctions corporelles. Il était rarement malade, mais se sentait rarement tout à fait bien. Toujours, l'une ou l'autre légère indisposition menaçait d'assombrir sa journée. Quelques semaines plus tôt, il s'était découvert d'étranges petites éruptions à la jambe et à l'aisselle droite. Soupçonnant une maladie grave, il les avait soumises à Andrea, qui y avait jeté un rapide coup d'œil.

– Ce n'est rien du tout.

– Tu vois pourtant de quoi j'ai l'air ! Comment peux-tu dire que ce n'est rien ?

– Parce que je suis infirmière professionnelle et que je constate à l'œil nu que ce n'est rien.

– Mais je suis tout rouge, là, regarde !

– Ça te démange ?

– Non.

– Ça te fait mal ?

– Non.

– Ce n'est rien.

Le verdict d'Andrea avait eu un effet apaisant de courte durée. À présent, il massait ses tempes douloureuses tout en pensant qu'il devrait appeler son médecin, bien qu'il fût cinq heures et demie du matin.

Quinze minutes plus tard, il rappela son portable. Éteint. Il raccrocha rageusement et sortit du commissariat. Dehors, il faisait encore nuit. Il était épuisé, affamé, son mal de crâne persistait. Et il s'inquiétait de ce qu'allait bien pouvoir écrire le journaliste de Pelle Törnblom. En passant devant l'ancien stade de foot, soudain, il se retourna le cœur battant. Il lui avait semblé que quelqu'un le suivait. Mais il n'y avait personne. Il continua en direction de la gare centrale, dans le vent glacé. Il crut percevoir un début de mal de gorge. Parvenu devant la gare, il sentit une présence dans son dos et sursauta. C'était Tania. Ou Inez. Ou Natalia. Ou peut-être même – on n'était pas à ça près – Tatiana.

– Que fais-tu là ?

– Je voulais savoir comment ça s'était passé.

– Aucun de nous deux n'est accusé d'avoir cassé la porte. Mais ils ont découvert que ton permis de conduire avait un problème. Tatiana Nilsson, c'est toi ?

– Bien sûr qu'il a un problème. Il est faux.

Jesper Humlin jeta un regard anxieux aux alentours. Les difficultés s'amoncelaient. D'abord Tea-Bag qui avait disparu, et maintenant Tania qui s'était évadée du commissariat et circulait avec un faux permis. Il l'entraîna jusqu'à un café déjà ouvert.

– Pourquoi es-tu si inquiet ?

Elle paraissait étonnée en disant cela.

– Je ne suis pas inquiet. Tu n'aurais pas par hasard un portable à me prêter ? J'ai oublié le mien dans le train hier. Quelqu'un l'a pris, probablement le gars qui fait le ménage dans les voitures, et il l'a revendu.

– Tu as une préférence pour la marque ?

– Pardon ?

Tania se leva. Un groupe d'hommes bien vêtus quittait une table un peu plus loin. Tania passa devant eux. Puis elle revint vers lui. Elle attendit que la porte du café se referme et lui tendit un portable. Jesper Humlin comprit qu'elle avait réussi, Dieu sait comment, à le voler à un des hommes.

– Je n'en veux pas.

– Ils ont les moyens de s'en racheter d'autres.

– Je ne comprends pas. Il était sur la table ? Le propriétaire ne t'a pas vue le prendre ?

– Il l'avait dans sa poche.

– Dans sa poche ?

– Oui.

– Je ne comprends pas comment tu as fait.

Elle se pencha vers lui et lui tapota le bras.

– Qu'as-tu dans la poche de ton manteau ?

– De la monnaie. Mes clés. Pourquoi ?

– Montre-moi tes clés.

Jesper Humlin tâta sa poche. Il y avait bien quelques pièces de monnaie. Mais pas de clés.

Elle ouvrit sa main et lui rendit son trousseau.

– Quand les as-tu prises ?

– Maintenant.

Jesper Humlin n'en croyait pas ses yeux.

– Qui es-tu en réalité ? Qu'est-ce que tu es ? Cambrioleuse ou pickpocket ?

La porte du café s'ouvrit. Un des hommes qui étaient sortis quelques instants plus tôt retourna à grands pas vers sa table, puis vers le comptoir où il demanda si on avait trouvé son téléphone. La serveuse fit signe que non. Jesper Humlin essaya de se rendre transparent. L'homme secoua la tête et ressortit.

– Tu ne devais pas passer un coup de fil ?

– Je ne sais pas si je suis capable de gérer ça.

Tania se leva.

– J'ai un truc à faire. Je reviens.

– Tu vas encore disparaître ?

– Je reviens. Dans une heure maxi.

– Je serai peut-être parti d'ici là.

– Non. Tu ne peux pas partir avant que j'aie répondu à ta question.

– Laquelle ?

– Si je suis une cambrioleuse ou une pickpocket.

Tania disparut. Jesper Humlin se resservit du café et tenta de rassembler ses idées. Le portable brûlait dans sa poche. Il surmonta son appréhension et fit le numéro d'Andrea.

– Pourquoi m'appelles-tu si tôt ?

– Je n'ai pas fermé l'œil.

– Ça s'entend.

– Que veux-tu dire ?

– C'est la voix que tu as en général quand tu as picolé toute la nuit. C'était bien ?

– J'étais en garde à vue, dans un commissariat de Göteborg, accusé de cambriolage.

– À juste titre ?

– Bien sûr que non. La nuit n'a vraiment pas été drôle. Je voulais juste te dire que je comptais rentrer aujourd'hui.

– Oui, ça vaut mieux. Dans quarante-huit heures, nous devrons avoir pris une décision quant à notre avenir.

– Je te le promets.

– Qu'est-ce que tu me promets ?

– Qu'on va en parler.

– Il faut que tu comprennes que c'est sérieux. Tiens, au fait, tu dois rappeler Olof Lundin.

– Que voulait-il ? Quand a-t-il appelé ?

– Hier soir. Il a dit que tu pouvais le rappeler à n'importe quelle heure. Et ta maman a téléphoné aussi.

– Que voulait-elle ?

– Elle a dit que tu l'avais agressée.

– Je ne l'ai pas touchée !

– Elle affirme que tu l'as frappée et qu'elle est restée plusieurs heures à terre dans l'entrée de son appartement.

– Rien de ce qu'elle dit n'est vrai. Elle perd la boule.

– Quand je lui parle, elle me paraît toujours très en forme.

– Elle est sénile. Elle fait juste semblant d'être normale.

– Il faut que j'y aille. Mais je compte sur toi pour une conversation sérieuse ce soir.

– Je serai là. Et tu me manques.

Andrea raccrocha sans commentaire. Il se demanda si elle s'apprêtait à le quitter, et quelle sorte de nouveau drame mijotait sa mère. Pour se changer les idées, il appela Olof Lundin.

– Lundin.

– C'est Jesper Humlin. J'espère que je ne te réveille pas.

– Je me suis levé à quatre heures. Où es-tu ?

Jesper Humlin réfléchit brièvement.

– À Helsinki.

– Que fais-tu là-bas ?

– Des travaux préparatoires.

– Enfin ! Tu t'es donc décidé à l'écrire, ce polar ! C'est parfait, nous allons pouvoir lancer conjointement ton roman et celui de ta mère. On va faire un package.

– Je ne veux pas être dans un package. D'ailleurs ma mère n'écrira jamais de livre.

– Ne dis pas ça. J'ai lu un premier jet.

Jesper Humlin sentit une nouvelle morsure au creux de l'estomac.

– Elle t'a envoyé son manuscrit ?

– Plutôt une page. Rédigée à la main. Où elle donne les grandes lignes de l'intrigue. Je dois avouer que je n'ai pas compris grand-chose, son écriture est difficile à déchiffrer. Une histoire de cannibales et de sous-secrétaires d'État enragés, je crois. Mais il faut avoir un peu de patience avec une débutante nonagénaire.

– Il n'y aura pas de livre.

– Je me suis fait du souci pour toi. Mais si je comprends bien, tu as arrêté ces bêtises à Göteborg ?

– Non. Et ce ne sont pas des bêtises.

– Du moment que tu me donnes le polar, tu peux consacrer le reste de ton temps à ce qui te plaît. Une fois imprimé, il fera trois cent quatre-vingt-quatre pages.

– J'avais envisagé trois cent quatre-vingt-neuf.

– C'est impossible. On a déjà réservé l'imprimeur et commandé le papier. Trois cent quatre-vingt-quatre pages. Où en es-tu ? Et pourquoi as-tu situé ton intrigue à Helsinki ? C'est risqué, ça tombe facilement dans des histoires de Russes et d'espions. Je préfère le Brésil.

– Pourquoi ?

– Il fait plus chaud là-bas.

Jesper Humlin pensa au bureau glacé d'Olof Lundin et se demanda s'il pouvait y avoir un rapport.

– Je te fais marcher. Je ne suis pas à Helsinki. Je suis à Göteborg. Je ne travaille sur aucun roman policier. À l'instant où je te parle, je ne sais absolument pas ce que je vais écrire. Peut-être un récit sur une jeune pickpocket. Ou sur quelqu'un qui a un singe qui lui escalade le dos.

– Tu es malade ?

– Non.

– Tu dis des choses bizarres.

– Tu m'as appelé hier. Que voulais-tu ?

– Juste m'assurer que ce que disent les journaux n'était pas vrai. J'attends ton roman avec impatience. Les directeurs aussi.

– Il n'y aura pas de roman policier.

– Je ne t'entends presque plus.

– Je dis qu'il n'y aura pas de roman policier !

– Je n'entends plus rien. Passe me voir à mon bureau quand tu seras rentré. On a besoin de discuter au calme. En plus, le service marketing veut te présenter ses nouvelles idées de campagne.

La communication fut coupée. Jesper Humlin était épuisé. Le sentiment d'avoir perdu pied de façon irrémédiable le terrassa d'un coup. Comme s'il était enfermé dans une maison dont quelqu'un aurait bloqué toutes les issues.

L'heure passa. Il commençait à croire que Tania avait disparu de la même manière que Tea-Bag, quand la porte du café s'ouvrit. C'était Tania. Leïla l'accompagnait.

11

Jesper Humlin fut précipité hors d'un rêve chaotique où il essayait confusément d'asphyxier sa mère. En se redressant dans le lit, il ne comprit pas où il était. Il regarda sa montre. Onze heures moins le quart. Tania était repartie peu après huit heures et il s'était endormi aussitôt, épuisé par sa longue nuit au commissariat. Ses tempes bourdonnaient, le sommeil n'avait pas mis fin à sa migraine. Tous les événements intervenus depuis son arrivée en bus à Göteborg la veille au soir lui revinrent en mémoire. S'il avait pu, il se serait rendormi tout de suite, dans ce lit étranger de cet appartement tout aussi étranger d'un immeuble de Stensgården, pour tout oublier. Mais ce n'était même pas la peine d'essayer.

À pas de loup, il alla dans la cuisine et but un peu d'eau. Puis il fit le tour de l'appartement en essayant de repérer un objet personnel appartenant à Tania. Elle avait bien affirmé que c'était ici chez elle, même si elle n'y habitait que provisoirement et dans le plus grand secret. Il ne trouva aucun signe, aucune trace de Tania. Dans un placard de la cuisine, au milieu d'épices de toutes sortes, il aperçut une boîte de café d'une marque familière. Il mit de l'eau à chauffer, en évitant de faire du bruit pour ne pas éveiller la curiosité des voisins. Une fois le café prêt, il approcha un fauteuil de la fenêtre du séjour et s'assit, sa tasse en équilibre sur l'accoudoir. Une pluie mêlée de neige tombait sur les barres d'immeubles monotones. À l'horizon on apercevait la forêt et, au-delà, les rochers gris et la mer.

En pensée, il revint à l'instant où les filles étaient entrées dans le café où il attendait Tania avec une résignation croissante. Il s'était levé pour aller à leur rencontre, mais Tania l'avait arrêté d'un geste et l'avait reconduit à sa table.

– Je veux la saluer !

– Ce n'est pas possible.

– Pourquoi ?

– Une connaissance de Leïla pourrait te voir. Ce ne serait pas bon.

– Mais je veux juste la saluer !

Tania retourna auprès de Leïla. Les filles s'attablèrent dans un coin. De temps à autre, elles lui jetaient un coup d'œil, sans vraiment le regarder, et sans cesser un instant de parler entre elles. Leïla portait un foulard enroulé autour de la tête.

Jesper Humlin se sentait complètement démuni. Et cette impuissance l'exaspérait. Tania revint vers lui, telle une porte-parole officielle. Il protesta.

– Pourquoi la faire venir si je ne peux même pas la saluer ?

– Leïla voulait voir par elle-même que tu ne nous avais pas trahies. Que tu étais vraiment revenu.

– Pelle Törnblom dit que vous avez décidé de tout laisser tomber.

– Que voulais-tu qu'on fasse ? Tu avais disparu. On a l'habitude d'être déçues.

– Celle qui a disparu, c'est Tea-Bag. Ce n'est pas moi.

– Elle avait sûrement de bonnes raisons. Il vaut mieux être prudent dans un pays comme la Suède.

– Pourquoi la Suède ?

Tania balaya la question.

– Nous allons tenir ce soir la réunion qui n'a pas pu avoir lieu hier.

– Ce n'est pas possible, dit Jesper Humlin en repensant à sa conversation avec Andrea.

Il vit l'éclair dans le regard de Tania.

– Tu as l'intention de nous trahir une deuxième fois ?

– Je croyais que nous nous étions mis d'accord sur le fait que je ne vous avais pas trahies.

– Si tu veux qu'on te fasse confiance, il faut tenir la réunion ce soir.

– Ce n'est pas possible.

Tania se leva.

– Leïla ne va pas être contente quand je lui répéterai ce que tu viens de me dire.

Jesper Humlin chercha fébrilement une issue.

– On ne pourrait pas la tenir maintenant ?

– Ce n'est pas possible.

– Pourquoi ?

– Leïla est à l'école.

– Comment peut-elle être à l'école alors qu'elle est assise dans le coin là-bas ?

– Si quelqu'un apprend qu'elle n'était pas à l'école, elle aura des ennuis.

– Si je ne retourne pas à Stockholm ce soir, j'aurai des ennuis. Pouvons-nous tenir cette réunion cet après-midi ?

– Je vais lui demander.

Tania retourna vers l'autre table. Jesper Humlin eut à nouveau l'image d'une estafette faisant la navette entre deux armées. Il pensa qu'au cours de la décennie écoulée la Suède était devenue un pays dont il avait une connaissance extrêmement limitée.

Tania revint.

– Dix-sept heures.

Il visualisa aussitôt un emploi du temps.

– On pourra travailler deux heures. Ensuite il faudra que je parte. Où nous retrouvons-nous ?

– Chez moi.

– Je te serais reconnaissant de ne pas amener Haiman.

– Il ne viendra pas.

– Tu peux me le garantir ?

– Personne ne sera informé de cette réunion. Leïla s'en charge.

Jesper Humlin redevint très inquiet.

– Comment ça ?

– Elle dira qu'elle est chez Fatima.

– Qui est Fatima ?

– Une camarade qui vient de Jordanie. Si les parents de Leïla téléphonent pour vérifier, on leur dira que Leïla et Fatima sont allées chez Sacha et que, de là, elles sont venues chez moi. Mais si les parents de Leïla appellent chez Fatima, on le saura tout de suite parce que là-bas, c'est toujours le frère de Fatima qui décroche. Le frère de Fatima préviendra Fatima, et ça laissera à Leïla le temps de rentrer. Pas de chez moi, mais de chez Fatima – même si en vrai elle n'y sera pas allée.

Jesper Humlin devina plus qu'il ne comprit à quoi ressemblait la cordée de survie de Leïla. Celle-ci quitta le café. En sortant, elle lui adressa un sourire, un sourire secret que personne d'autre ne pouvait voir. Peu après, Tania se leva à son tour et lui fit signe de la suivre. Ils prirent le tramway jusqu'à Stensgården. Tania le guida vers l'une des barres d'immeubles situées à la périphérie du quartier, qui paraissait toujours aussi désolé et lugubre. Ils prirent l'ascenseur jusqu'au septième étage. Jesper Humlin s'attendait à voir le nom « Nilsson » sur la porte de l'appartement où vivait Tania. Mais il comprit que les choses n'étaient pas aussi simples quand elle lui enjoignit de se taire et sortit son jeu de passes.

– Enlève tes chaussures, dit-elle quand ils furent entrés. N'allume pas la radio, ni la télé.

– On n'est pas chez toi ?

– J'ai l'habitude de venir quand il n'y a personne.

– Mais tu n'avais pas la clé.

– Je n'ai pas besoin de clés pour ouvrir les portes.

– Ça, je le sais. Qui habite ici ?

– La famille Yüksel.

– Ce sont des parents à toi ?

– Je n'ai pas de famille.

– Alors comment peux-tu habiter ici ?

– Ils sont à Istanbul en ce moment.

– Et ils savent que tu loges chez eux ?

– Non.

– Je croyais que tu avais dit qu'on tiendrait la réunion chez toi ?

– C'est chez moi, ici. Je me renseigne pour savoir quels appartements se libèrent, ceux dont les occupants ont déménagé, ou sont partis en voyage. Je m'y installe. Et je repars avant qu'ils ne reviennent ou que de nouveaux locataires n'emménagent.

– Comment sais-tu quels appartements sont vides ?

– Leïla est informée de tout ce qui bouge dans le secteur. Elle me tient au courant.

Jesper Humlin essaya de réfléchir.

– Tu n'as donc pas de domicile ?

– Comment pourrais-je avoir un domicile alors que je n'existe pas ?

– Comment cela, tu « n'existes pas » ?

– Tu as vu toi-même la décision de reconduite à la frontière. La police me cherche. Maintenant que j'ai été obligée de montrer mon permis de conduire, ils feront tôt ou tard le rapprochement entre Tatiana Nilsson et mon identité réelle.

– Et c'est quoi ? Ton identité réelle ?

Tania tressaillit. Elle le regarda.

187

– Tu sais qui je suis. Maintenant je ne réponds plus aux questions. N'ouvre pas si on sonne. Ne décroche pas le téléphone. Je serai de retour dans deux heures.

– Je ne peux pas rester dans un appartement où des inconnus sont susceptibles de débarquer à tout instant.

– Ils ne reviendront pas avant la semaine prochaine. Leïla a un cousin qui travaille à l'agence de voyages où ils ont acheté leurs billets.

– Ça ne me met pas à l'aise.

– Et moi alors ? Tu crois que ça me fait quoi, de savoir que je peux être arrêtée et expulsée d'une minute à l'autre ?

Jesper Humlin ne sut que répondre.

– Y a-t-il un endroit où je peux m'allonger pour me reposer ?

– Il y a des lits dans toutes les pièces. Ils sont nombreux, chez les Yüksel.

Tania partie, Jesper Humlin inspecta prudemment le logement de la famille Yüksel et choisit une chambre qui, compte tenu des images de foot ornant les murs, devait appartenir à un fils adolescent. Il remonta la couverture jusqu'à son menton en pensant qu'il se trouvait au beau milieu de quelque chose qu'il n'aurait jamais pu imaginer, même en rêve. Puis il s'endormit.

La tasse était vide. Il la rapporta dans la cuisine. Puis il s'attarda sur le seuil du séjour et laissa son regard errer le long des murs. Des photographies aux cadres dorés remplissaient une étagère. Des enfants de différents âges, une photo de mariage, un homme en uniforme ; au-dessus de l'étagère, un drapeau qu'il supposa être celui de la Turquie. Je suis au cœur d'un grand récit, pensa-t-il. Tout ce qui m'arrive, tout ce que ces filles-là me racontent ou ne me racontent pas, tout ce qu'elles font ou ne font pas, je pourrais peut-être le modeler et en faire une histoire qui n'a encore jamais été racontée. Tea-Bag a disparu Dieu sait où, des chiens de police font irruption la nuit dans un club de boxe. Je suis dans un appartement où habite une famille turque et aussi, du moins pour l'instant, une fille qui n'existe pas, qui se cache dans les abris qu'elle trouve, sous des identités d'emprunt. Une fille qui s'appelle peut-être Tania et qui survit en étant cambrioleuse ou pickpocket.

Il chercha, le plus discrètement possible, dans les tiroirs de la famille Yüksel, du papier et un crayon. Il s'était passé tant de choses au cours de cette semaine qu'il devait prendre des notes s'il ne voulait pas perdre le contrôle de toutes ses impressions. Il dénicha un bloc-notes et un crayon noir, s'assit à la table de la cuisine et commença à écrire. Il pensa soudain qu'il valait peut-être mieux prévenir Andrea qu'il avait réellement l'intention de rentrer ce jour-là, même si ça risquait d'être tard. Il enregistra un message sur le répondeur, à l'aide du portable volé, sans éprouver d'états d'âme. Avant de retourner à ses notes, il appela aussi son conseiller financier.

– Ici Burén.

– Comment se fait-il que maintenant, tu décroches quand je t'appelle ?

– Je pensais que c'était quelqu'un d'autre. Tu as changé de numéro ?

Jesper Humlin n'en crut pas ses oreilles.

– Tu veux dire que si tu avais vu que c'était moi, tu n'aurais pas répondu ? Je croyais pourtant être un de tes clients.

– Tu l'es.

– On ne dirait pas. Un ami m'a prêté son portable. Ce n'est pas la peine de mémoriser le numéro. Je ne m'en resservirai pas.

– Je conserve tous les numéros. La machine s'en charge de façon automatique. Qu'est-ce que tu voulais ?

– Je ne veux pas que tu conserves ce numéro. Tu m'entends ?

– Je t'entends. Que veux-tu ?

– Savoir comment vont mes actions.

– À moins d'une baisse, je crois que nous pouvons tout à fait nous attendre à une hausse.

– Je veux que tu répondes franchement à une question. Reverrai-je jamais l'argent que j'ai investi ?

– En temps et en heure.

– *En temps et en heure ?* Qu'est-ce que ça veut dire ? Quel temps ? Quelle heure ?

– Il faut compter entre cinq et dix ans. Au fait, je viens d'entamer la partie centrale de mon roman.

– Je ne m'intéresse pas à ton roman. Je m'intéresse à mes actions. Tu m'as mené en bateau.

– On prend toujours un risque quand on se laisse dominer par la cupidité.

– C'est toi qui m'as empêché de vendre.

– Il est de mon devoir de te conseiller le mieux possible.

Jesper Humlin sentit qu'il se faisait piéger un peu plus à chaque réplique. Il raccrocha sans ajouter un mot. Anders Burén serait en lui-même le sujet d'un grand roman, pensa-t-il avec rage. La distance entre son monde et celui des filles de Stensgården est comme un univers en expansion. Elle augmente de minute en minute. Si je les réunissais, de quoi pourraient-ils parler ? Y aurait-il la moindre communication possible d'un monde à l'autre ?

Il se pencha à nouveau sur ses notes. Soudain il entendit un grattement du côté de la porte et retint son souffle, le cœur battant. La famille Yüksel ! De retour avec une semaine d'avance. Une grande famille turque qui ferait irruption dans la cuisine d'ici cinq secondes en exigeant de savoir qui était installé à leur table.

C'était Tania. En le voyant, elle haussa les sourcils. Elle voit ma peur, pensa Jesper Humlin. S'il y a une chose qu'elle repère chez les gens, c'est bien l'insécurité, puisqu'elle en fait elle-même l'expérience à chaque instant. Tania vida son sac à dos. Mis à part les pommes de pin, les tétines et les icônes miniatures, le sac contenait un grand nombre de téléphones portables. Elle en aligna sept sur la table.

– Choisis celui qui te plaît.

– Où les as-tu pris ?

– Au commissariat.

Jesper Humlin écarquilla les yeux.

– Quoi ?

– Ça ne m'a pas plu d'être enfermée là-bas cette nuit. J'avais besoin de me venger. J'y suis retournée, j'ai pris quelques téléphones.

– Ces appareils appartiennent-ils à la police ?

– Seulement à des gradés. Et à un procureur. Prends-les tous. Avec un peu de chance, ils ne seront pas tous bloqués dès aujourd'hui.

– Je ne veux pas de ces téléphones volés. Surtout pas si tu les as pris à des policiers.

Elle se rembrunit. Puis l'éclat dangereux revint dans son regard. Avant qu'il ait pu ajouter un mot, elle lui colla un portable dans la main.

– Prends celui-ci. Réponds quand il sonnera.

– Il n'en est pas question. Comment veux-tu que j'explique à mon interlocuteur qui je suis ?

– Fais-le. Si tu veux savoir qui *je* suis.

Elle quitta la cuisine. La porte de l'appartement se referma sans bruit. Peu après le téléphone sonna. Il hésita. Puis il prit la communication. C'était Tania.

– Ici Irina.

– Pourquoi dis-tu que tu t'appelles Irina ? Où es-tu ?

– Tu peux me voir par les fenêtres du séjour.

Il y alla. Tania était comme un petit point mobile sur le champ de boue qui devait tenir lieu de pelouse.

– Je te vois. Pourquoi faut-il que nous parlions au téléphone ?

– Parce que c'est plus tranquille pour moi.

– Pourquoi dis-tu que tu t'appelles Irina ?

– Parce que c'est mon nom.

– Qui est Tania, dans ce cas ? Et Natalia, Tatiana et Inez ?

– J'essaie de les considérer comme mes noms d'artiste.

– Les comédiens ont des noms d'artiste. Pas les pickpockets.

– Tu veux me blesser ?

– Non, juste comprendre pourquoi tu as tant de noms.

– Comment peut-on croire qu'on va s'en sortir dans ce monde si on n'est pas prêt à sacrifier quelque chose ? Son nom, par exemple.

– Je ne sais toujours pas quel est ton vrai nom.

– Sais-tu comment je suis arrivée en Suède ?

Il fut décontenancé. La voix de la jeune femme était changée, moins dure, moins fermée qu'avant.

– Non, je ne le sais pas.

– J'ai ramé.

– Qu'est-ce que ça veut dire ?

– Ça ne peut pas vouloir dire trente-six choses. J'ai ramé jusqu'en Suède.

– D'où ?

– De Tallinn.

– Tu es venue d'Estonie à la rame ? Ce n'est pas possible !

« Je suis bien arrivée en Suède, non ? Et j'ai été obligée de ramer. Je n'avais pas le choix. Quand je me suis évadée, là-bas, je ne pouvais pas prendre le

192

risque de me présenter au contrôle des passeports du ferry partant de Tallinn vers la Suède. J'ai marché, marché, marché et je suis arrivée à un petit port de pêche. Il y avait un bateau à rames. Je savais que je devais quitter cette ville, sinon je mourrais. J'ai pris la barque et je suis partie. Il n'y avait pas de vent, presque pas de houle. Je ne savais pas quelle était la distance. J'ai ramé toute la nuit, jusqu'à avoir le dos scié en deux. J'avais sur moi un peu d'eau et quelques sandwiches. Quand le jour s'est levé, j'étais entourée d'eau. Je ne savais même pas dans quelle direction je devais ramer. Mais j'ai essayé de suivre la trajectoire du soleil. Je ramais sans arrêt vers l'ouest. Je suis entrée tout droit dans le soleil couchant.

La deuxième nuit, j'ai vu un ferry de passagers au loin. J'ai pensé que ce bateau, cette lumière qui se déplaçait sur la mer, devait être en route vers la Suède. J'ai continué à ramer. J'avais le dos et les bras presque paralysés. Mais j'ai ramé pour ne pas céder à la panique. J'ai ramé pour augmenter la distance entre moi et l'enfer où j'avais vécu depuis que j'avais quitté Smolensk. J'ai encore du mal à penser à ça, à tout ce qui s'est passé, et qui était infiniment pire que d'être chassée par la police suédoise. Je ne peux pas y penser, sauf si j'imagine que c'est un conte, une histoire qui serait arrivée à quelqu'un d'autre. Et je le vois encore, cet homme que j'avais rencontré à Smolensk et qui m'avait promis un avenir bien meilleur si je venais à Tallinn servir dans le restaurant de ses amis. Chaque matin au réveil je prie pour qu'il soit mort, pour que la terre soit devenue plus légère, qu'elle soit débarrassée du fardeau que représente un homme tel que lui, un représentant du mal.

Le vent s'est levé dans la nuit. Je ne sais pas si c'était une tempête, mais j'ai dû écoper sans arrêt, ça a duré deux jours et demi, je ne me souviens de rien d'autre, *j'avais froid et j'écopais, c'est tout. Plusieurs fois je me suis évanouie. Je m'étais attachée aux rames avec ma ceinture, car sans les rames je n'y arriverais pas. J'aimais ces rames-là, ce sont elles qui me gardaient en vie, pas tant le bateau, mais les rames. Je me dis parfois que si je devais un jour construire un temple, il y aurait deux rames devant l'autel. J'inventerais une religion à moi, où j'adresserais ma prière à une vieille paire de rames qui sentent le goudron.*

Je crois que j'ai mis quatre jours pour atteindre la Suède. Je ne me suis pas retournée une seule fois, car j'avais peur de ma déception si je voyais qu'il n'y avait toujours pas de terre en vue. C'est pour ça que je ne me suis même pas vue arriver. Soudain, il y a eu comme un coup contre le fond de la barque. J'étais coincée. En me retournant j'ai presque pris peur, j'étais si près de la terre. J'étais échouée sur un banc de sable. J'ai pataugé jusqu'au rivage. C'était le soir. J'ai erré sur la plage. Je voyais des lumières, mais je n'osais pas y aller parce que je ne savais pas où j'étais. Je me suis couchée dans une faille de rocher et, malgré le froid, j'ai dormi jusqu'à ce que la lumière revienne.

Le bateau avait disparu, il devait dériver sur la mer. Mes rames n'étaient plus là. En voyant ça, j'ai eu un tel désespoir que j'ai pleuré. Puis je me suis mise en marche. Soudain j'ai vu un drapeau bleu et jaune et j'ai compris que j'étais en Suède. C'est idiot, mais j'ai terriblement regretté à ce moment-là de ne plus avoir les rames ; j'aurais voulu leur montrer ce qu'on avait réussi ensemble.

À l'époque où j'étais enfermée dans la maison d'abattage à Tallinn avec Inez, Natalia et Tatiana, la seule chose qu'on avait, c'était une encyclopédie. Dedans, il y avait tous les drapeaux du monde. On les a appris par cœur. Demande-moi à quoi ressemble le drapeau du Cameroun, ou celui du Mexique. Je peux te

les décrire en détail. Voilà en tout cas comment les
choses se sont passées quand j'ai ramé jusqu'ici, dans
ce pays. »

Jesper Humlin attendit la suite. Pendant tout le récit
de Tania, il était resté à la fenêtre à la regarder, debout
au milieu du champ désert. Il se demanda s'il revivrait
jamais une pareille conversation téléphonique.

– Où étais-tu arrivée ?

– Sur l'île de Gotland.

– Incroyable ! Qu'as-tu fait ensuite ?

– Je n'ai pas la force de le raconter maintenant.

– Que s'est-il passé à Tallinn ?

– Tu ne comprends donc rien tout seul ?

– C'est ton histoire. Je ne veux pas y mêler mes
propres idées.

– Je n'en dirai pas plus.

– Tu as été dupée. Il n'y avait pas de restaurant à
Tallinn. Tu as rencontré là-bas des filles qui étaient
dans la même situation que toi. Une Natalia, une
Tatiana… Mais qui sont Inez et Tania ? Et qui est Irina ?

– Je ne réponds plus aux questions. Il fait trop froid
pour parler au téléphone.

– Pourquoi ne remontes-tu pas ?

– Je n'ai pas le temps. Je t'ai laissé un sac de nourriture devant la porte.

La communication fut interrompue. Tania agita la
main vers lui et il la vit disparaître dans la bourrasque.
Tu n'es jamais venue d'Estonie à la rame, pensa-t-il. Tu
as emprunté cette histoire à Tea-Bag. Vous empruntez
vos histoires comme vous empruntez les identités et les
téléphones. Mais il y avait aussi une vérité dans ce que
tu as dit.

Jesper Humlin récupéra le sac sur le palier. Des
hamburgers et un Coca. Il s'assit à la table de la famille
Yüksel et commença à manger. Le récit emprunté ou

réinventé par Tania, et raconté d'un téléphone volé à un autre, ne le laissait pas en paix. Il se trouvait plongé malgré lui dans une histoire singulière, ou peut-être en était-il réduit à sauter, comme sur des blocs de glace à la dérive, d'une histoire à l'autre – des récits qui s'entre-croisaient, se confondaient, se dissociaient, tous aussi singuliers et manquant à la fois d'un début et d'une fin. Pour la première fois depuis longtemps, il avait l'impression d'approcher quelque chose qui avait de l'importance.

Il se remit à sa prise de notes. Celles-ci commen-çaient déjà à germer, à chaque nouveau détail qu'il ajoutait ce n'était pas une, mais plusieurs amorces de récit qu'il voyait se déployer, qui prenaient leur source dans cette réalité contemporaine dont il soupçonnait à peine l'existence avant de se rendre par hasard à Stens-gården.

Je ne sais pas ce que je fabrique. Au fond, ma principale inquiétude est que Viktor Leander vende plus de livres que moi, que mes actions se révèlent être sans aucune valeur, que ma mère soit en train de devenir folle et qu'Andrea me quitte si je n'accepte pas de mettre en route un enfant. Mais peut-être devrais-je m'inquiéter davantage de ce que ces filles me racontent ? Il s'agit d'elles, dans ces récits. Mais ne s'agit-il pas tout autant de moi ?

Il était dix-sept heures pile quand il entendit le coup discret frappé par Tania à la porte de l'appartement des Yüksel. Elle était avec Leïla.

Ils s'installèrent dans le séjour car, d'après Tania, c'était là que les voisins risquaient le moins de les entendre et de se poser des questions. Ils parlaient néanmoins à voix basse, penchés les uns vers les autres ; on aurait dit une réunion de conspirateurs. Jesper Humlin pensa qu'il devait commencer par dire

196

quelques mots sur les événements intervenus lors de sa première visite.

– Évidemment je n'aurais pas dû effleurer la joue de cette fille. Mais c'était un geste innocent. J'aime bien toucher les gens.

Leïla le regarda avec attention.

– Moi, tu ne me touches pas.

– L'occasion ne s'est pas présentée. C'est spontané, ces choses-là.

– Je crois que tu mens. Je crois que tu me trouves trop grosse.

– Je ne te trouve pas grosse.

Tania changea de position dans son fauteuil. Leïla le fixait en silence d'un regard hostile.

– Je ne sais pas très bien comment nous allons commencer, dit-il avec hésitation.

– Tu ne nous demandes pas ce qu'on a écrit ?

Jesper Humlin s'aperçut que cette Leïla commençait à l'agacer. Elle était vraiment très grosse.

– Bien sûr. Mais d'abord, je veux savoir pourquoi vous avez écrit la dernière fois que votre rêve était d'animer des émissions télévisées.

– Pas moi.

– Pas toi, Tania. Pourquoi ne veux-tu pas animer d'émissions télévisées ?

– Bien sûr que je le veux. Je veux animer des émissions où on s'en prend aux hommes.

– Que veux-tu dire ?

– Je veux animer une émission où les femmes se vengent.

– Je ne crois pas avoir jamais entendu parler d'une telle émission.

– Alors il serait peut-être temps de la créer.

Jesper ne répondit pas. Il se tourna vers Leïla.

– Je veux animer une émission agréable, dit celle-ci.

– Peux-tu nous en dire davantage ? Agréable ?

– Les gens doivent pouvoir se taire. Juste être là, dans leur fauteuil. Agréable. Il y a tellement de bruit tout le temps.

Jesper Humlin essaya d'imaginer une émission où les gens se tairaient dans une ambiance agréable. Il n'y parvint pas. Il leur demanda de lui remettre ce qu'elles avaient écrit.

Il lut à voix haute le texte de Leïla. Il était bref, et rédigé d'une écriture enfantine.

Je voudrais raconter quelque chose que je connais. L'effet que ça fait d'être grosse, de rêver chaque nuit qu'on est mince et de se réveiller déçue chaque matin. Mais en fait, je voudrais écrire un truc qui ferait que je deviendrais célèbre et que j'habiterais dans des hôtels où on peut se faire servir le petit déjeuner dans sa chambre. Mais en fait je crois que je ne sais pas très bien pourquoi je fais ça. Et même le reste. Pourquoi je vis. J'ai l'impression que la Suède est une corde. Je suis accrochée à la corde, mais j'ai beau essayer et essayer encore, je ne touche jamais le sol. Je veux une réponse à toutes les questions. Et puis je veux pouvoir écrire à ma grand-mère et lui raconter ce que c'est que la neige. Quand est-ce que je pourrai commencer à la télé ? Si tu me touches comme tu l'as fait pour cette fille, Haiman ou un autre t'arrachera la tête, et moi je la prendrai et je la mettrai chez moi dans un pot de fleurs. Est-ce que ça suffit comme ça ? Leïla.

– C'est un très bon début. Pour notre prochaine réunion, je voudrais que tu développes un peu. À toi, Tania.

Tania lui remit un petit paquet et dit :

– Je ne veux pas que tu l'ouvres maintenant.

– Tu lui fais des cadeaux ? demanda Leïla avec colère.

– Ce n'est pas un cadeau. C'est ce que j'ai écrit.

Leïla arracha le paquet des mains de Jesper.

– Il y a quelque chose de dur à l'intérieur. Ce ne sont pas des papiers.

Tania reprit son paquet. Craignant qu'elles ne commencent à se battre, Jesper Humlin leva les mains en signe d'apaisement.

– Je vais prendre ce que vous avez écrit et le lire attentivement, chez moi. On en parlera la prochaine fois. Je vous promets de ne le montrer à personne.

Ils convinrent de se retrouver la semaine suivante. Leïla s'engagea à parler à Pelle Törnblom. Elle lui dirait que l'atelier continuerait comme prévu – avant que ce train arrêté en pleine voie ne cause tout ce désordre. Jesper Humlin s'engagea de son côté à être ponctuel.

– Pelle Törnblom ne va peut-être pas te croire.

– Tout le monde me croit, répliqua Leïla. J'ai l'air d'une fille tellement gentille.

– Je dois bientôt y aller. Mais il nous reste un petit moment. Vous avez peut-être des questions concernant mes livres…

– J'ai essayé d'en lire un, dit Leïla. Mais je n'ai rien compris, et j'ai horreur de me sentir idiote. Quand pourrons-nous rencontrer quelqu'un qui s'y connaît en séries télé ?

Jesper Humlin commençait à s'habituer aux virages abrupts que prenaient les conversations.

– Je vais voir ce que je peux faire.

– C'est-à-dire ?

– Je vais essayer de voir si je connais quelqu'un dans le secteur des séries télévisées.

– Je veux un bon rôle.

– Je vais voir ce que je peux faire.

– Ça doit être un bon rôle. Un grand rôle.

– Je connais peut-être quelqu'un à qui tu pourras parler.

Leïla paraissait mécontente de ces réponses évasives. Puis son portable sonna. Elle écouta sans un mot et raccrocha.

– Papa a appelé, dit-elle. Je file.

Son départ fut précipité. Jesper Humlin n'eut même pas le temps de lui dire au revoir.

– Je peux te raccompagner à l'arrêt du tram, dit Tania.

– Je crois que je peux me débrouiller seul.

– Il vaut mieux que je vienne avec toi. Au cas où tu te ferais agresser.

– Par qui ? Je croyais que Haiman ne devait pas être informé de notre réunion.

– Je ne parle pas de Haiman. Il est gentil. J'aurais bien aimé avoir un Haiman, à Tallinn. Mais il y a d'autres bandes par ici qui n'ont pas l'habitude de voir des types comme toi. Ça pourrait les énerver.

– Pourquoi ?

– Ils ont l'impression d'être des nègres. Et tu es blanc.

Jesper Humlin se rendit à l'arrêt du tram escorté par Tania.

– Comment ça s'est passé, à ton avis ? demanda-t-il pendant qu'ils attendaient.

– Bien.

– Ça m'a touché, ce que tu m'as raconté au téléphone.

– Ça veut dire quoi, « touché » ?

– J'ai été ému.

Elle haussa les épaules.

– Je t'ai juste dit ce qu'il en était.

– Tu ne m'as pas dit grand-chose.

– Regarde ! Le tram arrive.

Elle tourna les talons. Encore une histoire inachevée, pensa-t-il. Dont je ne vois plus que le dos. Maintenant elle va retourner dormir dans l'appartement de la famille

Yüksel. À moins qu'elle n'ait l'intention de mettre la nuit à profit pour cambrioler des maisons. Il vérifia dans ses poches que ses clés étaient encore là. Puis il monta dans le tram en direction de la gare centrale.

Il était vingt-deux heures trente quand Jesper Humlin ouvrit la porte de son appartement. Prêt à tout, au cas où Andrea serait encore éveillée et d'humeur combative. Elle l'accueillit dans l'entrée. Il vit avec soulagement qu'elle n'était pas en colère.

– Désolé de rentrer si tard.

– Ça ne fait rien. On a de la visite.

– En pleine nuit ? Qui est-ce ?

Jesper Humlin pensa avec horreur que c'était peut-être sa mère qui leur rendait une de ses visites nocturnes jamais annoncées.

– C'est Märta ?

– Non. Viens.

Jesper Humlin ne voulait recevoir aucun invité en pleine nuit. Ce qu'il voulait, c'était dormir.

Il la suivit. Dans la cuisine, assise à la table devant une tasse de café, se tenait une fille au sourire immense.

Tea-Bag était revenue.

12

Jesper Humlin était dans tous ses états. Depuis combien de temps Tea-Bag était-elle dans sa cuisine ? Qu'avait-elle dit à Andrea ? Que répondrait-il quand Andrea voudrait savoir pourquoi il ne lui avait jamais parlé de Tea-Bag et de sa première visite ? Il vit une batterie entière de situations plus ou moins explosives se dresser devant lui.

– Quelle surprise, fut tout ce qu'il trouva à dire, avec une prudence consommée.

– Tea-Bag m'a raconté une histoire à la fois remarquable et choquante.

Sûrement, pensa Jesper Humlin.

Andrea fronça les sourcils.

– Pourquoi ne t'assieds-tu pas ? Pourquoi ne lui dis-tu pas bonjour ? Je croyais que vous étiez amis.

Il s'assit et adressa à Tea-Bag un signe de tête aimable, sans la regarder dans les yeux.

– Pourquoi ne m'as-tu jamais parlé de son frère ?

Le signal d'alarme se déclencha immédiatement.

– Son frère, ah oui…

– Pourquoi fais-tu cette tête bizarre ?

– Je ne fais pas une tête bizarre. Je ne sais pas de quoi tu parles. Je suis fatigué.

– Mais enfin ! Adamah, qui tient un restaurant où tu as l'habitude de déjeuner, du côté de Humlegården. Je n'en avais jamais entendu parler, ni d'Adamah ni du restaurant. Je ne comprends pas pourquoi tu t'obstines à être si secret ! Ça ne te suffit pas d'être énigmatique dans tes poèmes ? Pourquoi te crois-tu obligé de tout transformer en une sorte de code privé, même les restaurants ?

– Tu n'avais jamais dit ça. Que tu trouvais mes poèmes énigmatiques.

– Je te le dis chaque fois que tu publies un nouveau recueil. Mais on parlera de tes poèmes un autre jour. J'aimerais bien t'accompagner là-bas un jour, goûter à la cuisine africaine. Adamah me paraît quelqu'un de très étonnant. En tant que cuisinier et en tant qu'homme.

Tu n'es sans doute pas la seule à n'avoir jamais vu Adamah ou son restaurant, pensa Jesper Humlin. Pourvu que Tea-Bag n'ait pas dit qu'elle a dormi dans notre lit.

– En tout cas, tu as bien fait de la laisser dormir ici quand elle a perdu son billet pour rentrer à Eskilstuna.

Le téléphone sonna. Andrea quitta la cuisine. Jesper Humlin se pencha vers Tea-Bag, qui n'avait pas cessé de sourire, et lui parla à voix basse.

– Quand es-tu arrivée ? Que lui as-tu dit ? Pourquoi dois-tu aller à Eskilstuna ? Pourquoi disparais-tu sans arrêt ? Que s'est-il passé à Hallsberg ? Pourquoi es-tu à Stockholm quand on devait se voir à Göteborg ?

Les questions se bousculaient. Au lieu de répondre, elle lui prit la main, comme pour le calmer. Il la retira immédiatement.

– Ne prends pas ma main. Andrea est jalouse.

Les yeux de Tea-Bag étincelèrent.

– Je veux simplement te montrer que je suis contente de te voir. Pourquoi serait-elle jalouse de moi ?

– C'est hors sujet. Pourquoi es-tu venue ? Que lui as-tu dit ? Pourquoi as-tu disparu du train ? Tu dois me répondre.

– Je dis toujours ce qu'il en est.

– Qui est Adamah ? Qu'est-ce que c'est que cette histoire de restaurant ? Je ne mange jamais africain.

– Tu devrais.

– Il y a beaucoup de choses que je devrais faire. Pourquoi as-tu dit que tu rentrais à Eskilstuna ?

– J'habite là-bas.

– Tu habites à Göteborg.

– Qui a dit ça ?

– C'est là que je t'ai rencontrée. Göteborg ou Mölndal ou Stensgården. C'est là que vivent tes amis. Tu ne peux pas être présente à une lecture de poésie à Mölndal ou à Stensgården si tu habites Eskilstuna.

– Je n'ai jamais dit que j'habitais Eskilstuna.

– Tu l'as dit il y a un instant. Que s'est-il passé à Hallsberg ? Pourquoi as-tu quitté le train ? Tu ne comprends donc pas que je me suis fait du souci ?

Jesper Humlin dut renoncer à obtenir des réponses ; Andrea revenait.

– C'était Märta.

– Que voulait-elle ?

– Elle arrive.

– Je ne veux pas la voir.

– Ce n'est pas un problème.

– Quoi ?

– Elle non plus ne veut pas te voir. Elle veut me voir, moi. Elle a bien précisé que si tu te montrais, elle repartirait immédiatement.

– Alors pourquoi vient-elle ici ? Si elle veut te voir, vous pouvez aller chez toi.

– Elle a besoin de conseils par rapport au livre qu'elle est en train d'écrire.

– Elle n'écrit aucun livre. Quels conseils ?

– Elle veut quelques tuyaux sur la manière dont une infirmière peut utiliser ses connaissances pour tuer les gens.

– En pleine nuit ?

– Si ta mère veut savoir quelque chose, c'est toujours après minuit.

Andrea s'interrompit et se tourna vers Tea-Bag.

– Jesper peut t'installer sur le canapé de son bureau. Je pensais rentrer chez moi ce soir. Mais puisque Märta vient, je reste.

Je ne compte pas, pensa Jesper Humlin. Andrea ne reste pas pour moi, mais seulement parce que ma folle de mère nous rend visite.

Tea-Bag disparut en direction de la salle de bains.

– Pourquoi doit-elle dormir ici ? demanda-t-il à Andrea.

– Il n'y a pas de train pour Eskilstuna en pleine nuit.

– Elle n'habite pas Eskilstuna. Elle habite Göteborg.

– Son frère Adamah habite Eskilstuna.

– Maintenant je veux savoir ce qui s'est passé. Elle a sonné à la porte ?

– Pourquoi es-tu si nerveux ? Qu'as-tu encore trafiqué à Göteborg ?

– Je te l'ai déjà dit.

– Tout ce que tu m'as dit à ce sujet était incohérent. Elle était dans l'escalier quand je suis rentrée de l'hôpital. Elle a demandé après toi, elle voulait savoir si tu étais rentré de Göteborg. Elle m'a dit qu'elle avait été obligée d'interrompre le voyage à Hallsberg.

– A-t-elle dit pourquoi elle avait quitté le train ?

– Non, seulement que c'était nécessaire. Mais je soupçonne que tu l'as peut-être blessée d'une manière ou d'une autre. Elle est très sensible.

– Moi aussi.

– Que lui as-tu dit ?

– Je n'ai rien dit du tout. Elle m'a raconté la manière dont elle était arrivée en Suède. J'ai somnolé un moment. Elle en a profité pour disparaître.

– Imagine-toi une chose pareille. Traverser l'Europe à vélo…

– À vélo ?

– Je croyais que tu disais qu'elle t'avait raconté la manière dont elle était entrée en Suède. En passant par le nord de la Finlande.

Jesper Humlin comprit qu'il valait mieux ne plus poser de questions. L'histoire de Tea-Bag était aussi contradictoire, aussi indéchiffrable que celle de Tania. Il en venait de plus en plus à se demander quel fragment d'histoire appartenait à qui. Si quelqu'un était entré en Suède à vélo en passant par le nord de la Finlande, ç'aurait dû être Tania et non Tea-Bag.

– Aide-la à faire son lit. Märta ne va pas tarder. On s'enfermera dans la cuisine. Je lui dirai que tu dors.

– Comment veux-tu que je dorme alors que ma mère est assise dans ma cuisine en train de comploter mon assassinat ?

– Ne sois pas idiot. Elle t'aime. Pourquoi voudrait-elle te tuer ?

– Parce qu'elle est folle.

– Elle écrit un livre. Je trouve ça formidable qu'une vieille dame puisse avoir autant d'énergie.

Jesper Humlin alla chercher des draps et prépara un lit pour Tea-Bag dans son bureau. Tea-Bag entra. Elle avait emprunté son peignoir de bain. Il se détourna pendant qu'elle l'enlevait et se glissait entre les draps. Au même moment, on sonna à la porte. Tea-Bag tressaillit.

– Ce n'est que ma mère.

Il ferma la porte du bureau et s'assit dans son fauteuil. Tea-Bag était allongée, la couverture remontée jusqu'au menton, et regardait la pièce aux murs couverts de rayonnages.

– C'est dans ce bureau que j'écris mes livres, expliqua-t-il.

– Est-ce que tu as un livre qui parle des singes ?

– Pas que je me souvienne.

Elle paraissait déçue.

– De quoi parlent-ils alors ?

– Des gens surtout.

Il prit son élan.

– Qu'est-ce qui s'est passé quand tu as disparu du train ?

Tea-Bag ne répondit pas. Elle fondit en larmes. Jesper Humlin était désemparé.

– Tu veux que je te laisse seule ?

Elle secoua la tête. Il resta assis sans rien dire. Il avait l'impression de tenir une fois de plus entre les mains le livre de Tea-Bag. Il attendait que le livre s'ouvre.

– J'ai eu peur.

– Peur de moi ?

– Rien de ce qui vient de l'extérieur ne peut plus m'effrayer. Non, ça venait de moi. J'ai entendu la voix de mon père. Il m'a dit de courir. Je ne pouvais pas le voir. Mais je devais lui obéir. Courir le plus vite possible sans me retourner.

– Que s'est-il passé ensuite ?

– La peur a disparu. Un camion m'a ramenée à Stockholm.

– Qu'est-ce que c'est que cette histoire de frère ?

– Qui ?

– Ton frère Adamah qui aurait un restaurant où je suis censé manger à midi.

Sans répondre, elle lui tourna le dos et tira la couverture jusqu'à ce qu'il ne puisse plus voir d'elle que ses tresses, en relief sur l'oreiller. Quelques secondes plus tard, elle dormait. Il contempla les contours de son corps sous la couverture en pensant à ce qu'elle avait dit. *La peur venait de moi. J'ai entendu la voix de mon père. Il m'a dit de courir.* Jesper Humlin éteignit la lampe, ouvrit la porte avec précaution et se faufila jusqu'à la cuisine. La voix de sa mère lui parvint. Forte et autoritaire. Il s'enfuit en direction de la chambre à coucher.

Quand il se réveilla, le lit était vide. Sept heures trente. Andrea était partie. Il se leva, alla dans le bureau. Tea-Bag était partie aussi. À côté du canapé, un billet de train poinçonné : Stockholm-Göteborg. Et voilà, pensa-t-il. Elle a disparu une fois de plus, sans que je sache où ni pourquoi.

Le téléphone sonna. En entendant la voix d'Anders Burén sur le répondeur, il souleva le combiné.

– J'espère que je ne te réveille pas.

– Les écrivains travaillent mieux le matin.

– L'autre jour, tu as dit que tu travaillais mieux la nuit. Mais ce n'est pas pour ça que je t'appelais. Je me suis retiré quelques jours dans mon monastère. Afin de méditer.

Jesper Humlin savait qu'Anders Burén se rendait tous les trois mois dans un centre de santé aux allures de monastère situé aux confins de l'archipel de Stockholm. D'après la rumeur, l'endroit fonctionnait comme un club privé ultraconfidentiel et s'y faire admettre coûtait une fortune.

– Tu as peut-être eu une vision ? Comment redonner de la valeur à mes actions White Vision ?

– White Vision est sans importance.

– Pas pour moi.

– J'ai eu une idée brillante. On va faire de toi une société anonyme.

– Pardon ?

– C'est très simple. On monte une société anonyme à laquelle on donne le nom de « Humlin Magic ». J'en détiens cinquante et un pour cent et toi quarante-neuf.

Nous mettons dedans tous tes contrats et tes droits d'auteur.

Jesper Humlin l'interrompit.

– En tant qu'écrivain, fonder une S.A. rapporte quelque chose à une condition : gagner beaucoup d'argent. Les seuls qui le font, chez les écrivains, ce sont les auteurs de romans policiers. Je ne le suis pas.

– Tu m'as coupé trop vite. Tes droits d'auteur et tes contrats ne sont qu'une broutille dans ce contexte.

– Merci.

– C'est toi, en tant que *personne*, qui sera le principal atout de cette société.

– Et comment donc ?

– On te divise en parts et on te vend. Ce n'est pas plus compliqué que d'acheter un appartement en copropriété dans une station de sports d'hiver.

– Je te remercie de la comparaison.

– Tu manques d'imagination. Je croyais que les écrivains en avaient à revendre.

– L'imagination que j'ai me sert à écrire mes livres.

– Tu ne comprends donc pas que c'est une idée géniale ? Les gens vont acheter des parts dans tes livres à venir. Je table sur le fait que notre première émission rapportera cinq millions de couronnes au minimum. On te découpe en mille parts. Les gens qui ont de l'argent aiment les idées neuves. Ensuite on laisse l'assemblée générale des actionnaires décider une fois par an ce que tu écriras l'année suivante. Dans le pire des cas, si tu devais faire faillite, on te liquide simplement, on attend un an ou deux que tu te remettes à mieux écrire, et on recommence.

– Quand j'entends le mot « liquider », je pense à la mafia – une balle dans la nuque pour se débarrasser des indésirables. Je suppose que c'est une plaisanterie de mauvais goût ?

– Pas du tout. Je suis déjà en train d'esquisser le lancement de « Humlin Magic ».

– Tu peux arrêter tout de suite. Je n'ai pas l'intention de vendre mon âme divisée en parts.

– Personne n'a parlé de ton âme. Ton âme, on s'en fiche. Je considère simplement la valeur matérielle de ta personne et de ce que tu envoies à l'imprimerie. C'est tout. Réfléchis à la question. Je te rappelle dans deux heures.

– Je ne décrocherai pas. Comment vont mes actions ?

– Elles se sont stabilisées à un palier serein. Hier à la clôture de la Bourse elles valaient quatorze cinquante.

Jesper Humlin raccrocha furieusement et maintint le combiné enfoncé comme pour empêcher Anders Burén de le rappeler. Comme s'il essayait de noyer son téléphone. Celui-ci resta silencieux.

Une lumière grise filtrait par les fenêtres. Bruits assourdis en provenance de la rue. Jesper Humlin se tenait immobile et retenait son souffle ; il sentait venir l'accès de vertige. C'est vraiment le pompon, pensa-t-il. Un conseiller boursier qui veut me transformer en société anonyme et une fille nommée Tea-Bag qui s'allonge sur mon canapé pour me parler d'une peur qui vient de l'intérieur. D'où vient ma peur à moi ? De ce que mes actions perdent de leur valeur et qu'Andrea m'impose des conditions que je ne peux pas accepter. Je redoute que ma mère écrive un livre qui se révèle être un chef-d'œuvre. J'ai peur que mon éditeur me mette à la porte et que mon prochain livre se vende à moins de mille exemplaires. J'ai peur de la critique assassine, peur de perdre mon bronzage. Bref, j'ai peur de tout ce qui risque de me dénoncer comme un homme qui n'a ni passion ni caractère.

Jesper Humlin secoua ces pensées désagréables, alla se chercher un café et s'installa dans son bureau. Sur la table devant lui, il avait le texte de Leïla et le paquet de Tania. Dans le train qui le ramenait de Göteborg, il avait failli l'ouvrir. Mais la fatigue l'en avait dissuadé.

Il relut encore une fois ce qu'avait écrit Leïla. Puis il tira vers lui le paquet et le défit. Enveloppée dans un carré de tissu, il trouva la photographie d'un enfant. Une petite fille. Au dos il était écrit : « Irina ». Une image d'Irina petite, pensa-t-il – ou Tania, ou Inez, quel que fût son vrai nom. Il lui semblait reconnaître son visage, bien que la fillette parût avoir trois ans à peine. Il reposa la photo et se cala dans le fauteuil en pensant : elle me propose sa vie comme un puzzle. Prudemment, comme à tâtons, elle me donne une pièce après l'autre, sans s'exposer au risque que je la trahisse. Elle m'a montré des pommes de pin et des cristaux, elle m'a prouvé qu'elle est habile comme pickpocket, qu'elle n'a pas peur, qu'elle est seule. Et maintenant elle me donne une photo d'elle enfant.

Au cours des heures suivantes, Jesper Humlin resta devant son ordinateur à consigner tout ce dont il se souvenait depuis sa première rencontre avec Tea-Bag. Il avait beau se limiter à une prise de notes, différents livres commençaient déjà à prendre forme en lui. Les récits s'emboîtaient les uns dans les autres. En éteignant l'appareil, il se sentit, pour la première fois depuis très longtemps, vraiment satisfait. Je tiens quelque chose, pensa-t-il. Jusqu'à présent, je n'ai fait que feuilleter leurs histoires. Mais si je continue à me rendre à Göteborg, j'amasserai de quoi écrire un livre. Leurs rêves d'avenir, ce n'est pas mon problème. Aucune d'entre elles n'a probablement le talent qu'il faut pour devenir écrivain. Quant à leur éventuelle compétence en tant que comédienne ou animatrice, je ne peux ni ne veux en juger. Mais ça ne veut pas dire que je sortirai de cette aventure les mains vides.

Puis il appela son médecin. À force de mendier, il avait obtenu un rendez-vous téléphonique hebdomadaire à heure fixe.

– Beckman.

– Ici Jesper Humlin. Je ne vais pas bien.

– Tu ne vas jamais bien. De quoi s'agit-il cette fois ?

Anna Beckman, qui était son médecin depuis plus de dix ans, avait à son égard une attitude franche et carrée à laquelle il n'avait jamais réussi à s'habituer totalement.

– Je me demande si ce ne pourrait pas être le cœur.

– Ton cœur est en parfait état.

– J'ai des palpitations.

– Moi aussi.

– On parle de toi ou de moi ? Je m'inquiète pour mon cœur.

– Je m'inquiète pour ma pause déjeuner. Tu veux venir dès aujourd'hui, je suppose ?

– Si possible.

– Tu as de la chance. J'ai un désistement. À quatorze heures.

Elle raccrocha sans écouter sa réponse. Le téléphone sonna presque aussitôt. C'était Andrea.

– Elle est partie ?

– En tout cas, elle n'est pas ici. Qu'a dit Märta ?

– Elle se fait du souci pour toi. Elle trouve que tu devrais te demander ce que tu fabriques au juste.

– Dans quel sens ?

– Si je te répète ce qu'elle m'a dit, ça va te mettre en colère.

– Je me mettrai en colère si tu ne me le dis pas.

– Elle estime que ton dernier livre est mauvais.

Même si Jesper Humlin avait résolu depuis longtemps de ne pas tenir compte de l'opinion de sa mère, il éprouva une morsure au ventre. Mais il ne le dit pas à Andrea.

– Je ne veux pas en entendre davantage.

– Je savais que tu te mettrais en colère.

– Je croyais qu'elle voulait apprendre à tuer les gens.

– C'était un prétexte. Elle voulait parler de toi.

– Je ne veux pas que vous parliez de moi.

– Mais *nous*, nous allons parler ce soir. Tu es au clair là-dessus ?

– Je serai chez moi.

– C'est tout ce que je voulais savoir.

Jesper Humlin resta planté là, la tête vide. Puis il alla se regarder dans le miroir de l'entrée et constata d'un air sombre que son bronzage s'estompait à toute vitesse. Il retournerait dès le lendemain à son solarium.

Il déjeuna dans un petit restaurant du quartier, lut le journal et prit ensuite un taxi pour se rendre chez son médecin. Le chauffeur, qui était de Lergrav, sur l'île de Gotland, eut quelques difficultés à trouver son chemin.

Anna Beckman mesurait près de deux mètres – très maigre, les cheveux en brosse, un anneau dans le sourcil. Jesper Humlin savait qu'elle avait interrompu une carrière prometteuse dans la recherche parce qu'elle en avait eu assez des intrigues et des luttes incessantes pour obtenir des crédits. Elle ouvrit brusquement sa porte et le regarda en face. Sa salle d'attente était bondée.

– Ton cœur va parfaitement bien, gronda-t-elle en le poussant dans son bureau.

– Je te serais reconnaissant de ne pas hurler tes diagnostics aux oreilles de tous ceux qui patientent dehors.

Elle écouta son cœur et prit sa tension.

– Tout est parfait. Je ne comprends pas pourquoi tu viens me déranger.

– Te déranger ? Je suis tout de même ton patient.

Elle l'examina de la tête aux pieds avec un air critique.

– Tu commences à être un peu gras, tu le sais ? Et ce bronzage a quelque chose de pathétique, si tu me permets de te parler en toute franchise.

– Je ne suis pas gros.

– Tu as pris au moins quatre kilos depuis ta dernière visite. Quand était-ce ? Il y a deux mois ? À ce moment-là, tu avais peur d'attraper des amibes et d'avoir la diarrhée dans les mers du Sud.

Cette façon de s'exprimer exaspéra Jesper Humlin comme d'habitude.

– Il est normal de demander conseil à son médecin avant un long voyage. Je n'ai pas pris quatre kilos.

Anna Beckman se jeta sur son carnet de santé et indiqua ensuite le pèse-personne.

– Déshabille-toi et grimpe là-dessus.

Jesper Humlin obéit. Il pesait soixante-dix-neuf kilos.

– À ta dernière visite, tu en pesais soixante-quinze. Ça fait quoi ? Quatre kilos.

– Alors donne-moi quelque chose.

– Quoi ?

– Quelque chose qui me fera perdre du poids.

– Je te laisse ce souci. Je n'ai plus de temps pour toi.

– Pourquoi es-tu toujours de si mauvaise humeur quand je viens ? Il y a d'autres médecins, tu sais.

– Je suis la seule qui te supporte.

Elle attrapa son bloc d'ordonnances.

– Il te faut quelque chose ?

– Des calmants.

Elle vérifia dans le carnet.

– Je surveille quand même, pour que tu ne te mettes pas à en prendre trop.

– Je n'en prends pas trop.

Elle jeta l'ordonnance sur la table et se leva. Jesper Humlin resta assis.

– Il y a autre chose ?

– J'ai une question. Es-tu par hasard en train d'écrire un livre ?

– Non, pourquoi ?

– Un roman policier par exemple.

– Je déteste les polars. Pourquoi ?

– C'était juste une question.

Jesper Humlin se retrouva dans la rue, indécis. Soudain il sentit sous ses doigts, dans sa poche, le billet de train de Tea-Bag. Il allait le jeter dans une poubelle quand il vit qu'on avait griffonné dessus. Une adresse, dans l'une des banlieues les plus lointaines et les plus tristement célèbres de Stockholm. Après une courte hésitation, il se dirigea vers la station de métro. Il fut obligé de demander à l'agent du guichet où il devait descendre. L'agent était africain mais parlait un suédois impeccable. Avec surprise, Jesper Humlin s'aperçut qu'il lisait un livre de poèmes de Gunnar Ekelöf.

– Un de nos meilleurs auteurs, commenta Jesper Humlin.

– Il est bien, répondit l'agent en poinçonnant son billet. Mais j'ai bien peur qu'il n'ait pas compris grand-chose à l'empire byzantin.

Jesper Humlin se sentit aussitôt vexé pour le compte d'Ekelöf.

– Que veux-tu dire ?

– Ça prendrait trop de temps à expliquer ici, dit l'agent – il prit une carte de visite et la lui tendit sous la vitre du guichet. Si tu veux en parler, appelle-moi. Avant d'arriver en Suède j'étais maître de conf' et j'enseignais l'histoire de la littérature. Maintenant, je poinçonne des billets. Mais dis-moi, il me semble que je te reconnais…

– Ce n'est pas impossible, répondit Jesper Humlin, ragaillardi. Jesper Humlin. Je suis écrivain.

L'agent secoua la tête.

– Qu'écris-tu ?

– De la poésie.

– Désolé, je ne vois pas.

Jesper Humlin prit l'escalier roulant vers le monde souterrain. En arrivant à la station indiquée par l'agent, il eut la sensation d'avoir à nouveau franchi une frontière invisible et de se trouver non pas dans une banlieue de Stockholm, mais dans un autre pays. Il traversa une esplanade qui ressemblait à celle de Stensgården. Avec surprise, il constata que l'adresse notée par Tea-Bag correspondait à une église. Il entra.

L'église était vide. Il alla s'asseoir sur une chaise en bois brut et observa le vitrail qui surplombait l'autel. Il représentait un homme qui ramait dans une barque. À l'horizon brillait une puissante lumière de révélation, de couleur bleue. Jesper Humlin pensa aux deux barques dont avaient parlé Tania et Tea-Bag. L'une avait dérivé sur un fleuve français, l'autre avait franchi la Baltique à la rame, de l'Estonie à Gotland. Soudain il vit, comme dans une révélation, une armada de petits bateaux en mouvement sur toutes les mers du monde, avec à leur bord des fugitifs qui ramaient, en route vers la Suède.

Peut-être est-ce le véritable visage du monde, pensat-il. Nous vivons la grande époque des bateaux à rames.

Il allait se lever pour partir lorsqu'une femme apparut derrière l'autel. Elle portait un col clérical, mais sa minijupe et ses escarpins à talons hauts ne trahissaient pas de lien évident avec l'Église. Elle lui sourit. Jesper Humlin lui rendit son sourire.

– L'église était ouverte, alors je suis entré.

– C'est exprès. Une église doit toujours rester ouverte.

– En fait, je croyais trouver un immeuble.

– Pourquoi donc ?

– Quelqu'un m'avait donné cette adresse.

Elle le dévisagea, sur ses gardes. Il devina vaguement qu'il y avait anguille sous roche.

– Qui ?

– Une jeune fille noire.

– Comment s'appelle-t-elle ?

– Peut-être Florence. Mais elle se fait appeler Tea-Bag.

La femme pasteur secoua la tête. Il insista.

– Elle a le plus grand et le plus beau sourire que j'aie jamais vu.

– Je ne sais pas de qui tu parles. Ce n'est pas quelqu'un que je connais, ou qui aurait l'habitude de venir ici.

Jesper Humlin sut aussitôt que cette femme ne disait pas la vérité. Les pasteurs ne savent pas mentir de façon convaincante, pensa-t-il. Si, peut-être, quand ils nous parlent de nos mondes intérieurs et de dieux cachés dans des cieux lointains. Mais pas sur des sujets aussi concrets que la présence ou l'absence de quelqu'un.

– Ce n'est pas quelqu'un de notre paroisse, et je ne me rappelle pas l'avoir déjà vue ici.

Elle ramassa un livre de psaumes tombé sur le dallage.

– Qui es-tu ? demanda-t-elle en se relevant.

– Un visiteur de passage.

– Il me semble te reconnaître.

Jesper Humlin repensa à l'agent du métro.

– Ça m'étonnerait.

– Je crois t'avoir déjà vu. Pas ici. Ailleurs.

– Tu dois confondre.

– Mais tu cherches quelqu'un ?

– On pourrait dire ça.

– Il n'y a personne ici à part moi.

Il s'étonnait de plus en plus de cette insistance à mentir, cet excès dans la dénégation. Elle se dirigea vers la sortie. Il la suivit.

– J'allais fermer l'église.

– Je croyais qu'elle devait toujours rester ouverte ?

– Nous fermons pendant quelques heures, l'après-midi.

Jesper Humlin sortit.

– Tu es toujours le bienvenu, dit le pasteur en refermant la grande porte.

Jesper Humlin traversa la rue et se retourna. Elle voulait me faire sortir de là. Mais pourquoi ? Il contourna l'église. Il y avait un petit jardin. Aucun être humain à l'horizon. Il allait repartir quand il crut entrevoir quelque chose derrière une fenêtre du bâtiment. Un mouvement rapide, ou peut-être un visage.

Il y avait une porte. Il s'avança et tâta la poignée. La porte s'ouvrit. Une volée de marches s'enfonçait sous l'église. Il tourna le commutateur et prêta l'oreille. Puis il descendit prudemment l'escalier. Celui-ci débouchait sur un couloir, avec une série de portes de chaque côté. Quelques jouets, un seau en plastique et une pelle traînaient par terre. Il fronça les sourcils. Puis il ouvrit la porte la plus proche. Une femme, un homme et trois petits enfants levèrent vers lui des visages effrayés, depuis les matelas où ils étaient assis. Jesper Humlin marmonna des excuses et referma la porte. Il avait compris. Sous l'église se cachaient des fugitifs – comme dans les catacombes des temps modernes.

Soudain le pasteur se matérialisa dans son dos. Elle avait ôté ses souliers à talons et s'était approchée sans aucun bruit.

– Qui es-tu ? Tu es de la police ?

C'est la deuxième femme en l'espace de quelques jours qui m'accuse d'être de la police. D'abord ma folle de mère, et maintenant un pasteur qui porte des talons beaucoup trop hauts. Un pasteur suédois ne devrait pas avoir cette allure. Aucun pasteur d'ailleurs.

– Je ne suis pas de la police.

– Tu es de l'Office des migrations ?

– Je n'ai pas l'intention de te dire qui je suis. L'Église suédoise aurait-elle institué l'obligation de montrer ses papiers ?

– Les gens qui sont ici courent le risque d'être reconduits à la frontière. Je ne crois pas que tu puisses comprendre leur peur.

– Peut-être un peu quand même, répondit Jesper Humlin. Je ne suis pas complètement insensible.

Elle le dévisagea en silence. Son regard était las et inquiet.

– Tu es journaliste ?

– Pas vraiment. Je suis écrivain. Mais c'est hors sujet. Je ne dirai à personne que tu caches des clandestins dans le sous-sol de ton église. Je ne sais pas si je trouve ça juste. Nous avons malgré tout des lois dans ce pays, auxquelles nous devons obéir. Mais je ne dirai rien. La seule chose que je veux, c'est savoir si la fille au grand sourire habite ici.

– Tea-Bag va et vient. Je ne sais pas si elle est là en ce moment.

– Mais elle habite bien ici ?

– Parfois. Sinon elle est chez une sœur à Göteborg.

– Comment s'appelle cette sœur ?

– Je n'en sais rien.

– Tu as son adresse ?

– Non.

– Comment se fait-il qu'elle loge parfois ici si elle habite en réalité à Göteborg ?

– Je ne sais pas. Elle s'est présentée ici un matin, c'est tout.

Jesper Humlin était de plus en plus désorienté. Pourquoi me ment-elle ? Qu'est-ce que ça lui apporte, de ne pas me dire ce qu'il en est ?

– Quelle... chambre est la sienne ?

Le pasteur le précéda dans le couloir, en même temps qu'elle lui dit s'appeler Erika. Elle frappa à une porte. Un hôtel souterrain, pensa Jesper Humlin. Erika baissa la poignée. La pièce contenait un lit et une table. Et sur la chaise, un pull qu'il reconnut. Tea-Bag l'avait porté au cours du voyage interrompu à Hallsberg.

Erika secoua la tête.

– Tea-Bag va et vient, répéta-t-elle. Je ne sais jamais quand elle est là. Elle est farouche. Je la laisse tranquille.

Ils remontèrent à l'air libre, dans le jardin. Fasciné, Jesper Humlin la regarda remettre ses escarpins.

– Tu as de belles jambes, dit-il. Mais on n'a peut-être pas le droit de dire ça à un pasteur ?

– On a le droit de dire ce qu'on veut à un pasteur.

– Qui sont ces gens qui se cachent chez toi ?

– En ce moment, une famille du Bangladesh, deux familles du Kosovo, un Irakien et deux Chinois.

– Comment sont-ils arrivés ?

– Ils arrivent, c'est tout. Tôt le matin ou tard le soir, ils sont là. La rumeur circule qu'on peut trouver asile ici.

– Et ensuite ?

– Ils disparaissent. Ils se cachent ailleurs. J'ai un ami médecin qui leur rend visite régulièrement. Des paroissiens fournissent la nourriture et les vêtements. Tu ne le sais peut-être pas, mais près de dix mille personnes vivent ainsi en Suède aujourd'hui. Cachées dans des souterrains. Existant sans avoir le droit d'exister. Et c'est évidemment une honte inqualifiable.

Ils se séparèrent dans la rue.

– Ne dis pas à Tea-Bag que je suis venu. Je la verrai plus tard.

Erika retourna dans son église. Jesper Humlin trouva par bonheur un taxi disponible et retourna dans son propre monde. Il se rassit à sa table de travail. La photo de Tania enfant était devant lui. Soudain une pensée lui traversa l'esprit. Il dénicha une loupe et examina la photo. Il y avait au dos un tampon, presque entièrement effacé, mais où il crut lire avec une quasi-certitude la date « 1994 ». Il reposa la photo. La petite le regardait d'un air grave.

Ce n'est pas Tania, pensa-t-il. C'est sa fille.

13

Le lendemain Jesper Humlin rendit visite à son éditeur après avoir passé une heure au solarium pour tenter de sauver les restes de son bronzage. En réalité, il n'avait pas du tout envie de le voir. Mais il n'osait pas ne pas y aller ; il était taraudé par la crainte que ces gens du pétrole ne se révèlent plus dangereux qu'il ne l'imaginait. Dans le bureau d'Olof Lundin régnait pour une fois une température normale. Mais la fumée de cigarette était compacte.

– Le ventilateur est cassé, annonça Olof Lundin tendu. Le réparateur est en route.

– Tu peux toujours imaginer que c'est le brouillard sur la Baltique.

– Précisément. Je devrais être en vue du phare de Russarö, qui garde l'entrée de la baie de Finlande. À présent, je ne sais pas où je suis.

Jesper Humlin avait prévu de passer immédiatement à l'attaque. Il ne voulait pas se laisser entraîner dans une discussion qu'il ne maîtriserait pas.

– J'espère que tu as compris que je n'écrirai pas de roman policier.

– Pas du tout. Le service marketing a déjà mis au point une brillante proposition de lancement. Ils ont imaginé un portrait en pied : toi en train de tenir un pistolet.

Jesper Humlin frémit à cette idée. Olof Lundin alluma une cigarette à l'aide du mégot qui brûlait encore dans le cendrier débordant.

– Ton indécision me préoccupe. Veux-tu savoir combien d'exemplaires de ton recueil nous avons vendus au cours des deux semaines écoulées ?

– Non merci.

– Je vais te le dire quand même. Pour que tu comprennes la gravité de la situation.

– Combien en as-tu vendu ?

– Trois.

– Trois ?

– Un dans une librairie à Falköping et, ça va t'étonner, deux à Haparanda.

Jesper Humlin se rappela sombrement l'épistolier chinois de Haparanda qui ne manquerait pas de lui envoyer sous peu une longue analyse erronée de ses poèmes.

– La situation, comme je le disais, est grave. J'ai compris que tu traversais une sorte de crise créatrice et que tu te cachais pour cette raison chez quelques jeunes immigrées de Göteborg. Il faut que tu arrêtes ça. Je suis persuadé que tu peux écrire un polar philosophique absolument excellent.

– Je ne me cache pas. Si seulement je pouvais te faire réaliser ce que ces filles me racontent... Ce sont des histoires qui n'existent pas en langue suédoise. Et d'ailleurs, tu ne le sais peut-être pas, mais il existe jusqu'à dix mille personnes en Suède aujourd'hui qui vivent de façon totalement illégale.

Le visage d'Olof Lundin s'éclaira.

– C'est une excellente idée pour ton deuxième roman policier. Le poète enquêteur débusque les clandestins qui se cachent.

Jesper Humlin se rendit à l'évidence. La discussion avait déjà déraillé. Il n'y avait aucune compréhension à attendre de la part d'Olof Lundin. Il changea de piste.

– J'espère que tu as compris aussi que ma mère n'écrirait jamais de roman.

– J'ai connu de plus grandes surprises dans ma vie. Mais je réserve bien entendu mon jugement jusqu'à ce qu'elle ait rendu son manuscrit.

– Elle prétend qu'il fera sept cents pages.

Olof Lundin secoua la tête.

– Nous avons décidé de ne publier qu'exceptionnellement à l'avenir des livres qui dépassent les quatre cents pages. Les gens aujourd'hui veulent des livres minces.

– Je crois que c'est le contraire.

– Il vaut peut-être mieux que tu me laisses juge des questions d'édition. On parle beaucoup du processus magique de l'écriture. Personne ne parle du processus tout aussi magique de l'édition. Mais je te garantis qu'il y en a un.

Jesper Humlin inspira profondément.

– Je voulais te proposer une alternative. Pas de recueil de poèmes, pas de roman policier. Mais une histoire pleine de suspense en provenance de l'autre monde, le monde souterrain. Un livre consacré à ces filles que je rencontre à Göteborg. Leurs récits, entre-croisés de manière à composer un roman dont je suis le personnage central.

– Qui le lirait ?

– Beaucoup de monde.

– Comment peux-tu parler de suspense ?

– Tout simplement parce que leurs histoires ne ressemblent à rien de ce que j'ai entendu jusqu'à maintenant. En plus, il s'agit de ce pays. D'autres voix qui s'expriment.

Olof Lundin agita la main pour chasser la fumée. Jesper Humlin eut la sensation d'être sur un champ de bataille d'autrefois, où une cavalerie invisible embusquée dans un bois recevait maintenant l'ordre d'attaquer.

– Je te fais une contre-proposition. Écris le polar d'abord, ensuite nous pourrons peut-être envisager ce livre sur les immigrées.

Jesper Humlin était indigné. Olof Lundin ne saisissait pas du tout l'importance de son projet.

– Et moi je te propose l'inverse. D'abord ce livre-ci, puis peut-être, mais seulement peut-être, un roman policier.

– Les directeurs ne vont pas être contents.

– Très franchement, ce n'est pas mon souci. Je ne comprends pas que tu puisses être aussi cynique.

– Je ne suis pas cynique.

– Tu considères ces filles avec mépris.

– Je ne les connais même pas. Comment pourrais-je les mépriser ?

Deux hommes équipés d'escabeaux et d'outils entrèrent dans le bureau. Les mains d'Olof Lundin s'abattirent sur la table.

– Je vais y réfléchir, puisque tu es si têtu. Appelle-moi demain.

Jesper Humlin se leva.

– Soit on fait comme j'ai dit. Soit il ne se passera rien du tout.

Quittant le bureau, il longea l'interminable couloir au tapis rouge moelleux et franchit le seuil d'un bureau où un homme d'un certain âge nommé Jan Sundström s'occupait des ventes à l'étranger. L'un des premiers recueils de Jesper Humlin avait été traduit en norvégien et en finnois. Il avait ensuite fallu attendre neuf ans pour qu'un autre livre soit vendu, Dieu sait pourquoi, à l'Égypte, où il rencontrait évidemment un succès nul. Jan Sundström était un homme perpétuellement inquiet qui avait l'impression de remporter un succès personnel quand il réussissait à placer le livre d'un de ses auteurs à l'étranger.

– La Norvège a peut-être manifesté un intérêt. Mais nous ne devons pas abandonner espoir.

Jesper Humlin avait pris place de l'autre côté du bureau. Il respectait le jugement de Jan Sundström.

– Que se passerait-il, à ton avis, si j'écrivais un livre sur les immigrés ? Un roman sur quelques jeunes filles dont l'histoire est, à mes yeux, remarquable.

– Ça me paraît une excellente idée.

Jan Sundström se leva et ferma la porte d'un air soucieux.

– Je dois dire que j'ai été surpris d'apprendre que tu allais te mettre, toi aussi, au roman policier. Que se passe-t-il en ce moment dans l'édition suédoise ?

– Je ne sais pas. Mais je ne vais pas écrire de roman policier.

– Comment est-ce possible ? J'ai participé toute la matinée à une réunion où on a examiné les propositions du service marketing pour la campagne publicitaire. Ils envisagent déjà de grosses ventes à l'étranger. Mais à mon avis, tu aurais pu dévoiler un peu plus l'intrigue.

Jesper Humlin ouvrit de grands yeux.

– Quelle intrigue ?

Jan Sundström écuma le désordre de son bureau et lui tendit un papier. Jesper Humlin lut avec un effarement croissant.

> Jesper Humlin, l'un de nos poètes contemporains les plus importants, se fixe aujourd'hui pour ambition de transformer le roman policier et de lui donner un contenu philosophique. L'action se déroule en Suède, avec des incursions dans une capitale finlandaise froide et sombre, et un Brésil chaud et lumineux. Nous ne dirons ici rien de l'intrigue. Mais nous pouvons d'ores et déjà tabler sur

le fait que le personnage principal aura de grandes ressemblances avec l'auteur…

Jesper Humlin se mit à trembler d'indignation. Il était écarlate.

– Qui a écrit ces conneries ?

– Toi.

– Qui prétend cela ?

– Olof.

– Je vais le tuer. Je n'ai pas écrit ça. Je ne comprends rien.

– C'est Olof qui a présenté le texte. Il a dit que tu le lui avais lu au téléphone, mais qu'il t'entendait mal sur ton portable.

Jesper Humlin était hors de lui. Il retraversa le couloir en courant et ouvrit brutalement la porte d'Olof Lundin. Mais il n'y avait dans le bureau que les deux ouvriers. À la réception, on lui apprit que Lundin était sorti et ne serait de retour que le lendemain.

– Où est-il ?

– Ils se sont enfermés pour une réunion financière.

– Où donc ?

– C'est secret. Pourquoi ?

– Pour rien, répondit Jesper Humlin. Je vais juste le tuer.

Le soir même, il eut avec Andrea la longue conversation qui avait été sans cesse reportée au cours des derniers jours. Il était encore sous le coup de la colère et avait laissé une série de messages furibonds sur les différents répondeurs d'Olof Lundin. Il fit un gros effort pour repousser toute pensée relative au roman policier qu'il n'écrirait pas. L'échange avec Andrea allait requérir toute sa concentration. Il se sentit immédiatement acculé.

– Tu n'écoutes pas quand je te parle.

Telle fut la première réplique d'Andrea. Il lui jeta un regard surpris.

– Mais tu n'as encore rien dit ?

– Peu importe, tu ne m'écoutes pas.

– Je t'écoute.

– Alors ? Comment allons-nous faire ?

– À quel sujet ?

– Tu le sais très bien. Nous avons une relation. Elle dure depuis pas mal d'années. Je veux des enfants. Dans ce cas, il est normal que tu en sois le père. Si tu refuses d'avoir des enfants, je dois me demander s'il ne me faudrait pas un autre homme.

– Moi aussi, je veux des enfants. La seule question est de savoir si c'est le bon moment.

– Pour moi, oui.

– Je suis en train de modifier mon image en tant qu'auteur. Je ne suis pas certain que ce soit conciliable avec le fait d'avoir des enfants.

– Ton image ne changera jamais. Tu ne seras jamais autre chose que ce que tu es déjà. Les décisions importantes impliquant d'autres personnes que toi se retrouveront toujours tout en bas de tes priorités.

– Ça ne prendra pas nécessairement plus d'une année.

– C'est trop long.

– Il faut au moins me laisser quelques mois.

– Tu vas repartir en voyage ?

– Je suis en train d'essayer d'écrire un livre sur ces filles que je vois à Göteborg.

– Je croyais qu'elles devaient raconter leur propre histoire. Qui est censé apprendre à écrire, dans vos ateliers ? Toi ou elles ?

– Je ne crois pas qu'elles arriveront à écrire elles-mêmes.

– Dans ce cas, que fais-tu avec elles ?

– J'essaie de leur soutirer leur expérience, leur vécu. Tu n'écoutes pas ce que je dis.

– À t'écouter, on dirait que tu es en train de voler quelque chose.

– Je ne vole rien. Une de ces filles est pickpocket. Mais c'est une autre histoire.

– Tu voles leurs histoires. Mais ce n'est pas de cela que nous parlons. Je n'ai pas l'intention d'attendre éternellement.

– Ne peux-tu pas m'accorder au moins un mois ?

– Je veux que nous prenions une décision maintenant.

– Je ne le peux pas.

Andrea se leva de la table de la cuisine.

– Pour moi, cela signifie que notre relation est terminée.

– Es-tu vraiment obligée d'en faire un drame ? Chaque fois que nous devons parler sérieusement, j'ai l'impression d'être précipité dans une pièce de théâtre où je n'ai pas choisi mon rôle.

– Je ne fais pas de drame. Contrairement à toi, je dis ce que je pense.

– Moi aussi.

Andrea le regardait, debout.

– Non, dit-elle lentement. Je commence à me demander s'il t'arrive jamais de dire ce que tu penses. Je ne crois pas qu'il y ait de place dans ta tête pour quelqu'un d'autre que toi.

Elle sortit de la cuisine en claquant la porte. Dans sa colère et sa déception, elle avait éteint la lumière. Jesper Humlin resta assis dans le noir. Toute pensée concernant Andrea et des enfants s'envola aussitôt. Il se demanda où était Tea-Bag. Il essaya de se représenter dix mille personnes cachées dans des caves, des cryptes, et d'autres cachettes. Mais il n'y parvenait pas. Il s'allongea sur le canapé du bureau. Les draps de Tea-Bag n'avaient pas été retirés. Tout s'était comme arrêté en lui. Ou détraqué. La pensée d'Olof Lundin le rendait insomniaque.

Le lendemain, au téléphone, Andrea lui adressa un ultimatum.

– Je te laisse un mois. Pas davantage. Ensuite nous déciderons si nous avons ou non un avenir commun.

Le reste de la matinée, il déambula dans l'appartement en s'inquiétant de ce qui allait se produire. En fin d'après-midi, il résolut d'aller acheter les tabloïds.

Tea-Bag était dans l'escalier. Il en resta muet, atterré.

– Pourquoi ne sonnes-tu pas ? Je ne veux pas que tu restes assise comme ça dans l'escalier. Les voisins pourraient se poser des questions.

Tea-Bag alla tout droit dans la cuisine et s'assit sans ouvrir sa doudoune. Quand il lui proposa un café, elle secoua la tête.

– Si tu as l'intention de m'interroger, je m'en vais.

– Je ne t'interrogerai pas.

– Quand dois-tu revenir à Göteborg ?

– Je ne l'ai pas encore décidé.

Tea-Bag était agitée, inquiète. Soudain, elle se leva. Jesper Humlin pensa qu'elle allait disparaître une fois de plus.

– Où puis-je te contacter ?

– Tu ne le peux pas.

Elle resta debout, indécise. Jesper Humlin sentit qu'il pourrait exploiter cet instant, en profiter pour poser certaines des questions les plus importantes.

– Tu ne veux pas que je t'interroge, dis-tu, mais je ne suis pas sûr que ce soit la vérité. Peut-être est-ce le contraire. Tu veux que je t'interroge. Ne le prends pas mal, mais il y a quelques questions que j'aimerais te poser. Tu as malgré tout passé une nuit ici. Nous étions tous les deux en route vers Göteborg quand tu es descendue du train. Tu m'as raconté comment tu étais entrée dans le pays. Tu as raconté une histoire un peu différente à ma petite amie. Mais les deux sont sûrement liées. Je comprends que les choses soient difficiles pour toi.

Elle réagit comme s'il l'avait frappée.

– Les choses ne sont pas difficiles pour moi.

Jesper Humlin battit en retraite.

– Ce ne doit quand même pas être très facile.

– Quoi ?

– De vivre dans le sous-sol d'une église.

Son sourire s'était éteint.

– Tu ne sais rien de moi.

– C'est juste.

– Je ne suis pas une victime. Je déteste la pitié.

Tea-Bag ôta sa doudoune et la posa par terre. Ses gestes étaient lents.

– J'ai un frère, dit-elle. J'avais un frère.

– Il est mort ?

– Je ne sais pas.

Jesper Humlin attendit. Les mots arrivèrent, hésitants, tâtonnants, comme si elle cherchait une histoire qui ne pouvait se dire qu'à voix lente, avec les plus grandes précautions.

« J'ai un frère. Même s'il est mort, je dois penser à lui comme s'il est encore vivant. Il est né l'année où j'ai eu l'âge de comprendre que les enfants n'arrivaient pas la nuit pendant mon sommeil, qu'ils n'étaient pas des vieillards qui se cachaient dans la forêt, parlaient avec un dieu et revenaient ensuite sous la forme de nouveaunés. C'est le premier de mes frères et sœurs dont j'ai compris vraiment qu'il était sorti du corps de ma mère.

Mon frère a reçu le nom de Mazda parce qu'un camion de cette marque s'était retourné la veille près de notre village, mon père avait pu rapporter deux grands sacs de farine de maïs qui faisaient partie du chargement. Mon frère Mazda, qui hurlait tous les matins en même temps que les coqs chantaient, a appris à marcher à l'âge de sept mois. Avant cela, il rampait plus vite que n'importe lequel des enfants auxquels ma mère avait donné naissance ou dont elle avait même entendu parler. Sur le sable, il rampait aussi vite qu'un serpent. Puis, à l'âge de sept mois, il s'est mis debout et il a commencé à courir. Il n'a jamais marché, il a tout de suite couru, comme s'il savait que son temps sur la terre, en tant que vivant, ne durerait pas. Ses pieds savaient faire des mouvements que personne n'avait encore vus.

Chacun comprenait qu'il y avait quelque chose de remarquable chez Mazda. Il ne serait pas comme nous. Mais personne ne pouvait savoir s'il lui arriverait bonheur ou malheur. L'année de ses six ans, le fleuve s'est asséché. Aucune pluie ne tombait, la terre était brune, mon père passait de plus en plus de temps assis sur le toit de la case à crier après ses ennemis imaginaires, ma mère a cessé de parler et nous avions souvent faim en nous couchant le soir.

C'est alors, un matin où nous cherchions en vain dans le ciel des signes de pluie, que la femme aux cheveux bleus est arrivée sur le sentier. On ne l'avait jamais vue. Elle souriait en se balançant comme si elle avait un tambour invisible caché dans son corps, qui lui imprimait un rythme de danse. Et ce n'était pas seulement une étrangère venue d'un autre village : elle devait venir de très loin, car personne ne connaissait ce pas qu'elle dansait. Mais elle parlait notre langue, et elle avait des paillettes qui lui tombaient des mains. Elle s'est arrêtée sur la place du village, juste à côté de l'arbre à l'ombre duquel mon père et les autres hommes avaient l'habitude de se retrouver pour résoudre tous les problèmes qui n'arrêtent pas de surgir dans les villages où les gens vivent les uns sur les autres.

Elle est restée tout à fait immobile ; elle attendait. Quelqu'un a couru chercher mon père et les autres hommes en disant qu'il était arrivé une femme étrangère aux cheveux bleus. Mon père y est allé le premier. Il s'est planté à bonne distance et il l'a observée. Comme elle était très belle, il est rentré à la maison et il a changé de chemise avant de retourner vers l'arbre. Le chef du village, qui s'appelait Mbe, avait une mauvaise vue et n'aimait pas que des étrangers viennent au village. Mon père et les autres hommes ont essayé de lui expliquer qu'il tombait des paillettes des mains de celle-ci, que ses cheveux étaient bleus et qu'il valait sans doute mieux se renseigner sur les raisons de sa venue. Mbe s'est laissé conduire à contrecœur jusqu'à la vieille souche où il avait sa place, et il a demandé à la femme qu'il ne pouvait voir de s'approcher un peu. Puis il l'a reniflée.

– Tabac, a-t-il dit. Elle sent la cigarette.

La femme a compris. Elle a sorti un paquet de cigarillos bruns et elle l'a donné à Mbe, qui s'en est aussitôt fait allumer un. Puis il a demandé qui elle était, quel était son nom et d'où elle venait. J'étais serrée contre les autres enfants, aussi curieuse qu'eux, et j'ai entendu la femme dire qu'elle s'appelait Brenda et qu'elle pouvait nous aider. Et Mbe a crié – il avait une voix puissante, même s'il était aveugle – que tous les enfants ainsi que les femmes et les hommes pas encore adultes devaient partir parce qu'il voulait écouter ce qu'avait à lui dire Brenda, uniquement entouré des hommes sages et avisés du village.

Les femmes ont obéi, mais seulement après beaucoup d'hésitation et avec beaucoup de mécontentement. Plus tard, une fois Brenda partie se reposer dans une des cases de Mbe, mon père est rentré chez nous. Il est resté longtemps assis à chuchoter avec ma mère derrière la maison. Mazda était inquiet. Comme s'il comprenait que la conversation tournait autour de lui. On s'est tous tus, apeurés, en entendant qu'ils commençaient à se disputer. Je me souviens de ce qu'ils disaient, même si toutes les paroles ne sont pas restées gravées.

– Tu ne peux pas savoir qui elle est.

C'était ma mère qui disait ça, et sa voix était pleine d'une angoisse qu'on ne lui connaissait pas.

– Mbe dit qu'on peut lui faire confiance. Une femme aux cheveux bleus doit être une femme extraordinaire.

– Comment peut-il savoir qu'elle a les cheveux bleus alors qu'il est aveugle ?

– Ne crie pas. On le lui a dit. Comme ça, il peut voir ce qu'il ne voit pas.

– Elle mange peut-être les enfants.

Ces derniers mots, je m'en souviens très bien. Mazda s'est figé. Il avait tellement peur qu'il m'a mordu la main. »

Tea-Bag tendit la main. Jesper Humlin vit à son poignet la trace d'une morsure.

« J'ai eu si mal que je l'ai frappé. Il s'est recroquevillé dans le sable, la tête cachée dans les mains. Peu après, mon père est arrivé et il a dit à Mazda de le suivre. La femme qui s'appelait Brenda rassemblait les enfants dans les villages pauvres pour les emmener à la ville où ils pourraient aller à l'école. Elle payait pour ça. Mon père a dit qu'il avait vu l'argent de ses propres yeux. Ce qu'il avait pris pour son ventre, avec un tambour caché sous la peau, s'était transformé en une ceinture de peau de crocodile pleine de billets. Une fois à la ville, Mazda pourrait nous envoyer de l'argent chaque mois. Comme il irait à l'école, il aurait ensuite un travail, et grâce à ce travail, personne de la famille n'aurait plus à s'inquiéter quand les pluies ne revenaient pas et que le fleuve s'asséchait.

Mazda a disparu le jour même et je ne l'ai jamais revu. Aucun des enfants qui sont partis ce jour-là avec Brenda n'est revenu. »

Tea-Bag s'interrompit, se leva et sortit de la cuisine. Comme si elle avait jailli des ombres de la maison de ses parents, pensa Jesper Humlin. Il la suivit. Comprenant qu'elle était aux W.-C., il retourna dans la cuisine. Tea-Bag reparut quelques instants plus tard.

– Pourquoi me suis-tu ?

– Que veux-tu dire ?

– Tu m'as suivie jusqu'à l'église dans la Vallée des Chiens. Et maintenant tu me suis quand je vais aux toilettes.

Jesper Humlin secoua la tête, mortifié.

– La Vallée des Chiens ?

– Je te parle de l'église.

– Pourquoi appelles-tu cet endroit la Vallée des Chiens ?

– J'ai vu un chien là-bas un jour. Il était seul. J'ai cru me voir, moi. Il n'allait nulle part. Et il ne venait de nulle part. Tu es allé là-bas. Il y a un instant tu étais devant la porte des toilettes.

– J'ai cru que tu te sentais mal.

Elle le regarda, comme de très loin. Puis elle s'empara à nouveau de son récit, comme s'il ne s'était rien passé.

« Quelques années plus tard, quand ma mère a donné naissance à un autre fils qui a hérité du nom de Mazda puisqu'elle était certaine que la femme aux cheveux bleus avait mangé son fils, un homme est venu au village et nous a raconté ce qui s'était vraiment passé. Je me rappelle qu'il s'appelait Tindo. Il était grand, avec un beau visage, toutes les filles du village sont tout de suite tombées amoureuses de lui. Il était

venu nous aider à améliorer le rendement de nos champs. Mbe était mort alors, le nouveau chef était un jeune qui s'appelait Leme. Le soir, je restais cachée dans l'ombre à écouter les conversations des adultes. Ce soir-là, j'étais de l'autre côté du feu, devant la case de Leme. La discussion portait sur la femme qui s'appelait Brenda et qui avait emmené les enfants à la ville.

– Elle les a sans doute mangés, disait Leme sans cacher sa colère. Elle nous a donné de l'argent. Quand on est pauvre, l'argent, même un peu, c'est beaucoup.

– Non. Personne dans ce pays ne mange les enfants.

Quand Tindo parlait, on aurait dit qu'il chantait. Même quand ce qu'il racontait était la douleur endurée par mon frère Mazda. Tindo savait que des hommes sans conscience, ne cherchant qu'à satisfaire leur cupidité, envoyaient dans les villages les plus pauvres et les plus attardés des femmes qui partageaient leur appétit d'argent. Ces femmes attiraient les enfants contre la promesse de les libérer de la pauvreté. Mais ce n'était pas l'école qui les attendait à la ville. C'étaient des conteneurs sans lumière où l'air brûlait comme du feu, c'étaient des cales puantes, des bateaux rouillés qui quittaient les ports tous feux éteints, c'étaient de longues marches où les enfants étaient battus s'ils tentaient de s'enfuir.

– Je sais que ce que je te raconte là, Leme, va te faire mal, dit Tindo pour finir. Tu te demanderas avec angoisse comment dire la vérité aux parents qui ne reverront pas leurs enfants. Mais rien de bon ne sort jamais de la vérité qu'on cache. Ces enfants ont été emmenés pour être des esclaves. De longues caravanes d'enfants terrorisés ont été emmenées dans les pays de l'autre côté des montagnes, là où poussent les arbustes précieux et fragiles. Là-bas ils ont été enfermés dans des baraques, surveillés jour et nuit. La nuit ils tra-

vaillaient, en échange d'un seul repas. Quand ils n'avaient plus la force de continuer, on les jetait dans les rues des villes pour mendier. Personne n'a entendu dire qu'un seul de ces enfants soit revenu chez lui. »

Tea-Bag se tut en même temps que Tindo. Elle sortit de la cuisine. Ne la voyant pas revenir, il sortit à son tour. Elle était debout à une fenêtre, elle regardait la rue. Elle avait les larmes aux yeux.

– C'était quoi, ces arbustes ?

– Le chocolat. Les fèves de cacao.

Elle alla chercher sa doudoune et partit sans un mot. De la fenêtre, il la vit s'éloigner dans la rue. Soudain il fronça les sourcils en apercevant quelque chose bouger, comme une ombre sur sa doudoune. Un sac à dos ? Mais elle n'avait rien en arrivant. Il essaya de fixer son regard. Mais ce qu'il voyait lui parut presque impossible à croire.

Elle portait un singe sur le dos. Un petit singe, au pelage brun-vert.

14

Deux jours plus tard, ils prirent une nouvelle fois le train pour Göteborg. Où Tea-Bag était-elle passée entre-temps ? Jesper Humlin n'en avait aucune idée. Elle l'avait appelé – la ligne était mauvaise – pour lui demander l'heure du départ et, comme la première fois, il s'était soudain trouvé face à elle dans le hall de la gare. Au cours du voyage, il avait tenté de lui faire reprendre son récit. Mais Tea-Bag restait distante, engoncée dans sa doudoune qu'elle se refusait absolument à enlever. En montant à bord, il avait discrètement regardé si elle portait des marques de griffes dans le dos. Le tissu était bien égratigné par endroits. Mais de là à savoir si ces traces provenaient d'un petit singe brun-vert… À l'arrêt du train à Hallsberg, Tea-Bag dormait. Arrivés à Göteborg, elle dormait encore. Il lui effleura l'épaule pour la réveiller. Elle réagit violemment, et le mouvement de son bras atteignit Jesper Humlin au visage. Le contrôleur, qui traversait la voiture, s'arrêta net.

– Que se passe-t-il ?

– Rien. Je l'ai réveillée, voilà tout.

L'homme lui jeta un regard soupçonneux avant de continuer son chemin.

– Je ne veux pas qu'on me touche, dit Tea-Bag.

– C'était juste pour te réveiller.

– Je ne dormais pas. Je fais semblant. Je rêve mieux comme ça.

Ils prirent un taxi jusqu'à Stensgården. Dans la salle de boxe, la journée d'entraînement n'était pas tout à fait finie. Tea-Bag s'arrêta et observa, fascinée, les jeunes qui boxaient sur le ring. De l'autre côté des cordes, Pelle Törnblom leur fit signe de l'accompagner dans son bureau. Mais Tea-Bag ne voulait pas. Elle continua de suivre attentivement l'échange de coups. Pelle Törnblom porta son sifflet à ses lèvres.

– Tea-Bag, dit Pelle Törnblom quand les garçons furent descendus du ring. C'est un bon nom. D'où viens-tu ? Ça n'a jamais été très clair pour moi.

Jesper Humlin attendit, plein de curiosité.

– Nigeria.

Il enregistra cette réponse pour un usage futur.

– J'ai eu deux boxeurs du Nigeria il y a quelques années, dit Pelle Törnblom. L'un d'eux a disparu sans crier gare. On disait qu'il possédait des forces surnaturelles, que son père était une sorte de sorcier. Je ne sais pas. Quoi qu'il en soit, il n'a jamais trouvé de remède contre le K.-O. Le deuxième a rencontré une Finlandaise et s'est installé à Helsinki.

Tea-Bag montra une paire de gants posés sur un tabouret.

– Je peux essayer ?

Pelle Törnblom acquiesça en silence. Il l'aida à les enfiler. Elle s'approcha d'un sac et commença à cogner avec frénésie. Sa doudoune était encore fermée jusqu'au cou. La sueur dégoulinait de son visage.

– Elle est rapide, murmura Pelle Törnblom. Mais je me demande ce que représente ce sac.

– Pardon ?

– Elle frappe quelqu'un. Depuis tout ce temps, j'ai quand même appris quelques trucs sur les uns et les autres. Beaucoup de ceux qui viennent ici tapent sur leur père, ou leur oncle, ou peu importe qui les a mis en rogne. Trois fois par semaine, ils viennent là et ils démolissent quelqu'un. Sous le prétexte de taper dans du sable.

Tea-Bag s'arrêta d'un coup. Après lui avoir enlevé ses gants, Pelle Törnblom se tourna vers Jesper Humlin.

– Tu as une équipe télé qui t'attend en bas. Dans cinq minutes.

Il se demanda s'il devait emmener Tea-Bag. Ce serait naturel. Puis il résolut de conduire l'entretien seul. Une interview télévisée réussirait peut-être à regonfler son assurance en berne.

– Attends-moi ici, dit-il à Tea-Bag. Je reviens tout de suite.

Pelle Törnblom plissa le front.

– Tu ne l'emmènes pas ?

– Je crois qu'il vaut mieux que je parle seul aux journalistes.

– Le projet concerne surtout les filles. Pourquoi faut-il que tu tiennes le premier rôle ?

– Ce n'est pas une question de premier rôle. C'est une question de stratégie. Laisse-moi faire.

Tea-Bag s'était assise sur un tabouret. Jesper Humlin tourna les talons et descendit les marches sans laisser à Pelle Törnblom le temps d'enchaîner.

L'équipe de télévision était déjà sur place. Elle se composait de trois personnes : une à la caméra, une à la prise de son et une journaliste. Toutes trois étaient des femmes. Très jeunes par-dessus le marché.

– Vous m'attendiez ? s'enquit aimablement Jesper Humlin.

– Pas vraiment. Où sont les filles ?

Il en perdit ses moyens. La journaliste s'exprimait avec un fort accent étranger et elle n'était manifestement pas contente de le voir arriver seul.

– Je m'appelle Azar Petterson, dit-elle. C'est moi qui conduis l'interview. On pensait que les filles seraient là.

– Pour l'instant j'essaie de garder une certaine confidentialité autour de ce projet. Le risque, sinon, est d'attirer une attention telle que nous ne pourrons plus travailler au calme.

Azar le toisa.

– Quelles questions dois-je te poser ?

Jesper Humlin commençait à être tendu.

– C'est à toi d'en décider, je pense.

Azar haussa les épaules et se tourna vers la grosse fille qui tenait la caméra.

– On fait une courte interview, et on reviendra plus tard pour parler aux filles.

Jesper Humlin était très nerveux. Il n'était encore jamais arrivé qu'un journaliste lui témoigne une telle hostilité.

– Où dois-je me mettre ?

– Tu es bien là où tu es.

La caméra se mit à tourner. Le micro était au-dessus de sa tête.

– *Nous sommes ici à Stensgården. L'une des banlieues de Göteborg qui s'est attiré à tort la réputation d'être un endroit où le fort pourcentage d'habitants issus de l'immigration aurait créé des conditions de vie dégradées à l'extrême. Nous rendons visite au club de boxe de Pelle Törnblom, où l'auteur Jesper Hultin participe à un atelier d'écriture destiné aux jeunes filles. Pourquoi fais-tu ça, au juste ?*

– *Ça me paraît important.*

Azar se tourna vers la fille à la caméra.

– On arrête là.

Jesper Humlin tomba des nues.

– C'est tout ?

– Ça pourra faire une amorce pour l'interview des filles.

– Je m'appelle Humlin. Pas Hultin.

– Ça, je le couperai au montage de toute façon.

Azar lui tendit sa carte de visite.

– Appelle-moi quelques jours avant le prochain atelier. Et arrange-toi cette fois pour que les filles soient là.

– Elles ne vont pas tarder à arriver.

– On n'a pas le temps d'attendre.

L'équipe de télévision disparut. Jesper Humlin se sentait humilié. Mais il n'eut pas l'occasion de ruminer son dépit. Haiman fit son entrée, et la morosité céda immédiatement place à la panique. Haiman venait droit sur lui. Il tenait un sac en plastique.

– Je ne voulais absolument pas te faire du tort. Je te présente mes excuses.

– Il n'y a pas de mal.

– Si j'avais été vraiment en colère, j'aurais pu te tuer.

– Je n'en doute pas une seconde.

Haiman tira du sac un vieux ballon de rugby maculé et le lui tendit.

– J'espère que nous pourrons être amis.

– C'est déjà oublié.

Le front de Haiman se plissa.

– Jamais de la vie, dit-il. Je n'oublie jamais ce que je fais.

– Je veux dire que nous nous souvenons bien sûr de ce qui s'est passé, mais que nous n'y pensons plus.

Haiman le regarda. Le plissement de son front s'accentua.

– Je ne comprends pas ce que tu veux dire.

Jesper Humlin se mit à transpirer.

– Je veux dire exactement la même chose que toi. Aucun de nous n'oublie ce qui s'est passé. Mais maintenant tu me donnes un ballon de rugby et nous sommes amis.

Haiman sourit.

– C'est bien ce que je pense. Tu aimes le rugby ?

– C'est mon sport préféré.

Pelle Törnblom apparut à la porte et dit qu'il était temps d'y aller. En entrant dans la salle, Jesper Humlin vit que la famille de Leïla avait cette fois encore répondu présente. Leïla, Tania et Tea-Bag attendaient. Il se fraya un passage dans la foule et s'assit sur la chaise vacante. Le brouhaha décrut. Il attendit que le silence se fasse.

– Je crois que nous allons maintenant pouvoir démarrer sérieusement cet atelier. Ce soir, je vous propose d'écrire en vingt minutes ce qui vous est arrivé de plus important aujourd'hui. Vous pouvez choisir la forme que vous voulez, un poème, ou autre chose, peu importe. Mais pas plus de vingt minutes. Ensuite nous lirons ensemble ce que vous aurez écrit. Vous n'avez pas le droit de discuter. Chacune écrit seule. Et je veux le silence dans la salle.

– Et ce qu'on a écrit la dernière fois ? On ne va pas en parler ?

La question venait de Leïla, et son ton irrita Jesper Humlin. Cependant il n'en montra rien.

– Bien sûr que si. Mais pas maintenant.

Leïla se leva et se dirigea vers le public, où elle demanda à quelques membres de sa famille de se pousser. Tea-Bag resta assise sur sa chaise, emmitouflée dans sa doudoune. Tania se cacha dans un coin, aussi loin des autres que possible. Le silence régnait dans la salle. Jesper Humlin observa Tea-Bag. Tête baissée, inerte, elle paraissait totalement indifférente à ce qui se passait autour d'elle. Il se leva.

– Je reviendrai quand le temps sera écoulé.

Pelle Törnblom avait préparé du café dans son minuscule bureau. Jesper Humlin contemplait les affiches déchirées en pensant que c'était une décision tout à fait juste – même si ça n'avait jamais été une décision – de tenir ces ateliers dans un endroit dédié à la bagarre, fût-ce sous une forme organisée.

– Ça se passe bien, dit Pelle Törnblom en se comprimant dans son fauteuil derrière la table encombrée.

– Comment peux-tu dire ça ? On a à peine commencé.

– La vie n'est pas comme tu crois.

Jesper Humlin fut aussitôt sur ses gardes.

– Qu'est-ce que je crois ?

– Que ce pays est calme et pacifique dans le fond.

– Je ne crois pas du tout ça.

– Tes poèmes ne révèlent pas une grande connaissance de la réalité.

Jesper Humlin se leva avec indignation.

– Rassieds-toi, dit Pelle Törnblom. Tu réagis toujours trop violemment. Aucune de ces filles n'a eu la vie facile. Aucune d'elles n'a la vie facile aujourd'hui.

Jesper Humlin admit à contrecœur que Pelle Törnblom avait raison. Il se rassit. Une fois encore, il eut l'intuition qu'il devait se tirer de là le plus vite possible et s'atteler plutôt à écrire, à sa propre table, le roman policier que les directeurs pétroliers et Olof Lundin attendaient de lui.

Soudain, il sursauta. Haiman était à la porte.

– Je viens juste te signaler que la fille qui s'appelle Tea-Bag n'écrit rien. Si tu veux, je peux lui dire de faire ce qu'on lui demande.

Jesper Humlin imagina sans peine la réaction de Tea-Bag.

– Il vaut peut-être mieux la laisser faire ce qu'elle veut.

– Dans ce cas, je trouve qu'on devrait la mettre dehors.

– On ne peut pas obliger à écrire quelqu'un qui n'a pas envie d'écrire.

– Elle aura une mauvaise influence sur les autres filles. Elles écrivent, elles. Je suis allé voir. J'ai fait le tour, j'ai vérifié.

Jesper Humlin se sentait en sécurité en présence de Pelle Törnblom.

– Je n'ai pas besoin d'un surveillant.

– Je veux qu'elles se comportent comme il faut.

– Laisse-les tranquilles et tout se passera bien.

Haiman repartit. Pas tant sous l'effet des paroles de Jesper Humlin que du signe de tête énergique de Pelle Törnblom.

– Je ne veux pas de lui ici, siffla Jesper Humlin après le départ de Haiman. Je n'ai pas besoin de contrôleurs.

– Haiman est bien. Il veut qu'elles se comportent comme il faut.

– Il est de la famille de Leïla, lui aussi ?

– Non. Mais c'est quelqu'un qui prend ses responsabilités.

Vingt minutes plus tard exactement, Jesper Humlin retourna dans la salle. Tea-Bag n'avait pas changé de position. Tania et Leïla se levèrent, chacune dans son coin, et revinrent vers la table.

– Alors on lit, annonça Jesper Humlin. Qui veut commencer ?

Il se tourna vers Tania.

– Tu as écrit quelque chose ?

Tania lui retourna un regard exaspéré.

– Évidemment que oui, pourquoi ?

– Parce que tu ne l'as pas fait auparavant.

Tania brandit la feuille sous son nez.

– Lis, ordonna Jesper Humlin.

Tania prit son élan. Tea-Bag était encore enveloppée dans ses propres pensées et dans sa grosse doudoune. Leïla paraissait inquiète. Jesper Humlin devina qu'elle angoissait à l'idée que Tania eût écrit quelque chose de bien.

Tania lut :

« Ce qui m'est arrivé de plus important aujourd'hui, c'est que je me suis réveillée. »

Jesper Humlin attendit un peu.

– C'est tout ? demanda-t-il prudemment.

Tania entra dans une véritable rage.

– Tu n'as pas dit que ça devait être long. Tu l'as dit ? Non, tu ne l'as pas dit. J'ai écrit un poème.

Jesper Humlin battit en retraite.

– Je voulais juste m'assurer qu'il n'y avait pas une suite. C'est bien, Tania. *Ce qui m'est arrivé de plus important aujourd'hui, c'est que je me suis réveillée.* C'est parfait. Tout à fait juste. Que serait-il arrivé si tu ne t'étais pas réveillée ?

– Je serais morte.

Jesper Humlin comprit qu'il ne persuaderait pas Tania de développer sa réflexion au sujet de l'événement le plus important du jour. Il se tourna vers Tea-Bag.

– Je n'ai rien écrit, dit-elle.

– Pourquoi ?

– Il ne s'est rien passé d'important aujourd'hui.

– Rien du tout ?

– Non.

– Même quand il ne se passe rien qui nous paraisse important, on peut tout de même penser que quelque chose vaut la peine qu'on le note. Qu'on s'en souvienne.

Leïla prit soudain le parti de Tea-Bag.

– Et toi ? Que t'est-il arrivé de si important aujourd'hui ?

Jesper Humlin capitula. Il allait demander à Leïla de lire son texte quand Tea-Bag saisit le bloc-notes de Tania et déchira une page. Puis elle se leva et dit, sans quitter des yeux la page blanche :

« *Elle, l'autre, celle qui n'est pas moi mais aurait pu être ma sœur, celle qui vend les grenouilles dans la rue à côté du fleuriste, celle qui est devenue la seule amie que j'ai, elle dit qu'elle s'appelle Laurinda, sûr de sûr, comme sa mère, la Vieille Laurinda. Elle a une marque blanche qui fait des boucles comme le lit d'un fleuve desséché, qui part de sa joue et disparaît sur l'omoplate. Elle l'a dit sûr de sûr. Pas comme si elle jurait devant Dieu, parce qu'elle ne croit plus à rien, comment pourrait-elle croire à quelque chose alors qu'elle vit depuis si longtemps sans en avoir le droit ? Elle l'a dit d'une autre façon. Elle dit qu'on vit dans un temps où personne ne peut être sûr du nom de quelqu'un d'autre, personne ne sait plus d'où quelqu'un vient ni vers où il est en route. Ce n'est que quand on arrive quelque part où on n'est plus obligé de fuir qu'on peut dire son vrai nom, et son nom à elle, c'est Laurinda.*

Pendant neuf ans elle a été en fuite, et tout le monde s'est acharné sur elle avec des fouets invisibles pour qu'elle ne reste pas, pour qu'elle continue de ne pas exister, de ne pas être vue, pour qu'elle ne s'arrête pas, pour qu'elle continue sa route encore et encore, comme si elle tournait autour d'elle-même dans un circuit sans fin, un circuit qui laisse petit à petit la vie s'écouler dans la mort et le vide. C'est allé tellement loin qu'elle commence à devenir invisible pour elle-même. Elle ne voit pas son visage quand elle se regarde dans la glace, ou quand elle s'arrête devant une vitrine le soir, tard, la seule chose qu'elle voit c'est une ombre qui bouge, par à-coups, comme si l'ombre aussi avait peur d'être capturée.

Et elle est aussi invisible à l'intérieur ; là où il y avait avant des souvenirs, il n'y a plus que des coques, comme les coques de noisettes laissées par un singe, pas de souvenirs, rien que leurs coques, pas même les odeurs, tout a disparu, la musique, elle s'en souvient comme d'une rumeur, les chansons que sa mère, la Vieille Laurinda, lui chantait dans le temps.

Parfois elle était prise d'une colère inexplicable, comme un volcan en éruption à l'intérieur, un volcan qui serait resté endormi pendant mille ans et qui se réveillerait soudain avec un rugissement. Alors elle criait à sa mère : "Tais-toi à la fin ! Silence ! Ne parle plus ! Pourquoi ne peux-tu pas garder ta bouche fermée ? Il n'y a plus de mots, ce sont les entrailles qui sortent. Silence !

Tu n'as pas besoin de me dire sans arrêt que c'est la tête de mon père qui a été arrachée par l'éclat de grenade. Cet éclat, je l'ai en moi, il me déchire de l'intérieur. Je ne veux pas parler de ce qui est arrivé à mon père, trop atroce, mais tu m'y obliges parce que tu ne peux pas te taire ! Tu parles tellement que je commence à détester tous les mots. Je ne sais plus ce qu'ils veulent dire, est-ce qu'ils veulent dire quelque chose ? Si je te pose une question, tu me parles d'autre chose. Je n'obtiens aucune réponse et je ne comprends pas de quoi tu parles, mais le pire c'est que tu ne comprends pas toi-même les mots qui sortent de ta bouche. Je deviens folle, tous ces mots que tu vomis puent, si tu ne te tais pas maintenant mes ongles vont arrêter de pousser. C'est vrai, tu parles tellement que mon corps ne fonctionne plus.

Je sais que tu n'aimes pas qu'on parle de ça, mais je veux que tu saches l'effet que ça fait. Je peux à peine faire pipi maintenant. Mais ça, on ne doit pas en parler, c'est un truc tellement normal que ça en devient anormal ; quand j'étais petite, il m'est venu l'idée que c'était aussi honteux de faire pipi que de mentir, quand il m'arrivait de faire pipi dans ma culotte, je ne voulais pas te le dire, alors que c'était complètement normal, tous les enfants font ça. Est-ce que tu as été enfant ? Tu vas peut-être me dire que tu n'as pas été enfant, que c'est un mensonge inventé par tes parents, c'est ça ? Et c'est pour ça que tu me tourmentes ?

Et l'autre chose, on ne va pas en parler, je ne peux plus rien sortir, ça me fait mal tout le temps, et ce qui sort quand même est vert, comme une sorte d'algue collante, c'est tellement dégoûtant, horrible, que je me mets à vomir. Ce qui sort, c'est de la bile et de la merde. Et puis les règles, le sang coule à flots, n'importe quand, rien n'est plus régulier, tu ne t'es pas demandé pourquoi je me lavais tout le temps ? Mais je ne fais plus attention, rien de ce que tu dis n'est important.

Les ongles de mes orteils poussent, mais pas ceux de mes doigts, si, les pouces, les ongles des pouces, mais pas les autres. Et ils se replient et deviennent tout tordus, ce ne sont plus des ongles, mais plutôt comme des écailles de poisson, je suis en train de me transformer en lézard, tu es en train de faire de moi un lézard des cavernes. C'est une espèce qui n'existe que parmi les gens comme moi, qui se font sans arrêt chasser, charger, décharger, dans des camions, des bennes, qui ne savent plus s'ils existent encore ou s'ils sont déjà morts et couchés au fond de la mer. Je me regarde dans le miroir le matin et je ne crois pas ce que je vois, j'essaie de ne pas le faire mais je ne peux pas m'en empêcher, je regarde le miroir et j'ai l'impression de voir une vieille femme.

Quand j'étais petite, il y avait une veuve qui habitait dans une de ces maisons qui n'étaient plus des maisons, qui s'étaient écroulées, le long du sentier vers la montagne, tu t'en souviens ? Je me souviens d'elle, elle était si affreusement laide, on avait tous peur d'elle, mais je comprends maintenant qu'elle était gentille, elle était juste vieille, pas laide, elle avait peut-être vécu trop longtemps, j'ai exactement son visage quand je me regarde dans la glace, le même visage que la vieille veuve. Elle devait être très pauvre, et elle n'avait pas d'enfants, ils étaient partis ou peut-être étaient-ils morts, et elle était sans doute morte elle aussi, sauf qu'elle ne s'en rendait pas compte.

Les yeux, je parle de moi, pas de la veuve, ils sont effrayants, c'est comme s'ils me regardaient fixement, pleins de haine, je ne veux pas avoir ces yeux-là, ce ne sont pas les miens, et la langue, tu veux voir ma langue, non, tu ne le veux pas, elle est bizarre, empâtée, j'ai l'impression d'avoir des bestioles dans la bouche et c'est seulement parce que tu parles tant. Ne peux-tu pas te taire, pas pour moi, pour quelqu'un d'autre, n'importe qui ? Mon père est mort, lui, tu ne peux plus rien lui faire. J'adorais mon père et je t'aime aussi, mais je veux que tu te taises. Je sais que c'est difficile pour toi, je sais que tu as peur, si quelqu'un comprend ça, c'est bien moi, je crois que pas même mon père ne le comprenait aussi bien que moi. Si tu n'arrêtes pas de parler je vais t'arracher les yeux, méfie-toi de mes ongles de pouces, attention à eux.

Tu mens sans arrêt. On est arrivées, bientôt on sera arrivées, bientôt on existera de nouveau, mon Dieu mais quand ? Dis-le-moi ! Non, ne dis rien, je ne veux pas savoir, ça ne change rien puisque ce que tu dis n'est pas vrai. Je suis prisonnière, enfermée dans l'invisible, pas seulement parce que je suis en fuite, mais parce que tu me retiens, tu me racontes qu'on sera bientôt arrivées, mais tu es devenue comme une gardienne de prison. Sais-tu ce que je pense ? Je pense parfois que je vais disparaître comme ça, morte de froid, gelée sur place, juste pour ne plus avoir à t'entendre débiter tes mensonges. Je ne dis pas ça pour être méchante, je le dis parce que je t'aime et parce que je dois t'aider, puisque tu n'es plus fichue d'avoir une seule idée sensée dans le crâne. Tu comprends que je ne suis pas méchante, tu le comprends ? Tu comprends si tu écoutes ce que je dis, pas les mots mais ce que j'essaie de dire. Tu m'écoutes moi, ou les mots que je dis ? Tu vois que j'existe ou est-ce que j'ai disparu aussi pour toi ? Et qu'est-ce que ça veut dire ?

Je ne sais plus ce que ça veut dire, mais maintenant je dois choisir ce qui va se passer, sinon il ne se passera rien. Au milieu de tout ça, des bavardages, des crachats, j'ai découvert un truc, tu sais ce que c'est ? Je ne suis pas sûre de pouvoir l'expliquer, et même si je l'explique, je ne suis pas sûre que tu comprendras, ni même que tu voudras comprendre, parce que tu crois toujours savoir mieux que moi. Tu ne sais plus rien, moi non plus, mais j'essaie quand même. C'est comme si pour la première fois je me sentais dans un état qui a quelque chose à voir, je crois, avec la liberté, tu peux comprendre ça, une espèce de sensation bizarre de ne pas être enfermée, et c'est ce que je comprends encore le moins, comment on peut se sentir libre alors qu'on est dans une caverne et qu'on n'existe pas.

Je ne suis plus une enfant et pas non plus une adulte, mais je comprends une chose que je ne comprenais pas avant, je devais faire attention à rester amie avec toi, à ne pas devenir ton ennemie, c'était ça le but de ma vie. C'était cette tradition dont tu parles sans arrêt, ce respect qui n'est en fait qu'un autre mot pour dire un nœud coulant autour de mon cou parce que je suis une femme et pas un homme. Je les regarde, celles de mon âge, les filles je veux dire, celles qui vivent dans ce pays, pas les garçons, ne t'inquiète pas, je les observe en cachette parce que, crois-le ou non, je suis pudique et j'y tiens, et je n'ai pas l'intention de changer ça, même si on me donne un nouveau nom. Tu deviendrais folle si tu les voyais, je parle des filles, elles ne se cachent pas derrière des foulards, des respects et des traditions, et elles n'ont pas peur des pères qui croient qu'ils peuvent *faire tout ce qu'ils veulent. Je vois quelque chose que je ne voyais pas avant, ce n'est peut-être pas bien, mais je veux en avoir le cœur net par moi-même, je ne te laisserai pas répondre à ma place, je veux répondre moi.*

Jusque-là, maman, tu étais mon héroïne. Jusqu'à maintenant. Tu ne l'es plus. Mais c'est sûr que je t'aime, c'est vrai, ne va pas croire le contraire. Je t'aimerai aussi longtemps que je vivrai, je donnerais sans doute ma vie pour toi s'il le fallait, et je sais que tu donnerais ta vie pour moi, mais ce n'est plus possible maintenant, si nous voulons sortir de la grotte, il faut me laisser décider."

Elle parlait parfois ainsi à la Vieille Laurinda, c'était le volcan qui crachait tous les débris ardents des sentiments et des pensées qu'elle ne pouvait plus contenir. Et la Vieille Laurinda l'écoutait, détournait son visage mais ne disait jamais rien.

Soudain elle tombe comme dans un ravin, un gouffre. Elle ne sait plus d'où elle est venue, elle se réveille chaque jour dans un endroit où il lui semble n'être jamais allée avant, avec un corps qu'elle ne reconnaît pas, même les battements de son cœur lui sont étrangers, comme si quelqu'un frappait un code secret à l'intérieur de son corps, un prisonnier qui envoie son message au monde du dehors, voilà le bruit que fait son cœur.

Elle devine des parfums qu'elle n'a jamais respirés avant, des souvenirs de rêves dont elle ne sait même pas si elle les a rêvés ou si quelqu'un est passé devant elle à pas silencieux pendant son sommeil pour les déposer près d'elle, comme si elle était en fait allongée sur une civière, déjà morte. Elle se souvient parfois d'un camion, d'une remorque de tracteur où ils sont entassés, et qui roule au bord d'un précipice pendant que les grenades explosent autour d'elle. La dernière *image qu'elle a de son père, c'est quand il a eu la tête arrachée par un éclat de grenade, il ne restait plus qu'elle, ses frères et sœurs et sa mère, tous les autres avaient disparu. Ils sont arrivés en Suède à bord d'un ferry qui tremblait comme un animal encagé, leurs papiers, ils les avaient déchirés et fait disparaître dans la cuvette des W.-C., parce que les lois non écrites des migrants leur avaient enseigné cela : il est plus difficile de se débarrasser d'une personne sans papiers, plus difficile de la repousser à coups de bâton que quelqu'un qui a encore un nom. C'est allé si loin que les gens qui n'existent pas sont plus vrais que ceux qui refusent d'abandonner leur identité.*

Pendant sept mois ils sont restés dans une maison où il neigeait, et mon Dieu la neige elle n'en avait jamais vu avant, c'était en Pologne, c'était avant d'arriver en Suède. Il y avait un nain là-bas, un homme qui hurlait comme un loup la nuit, il vivait là depuis sa naissance et chaque nuit il faisait le tour de la maison avec une bougie et il se cherchait, celui qu'il était vraiment, il cherchait la partie de lui qui avait disparu, un mètre de corps que quelqu'un lui aurait volé. Puis ils avaient quitté la maison. Des policiers en uniforme vert sombre les avaient poussés sur le ferry en crachant sur leur passage.

En Suède on les avait enfermés, munis de chaussettes, de vestes épaisses et de sachets de thé dans une auberge de jeunesse glaciale, juste à côté de la mer froide et grise qui formait la frontière avec tout ce qui avait existé avant. À croire qu'ils avaient déchiré tous leurs souvenirs, tout ce qu'ils avaient été avant, et qu'ils l'avaient fait disparaître dans la cuvette en même temps que les passeports. Des personnes gentilles aux sourires pétrifiés les avaient mis là, puis avaient disparu. La nuit, ils sortaient ramasser des pommes gelées dans des jardins déserts, ils nettoyaient les mangeoires que les gens installaient pour les oiseaux dans les arbres, c'était l'époque de Noël. La Vieille Laurinda avait compris alors qu'ils étaient arrivés et elle s'était couchée pour mourir.

Ils avaient été séparés ensuite, les frères et sœurs avaient été pris en charge. Laurinda devait être prise en charge, elle aussi, mais elle s'est échappée, elle est partie, c'est tout. Elle a marché sur un chemin qui traversait des champs marron, de temps en temps on la laissait monter dans une voiture, mais son silence était si effrayant qu'on la rejetait bien vite sur le bord de la route. Elle a continué à marcher, chaque pas était une lutte contre la terre qui l'attirait à elle, mais elle ne s'est pas arrêtée avant de trouver le sac-poubelle noir qui avait dû tomber d'un camion ou que quelqu'un avait peut-être jeté.

Le sac était rempli de grenouilles en plastique jaune, tout le fossé en était plein. Elle a cru que les grenouilles étaient vivantes, mais tellement frigorifiées qu'elles n'avaient pas la force de s'enfuir. Puis elle en avait ramassé une, aucun battement de cœur, rien que des yeux fixes qui la regardaient, et elle l'a jetée, de peur qu'il puisse y avoir des grenouilles venimeuses dans ce pays. Mais les grenouilles ne bougeaient toujours pas. Elle en a ramassé une autre, et c'est alors qu'elle a découvert l'étiquette du prix, collée au ventre de la grenouille. Elle a pris le sac et, arrivée à la ville suivante, elle a déversé les grenouilles sur le trottoir, elle a attendu, sans trop savoir si elle attendait qu'elles s'enfuient en sautant ou que quelqu'un vienne lui en acheter une, et d'ailleurs ça n'avait pas d'importance.

Elle était là quand je suis passée. Et quand j'ai vu ces bestioles et Laurinda, accroupie contre le mur, qui veillait sur ses grenouilles en plastique mortes ou congelées, j'ai compris que je devais m'arrêter. Je lui ai demandé si elle avait vu mon singe, mais elle a fait *non de la tête, je suis restée là, et elle m'a raconté son histoire. Je me souviens aussi de sa voix. Sa voix est la voix de la terre, celle de la terre et de la douleur, une voix enrouée qui chante vers nous en couvrant une grande distance.*

Je ne sais plus quand ça m'est arrivé, c'était peut-être hier, ou peut-être il y a mille ans, et en fait ça n'a pas non plus d'importance. Mais aujourd'hui en me réveillant je me suis rappelé ce qu'elle m'avait raconté, et le fait de voir que ce souvenir qui avait disparu pendant si longtemps m'était enfin revenu, voilà ce qui m'est arrivé de plus important aujourd'hui. »

Tea-Bag se tut et se rassit. Elle replia la feuille de papier et la posa sur la table devant Jesper Humlin. Il n'y avait pas un seul mot écrit sur cette feuille. Grand silence dans la salle. Jesper Humlin pensa que toutes les personnes présentes faisaient la même expérience que lui : un événement bouleversant était intervenu, le récit de Tea-Bag avait repeint la salle dans des couleurs inédites. Ça va plus loin, plus profond, pensa-t-il. Si loin et si profond que je ne suis pas vraiment capable d'appréhender ce qui se passe.

Dans ce silence, comme après un tremblement de terre, Leïla se leva. La première pensée de Jesper Humlin fut qu'elle avait encore pris du poids depuis leur dernière entrevue. Pourtant, elle était comme entourée d'un scintillement. Et elle souriait.

Le large sourire de Tea-Bag semblait circuler de l'une à l'autre comme un témoin. À cet instant, c'était Leïla qui l'avait repris.

15

Les mots de Leïla. Au départ un timide filet, qui semblait sourdre d'une lointaine faille intérieure, mais se transformait au fur et à mesure en un flot de plus en plus puissant. Jesper Humlin en venait à se demander si Tea-Bag, Tania et Leïla tiraient leur force, leur véritable inspiration, de leurs sourires, bien plus que des papiers et des crayons qu'il pouvait leur proposer. Leïla parlait à voix basse, et Jesper Humlin tendit l'oreille pour ne pas perdre une miette de toutes ces choses inattendues qui avaient croisé par hasard le chemin de Leïla en ce jour glacé de la fin de l'hiver.

« Ô Dieu – je dis Dieu, je ne devrais pas prononcer son nom, mais je le fais quand même, je dis Dieu parce que rien n'était à sa place quand je me suis réveillée aujourd'hui, tout était de travers. Je me souviens d'avoir pensé : encore un jour qui va repartir sans laisser de souvenir. Encore un jour sans trace, comme un vent qui passe et c'est tout, une de ces journées qui ricanent.

Il était beaucoup trop tôt, je déteste me réveiller avant l'heure, mais j'avais rêvé de pommes, j'étais folle de rage dans ce rêve, de pommes brillantes mais qui avaient un goût de poisson pourri quand je mordais dedans, ou qui puaient comme le chat mort que j'ai trouvé un jour quand j'étais petite. Le chat mort était couché devant une clôture, quelqu'un lui avait coupé les pattes, il grouillait de vers, et nous étions devant, toute une bande de gosses en train de le frapper à coups de bâton, mais en fait je crois qu'on tapait plutôt sur la clôture, ou peut-être sur nous-mêmes, parce que la vie était trop dure.

Je ne sais pas ce qui m'a réveillée, si ce sont les pommes ou le chat, mais j'étais folle de rage, il n'était que six heures ; quand est-ce que je me réveille à six heures du matin de mon plein gré ? Jamais. Si, je mens, je me réveille souvent de bonne heure, mais j'arrive presque toujours à me rendormir. C'est une habitude qui me reste depuis que toute petite, juste après que mon frère Ahmed s'est fait descendre, je me réveillais parce que j'avais peur que sinon papa ne serait pas là quand je me lèverais. J'avais toujours peur que quelqu'un le tue lui aussi. Je croyais voir Ahmed devant moi, comme une ombre, il me disait de me rendormir, qu'il n'y avait pas de danger. Chaque nuit ça recommençait. J'avais beau savoir qu'Ahmed était mort, je l'avais vu quand on avait emporté la civière, son visage tranquille comme s'il dormait, là sur la civière qu'on portait vers la tombe, sur les épaules des hommes fous de colère. Je me réveillais chaque nuit et il était là, il me consolait, il me disait de me rendormir.

Maintenant je ne le vois plus, j'ai l'impression que la lumière d'ici, en Suède, ne convient pas à son ombre, qu'elle ne se plaît pas ici. Mais je me réveille quand même, et parfois je reste longtemps les yeux ouverts avant de me rendormir. Mais ce matin je ne voulais pas me réveiller, je voulais dormir, pourquoi faut-il se réveiller, aller à l'école, l'école où je ne comprends rien de toute façon ? Je ne sais pas pourquoi, mais je me suis levée, j'étais tellement inquiète que ça grouillait dans tout mon corps, je me suis habillée et je suis sortie. Ce pays peut être beau juste au lever du soleil, personne dehors ou presque, les immeubles comme des piliers géants congelés, en pierre grise, comme taillés dans le rocher.

Il faisait froid, et soudain j'ai compris que je devais rendre visite à ma grand-mère qui habite à Nydalen. Papa et elle ne s'entendent pas, ils ne peuvent pas vivre ensemble. Je ne sais pas pourquoi ils ne s'entendent pas, on se voit au moment des fêtes, et une fois tous les deux mois elle vient manger chez nous, et aussi pour la fête de l'Aïd, mais en dehors de ça ni papa ni elle n'ont envie de se voir. Avant de partir j'ai jeté un coup d'œil dans la chambre de papa et maman, ça me fait toujours aussi peur de voir des gens qui dorment, inaccessibles, comme s'ils étaient déjà morts.

Je ne peux pas me rappeler la dernière fois que je suis allée dehors à cette heure-là. Il n'y avait personne. Je me suis approchée de l'arrêt du tram. Là-bas il y avait un type qui s'appelle Johansson, il est suédois, mais en fait il paraît qu'il est russe, il est toujours ivre le vendredi et toujours planté à l'arrêt du tram, il ne va jamais nulle part, il reste là comme s'il attendait quelqu'un qui ne vient jamais et il marmonne. Ma sœur et moi, on a essayé une fois de s'approcher en douce pour entendre ce qu'il disait : "Des querelles, des querelles, toujours des querelles." On croirait que c'est sa prière du vendredi qui continue là tous les jours de la semaine. Il doit avoir pas loin de cent ans, il est peut-être déjà mort sauf qu'il ne le sait pas, ou alors il a oublié de s'enterrer, il n'a peut-être pas de famille, et il passe son temps à ressasser qu'il y a trop de querelles.

Dans le tram il n'y avait pas beaucoup de monde, je me suis assise au fond, j'aime bien être presque seule dans un tram, c'est comme être dans une limousine blanche à Hollywood. On a l'impression que le trajet dure plus longtemps, on peut imaginer qu'on est ailleurs, à Hollywood ou en Nouvelle-Zélande, le pays dont je rêve depuis toujours parce que ça se trouve de l'autre côté de la terre, j'ai vu sur une carte, à l'école, et sur un ordinateur, Oakland, Wellington, tous les moutons qui courent là-bas, mais je n'irai jamais, je le sais.

Le tram va jusqu'à Nydalen mais il passe par le centre de Göteborg. Alors on voyage d'un pays qui s'appelle Stensgården vers un pays qui s'appelle le Centre, puis on passe encore une frontière et on se retrouve à Nydalen. Parfois je me dis que la Suède n'a peut-être pas de frontières avec le Danemark, la Pologne et je ne sais quoi encore, l'Estonie peut-être, mais que Stensgården a bien une frontière avec le Centre, pays qu'on traverse sans devoir montrer son passeport, bizarrement, avant d'aller à Nydalen. Mais on sera peut-être bientôt obligé de le montrer, son passeport ; quand je vais en ville le samedi soir, c'est clair qu'on n'est pas les bienvenus, en tout cas on ne fait pas partie du paysage, on n'est pas chez nous.

Dans le tram j'ai commencé à me demander ce que je fabriquais, ma grand-mère dormait peut-être encore et il faut savoir qu'elle peut être de mauvais poil comme elle peut être gentille, on ne sait jamais à l'avance dans quel état on va la trouver. Pas loin du pont, il s'est mis à neiger. La neige, c'est beau. Mais j'aimerais qu'elle soit chaude et pas froide. Pourquoi la neige ne peut-elle pas être cousine du sable plutôt que de la glace ? En tout cas, c'était beau. La neige qui tombait sur le fleuve, et un bateau qui quittait le quai. Le soleil venait de passer l'horizon. Je n'avais jamais vu ça. Surtout du jaune, mais un peu de rouge juste à l'endroit où la lumière rencontrait les nuages, et le bleu derrière.

Quelques personnes sont montées, j'ai peut-être reconnu un homme, je crois qu'il est grec et tient un magasin de journaux, il a bâillé si fort qu'on lui voyait les boyaux, et il ne s'est pas assis, alors qu'il y avait plein de place. Puis quelques types sont montés, sans doute des supporters de foot, en plein hiver, ils avaient des écharpes bleu et blanc et l'air complètement largués, comme s'ils avaient hiberné quelque part et qu'on les avait réveillés trop tôt. Je n'ai jamais vu des visages aussi gris que ceux-là, gris comme les rochers au bord de la mer, là où papa et moi avons l'habitude d'aller plonger l'été. J'ai eu une envie bizarre à ce moment-là, c'est horrible, mais j'ai eu envie de me lever et de parler du quartier de misère où je suis née, j'ai presque failli sauter du tram pour m'empêcher de le faire.

Les gens montaient et descendaient, à l'hôpital beaucoup de gens sont descendus, surtout des femmes puisqu'elles travaillent là-bas. Et puis on est ressortis de la ville. Nydalen, contrairement à ce que son nom indique[1], se trouve en hauteur, il n'y a aucune vallée là-bas. Ma grand-mère a essayé de se renseigner pour savoir pourquoi le quartier s'appelle comme ça, mais elle n'a jamais eu de réponse. Elle pose la question à tout le monde, la gardienne est en train de devenir folle, a dit papa à maman, si ta mère n'arrête pas de l'interroger, elle va finir à l'asile.

Nydalen, c'est neuf immeubles alignés sur une hauteur de rocher, selon grand-mère il est arrivé que des gens qui n'avaient plus envie de vivre sautent dans le vide, de là-haut, mais elle raconte tellement de choses, même si c'est ma grand-mère, je peux vous dire qu'elle ment à un degré incroyable. C'est peut-être pour ça que papa n'a pas la force de la supporter. Moi aussi, elle me ment. Soudain, elle téléphone en disant que quatre

1. Nydalen : mot à mot, « vallée nouvelle ».

hommes masqués ont fait irruption dans son appartement – elle vit seule sauf quand une de ses cousines qui habitent quelque part dans le Nord lui rend visite – et lui ont volé tout ce qu'elle possède. Mais quand maman y va, chaque objet est à sa place, c'est juste une babiole qu'elle n'arrivait pas à retrouver, et quand maman la lui donne, grand-mère affirme qu'il n'a jamais été question de cambrioleurs masqués.

Grand-mère ment, tout le monde le fait, moi aussi, sans parler de papa, mais grand-mère est plus forte que n'importe qui quand il s'agit de faire croire à ses mensonges. Elle ne sait rien de ce pays. Elle dit qu'avant elle avait peur de tous ceux qui venaient la nuit pour nous tuer. Mais maintenant elle a peur du froid, elle n'ose pas sortir, elle trouve même qu'il fait froid l'été, alors qu'il fait parfois très chaud, étouffant même. On doit aérer en cachette chez elle, sinon elle croit qu'elle va mourir. Elle ne parle pas un mot de suédois, quand elle est tombée malade et qu'il a fallu l'emmener en ambulance, elle a dit que les médecins étaient beaucoup trop jeunes, qu'ils allaient la tuer.

Mais grand-mère – elle s'appelle Nasrin – sait quelque chose que personne d'autre ne sait. Rien qu'en regardant le visage de quelqu'un, elle est capable de dire si la personne va bien ou pas. Quand j'arrive chez elle et que je suis triste tout en faisant semblant de rigoler, elle me dit : "Pourquoi ris-tu alors qu'en fait tu pleures ?" C'est impossible de lui faire avaler des bobards.

Je suis descendue à l'arrêt de Nydalen, la neige tombait plus serrée, le sol commençait à blanchir. Grand-mère habite au rez-de-chaussée de l'immeuble le plus éloigné du bord de la falaise. Je suis entrée dans le hall, quelqu'un avait écrit le mot "terreur" sur le mur, et je me suis demandé ce que je faisais là. Pourquoi n'étais-je pas dans mon lit ? J'aurais dû être en route vers l'école, pas devant la porte de grand-mère. Mais j'ai sonné en pensant qu'elle serait peut-être quand même contente de me voir. Elle m'aime bien, je le sais, quand elle est chez nous, elle ne s'occupe quasiment de personne d'autre.

La porte s'est ouverte et j'ai cru que je m'étais trompée. Il y avait là un type, un type de mon âge, les yeux aussi écarquillés que moi. Il était suédois, ça je l'ai vu tout de suite, pas parce qu'il avait les cheveux blonds, ce n'était pas le cas, mais parce qu'il avait ce regard que seuls les gens qui sont nés dans ce pays ont, quand ils voient quelqu'un qui n'y est pas né. Ô Dieu, ai-je pensé – je l'ai vraiment pensé, ce n'est pas une histoire que j'invente après coup –, je l'ai regardé, j'ai vu au fond de lui et il a vu au fond de moi.

– Qui es-tu ? il a demandé.

– Qui es-tu ? j'ai répondu.

– Je m'appelle Torsten et je suis l'auxiliaire de vie de Nasrin.

– Ma grand-mère n'a pas d'auxiliaire de vie. Tu as cassé la porte pour entrer chez elle.

J'étais morte de peur qu'il soit arrivé quelque chose à ma grand-mère. Je n'avais pas entendu parler d'un auxiliaire de vie, si elle en avait eu un j'aurais été au courant, on parle de tout à la maison, papa adore parler de grand-mère, même s'il n'a pas la force de la supporter. En fait, il n'y avait aucun problème. Grand-mère était dans un fauteuil, complètement hypnotisée par un débat qui passait à la télé, alors même qu'elle ne comprend pas un mot de ce qu'ils disent. Mais elle était contente de me voir.

– J'ai rêvé de toi cette nuit, a-t-elle dit. Un oiseau rouge picorait mon oreiller, tout contre mon oreille. Le bruit s'est insinué dans mon rêve. Alors j'ai su que tu viendrais. Chaque fois que des oiseaux me rendent visite dans mes rêves, c'est toi qui es en route. Quand je rêve de poissons qui frétillent sur le sable, c'est ton père qui va venir.

– Je ne savais pas que quelqu'un t'aidait à la maison.

Grand-mère a eu l'air perdue, comme si elle non plus ne savait pas qu'un étranger se promenait dans son appartement avec un chiffon à poussière. Puis elle m'a fait signe d'approcher et elle m'a murmuré à l'oreille que c'était un grand secret, parce que maman et elle avaient eu cette idée dans le dos de papa, vu qu'il est tellement avare. C'était maman qui payait, ou qui demandait aux autres enfants de grand-mère d'aider à payer l'auxiliaire de vie, et il n'était pas question d'en informer papa.

Je lui ai demandé pourquoi elle ne m'avait pas proposé à moi de l'aider à faire le ménage et de lui peigner les cheveux. Quand elle m'a dit que c'était parce qu'elle ne voulait pas que je manque l'école, j'ai eu honte pour la première fois de ne presque jamais y mettre les pieds. Mais je n'ai rien dit, j'ai enlevé ma veste, pendant tout ce temps le garçon qui s'appelait Torsten faisait le tour du salon en essuyant une à une toutes les photos de grand-mère. L'appartement de Nasrin est comme un atelier de photographe, les murs sont couverts de photos, même aux toilettes il y en a, si pâles qu'on ne distingue presque plus le corps et le visage des gens.

En fait, ceux de notre religion ne doivent pas avoir de photos chez eux. Je ne sais pas à quoi ça tient. Mais grand-mère veut que ce soit comme ça chez elle, elle dit que les photos font obstacle aux forces du mal, aux gens qui ne nous veulent pas du bien, à ceux qui nous ont obligés à fuir, les photos empêchent tous ces gens-là d'envahir l'appartement. Où qu'elle soit, dans n'importe quelle pièce, des regards veillent sur elle et la calment. Chaque fois que je vais chez grand-mère, *elle s'appuie sur mon bras et on fait le tour pour les regarder toutes, même si je lui rends visite deux jours de suite, à croire qu'elle oublie que je les ai déjà regardées la veille. Elle me parle de ceux qui figurent sur les photos, qui ils sont, comment ils s'appellent, et pour elle ils font tous partie de notre famille, même si ce n'est pas vrai.*

C'est maman qui m'a raconté ça, que grand-mère en arrivant en Suède s'est mise à chercher partout les photos que les gens jetaient. Elle a cherché dans les locaux à poubelles et dans les caves, et toutes celles qu'elle a trouvées, elle les a accrochées aux murs, elle a donné des noms à tout le monde, en a fait des cousins germains ou issus de germains ou des parents éloignés. Elle leur a donné des dates de naissance, les a fait mourir paisiblement dans leur lit ou tragiquement dans des accidents terribles, elle leur a choisi des métiers, elle en a fait des poètes, des chanteurs, des hommes remarquables partis dans le désert pour y recevoir des visions célestes, des femmes ayant enfanté des bébés qui avaient des diamants dans la bouche quand ils ont poussé leur premier cri. J'ai beau savoir que rien de ce qu'elle dit n'est vrai, je l'accompagne dans sa tournée, et elle ne change jamais un mot à ses récits. Cette collection de photos, c'est la grande famille de grand-mère, et parfois j'ai l'impression qu'elle existe pour de vrai, pas seulement dans son imagination.

Pendant tout ce temps, Torsten continuait de faire le ménage. Je sentais son regard sur moi quand j'avais le dos tourné, et je rougissais, même s'il ne pouvait pas voir mon visage. La dernière photo que montre grand-mère est toujours celle d'un homme debout, un fusil à la main. Il rit face à l'objectif et grand-mère l'appelle Adjeb, le chef qui se trouve quelque part dans le désert et qui accomplira un jour un miracle pour transformer nos vies. Un matin j'ai demandé à grand-mère quel serait ce miracle. Mais alors elle s'est mise en colère et elle m'a frappée. C'est la seule fois où elle a levé la main sur moi, elle ne voulait pas que je pose de questions, je devais seulement écouter ce qu'elle avait à dire.

Quand on en a eu fini avec les photos et que grand-mère s'est rassise dans son fauteuil devant la télé avec une couverture sur les genoux, Torsten est arrivé en lui annonçant qu'il avait fini son travail et qu'il reviendrait vendredi. J'étais déçue, j'aurais voulu lui dire quelque chose mais je n'ai pas osé. Grand-mère lui a tapoté la joue et il est parti.

– C'est un bon garçon, a dit grand-mère en touchant ses cheveux. Je n'imaginais pas qu'un homme serait capable de me coiffer aussi bien.

J'ai vu alors que les cheveux de grand-mère brillaient, tant ils avaient été bien brossés. Elle a les cheveux longs, quand elle les défait, ils lui arrivent au bas du dos. Je n'en revenais pas : comment grand-mère, qui a peur de tout dans ce pays, avait-elle pu laisser un garçon comme Torsten s'occuper de ses cheveux ? J'ai voulu l'interroger sur lui, demander d'où il venait, comment il était arrivé chez elle, mais je n'ai pas osé car j'avais peur qu'elle se fâche.

Tout à coup, grand-mère a pris ma main en montrant l'écran de la télé. C'était une émission sur un camp de réfugiés en Afrique. Une petite fille noire, très très maigre, errait au milieu des buissons au bord de ce qui ressemblait à un désert. Elle marchait lentement, comme si elle hésitait. Elle a montré quelque chose du doigt. Soudain on a vu des morceaux de crâne et des os blancs, cassés, des bouts de squelette. La petite fille pleurait, je ne comprenais pas ce qu'elle disait dans sa langue, mais il y avait des sous-titres, elle expliquait que ses parents avaient été tués là, par des soldats ivres, qu'elle avait tout vu et que tout le monde était mort sauf elle, parce qu'elle s'était retrouvée sous sa mère que les soldats avaient tuée.

Grand-mère me serrait le bras à m'en faire mal. On était figées toutes les deux, obligées de regarder cette petite fille qui errait là-bas en pleurant au milieu des morts, et puis on s'est mises à pleurer aussi. La petite fille s'est retournée vers la personne qui tenait la caméra, mais c'était comme si elle nous regardait nous, comme si elle avait entendu qu'on pleurait. Puis l'émission s'est terminée et tout de suite après, sans écran noir, sans une seule seconde de silence, a commencé une autre émission sur la bonne manière de cultiver les tomates en serre dans les climats froids.

C'était un choc, après cette fille en larmes, de voir des gens parler de tomates comme si le monde n'exis-tait même pas. J'ai essayé d'écouter, au cas où il y aurait un écho de la fille en larmes dans le studio où les gens parlaient de tomates, mais je n'ai rien entendu. Grand-mère a appuyé sur la télécommande, elle ne sait pas comment on fait alors elle enfonce tous les boutons jusqu'à ce que le noir se fasse. Puis on a bu du thé, sans rien dire, c'était comme si cette petite fille était là dans l'appartement avec nous. J'ai pensé à elle et j'ai pensé à Torsten, et grand-mère pensait à quelque chose qui était si loin qu'elle a fermé les yeux et qu'elle en a oublié de boire son thé, qui est devenu froid. Dehors il neigeait toujours, mais les flocons étaient moins denses. Grand-mère a repoussé sa tasse, elle m'a regardée, et tout à coup elle m'a demandé pourquoi je n'étais pas à l'école.

– On est en congé.

– Pourquoi donc ?

– C'est un jour férié, je ne sais pas.

– Tous les enfants de l'immeuble sont partis à l'école ce matin comme d'habitude.

Ça devenait de plus en plus dur de mentir. Mais comment faire ?

– C'est un jour férié à Stensgården.

Grand-mère a hoché la tête. Je ne sais pas pourquoi j'ai dit ça, comme si Stensgården et Nydalen étaient deux pays différents, comme je l'avais pensé dans le tram, quand j'étais encore en colère de m'être réveillée trop tôt. Mais grand-mère y a cru, ou alors elle n'avait pas la force d'insister. J'ai lavé les tasses. Je ne savais plus quoi faire. Je ne pouvais pas rentrer à la maison, maman aurait fait des histoires parce que je n'étais pas à l'école. Je pouvais évidemment aller à l'école, dire que j'avais eu mal au ventre ou que ma grand-mère était malade, personne ne se préoccupe tellement de savoir si je suis présente aux cours ou pas. Mais je ne voulais pas y aller. Je ne voulais pas non plus rester chez grand-mère, ça peut arriver qu'elle ait envie de jouer aux cartes, un jeu qu'elle a inventé elle-même, dont je n'ai pas encore compris les règles, mais qui dure des heures.

Je me suis levée en disant que je devais rentrer. Grand-mère a dit d'accord, elle s'est soulevée difficilement de son fauteuil et elle m'a caressé la joue. Quand elle fait ça, ses yeux deviennent ce que je connais de plus beau. Quand elle me touche, je me calme, je ne vois plus le chat mort aux pattes coupées, je sens que tout devient tranquille. Quand j'étais plus petite, je rêvais que c'était dans cette attitude, avec la main de grand-mère sur ma joue, que je verrais un jour l'homme que j'aimerais. Mais Dieu – ça y est, je le dis à nouveau, je prononce son nom –, le seul que je voyais, là tout de suite, c'était Torsten.

J'ai reculé comme si la main de grand-mère m'avait brûlée. Elle ne pouvait pas savoir que je voyais Torsten, et non un de ces beaux hommes dont elle me parlait d'habitude, ces fils de cousins de maman qui n'étaient pas seulement des photos accrochées aux murs de son appartement mais des personnes vivantes existant quelque part dans un pays lointain ou dans un camp de réfugiés. On a de la famille partout dans le monde, en Australie, aux États-Unis et même aux Philippines, c'est comme si les familles en fuite explosaient sous l'effet d'autre chose que les grenades – la fuite et la peur nous font exploser et les fragments retombent à des endroits dont on sait à peine où ils se trouvent. Mais on finit toujours par se retrouver les uns les autres.

Je me rappelle, il y a deux ans est arrivée sans crier gare une lettre de Taala, l'une des quatre sœurs de maman. Elle avait disparu comme je le disais, et voilà qu'elle avait enfin retrouvé notre trace. Elle nous racontait qu'elle était en vie, dans une ville du nom de Minneapolis, en Amérique. Maman s'est mise à danser ce soir-là, papa la regardait, assis sur le canapé, il était tellement petit, à ce moment-là, un petit garçon, il la regardait tournoyer d'une pièce à l'autre, et c'était comme s'il était gêné de la voir heureuse après tant d'années de crainte, de chagrin et d'enfermement. Elle a dansé jusqu'à ce que les murs s'écroulent et que les fenêtres s'ouvrent, elle est sortie d'elle-même pour devenir celle qu'elle est vraiment, tout ça pour la seule raison que Taala n'était pas morte. Par cette lettre, Taala avait soufflé sur elle, ses mots avaient fait surgir un tourbillon de souvenirs et maman dansait comme si elle était redevenue une jeune fille.

Mais, quand grand-mère m'a touché la joue, j'ai vu Torsten, il avait exactement la même tête qu'au moment où il avait ouvert la porte, avec son chiffon et son tablier ridicule, rouge à cœurs bleus, et qu'on s'était regardés les yeux écarquillés, là je le revoyais et ça m'a fait sursauter. On ne peut pas aimer quelqu'un qui a un tablier à cœurs bleus. Grand-mère m'a regardée et elle a dit : "À quoi penses-tu ?" Je rougis toujours quand on me pose des questions auxquelles je ne veux pas répondre, et elle s'en est aperçue, bien sûr, elle a pris un air sévère pour me demander si j'avais pensé à un garçon et dans ce cas, à qui. Je ne sais pas d'où l'idée m'est venue, mais les mots ont jailli tout seuls, comme s'ils se pressaient en moi depuis si longtemps qu'ils étaient au bord d'étouffer, et qu'il fallait absolument qu'ils sortent.

– Je pensais seulement à Ahmed.

– Seulement ! Comment peux-tu dire ça en parlant de ton frère ?

– Ce n'est pas ce que je veux dire.

– Que veux-tu dire alors ?

– C'était tellement inattendu. C'était... comme s'il avait été là, dans ta main.

Grand-mère s'est calmée.

– Il est toujours dans ma main. Il est dans ma main comme je suis dans la main de Dieu.

Puis elle est retournée à son fauteuil devant la télé, elle a appuyé sur les boutons et s'est remise à fixer l'écran. Quelques hommes discutaient autour d'une table. De moutons, je m'en souviens. Ils parlaient de la meilleure manière de tondre les moutons. J'ai dit au revoir, j'ai pris ma veste et je suis sortie. Une fois dehors, je me suis arrêtée, j'ai observé les traces de pas dans la neige, et j'ai essayé de savoir lesquelles étaient celles de Torsten et lesquelles étaient les miennes, celles que j'avais laissées en venant.

Puis je me suis mise en marche vers l'arrêt du tram, il faisait jour maintenant, les flocons n'étaient pas froids, bizarrement, et je me suis demandé ce que j'allais faire. En arrivant dans le tunnel pour piétons qui conduit à l'arrêt du tram, j'ai pilé net. Torsten était là. J'étais comme paralysée. J'ai cru que j'avais mal vu. Mais c'était lui. Il était là, et j'avais beau ne *pas savoir, je savais quand même. Il n'y avait qu'une seule raison possible. Il était là parce qu'il m'attendait. »*

Leïla s'interrompit. Un homme venait d'entrer dans la salle. Jesper Humlin le reconnut : le père de Leïla.

– Je n'ai pas raconté ça, souffla-t-elle. Je n'ai rien dit. Rien sur grand-mère, rien sur le tunnel.

– Qu'est-ce qui s'est passé après ? voulut savoir Tania.

– Je ne peux pas le raconter maintenant, tu n'entends pas ce que je dis ?

Le père de Leïla s'était approché de la table. Il était petit et costaud. Après un regard soupçonneux à la ronde, il se tourna vers Jesper Humlin.

– Qu'est-ce que vous faites ?

– Notre atelier d'écriture.

– Il ne peut pas commencer sans moi.

– Je regrette, ce doit être un malentendu. Je commence dès lors que les filles sont rassemblées. Je ne peux pas faire l'appel de tous les membres de la famille.

– Je ne suis pas un membre de la famille. Je suis le père de Leïla.

Il se retourna vers sa fille, la saisit durement par le bras.

– Où as-tu passé la journée ?

– J'étais à l'école.

– Non. Ils ont appelé à la maison. Ils voulaient savoir pourquoi tu n'étais pas là. Où étais-tu ?

– À l'hôpital.

– Tu es malade ?

– Non, coupa Tea-Bag. Elle a eu un vertige. Elle a des cauchemars, elle dort mal.

Leïla acquiesça en silence. Son père semblait hésiter entre croire Tea-Bag ou poursuivre son interrogatoire.

– J'interdis à Leïla de continuer à participer à votre machin.

Jesper Humlin vit Leïla se refermer littéralement sur sa déception. Ou était-ce de la rage ? En regardant ses grosses joues luisantes de sueur, il pensa qu'il se cachait là-dessous non seulement un beau visage, mais une forte volonté.

– Quel est exactement le problème ? s'enquit-il aimablement.

– Elle ne dit pas la vérité.

– À quel sujet ?

– Elle n'a pas été à l'hôpital.

– J'y suis allée, dit Leïla à voix basse.

Son père se mit à crier. Une tirade rythmée comme un tir de mitraillette, dont Jesper Humlin ne comprit pas un traître mot. Leïla inclinait la tête avec soumission. Mais Jesper Humlin sentait bien toute la révolte qui couvait en dessous. Pelle Törnblom s'avança, en se faisant plus large que nature, et leva les mains comme pour signaler le début d'une nouvelle reprise.

– On devrait pouvoir résoudre ce problème.

Il ne put en dire davantage. Au même instant, Haiman se leva de son coin de surveillance et s'approcha de la table.

– Leïla doit continuer, dit Haiman. C'est évident.

– Tu n'es pas son père. Son père, c'est moi. C'est moi qui décide.

– Laisse-la décider elle-même.

La discussion entre le père de Leïla et Haiman s'enflamma. Elle se poursuivit dans une variante de la langue suédoise que Jesper Humlin n'avait encore jamais entendue. Soudain Pelle Törnblom s'adressa au père de Leïla.

– Une équipe de télévision doit venir tout à l'heure. Je pensais te proposer de participer, en tant que représentant des parents. Tu seras interviewé avec Leïla et Jesper.

On ne veut tout de même pas qu'ils nous trouvent en train de nous cogner dessus pour des bêtises ?

Haiman adressa un regard sévère à Pelle Törnblom, qui adressa à son tour un regard sévère à Jesper Humlin. Celui-ci ne se rappelait pas avoir entendu parler de la venue d'une équipe de télévision. Il s'agissait sans doute d'une pure invention de Pelle Törnblom, mais ce pouvait être une manière de résoudre le problème.

– Ce n'est pas une bêtise quand un père pense que sa fille lui ment.

– Elle est sûrement allée à l'hôpital. N'est-ce pas, Leïla ?

Leïla hocha la tête. Jesper Humlin nota la fureur muette de Tania, comme un juron étouffé, face à ce qui arrivait à son amie.

– Je pensais proposer la même chose, dit Jesper Humlin. Que le père de Leïla soit présent lors de l'interview.

Le père parut soudain perdre de son assurance.

– Qu'est-ce que je dois dire ?

– Que tu es fier de ta fille.

Le père réfléchit.

– De quoi suis-je fier ?

– Du fait qu'elle veuille apprendre à écrire pour devenir un grand écrivain.

Il secoua la tête.

– Je me fous de ce qu'elle va devenir. Ce qui compte, c'est qu'elle ne mente pas à sa famille.

Leïla lui jeta un regard implorant.

– Cet atelier, c'est peut-être ma seule chance.

– Moi aussi je veux être interviewé.

C'était Haiman. Jesper Humlin commençait à se sentir fatigué.

– Tout le monde ne peut pas figurer dans l'interview.

– J'ai plusieurs choses importantes à dire au peuple suédois.

– Je n'en doute pas. Mais ce n'est pas le moment.

– Je ne participerai pas sans Haiman, déclara soudain le père de Leïla.

Jesper Humlin observa les gens qui l'entouraient. Les protagonistes, Leïla, Tea-Bag et Tania, étaient assises sur leurs chaises et suivaient ces péripéties avec des mines sombres.

– Ça peut se révéler compliqué, dit prudemment Jesper Humlin. Les interviews télévisées sont souvent très brèves. Si tout le monde donne son point de vue, ça prendra des heures.

– Dans ce cas, on s'en va, dit le père de Leïla sur un ton très ferme. Et Leïla ne participera plus à cet atelier. Encore une chance qu'on ne l'ait pas laissée venir seule. Après deux ou trois séances, elle se met à mentir. Ça ne lui était jamais arrivé avant.

Leïla prit une profonde inspiration, se leva et se carra face à son père.

– Je n'ai pas été à l'hôpital. Je ne sais pas pourquoi j'ai dit ça. J'étais en ville, à la bibliothèque. J'étais en train de lire et j'ai oublié l'heure. Je vais à la bibliothèque pour améliorer mes résultats scolaires. J'y étais aujourd'hui pour lire des livres de bons écrivains afin d'apprendre à écrire.

Le père la dévisagea en silence.

– Qu'est-ce que tu lisais ?

– Un livre sur le rugby.

– Ça existe, ça ? Des livres sur le rugby ? Qu'est-ce que je dois croire ? Est-ce qu'elle est encore en train de me mentir ?

Haiman se fit plus grand qu'il ne l'était déjà, pendant que Jesper Humlin se rendait à l'évidence : Leïla était nettement plus rusée qu'il ne l'aurait cru.

– Il existe même d'excellents livres sur le rugby, déclara Haiman. Bien sûr qu'elle dit la vérité. Un père ne peut qu'encourager l'initiative de se rendre à la bibliothèque.

Un murmure d'assentiment parcourut la salle, du côté des autres représentants de la famille de Leïla, qui n'avaient rien dit jusque-là. Son père se tourna vers eux et posa une question. Une discussion très vive s'engagea, et retomba presque aussitôt.

– C'est décidé, dit-il. Je reste, je passe à la télé. On accepte que Leïla participe à ce truc.

Pendant que la famille de Leïla sortait de la salle, Jesper Humlin pensa qu'il avait remporté sa première victoire dans le club de boxe de Pelle Törnblom. La joie et le soulagement de Leïla étaient visibles. Elle se laissa tomber sur sa chaise, Tania lui prit la main et Pelle Törnblom lui-même – à la stupéfaction de Jesper Humlin – se mit à agiter distraitement une serviette devant son visage comme devant un boxeur au repos entre deux reprises.

Bien entendu, l'équipe de télévision ne se manifesta jamais. Après une heure d'attente, Pelle Törnblom feignit de passer un coup de fil et revint annoncer qu'il y avait eu un malentendu sur le jour, et qu'une nouvelle date avait été fixée d'un commun accord. Le père de Leïla s'assombrit à cette nouvelle, mais Jesper Humlin lui fit aussitôt valoir que ce délai lui permettrait de mieux préparer ce qu'il avait à dire.

– Consignez vos récits par écrit, dit Jesper Humlin aux filles en guise de conclusion. Ce que vous avez vécu aujourd'hui. Racontez tout, en détail et jusqu'au bout. Une histoire sans fin est une mauvaise histoire.

Il vit à l'expression de Leïla qu'elle avait compris.

Quand ils ressortirent du club de boxe, il neigeait. La nuit était tombée. Leïla disparut, happée par sa famille. Tania marmonna quelque chose après eux, une invective quelconque, Jesper Humlin ne put saisir ses paroles.

Pelle Törnblom ferma le local à clé, Tea-Bag courait par-ci par-là en traçant des lignes dans la neige avec ses baskets. Tania enfonça son bonnet au ras des yeux.

– Tu es toujours chez les Yüksel ?

– Ils sont rentrés.

– Où habites-tu alors ?

Elle haussa les épaules.

– Peut-être dans un autre appartement vide, à côté d'ici. Peut-être ailleurs. Je n'ai pas encore décidé.

Jesper Humlin voulait lui parler de la photo de la petite fille. Mais elle parut deviner son intention : avant qu'il ait pu dire quoi que ce soit, elle s'était détournée et avait passé son bras autour des épaules de Tea-Bag. Il les regarda s'éloigner en se demandant ce qu'il voyait au juste.

Pelle Törnblom le raccompagna à la gare.

– Ça se passe bien, dit-il. Très bien.

– Non, dit Jesper Humlin. J'ai tout le temps l'impression d'être au bord d'une catastrophe.

– Tu exagères.

Jesper Humlin ne prit pas la peine de répondre.

Pelle Törnblom repartit au volant de sa fourgonnette. Jesper Humlin se dirigea vers la salle d'attente déserte. Puis il se figea. L'idée de retourner à Stockholm le soir même lui paraissait soudain impossible. Il s'assit sur un banc. Le visage de Tea-Bag passa à toute vitesse, puis celui de Tania, et celui de Leïla. Il se demanda s'il aurait jamais l'occasion de découvrir la suite, de voir Leïla se remettre en marche dans le tunnel où elle avait aperçu Torsten et où elle avait « pilé net », aussi net que son récit.

Il ressortit de la gare et prit une chambre dans l'hôtel le plus proche. Avant d'éteindre la lumière, il resta longtemps assis, le téléphone à la main, Andrea dans ses pensées. Mais il ne composa pas son numéro.

Lorsqu'il quitta l'hôtel le lendemain à onze heures et quart, il lui sembla qu'il n'avait pas aussi bien dormi depuis longtemps. En attendant l'arrivée du train, il appela en vain quelques-uns des nombreux numéros de son agent Burén. Avant d'éteindre le portable, il écouta par pure curiosité les messages qui ne lui étaient évidemment pas adressés. Il apprit ainsi que l'homme qui s'était fait voler ce téléphone par Tania travaillait comme inspecteur à la brigade criminelle, qu'il se prénommait Sture et que c'était un adepte des champs de course. Un type à la voix grasseyante n'arrêtait pas de l'appeler pour lui dire de tout miser sur Lokus Harem à Romme. Il allait éteindre l'appareil quand il vit qu'il y avait aussi un texto. Il fixa les lettres sans comprendre. Puis il réalisa que ce message s'adressait à lui, et non à Sture, le policier inconnu.

Le texto était très simple, quatre mots seulement.

Urgence. Tania. Appelle Leïla.

Au même instant le train apparut ; il ralentit et s'immobilisa le long du quai. Mais Jesper Humlin ne monta pas à son bord.

16

En appelant le club de boxe, il tomba sur un garçon qui parlait un suédois incompréhensible. Pelle Törnblom finit par arriver au téléphone.

– Ici Jesper. C'est quoi, le numéro de Leïla ?

– Comment veux-tu que je le sache ? Où es-tu ?

Jesper Humlin décida de mentir. Il ne savait pas pourquoi.

– À Stockholm. Je croyais que son frère boxait chez toi.

– Je ne note jamais les numéros des gens. Ça ne sert à rien. Ils en changent tout le temps.

– Mais tu connais son nom de famille ?

– M'en souviens pas. Mais je peux me renseigner.

Pelle Törnblom revint au bout de dix minutes.

– Allaf.

– Ça s'écrit comment ?

– Je n'en sais rien, merde. Pourquoi parles-tu avec une voix si stressée ?

– Parce que je suis stressé. Il faut que j'y aille.

Il appela les renseignements. Il existait de fait un abonné du nom d'Allaf. On le mit en relation. Une femme lui répondit. Dans un murmure, comme si elle avait peur du téléphone.

– Je cherche Leïla.

Il n'obtint pas de réponse. Un homme prit la relève. Lui aussi parlait en murmurant.

– Je cherche Leïla.

Pas de réponse. Un autre homme prit le combiné.

– Je cherche Leïla.

– À qui ai-je l'honneur ?

– Ici Jesper Humlin. Je dois demander à Leïla le numéro de Tania.

– De qui ?

– Une amie à elle. Tania.

– Tu veux dire Irina ?

– Je veux parler de celle des amies de Leïla qui n'est pas africaine et qui participe à l'atelier d'écriture.

– C'est Irina.

– Peut-être pourrais-je poser la question à Leïla elle-même ?

– Elle n'est pas là.

– Mais elle a peut-être laissé un numéro de téléphone qui serait celui de Tania – ou d'Irina ?

– Je vais voir si elle l'a noté quelque part.

Le portable de Jesper Humlin se mit à vibrer et à sonner en même temps. La batterie était presque à plat. L'homme revint et récita un numéro.

Jesper Humlin chercha de quoi noter.

– Qu'est-ce qui sonne comme ça ?

– Je n'ai presque plus de batterie. Si la communication est coupée, ce ne sera pas un manque de courtoisie de ma part.

– Nous sommes très contents que tu reviennes.

Jesper Humlin trouva un crayon.

– Tu peux répéter ?

Le temps que l'homme lui redonne les trois premiers chiffres, la communication fut coupée. Jesper Humlin nota sur le dos de sa main ce qu'il croyait être le reste du numéro. Il dénicha une cabine téléphonique, composa les chiffres. Raffut monstre à l'autre bout du fil. C'était un garage de Skövde. Il réessaya en inversant l'ordre des derniers chiffres. Une fillette qui avait tout juste appris à parler gargouilla quelque chose à son oreille. Jesper Humlin fit une troisième tentative. Enfin. C'était Tania.

– Qu'est-ce qui se passe ?

– Tea-Bag a failli être arrêtée.

– Que veux-tu dire ?

– La police. Ils ont trouvé quelques portables à eux dans son sac. Ça ne leur a pas fait plaisir, à mon avis.

Jesper Humlin inspira profondément.

– Peux-tu me décrire, posément et en détail, ce qui s'est passé ?

– On a besoin de toi. Il faut que tu viennes. Où es-tu ?

– À Göteborg.

– Tu es un écrivain connu, pas vrai ? Tu peux nous aider. Bon, il faut que je file.

– Où dois-je aller ?

– Va au club de boxe.

La communication fut interrompue.

Il suivit l'ordre de Tania. À l'arrivée, après avoir payé le taxi, il trouva le club de boxe presque désert. Deux garçons, dont l'un saignait du nez, étaient penchés et oscillaient, l'un contre l'autre, comme si le ring était un bateau en détresse. Le bureau était vide. Un agenda ouvert sur la table lui apprit que Pelle Törnblom venait à l'instant de prendre place dans le fauteuil d'un dentiste.

Il retourna dans la salle d'entraînement. Les garçons avaient cessé de se balancer. Jesper Humlin reconnut celui qui saignait du nez, il appartenait à la famille de Leïla. Le garçon sourit. Jesper Humlin s'aperçut alors seulement qu'il avait un œil démesurément enflé.

Les garçons disparurent vers les vestiaires. Jesper Humlin enfila une paire de gants et commença à taper dans un sac. Il eut mal aux mains. Il aurait aimé que le sac soit Olof Lundin. Quand il sentit qu'il commençait à transpirer, il s'arrêta. Le cousin de Leïla revint. Il portait un pantalon et un sweat trop larges, qui formaient ensemble le motif du drapeau américain.

– Quelqu'un arrive.

– Qui ?

– Je ne sais pas. Une des filles. Mais il vaut mieux que tu attendes dehors.

Le garçon disparut, bientôt suivi par le deuxième. Jesper Humlin sortit. Il pleuvait. Il se rappela la fois où Tania avait surgi de l'ombre, et où il avait cru qu'il allait se faire agresser. Il sursauta. Tania était juste derrière lui. Il ne l'avait absolument pas entendue approcher.

– Où est Tea-Bag ?

Elle ne répondit pas, mais se mit en marche. Il la suivit.

– Où allons-nous ?

– En ville.

– Je croyais que Tea-Bag était ici ?

Pas de réponse. Ils prirent le tramway. Un type saoul essaya d'engager la conversation avec Tania, qui répondit par un sifflement. Jesper Humlin la vit littéralement se transformer en fauve. L'homme battit en retraite, effrayé.

Ils descendirent dans le centre, près de Götaplatsen. Il ne pleuvait plus. Tania le guidait. Elle l'entraîna dans l'une des petites rues discrètes qui surplombaient la place et dont les demeures en pierre de taille étaient cachées au fond de grands jardins. Elle s'arrêta devant la grille d'une maison un peu moins imposante que les autres.

– Tea-Bag est ici ?

Tania hocha la tête.

– Chez qui sommes-nous ?

– Le chef de la police de Göteborg.

Jesper Humlin fit un pas en arrière.

– Ce n'est pas un problème. Il est en déplacement pour une conférence. Sa famille s'est absentée aussi. Et il n'y a pas d'alarme.

Tania poussa la grille. La porte de la maison était entrebâillée. Dans un grand salon aux rideaux fermés, à plat ventre sur le tapis, Tea-Bag regardait la télévision. Un film suédois des années cinquante. Hasse Ekman souriait à une comédienne dont Jesper Humlin ne se rappelait plus le nom. Le son était au minimum. Elle contemple une espèce disparue, pensa-t-il. Cette Suède-là n'existe plus.

Bruit d'ustensiles du côté de la cuisine. Tania préparait à manger. Tea-Bag se leva et la rejoignit. Jesper Humlin les entendit rire. Puis il fit un bond en entendant s'ouvrir la porte d'entrée. Mais ce n'était pas le chef de police. C'était Leïla – toute rouge et suant à grosses gouttes.

– Je l'aime, déclara-t-elle avant de disparaître à son tour dans la cuisine.

Jesper Humlin se demanda s'il entendrait jamais la suite de l'histoire brusquement interrompue au milieu d'un tunnel pour piétons. Il rejoignit les filles dans la cuisine et s'assit à côté de Tania, qui hachait un oignon – les larmes roulaient sur ses joues.

– Comment savais-tu que cette maison serait vide ? demanda-t-il.

– Quelqu'un l'a dit. Je ne sais plus qui. Après tout ce qu'on a supporté, Tea-Bag et moi, je trouve ça normal qu'on l'emprunte un petit moment.

– Que puis-je faire ?

Personne ne répondit.

Sous les yeux de Jesper Humlin, le contenu intégral des deux énormes réfrigérateurs fut transféré sur la table. Commença alors un repas comme il n'en avait

281

jamais vu, même en comptant les plus rocambolesques menus nocturnes servis par sa mère. Tout fut mélangé, champagne, sirop, harengs marinés et confiture. Je rêve, pensa-t-il à plusieurs reprises, ceci n'est pas la réalité. Si je devais écrire cette scène, ce dîner dans la maison du chef de la police de Göteborg, personne ne me croirait.

Il épiait le moindre bruit, vérifiait sans cesse que les rideaux étaient bien tirés, s'attendant à voir la porte voler en éclats d'un instant à l'autre. Mais rien n'arriva. Il ne prit aucune part à la conversation, qui sautait continuellement d'un sujet à un autre. Les ados ont une langue commune, pensa-t-il, et c'est la même dans le monde entier.

Une bandelette de papier brillant, qui passait depuis un moment de main en main, atterrit devant Jesper Humlin. Elles avaient fait ce que lui-même se rappelait avoir fait dans sa jeunesse : elles s'étaient entassées dans un Photomaton, elles avaient tiré le petit rideau et pris la pose. Tea-Bag dénicha une paire de ciseaux dans un tiroir et coupa la bandelette en quatre. Dans le séjour, sur une commode où trônaient de nombreuses photos de famille, les filles en choisirent une qui représentait une grande tribu bourgeoise rassemblée à l'ombre d'un arbre vénérable.

– Ils ont de drôles d'habits, commenta Tea-Bag. C'est quelle époque ?

Jesper Humlin examina la photo.

– Début du siècle dernier.

– C'est pour nous, dit Tea-Bag.

Elle ouvrit le cadre par l'arrière et glissa à l'intérieur l'une des petites photos.

– Que vont-ils penser ? commenta Leïla quand Tea-Bag eut reposé le cadre sur la commode. Ils n'y comprendront rien. On leur a donné une énigme à résoudre. Le meilleur cadeau qu'on puisse offrir à quelqu'un.

Jesper Humlin examina la photographie. Le visage des trois filles souriantes commençait déjà à se fondre dans l'image, au milieu de ces gens assis bien droit, le regard figé, qui s'étaient fait immortaliser il y avait plus d'un siècle.

Ils retournèrent s'asseoir autour de la table de la cuisine. Malgré la chaleur, Tea-Bag n'avait pas retiré sa doudoune, pas même défait la fermeture éclair. Le visage de Tania était dans l'ombre. Leïla tripotait nerveusement un bouton d'acné naissant près de son nez. Tea-Bag se balançait sur sa chaise.

– Alors ? demanda Jesper Humlin, croyant que c'était peut-être le bon moment. Que s'est-il passé ?

Tea-Bag enfouit son menton dans la doudoune.

– Elle a essayé de voler un singe, dit Leïla.

– Pardon ?

– Un singe chinois. En porcelaine. Chez un antiquaire. Il s'est cassé. Il coûtait cher.

– Combien ?

– Quatre-vingt mille couronnes.

– Un bibelot ? Comment pouvait-il coûter une somme pareille ?

– Il avait trois mille ans. C'était écrit sur l'étiquette.

– Mince alors ! Et après ?

– L'antiquaire a fermé la porte à clé et il a appelé la police. Mais elle a réussi à s'échapper. Le problème, c'est que le sac avec les téléphones est resté là-bas.

– Pourquoi voulais-tu voler un singe en porcelaine ?

Tea-Bag ne répondit pas. Elle se leva et alla éteindre le plafonnier. Il faisait nuit dehors. Seul un rai de lumière filtrait par le hall d'entrée. Jesper Humlin devina qu'il entendrait maintenant la suite – et peut-être même la fin – de l'histoire tant de fois interrompue.

« Quand je ne sais plus quoi faire, je choisis une vitrine au hasard et je vois s'il y a quelque chose, à

l'intérieur, qui peut me dire où je dois aller, à qui je dois parler, ce que je dois éviter. Avant d'arriver à Lagos, je n'avais jamais vu de vitrine. Il n'y avait pas de magasin dans le village où je suis née, ni dans les petites villes éparpillées dans les plaines, où les chemins se croisaient, où les rivières devenaient tellement larges qu'on pouvait naviguer dessus. Mais j'ai vu ce singe en porcelaine dans la vitrine, j'ai vu son regard qui plongeait dans le mien, et j'ai senti qu'il fallait que je le prenne dans mes bras. Si le propriétaire du magasin n'avait pas commencé à me bousculer, je l'aurais remis à sa place et je serais partie. Ce singe, en le regardant, j'ai compris qu'il était très vieux, plusieurs milliers d'années – c'était comme de regarder au fond des yeux d'une très vieille personne, pareils à ceux de ma grand-mère, dans mon souvenir, les yeux d'Alemwa, comme d'être entraînée lentement vers une chute d'eau, et puis plonger, dériver tout droit vers son âme. Peut-être étaient-ce vraiment les yeux d'Alemwa, là, dans la tête du vieux singe chinois, je n'en sais rien. Mais, tout à coup, je me suis vue transportée au village où tout a commencé, comme si je pouvais voir mon voyage, toute ma vie, très clairement, très distinctement – comme le ciel plein d'étoiles, la nuit, en Afrique.

Alemwa, je sais que tu veilles sur moi, même si tu es morte depuis longtemps. Je me rappelle encore, et pourtant j'étais toute petite, le moment où tu t'es allongée et où tu as fermé les yeux. Et je nous vois portant ton corps léger, si maigre, enveloppé dans une natte en raphia, ou peut-être en jonc, avant de t'enterrer tout contre la colline, où la route faisait un virage en descendant vers le fleuve. Papa a dit que tu avais été une femme bienveillante, qui s'était toujours donné le temps d'écouter les problèmes des autres, et que pour cette raison tu serais enterrée près d'une route où tu ne risquerais pas de rester sans compagnie. Je te ressemblais, tout le monde disait ça, surtout ma mère, et je crois qu'elle me craignait de la même manière qu'elle avait eu peur de toi. Je peux encore sentir ton souffle contre ma nuque. Ça m'arrive tous les jours, ici, et ça m'est arrivé souvent pendant mon voyage. Je sais que tu es près de moi quand un danger me menace, et il n'y a que des dangers dans ce monde-ci, à ce qu'il semble.

Peut-être est-ce ton souffle, Alemwa, qui m'a réveillée ce soir-là, quand les soldats sont venus chercher mon père. Je me rappelle que ma mère criait, elle hurlait comme un animal dont la patte est prise dans un piège et qui essaie de l'arracher à coups de dents pour se dégager. Je crois que c'est ça que ma mère essayait de faire, pas seulement un membre mais tout, ses bras, ses jambes, ses oreilles, ses yeux, quand ils sont venus chercher papa. Ils l'ont frappé jusqu'au sang, mais il était en vie quand ils l'ont emporté en le traînant par terre dans le noir.

Je sais que je suis devenue adulte cette nuit-là, beaucoup trop vite, à croire qu'on m'arrachait l'enfance comme une peau. Je me rappelle encore la douleur : savoir, mais ne pas comprendre, être obligée de voir son père emporté comme un paquet sanguinolent par de jeunes soldats rigolards. Je crois que c'est ça qui m'a rendue adulte : la découverte que la brutalité peut s'accompagner de rires. Chaque nuit au cours des mois suivants, ma mère est restée assise devant la maison à attendre que mon père revienne. Tout à coup, il serait de retour sur le toit de notre maison, elle le ferait descendre avec sa voix douce et ils passeraient le reste de la nuit enlacés.

Puis est arrivée cette nuit où on a appris que les soldats allaient revenir. Quand elle a entendu ça, ma mère s'est couvert le visage d'un linge blanc et elle s'est mise à trembler. J'étais la seule des enfants présente à ce moment-là. Quand elle a découvert son visage, j'ai vu qu'elle avait pleuré. Son visage était complètement transformé, il s'était retourné vers l'intérieur, je ne voyais plus de vie dans ses yeux, puis elle m'a frappée avec le linge blanc en me criant de disparaître. Elle m'a chassée pour que je survive.

À compter de cet instant, j'ai couru. J'appliquais la plante de mes pieds contre la terre, fort, comme mon père me l'avait appris, mais je courais sans arrêt. J'avais tellement peur que je ne me suis même pas arrêtée au pied de la colline, là où la route passe devant ta tombe, Alemwa. Je crois que personne ne comprend vraiment ce que cela signifie d'être en fuite. Être contraint, à un moment donné, de se lever, de tout quitter et de courir pour sa vie. Cette nuit-là, quand je suis partie, j'avais la sensation que toutes mes pensées, tous mes souvenirs, pendouillaient derrière moi comme un cordon ombilical sanguinolent qui refusait de se rompre, alors que j'étais déjà loin du village. Personne ne peut comprendre ce que c'est – à moins d'avoir été soi-même chassé, contraint de fuir des hommes, ou des armes, ou des ombres qui menacent de tuer. La terreur nue, on ne peut pas la communiquer, on ne peut pas la décrire. Comment expliquer à quelqu'un l'effet que ça fait de courir droit devant soi, en pleine nuit, pourchassé par la mort, la douleur, l'avilissement ?

De ma fuite je ne me rappelle rien, en dehors de cette peur impossible à décrire, jusqu'au moment où je suis arrivée à Lagos. Là j'ai été entraînée dans un monde dont je ne soupçonnais même pas l'existence. Je n'avais pas d'argent, pas de nourriture, je ne savais pas à qui m'adresser. Dès que je voyais des soldats, je me cachais, et mon cœur cognait si fort que je croyais qu'il allait s'échapper de ma poitrine. J'ai essayé de te parler, Alemwa. C'est la seule fois où je n'ai pas entendu ta réponse, peut-être étais-tu malade, j'ai essayé de sentir ton souffle mais il n'y avait personne.

Celui que j'ai fini par sentir contre ma nuque puait l'alcool et la cigarette.

Je ne sais pas depuis combien de temps j'étais dans la ville. En tout cas, j'étais déjà enfoncée si loin dans le désespoir que j'avais décidé de trouver un homme qui me donne de l'argent pour continuer à fuir. Je savais quel était le prix à payer. Il fallait en trouver un qui ait assez d'argent. Mais "assez", c'était combien ? Et où irais-je après ? Je ne savais même pas quelle direction était la plus sûre, le nord, le sud, l'est ou l'ouest.

Pendant tous ces jours et ces nuits où j'ai erré dans Lagos, à moitié morte de faim, j'ai rencontré d'autres gens comme moi, en fuite. À croire qu'on dégageait une odeur spéciale que seuls les autres fugitifs reconnaissaient – on était comme des animaux aveugles qui se repéraient mutuellement, au flair. Tous portaient un rêve, un projet. Les uns avaient décidé de se rendre en Afrique du Sud, les autres voulaient aller vers les villes portuaires du Kenya ou de Tanzanie et, de là, tenter la traversée. D'autres encore avaient renoncé. Ils étaient arrivés jusqu'à Lagos, et ils ne pensaient pas pouvoir aller plus loin. Tous redoutaient les militaires, les jeunes soldats rigolards. Beaucoup avaient en réserve des histoires atroces, quelques-uns s'étaient évadés de prison, le corps et l'âme saccagés.

J'ai écouté ces animaux aveugles, j'ai déchiffré leur odeur, j'ai essayé de savoir où je devais aller. J'interrogeais chaque nouveau fugitif que je rencontrais au cas où il aurait vu ou entendu quelque chose concernant mon père. Mais rien. C'était comme si les soldats l'avaient déchiqueté avec leur rire. J'ai essayé de parler avec toi, Alemwa, mais je n'entendais plus ta voix. Les mille yeux de la ville, le bruit des voitures et des machines m'empêchaient de sentir ton souffle. Je n'ai jamais été aussi seule qu'au cours de ces jours et de ces nuits à Lagos. J'étais si seule que parfois je touchais en cachette les gens qui me dépassaient dans la rue. Des fois ils se mettaient à crier, ils me prenaient pour une pickpocket.

Je courais, je courais sans arrêt, même dans le sommeil mes jambes remuaient toutes seules. Je me suis mise en chasse de l'homme qui m'aiderait. Mais c'est lui qui m'a trouvée. Je traînais à ce moment-là devant un restaurant en plein air, où des vigiles hargneux chassaient les mendiants qui venaient déranger les riches quand ceux-ci descendaient de leur voiture avec chauffeur. Soudain j'ai senti ce souffle puant et j'ai fait volte-face, prête à frapper.

L'homme était petit, blanc, avec un teint maladif et une moustache fine. Il respirait tout contre ma figure. Son sourire aurait dû m'avertir. Mais j'étais tellement aux abois que je n'ai pas fait attention, ou alors c'est juste que je n'entendais plus tes avertissements. Il m'a demandé mon nom, il m'a dit qu'il venait d'Italie, qu'il s'appelait Cartini, ou Cavanini, je ne sais plus. En tout cas il était ingénieur, à Lagos depuis quatre mois, et il s'apprêtait à rentrer chez lui. Une histoire de chaudières à vapeur ou je ne sais quoi, il parlait à toute vitesse, je voyais son regard qui glissait sur mon corps de haut en bas et de bas en haut et j'ai pensé que c'était lui, l'homme qui pourrait m'aider.

Je ne savais pas du tout ce que pouvait être l'Italie. Je ne savais même pas ce qu'était l'Afrique, j'ignorais qu'il existait des continents, et des océans qui les séparaient. J'avais entendu parler de l'Europe et de ses richesses, j'avais entendu parler de l'Amérique, mais personne n'avait précisé qu'il n'y avait pas de sentiers pour aller là-bas. L'Europe était peut-être une ville, comme Lagos, mais sans barrières et sans vigiles, une ville où les portes étaient ouvertes, une ville où même quelqu'un comme moi pouvait entrer sans être battu ni menacé.

Il m'a demandé si je voulais le suivre, quel était mon prix, et si j'étais seule. J'ai trouvé bizarre l'ordre dans lequel il posait ses questions. Il m'a demandé mon prix sans même savoir si j'étais à vendre. Dans son esprit, toutes les femmes noires étaient peut-être à vendre. Il devait se dire que la dignité n'existe pas dans un pays où presque tout le monde est pauvre. Malgré tout, je l'ai suivi.

Il avait une voiture. Je croyais qu'on irait dans un hôtel, mais il s'est arrêté devant une grande maison, dans un quartier entouré de grilles, rempli d'autres maisons semblables, de chiens qui aboyaient tous de la même manière, de gardes qui se ressemblaient et de projecteurs qui éclairaient chaque portail d'une lumière forte qui faisait mal aux yeux. On est entrés. Il m'a demandé si je voulais prendre un bain, si je voulais manger, tout en continuant à me coller du regard, de haut en bas et de bas en haut. J'avais une robe bleue ; la couture avait craqué à un endroit. Pendant que je mangeais, dans la grande cuisine, il m'a touchée par cette déchirure et je me souviens que j'ai frissonné. Il m'avait demandé quel était mon prix. Je n'avais pas répondu. Un être humain ne peut pas avoir un prix. C'est sans doute pour ça que je l'avais tout de suite haï.

Je savais ce qui m'attendait. À treize ans, ma mère m'avait expliqué qu'il était temps de m'habituer à ce que voulaient les hommes, et à quoi ils avaient droit – un de ses frères allait me le montrer. Je ne l'aimais pas, son frère, il avait les yeux qui louchaient et une respiration sifflante. Ça a été horrible, une expérience horrible, comme d'être déchirée par quelqu'un qui aurait essayé de me rentrer dedans à coups de pied. Après, j'ai pleuré, mais ma mère a dit que le pire était passé, et qu'à partir de maintenant ça se passerait mieux, ou du moins pas plus mal.

On est montés dans la chambre, au deuxième étage, une fenêtre était ouverte pour laisser entrer la brise de la nuit. J'ai entendu de loin des tambours et des gens qui chantaient. Il n'y avait pas de lumière, je me suis allongée, la robe remontée jusque sur mon visage et j'ai attendu. Je l'ai entendu bouger dans la pièce, c'était comme s'il soupirait. Puis il s'est couché sur moi, j'ai écouté les tambours et le chant, le son est devenu de plus en plus fort, je n'ai pas senti qu'il était à l'intérieur de moi, sans doute que oui mais je ne le sentais pas, j'entendais juste les tambours et le chant, le son qui montait et baissait et qui devenait parfois un cri.

Soudain il m'a arraché la robe du visage. Malgré la pénombre, j'ai vu qu'il ne souriait plus. Il transpirait, il soufflait, la sueur gouttait de sa moustache. Tout son visage était tordu comme par une grande douleur. Puis il s'est mis à crier, en même temps qu'il attrapait mon cou à deux mains. Il a commencé à serrer. J'ai compris qu'il voulait me tuer. J'ai lutté de toutes mes forces. Mais il était fort. Et il n'arrêtait pas de crier. Il m'accusait de tout, d'être dans son lit, d'être noire, d'avoir l'odeur d'épices dont il ne connaissait pas le nom, de me couvrir le visage avec ma robe, de me vendre, d'exister. J'ai réussi à lui balancer un coup de pied. Il m'a lâchée, j'ai roulé au bas du lit, j'ai cherché mes chaussures. Quand je me suis retournée, il était debout, le bras levé. Dans la main il tenait un énorme harpon, de ceux dont on se sert pour pêcher le requin. Je l'ai regardé au fond des yeux. J'ai vu comme deux lourdes portes en train de se refermer.

Il y a eu un bruit dehors. Il s'est immobilisé, les portes sont restées entrouvertes. Il a tourné son visage vers le mince rideau blanc qui bougeait dans la brise. Un singe était assis sur le rebord de la fenêtre. Sa fourrure était brun-vert, et il se grattait le front. D'où sortait-il ? Aucune idée, mais il m'a sauvé la vie. J'ai empoigné une chaise en bois massif qui se trouvait à côté du lit et je l'ai abattue de toutes mes forces sur la tête du petit homme pâle. Le singe m'a regardée avec surprise. Puis il a pris un air dégagé et a recommencé à se gratter le front. Je ne sais pas si je l'ai tué. J'ai attrapé mes chaussures à toute vitesse, j'ai pris son portefeuille et sa montre sur la table près du lit. Puis j'ai couru. Dans la cour j'ai levé la tête et j'ai vu l'ombre du singe contre le rideau blanc. Il était encore là.

J'ai fui à travers la ville, terrorisée à l'idée d'être capturée par les soldats ou agressée par quelqu'un qui aurait reniflé l'odeur de l'argent. Je me suis cachée sous un pont. Il faisait tout noir, les rats frôlaient mes jambes, j'ai compté les billets. C'était beaucoup d'argent. Alors j'ai entendu la voix du singe qui m'avait sauvée. Il m'a dit de quitter la ville à l'aube et de prendre un bus vers le nord. Je ne savais pas où j'allais. Mais je savais qu'il m'attendrait au bout du voyage. Une fois dans le bus, j'ai caché l'argent et la montre dans ma culotte, j'ai noué mes mains entre mes jambes et je me suis endormie.

Au réveil, on était à l'arrêt au milieu d'une plaine. Il était midi, le soleil ne faisait aucune ombre. Le bus était en panne, des hommes en sueur étaient allongés dessous et essayaient de colmater un réservoir qui fuyait. Je suis descendue et j'ai commencé à marcher. Pour protéger ma tête du soleil j'ai glissé quelques feuilles de palme sous mon foulard. Parfois j'entendais un singe crier dans un arbre. J'ai pensé que celui qui m'avait sauvé la vie était là, quelque part, attentif. J'avais le sentiment de ne pas être seule, sur les routes poussiéreuses où je marchais, les routes de sable rouge. Le singe était présent, mais j'avais aussi d'autres accompagnateurs invisibles, mes parents, et toi, Alemwa, toi surtout.

J'ai continué vers le nord, j'ai commencé à faire partie des troupeaux inquiets de ceux qui dérivent le long des routes, qui fuient la souffrance, vers des destinations qui ne sont souvent qu'un mirage, même pas un rêve. J'ai fini par arriver sur une plage. De l'autre côté de l'eau, c'était l'Europe. »

Tea-Bag se tut et entrouvrit la fermeture de sa doudoune. Jesper Humlin sursauta. Il avait cru voir bondir et disparaître un petit animal, qui aurait été jusque-là caché sous la veste.

Tea-Bag le regardait en souriant.

Il se demanda si son histoire était terminée. Ou si ce n'était que le début.

17

Jesper Humlin s'étonna du silence.

Personne ne posa de questions à Tea-Bag. Pourquoi Tania et Leïla ne manifestaient-elles aucun intérêt pour ce qui venait d'être dit ? Avaient-elles déjà entendu cette histoire ? Ou bien cette histoire empruntait-elle des éléments à l'expérience de chacune ? Il ne pouvait être sûr de rien.

Pendant tout le temps où Tea-Bag avait parlé, Tania remuait le contenu d'une casserole sur la cuisinière. Mais en se levant pour chercher un verre d'eau, il constata que la casserole était vide et la plaque électrique froide. Leïla, de son côté, avait ôté sa montre et la tenait à la main, comme pour chronométrer le récit de Tea-Bag.

– Pourquoi ne posez-vous pas de questions ? dit Jesper Humlin.

– Quelles questions ? demanda Leïla sans quitter sa montre du regard.

– Tea-Bag vient de nous raconter une histoire étonnante et bouleversante. Elle n'a certainement pas besoin de prendre des cours pour apprendre à conter.

– Je ne sais pas écrire, dit Tea-Bag tout en faisant gicler le contenu d'un tube de mayonnaise sur une tranche de pain.

Elle paraissait affamée.

Une sonnerie retentit sur la table. Jesper Humlin fit un bond. Tea-Bag et Leïla réagirent aussi. La seule à rester impassible fut Tania, qui semblait capable de déterminer dans la seconde quel portable venait de sonner, et s'il était ami ou ennemi.

En l'occurrence, c'était celui de Leïla. Leïla consulta l'écran sans toucher l'appareil.

– C'est ma famille, dit-elle à Tania. Réponds, dis-leur qu'on a échangé nos téléphones par erreur et que tu ne sais pas où je suis.

– Ça va faire des histoires.

– Ça ne pourra pas être pire que ça l'est déjà. Réponds !

– Non, c'est à toi de le faire.

– Je ne peux pas. Tu ne comprends rien.

– Je comprends. Mais tu dois répondre.

Le téléphone continua à sonner, à vibrer et à faire des bonds sur la table comme un insecte agonisant au milieu des assiettes. Jesper Humlin vit la panique de Leïla quand elle empoigna soudain le portable et répondit dans sa langue. L'interlocuteur – une voix masculine – était très en colère. Leïla se ratatina sur sa chaise. Puis, soudain, elle se redressa, se mit à crier et conclut l'échange en jetant l'appareil sur la table. La batterie valsa dans les airs. Leïla cria quelque chose que Jesper Humlin ne comprit pas, se leva en serrant les poings, retomba sur sa chaise et fondit en larmes.

Tania tournait à nouveau une cuillère dans sa casserole vide. Jesper Humlin se demanda si elle préparait un repas invisible pour sa fille qui était si loin. Tea-Bag ramassa la batterie et rafistola le téléphone.

Leïla cessa de pleurer.

– C'était mon père, annonça-t-elle.

Tania émit un grognement.

– Ne retourne pas chez toi. Il n'a pas le droit de t'enfermer. Et tes frères n'ont pas le droit de te taper dessus.

– Je ne peux pas rester ici. Et je ne peux pas aller habiter chez ma grand-mère.

Tania, de colère, frappa le bras de Leïla avec le torchon qu'elle tenait à la main.

– Il n'est pas question que tu rentres chez toi. Quand tu as raconté ce qui était arrivé à ta sœur, jusqu'à la fin j'ai cru que tu parlais de toi. Sauf que ça ne peut pas être toi, parce que tu es ici et que tu n'as pas l'oreille brûlée.

Jesper Humlin faillit tomber de sa chaise.

– Quelle sœur ? Quelle oreille ?

– Je n'ai pas envie d'en parler. En tout cas pas devant toi.

Tania lui donna un autre coup de torchon.

– C'est notre prof. Il faut qu'il l'entende. Il peut t'apprendre à mieux raconter les histoires.

– Moi je veux l'entendre, dit Tea-Bag. J'ai besoin d'écouter quelqu'un d'autre que moi. J'ai la tête farcie de mes propres mots. Ils se cognent aux murs, là-dedans, comme des papillons que personne ne trouve beaux.

Elle se frappa la tête d'un geste expressif. Leïla tendit le doigt vers Jesper Humlin.

– Pas tant qu'il sera là.

– Il peut se mettre dans l'entrée.

Tania indiqua la porte. Jesper Humlin se leva et prit sa chaise. Je ne dois pas voir celle qui se confesse, pensa-t-il en sortant.

Le silence se fit dans la cuisine.

« Il y a longtemps, j'avais une poupée qui s'appelait Nelf. Je l'avais trouvée sous un des lits, dans une chambre de la maison où nous étions parqués en tant que réfugiés. Les gens arrivaient et repartaient en continu, on les entendait pleurer et crier la nuit, quand ils faisaient des cauchemars. Mais on était aussi soulagés. On était arrivés. On était en Suède. Tout finirait

bien, même si personne n'était vraiment capable d'expliquer en quoi consistait ce "bien". Moi je trouvais ça "bien" d'avoir trouvé cette poupée. Je l'ai tout de suite appelée Nelf, et j'ai été étonnée parce que personne ne comprenait ce que ça voulait dire. Pas même ma grand-mère Nasrin, qui avait encore toute sa tête à l'époque. En fait, ce nom-là venait d'un dieu que j'étais la seule à connaître.

On était arrivés d'Iran, mais je ne me rappelle pas grand-chose du voyage, sauf que, juste avant l'atterrissage, papa a déchiré son passeport et celui de maman, et aussi le passeport de Nasrin, qui en fait n'était pas le sien mais celui de l'oncle Reza. Au début, on nous a envoyés à Flen – c'est là que j'ai trouvé la poupée. Quelques mois plus tard on s'est retrouvés à Falun, et on y est restés trois ans avant d'emménager ici, à Stensgården.

Déjà, à Falun, papa a décidé que ma sœur Fatti épouserait un des frères de Mehmed – Mehmed qui habite à Södertälje, l'un des premiers de notre famille à être venu en Suède, avant même la chute du schah, avant que Khomeiny ne commence à nous regarder tous au fond des yeux et à transformer le pays pour le rendre meilleur, ce qu'il sera peut-être un jour. Mais Fatti a surpris la conversation entre papa et Mehmed, on lui avait dit de rester dans sa chambre, mais elle s'était collée contre la porte du séjour et quand elle est revenue se coucher dans la chambre qu'on partageait toutes les deux, j'ai entendu qu'elle pleurait contre le mur.

Alors je me suis levée. Je me suis glissée dans son lit, on fait toujours ça quand l'autre est triste ou a fait un cauchemar ou se sent seule ou quoi. Fatti a réussi à me dire entre deux sanglots la chose affreuse qu'elle avait entendue par la porte fermée. Papa et Mehmed étaient tombés d'accord pour qu'elle épouse Farouk, le frère de Mehmed. Farouk, on le connaissait toutes les deux, il avait une petite épicerie à Hedemora, et tout le monde était persuadé que c'était Mehmed qui payait tout, puisqu'il n'y avait jamais de clients dans sa boutique. Farouk nous rendait visite le week-end, on ne l'aimait pas, ni Fatti ni moi. Il était gentil mais... trop gentil, gentil d'une manière qui faisait qu'on avait peur de lui. Et maintenant on voulait obliger Fatti à l'épouser.

Elle a dit qu'elle voulait s'enfuir, mais elle ne savait pas où. Le problème, c'est qu'on ne peut pas fuir mon père, il vous chercherait pendant mille ans et il finirait toujours par vous retrouver. C'est ce que j'ai dit à ma sœur. Il devait y avoir un autre moyen. Maman ne pouvait pas nous aider, elle ne faisait jamais rien sans demander d'abord la permission à papa, alors peut-être Nasrin... Oui, c'était la seule possibilité.

Le lendemain – c'était la veille de la Saint-Jean, je m'en souviens –, Fatti est descendue au lac et elle a parlé à Nasrin, sous les bouleaux. Mais Nasrin s'est fâchée et lui a dit qu'elle devrait être contente de devenir la belle-sœur de Mehmed. Je ne l'oublierai jamais : Nasrin ne parlait que de Mehmed, alors que c'était Farouk que Fatti devait épouser ! Elle l'a suppliée. Nasrin était son dernier espoir, mais notre grand-mère a continué à parler des avantages qu'il y avait à accueillir dans la famille un homme aussi fortuné que Mehmed.

Cette nuit-là, la nuit de la Saint-Jean, je suis retournée dans le lit de Fatti. Elle m'a dit qu'elle allait partir, mais je ne l'ai pas crue. Où irait-elle ? Il arrive que des filles s'enfuient. Mais je n'ai jamais entendu dire qu'une seule d'entre elles ait réussi. Elles reviennent toutes. Même celles qui se suicident reviennent. Pourtant, le lendemain matin au réveil, l'autre lit était vide. J'ai cru qu'elle était aux toilettes, ou qu'elle avait dormi sur le balcon, enroulée dans une couverture. Mais non. Fatti était partie. J'ai entrouvert toutes les portes. Papa ronflait, le pied de maman pendait par-dessus le bord du lit.

Sa veste rouge n'était plus là. Elle n'avait pas emporté beaucoup de vêtements. Aucune valise n'avait disparu. Juste son petit sac à dos noir. Je suis sortie sur le balcon. Il était encore très tôt, un oiseau chantait, le soleil est sorti des brumes et je me suis demandé où Fatti avait bien pu aller. Je me suis dit que si ma sœur disparaissait, alors je disparaissais aussi, parce que Fatti et moi, c'est en fait une seule personne. Fatti est plus mince. C'est la seule différence.

Je me rappelle cet instant, sur le balcon près de Falun, le matin de la Saint-Jean, quand j'ai compris que Fatti était vraiment partie. J'ai pensé que rien ne serait plus jamais pareil. Mais ils l'ont retrouvée quatre jours plus tard, à Sala. Elle s'était endormie sur un banc, dans un parc, ou peut-être évanouie. La police l'a ramenée en voiture, et, après leur départ, papa l'a frappée, si fort qu'elle est tombée et s'est ouvert la nuque. Papa n'était pas le pire, il ne l'a frappée que cette fois-là. Mon frère est arrivé de Göteborg, et il n'a même pas enlevé son chapeau avant de lui déboîter l'épaule. Après ça, Fatti n'a plus eu le droit de sortir. Elle avait dix-neuf ans, elle voulait devenir infirmière, et elle rêvait d'être championne de course d'orientation – ça, c'est un truc que je n'ai jamais compris, pourquoi elle voulait courir dans les forêts à la recherche d'indices signalés sur des cartes incompréhensibles.

Mais rien de tout ça ne s'est réalisé. Nous dormions à nouveau dans la même chambre, et avant de dormir nous nous parlions en chuchotant, d'un lit à l'autre. C'était comme si Fatti, brusquement, était devenue vieille. Son visage ressemblait à celui de Nasrin, des-séché, tourné vers l'intérieur. Elle me parlait sans arrêt *des quatre jours où elle avait été en fuite. Elle avait eu peur, mais en même temps elle avait eu le sentiment d'être totalement libre. Il lui est arrivé quelque chose, pendant ces jours-là, qu'elle ne m'a jamais raconté. Sous son oreiller, elle cachait un petit objet. Un écrou brillant. Quand elle me croyait endormie, elle le sortait et le regardait. Quelqu'un avait dû le lui donner. Mais pourquoi un écrou ? Qu'était-ce donc qu'elle ne voulait pas me dire ? Je ne sais pas. De toutes les énigmes que les gens m'ont proposées, la plus grande reste pour moi le petit écrou brillant que Fatti cachait sous son oreiller.*

J'aimerais oublier cette époque. Fatti avait si peur d'être battue qu'elle se faisait pipi dessus, malgré ses dix-neuf ans. Elle disait : "Je vais me faire charcuter, ils m'envoient à l'abattoir." Je ne comprenais pas alors de quoi elle parlait. L'année suivante, Fatti a été mariée à Farouk, et ils sont partis vivre à Hedemora. Deux ans plus tard, Fatti n'avait toujours pas d'enfant. Mes parents avaient entre-temps emménagé à Göteborg. Je voulais lui rendre visite mais je n'en avais pas le droit. Je ne pouvais pas non plus l'appeler, puisque seul Farouk répondait au téléphone. Quand il sortait, il mettait un cadenas sur l'appareil. Elle a essayé de fuir une deuxième fois. En plein hiver, elle est partie de la maison où ils habitaient, elle n'avait que sa chemise de nuit sur le dos. Je ne sais pas ce qui se passait entre eux, mais je crois que Farouk la battait parce qu'elle ne tombait pas enceinte. Après que Farouk l'a retrouvée et traînée jusque chez eux, elle a refusé de partager sa chambre. Maman a essayé de lui parler, Nasrin aussi, mais ça n'a servi à rien. Ça lui était égal d'être battue. Elle avait pris sa décision. Elle ne voulait pas être la femme de Farouk.

Est-ce que c'est lui ou Mehmed qui lui a balancé le verre d'acide au visage ? Je ne sais pas. Une voisine a entendu le hurlement, et, quand elle a ouvert sa porte, elle a vu un homme disparaître dans l'escalier. Nous n'avons jamais su si c'était l'un ou l'autre. Tous deux ont nié, tous deux ont produit un alibi. Fatti est restée défigurée. La joue et l'oreille surtout. Elle ne sort jamais. Elle est dans un appartement, ici à Göteborg, les rideaux sont tirés, elle ne parle à personne et elle attend que ça se finisse. J'ai traîné devant sa porte, je l'ai appelée par la fente du courrier, je l'ai suppliée de me laisser entrer, mais elle me demande juste de partir. La seule qui lui rend visite, c'est maman. Papa ne parle jamais d'elle, et Farouk et Mehmed non plus.

Farouk s'est remarié. Personne n'a jamais été puni pour avoir détruit le visage de Fatti. Je pense toujours à ma sœur, assise dans son appartement sombre, et je me dis que, quoi qu'il arrive, je ne veux pas que ma vie devienne comme la sienne. Elle, elle voulait attendre de rencontrer quelqu'un avec qui elle aurait vraiment eu envie de vivre, elle voulait décider seule. Je ne comprends pas mon père. Il disait toujours qu'on était partis de chez nous pour trouver la liberté. Mais quand nous voulons être libres, ça ne va pas non plus. Je me demande ce qui s'est passé pendant les quatre jours où Fatti a été libre. Je crois que la liberté, si elle existe, est toujours pleine de risques, de dangers, toujours poursuivie, toujours en fuite.

Je sais que Fatti a rencontré quelqu'un pendant ces jours-là, quelqu'un qui lui a offert un écrou brillant. Chaque soir avant de m'endormir j'espère, ou peut-être je prie, je ne sais pas vraiment, que Fatti rêvera de celui qui lui a donné cet écrou à un moment où elle était totalement libre et terriblement paniquée. C'est peut-être pour ça que je veux apprendre à écrire. Je voudrais écrire l'histoire des quatre jours où ma sœur était libre et morte de peur, je voudrais écrire tout ce qui lui *est arrivé alors et que n'ont pas remarqué les gens qui passaient devant elle dans la rue.*

Si je ne me soucie pas de Fatti, qui le fera ? Maman l'aime, et papa l'aime sûrement aussi, à sa façon. Je sais juste que je dois défendre l'amour à la fois quand il existe et quand il n'existe pas, surtout que je sais maintenant qu'il existe même pour moi, puisqu'il s'est arrêté exprès dans le tunnel parce qu'il savait que je passerais par là en allant à l'arrêt du tram. »

On frappa à la porte. Jesper Humlin fit un bond. Tea-Bag tira sa fermeture éclair comme elle aurait tiré un revolver. Tania se figea sur sa chaise. Mais Leïla se leva lentement, repoussa les cheveux de son front en sueur et alla dans l'entrée. Elle revint en compagnie d'un jeune homme qui jetait autour de lui des regards inquiets.

– C'est Torsten, annonça Leïla. Celui du tunnel. Celui de mon histoire.

Le jeune auxiliaire de vie de Nasrin, Torsten Emanuel Rudin, était bègue. Tea-Bag éclata de rire en s'en apercevant. Leïla se mit dans une colère noire et Tania dut s'interposer pour l'empêcher de frapper Tea-Bag.

– C'est toi qui écris des p-p-p-p-p-p-…

– Non, répondit fermement Jesper Humlin. Je n'écris pas de polars.

– Je voulais dire des poèmes, dit Torsten.

– C'est mon prof, expliqua Leïla avec fierté. Il va m'apprendre à devenir un grand écrivain. Il connaît tous les mots qui existent. Assieds-toi.

Il obéit, et Leïla elle-même prit place sur ses genoux. La chaise gémit. L'amour peut prendre toutes sortes d'apparences, pensa Jesper Humlin. Cette image-ci est cependant une des plus belles que j'aie jamais vues.

– Je me suis enfuie de chez moi, annonça Leïla.

Torsten ouvrit des yeux effarés. Sa réponse se noya dans un long bégaiement.

– J'ai peur, ajouta Leïla. Mais j'ai fait ce que je devais faire. Maintenant ma famille me pourchassera tant que je vivrai.

Elle se tourna vers Jesper Humlin.

– Ils vont croire que c'est à cause de toi.

– Et pourquoi iraient-ils croire une chose pareille ? s'écria-t-il avec épouvante.

– Ils ont vu de quelle manière tu caressais les joues des filles. Ils s'imaginent qu'on s'envoie des messages secrets, toi et moi.

– L'histoire que tu nous as racontée m'indigne profondément. Mais elle me convainc aussi de la nécessité de parler à tes parents.

– Ah ? Leur parler de quoi ?

– De l'existence d'un certain Torsten.

– Ils vont me tuer et m'enfermer.

– Ça m'étonnerait – du moins dans l'ordre que tu décris. Si j'ai bien compris, ce n'est pas une personne de ta famille qui a commis cette agression atroce contre ta sœur Fatti.

– Elle n'existe pas.

Jesper Humlin en resta médusé.

– Que veux-tu dire ? répliqua-t-il quand il eut retrouvé l'usage de la parole.

– Bien sûr que si, elle existe. Mais parfois, c'est comme si elle n'était plus là. Elle a fermé sa porte, couvert son visage avec un foulard de soie et a cessé d'exister. Même si elle est encore en vie.

– On peut être mort bien que vivant et vivant bien qu'on soit mort.

C'est Torsten qui avait parlé. Sans bégayer une seule fois. Il sourit. Leïla sourit. Tout le monde sourit. C'était un triomphe collectif.

La conversation s'éteignit.

Tea-Bag et Tania lavaient la vaisselle, Leïla et Torsten avaient disparu quelque part dans la grande maison. Jesper Humlin descendit au sous-sol et pénétra dans une vaste salle de détente, où un pantin en uniforme de policier était accroché au mur. Il était mal à l'aise. Vingt-trois heures. Après une courte hésitation, il composa le numéro d'Andrea. Elle décrocha tout de suite.

– J'espère que je ne te réveille pas, dit-il.

– Je venais de m'endormir. Où es-tu ?

– Encore à Göteborg.

– Qu'est-ce qui me vaut cet appel ?

– J'ai envie de te parler. Je croyais que nous formions un couple, toi et moi.

– Non mais je rêve ! *Je pensais que nous formions un couple, toi et moi.* On se croirait dans un film suédois d'avant le déluge. Je veux rompre.

– Je ne m'en sors pas sans toi.

– Tu t'en sors parfaitement bien sans moi. Et, dans le cas contraire, c'est ton problème, pas le mien. Quand rentres-tu ?

– Je ne sais pas. Tu veux savoir ce qui m'est arrivé ?

– Y a-t-il mort d'homme ?

– Non.

– Quelqu'un est-il grièvement blessé ?

– Non.

– Alors je ne veux pas savoir. Rappelle-moi quand tu seras rentré. Bonne nuit.

Andrea raccrocha. Jesper Humlin resta les bras ballants, face au pantin en carton. Ce n'est pas un agent de police, pensa-t-il. C'est moi.

Il remonta au rez-de-chaussée, où il trouva la cuisine déserte, comme le séjour. Il monta au premier étage. Par une porte entrebâillée, il vit Tea-Bag et Tania allongées sur un grand lit double, se tenant la main. Tea-Bag avait enlevé sa doudoune. Tania lui parlait à voix basse. Impossible d'entendre ses paroles. Il trouva une autre porte fermée. En collant son oreille au trou de la serrure, il identifia le bégaiement de Torsten. Il redescendit au rez-de-chaussée.

Ce serait le moment parfait pour disparaître, se dit-il. L'atelier est terminé, cet atelier qui n'en a jamais été un. Mais je ne peux pas partir parce que je n'ai pas entendu la fin de l'histoire de Tania. Et parce que j'ignore encore si le singe qu'il me semble voir à certains instants est réel ou non.

Jesper Humlin finit par s'assoupir dans un fauteuil. Il rêva de son éditeur. Olof Lundin approchait à la rame, affreusement vite, sur une mer houleuse. Lui-même se trouvait avec Tea-Bag dans un autre canot, ils pêchaient à la ligne. L'eau se remplissait soudain de bergers allemands qui arrivaient à la nage, de toutes parts. Il se réveilla en sursaut au moment où l'un des chiens lui mordait l'épaule. C'était Tania qui le secouait. Jesper Humlin jeta un regard hagard aux aiguilles de sa montre. Deux heures moins le quart. Il n'avait dormi que vingt minutes. Derrière Tania il reconnut vaguement Tea-Bag.

– Elle existe, dit Tania.

– Qui existe ?

– Fatti. La sœur de Leïla. Je sais où elle habite. Tu veux la rencontrer ?

– D'après Leïla, elle refuse les visites. Pourquoi me recevrait-elle ?

– Leïla va la voir tous les jours. C'est pour ça qu'elle n'est jamais à l'école. Elle s'occupe de sa sœur.

– Dans ce cas pourquoi a-t-elle prétendu le contraire ?

– Tu n'as pas de secrets, toi ?

– Il n'est pas question de cela.

– Alors ? coupa Tea-Bag. On y va ?

– Où donc ?

– Tu veux rencontrer Fatti, oui ou non ?

Tania appela un taxi. Le trajet se déroula en silence. La sœur de Leïla habitait un immeuble coincé entre une paroi de rocher abrupte et une briqueterie en ruine. Ils descendirent. Jesper Humlin grelottait de froid.

– Comment allons-nous faire pour repartir d'ici ?

Tania lui montra plusieurs portables, qui avaient visiblement échappé aux policiers.

– Tu demandes comment on va repartir, alors qu'on vient à peine d'arriver.

Jesper Humlin leva les yeux vers la façade sombre. Son courage l'abandonna.

– Je ne veux pas la voir. Je ne veux pas rencontrer une jeune femme qui a eu le visage rongé par l'acide. Je ne comprends pas ce que je suis venu faire ici.

– Son visage est caché par un foulard de soie. L'appartement est dans la pénombre. Tu veux la rencontrer. Tu es curieux.

– On est en pleine nuit ! Elle dort.

– Elle dort le jour. La nuit, elle veille.

– Elle n'ouvrira pas sa porte.

– Elle croira que c'est Leïla.

La porte de l'immeuble n'était pas fermée à clé. Quelqu'un avait renversé un pot de confiture dans l'ascenseur. Fatti habitait au dernier étage. Tania sortit son trousseau de clés et de passes. Tea-Bag suivait ses mouvements d'un regard attentif.

– On ne va pas frapper ? Ou sonner ? demanda Jesper Humlin avec inquiétude.

– En pleine nuit ? Tu rigoles.

Tania se mit au travail sur la serrure. Il se demanda si Leïla avait l'habitude d'ouvrir la porte avec un passe quand elle rendait visite à sa sœur.

Il y eut un déclic. Tania poussa la porte et rangea sans bruit son trousseau dans son sac à dos. Tea-Bag le poussa dans l'entrée. Une odeur de renfermé, de baies amères. Un peu sucrée en même temps. Jesper Humlin pensa aux épices inconnues dont sa mère pimentait ses spécialités nocturnes.

– Qui est-ce ?

La voix venait de l'autre côté de l'entrée, d'une pièce dont la porte était ouverte. L'éclairage municipal dispensait une très faible clarté par les interstices des lourds rideaux.

– Elle attend, chuchota Tania.

– Je ne la connais pas, protesta Jesper Humlin. Je ne veux pas la voir. Je ne comprends même pas ce que nous faisons dans cet appartement.

– Elle a un foulard sur le visage. C'est à toi qu'elle veut parler.

– Qu'est-ce que tu racontes ? Elle ne sait même pas qui je suis.

– Elle sait qui tu es. On t'attend en bas.

Le temps qu'il réagisse, Tea-Bag et Tania avaient déjà disparu. Il allait s'enfuir quand un bruit lui fit faire volte-face. Une silhouette s'encadrait dans l'ouverture de la porte.

– Qui est là ?

La voix était cassée, mais rappelait celle de Leïla.

– Je m'appelle Jesper Humlin. Je vous demande pardon.

– De quoi ?

– Il est deux heures du matin.

– J'attendais ta visite.

– Pardon ?

– J'attendais ta visite. Viens.

Fatti alluma une petite lampe posée dans un coin de la pièce. L'abat-jour était recouvert d'un tissu blanc. La lumière augmenta à peine. Elle lui fit signe d'approcher. Avait-il bien entendu ? L'avait-elle réellement attendu ? Le sol du petit salon était recouvert d'un tapis épais. Les murs étaient nus, les chaises très simples, une table sans nappe, une étagère sans bibelots, quelques livres, quelques magazines, c'était tout. Fatti l'invita à s'asseoir en face d'elle. Elle portait une longue robe noire. Sa tête était dissimulée sous un foulard de soie bleu pâle. Jesper Humlin devinait au travers les contours de son nez et de son menton. Mais la simple idée qu'elle puisse l'enlever lui donnait la nausée.

– Je ne vais pas te faire voir ce qu'il a fait de moi. N'aie pas peur.

– Je n'ai pas peur. Pourquoi as-tu dit que tu attendais ma visite ?

– Je savais que Leïla te parlerait de moi tôt ou tard. J'imagine qu'un écrivain est tenté de voir de ses propres yeux ce qu'il a peine à croire. Ou qu'il n'a jamais vu avant.

Jesper Humlin était de plus en plus mal à l'aise. Il essayait de penser à autre chose qu'au visage caché par le foulard.

– Je me trompe ? N'est-ce pas cela que tu enseignes à Leïla ? La curiosité ? Si elle doit devenir écrivain… Tu crois qu'elle en est capable ?

– Je ne peux pas le dire encore.

– Pourquoi ?

– C'est trop tôt.

Fatti se pencha soudain vers lui. Jesper Humlin recula sur son siège.

– Qui parle de moi ? Qui raconte mon histoire ?

Pourvu qu'elle ne me demande pas de le faire, pensa-t-il. Je n'y arriverai pas.

– Pourquoi ne le ferais-tu pas toi-même ? proposa-t-il prudemment.

– Je ne suis pas écrivain. Contrairement à toi.

C'était comme si elle pouvait le voir à travers le tissu. Il crut presque entendre la question : « Tu as peur que je te le demande ? »

Il attendit. Mais elle n'ajouta rien. Elle avait repris sa position initiale et restait silencieuse. Jesper Humlin eut soudain l'impression qu'elle pleurait. Il retint son souffle en pensant qu'il vivait un instant qui ne se reproduirait jamais dans sa vie.

Elle tendit alors la main vers un magnétophone posé sur une petite table. Il entrevit ses doigts, à la lumière de la lampe, le temps qu'elle enfonce la touche de lecture. Il écouta. Ce n'était pas de la musique, mais une rumeur. Puis il comprit : c'était la mer. Des vagues qui déferlaient sur une plage avec, en arrière-fond, le fracas des brisants.

– Il n'y a que ça qui m'apaise, dit-elle. La mer qui roule.

– J'ai écrit autrefois un poème sur une senne, dit Jesper Humlin avec hésitation.

– Qu'est-ce que c'est ?

– Un filet de pêche. Dans le poème, je le voyais au fond de l'eau claire. Un filet qui s'était détaché et qui dérivait tout seul avec, dans ses mailles, un mort et quelques poissons.

– C'était quoi, le sujet du poème ?

– Je crois que je voyais ce filet comme une image de la liberté.

– Parce que la liberté est une fuite, ou une dérive ?

– Peut-être. Je ne sais pas.

Ils restèrent silencieux. Les vagues déferlaient dans la pièce.

– Tu as peur que je te le demande, dit-elle enfin. Tu as peur que je te demande d'écrire mon histoire. Tu as peur parce que tu sais que tu ne pourras pas le faire sans voir mon visage.

– Je n'ai pas peur.

– Je ne vais pas te le demander.

Il attendit. Mais elle n'ajouta rien. Au bout de trente minutes de silence, il dit avec douceur :

– Il vaudrait peut-être mieux que je parte maintenant.

Elle ne répondit pas. Jesper Humlin se leva. En refermant la porte, il pensa que le parfum qui imprégnait cet appartement était sans doute de la cannelle.

Tea-Bag et Tania l'attendaient en bas. Elles l'examinèrent attentivement. Puis Tea-Bag se pencha vers lui et demanda avec curiosité :

– Tu as vu son visage ?

– Non.

– Moi, je l'ai vu. C'est comme si quelqu'un lui avait gravé une carte marine sur la figure. Avec des îles, des rochers, et des voies de passage.

– Tais-toi, je ne veux pas en entendre davantage. Appelle un taxi. L'urgence, maintenant, c'est de décider ce qu'on va faire de toi. Où tu pourrais te cacher.

– Moi aussi, je dois me cacher, dit Tania. Leïla aussi. Tout le monde.

À la maison, Torsten et Leïla les attendaient. Ils tinrent conciliabule.

– Jusqu'à quand pouvons-nous rester ici ? demanda Jesper Humlin.

– Il se peut que quelqu'un arrive demain matin. Il faudra qu'on ait dégagé avant.

– Ça nous laisse à peine quelques heures. Qui doit venir ?

– Peut-être une femme de ménage.

– À quelle heure ?

– Pas avant neuf heures.

– Alors on partira à huit heures.

– Pour aller où ?

– Je ne sais pas.

Jesper Humlin s'assit dans le fauteuil où il avait dormi quelques heures plus tôt.

Je dois résoudre ce problème. Je ne sais pas dans quoi je me suis fourré, je ne sais pas quelle est ma responsabilité, mais je suis coincé dedans – comme on se coince le pied dans une traverse de voie ferrée alors que le train arrive.

Il essaya de dormir. Il lui semblait sans cesse voir la femme au foulard de soie bleu ciel. Tea-Bag et Tania ramaient sur une mer qui avait la même couleur que le foulard.

L'aube arriva. Il veillait encore.
Il ne savait toujours pas ce qu'il allait faire.

18

Un camion-poubelle passa dans la rue.

Jesper Humlin se leva du fauteuil où il avait essayé en vain de dormir un peu. La décision avait pris forme toute seule, puisqu'il ne semblait guère avoir le choix. Il monta à l'étage. La porte de la chambre où dormaient Tea-Bag et Tania était entrebâillée. Tea-Bag avait enlevé sa doudoune, Tania était recroquevillée, un oreiller sur le visage. Tea-Bag se réveilla en sursaut à l'entrée de Jesper Humlin. Un court instant, la peur brilla dans son regard.

– Ce n'est que moi. Il faut qu'on y aille.

– Où ?

– Je vous le dirai quand on sera tous rassemblés en bas.

Il frappa à la deuxième porte. Un bégaiement lui répondit.

– Entre, cria Leïla.

Ils étaient dans le lit, la couverture remontée jusqu'au menton. Torsten paraissait petit et frêle à côté de Leïla.

– Levez-vous, habillez-vous. Les filles et moi, on doit partir.

– Je viens avec vous, dit Torsten.

– Tu n'as pas un travail ?

Torsten se remit à bégayer.

– Il faisait juste un remplacement, répondit Leïla. Ma grand-mère a déjà trouvé quelqu'un d'autre.

311

Sept heures. Jesper Humlin redescendit au rez-de-chaussée. Il redoutait le coup de fil qu'il devait passer à présent. S'il y avait une chose que sa mère détestait, c'était qu'on la réveille de bonne heure.

Il s'assit devant un secrétaire, où était posé un téléphone. Les voix de Tania et de Tea-Bag lui parvenaient du premier étage. Ma famille, pensa-t-il. Tous ces enfants dont Andrea n'arrête pas de parler. Il souleva le combiné et fit le numéro. Après quatorze sonneries, sa mère décrocha. On aurait cru qu'elle était mourante. Sa vraie voix, pensa Jesper Humlin, tendu. Pas une voix défaillant de plaisir à la commande, ni une voix qui distribue des ordres à son entourage, mais celle d'une vieille femme qui sent la terre l'appeler, l'attirer à elle.

– Qui c'est ?

– C'est moi.

– Quelle heure il est ?

– Sept heures.

– Tu veux ma mort ?

– Je dois te parler.

– À cette heure-ci ? Alors que j'avais enfin réussi à m'endormir. Rappelle-moi ce soir.

– Impossible. Je te demande juste de rester éveillée quelques minutes et d'écouter ce que j'ai à dire.

– Tu n'as jamais eu quoi que ce soit à dire.

– Maintenant si. Je t'appelle de Göteborg.

– Tu t'occupes toujours de ces filles indiennes ?

– Il n'y a pas d'Indienne. Par contre il y a une Iranienne, une Nigériane, une fille qui vient de l'ex-Union soviétique – du moins je le crois – et enfin un garçon qui s'appelle Torsten et qui est bègue. Il est de Göteborg.

– Drôle de troupeau. Pourquoi bégaie-t-il ?

– Je ne sais pas. Quand j'étais petit, ça m'arrivait aussi, dès que j'avais peur. Ou quand je devais parler à un autre bègue.

– On n'est pas obligé de bégayer si on ne le veut pas. C'est une question de volonté.

– Je trouve que tu devrais expliquer ça à ceux qui ont souffert du bégaiement toute leur vie. Je ne t'appelle pas à sept heures du matin pour parler de ça.

– Je retourne me coucher.

– Pas avant de m'avoir écouté.

– Bonne nuit.

– Si tu raccroches, tu peux considérer notre relation comme terminée.

– Qu'as-tu donc à me dire de si important ?

– J'arrive cet après-midi chez toi avec les trois filles et le bègue.

– Pourquoi ?

– Ils vont habiter chez toi. Je ne sais pas pour combien de temps. Mais il est absolument indispensable que tu n'en parles à personne. Tu as compris ?

– Je peux me recoucher maintenant ?

– Dors bien.

En raccrochant, Jesper Humlin vit que sa main tremblait. Mais il était persuadé que sa mère avait compris. Elle ne soufflerait mot à personne du fait qu'il était en route vers Stockholm à la tête d'un groupe de voyageurs pour le moins… hétérogène.

Ils arrivèrent en début d'après-midi. Dans le train, il les avait éparpillés dans différentes voitures. Quand ils eurent dépassé Södertälje, il demanda un portable à Tania. Elle lui en tendit un.

– À qui est-il ?

– Il marche très bien.

– Ce n'est pas ce que je t'ai demandé ! Suis-je encore en train de me servir de téléphones qui appartiennent à des policiers et à des procureurs ?

– Celui-ci, je l'ai pris au contrôleur il y a cinq minutes.

Jesper Humlin sentit son cœur défaillir. Puis il s'enferma aux toilettes et appela sa mère, qui répondit aussitôt.

– Je vous attends. Quand arrivez-vous ?

– On vient de passer Södertälje.

– Parfait. Un moment, j'ai cru que j'avais rêvé. Je suppose que si tu viens chez moi, c'est parce qu'ils doivent se cacher ?

– Tu as bien compris.

– Combien sont-ils ? Dix ou douze ?

– À part moi, il y a quatre personnes.

– Tu vas habiter chez moi, toi aussi ?

– Non.

– Je me réjouis beaucoup de rencontrer ces jeunes filles indiennes. D'ailleurs j'ai mis un châle indien que j'avais reçu de ton père pour nos fiançailles.

– Elles ne sont pas indiennes, maman. Je te l'ai expliqué ce matin. Enlève ton châle. Ne prépare pas de plats bizarres. D'ailleurs, je te serais reconnaissant de ne pas gémir au téléphone ce soir.

– J'ai déjà prévenu mes copines.

Jesper Humlin paniqua.

– Que leur as-tu dit ?

– Rien sur votre arrivée bien entendu. Juste que je n'aurais pas l'énergie de travailler ce soir.

Jesper Humlin éteignit le portable et essaya de le faire disparaître dans les W.-C., mais l'appareil resta coincé dans la cuvette. Il renonça et retourna à sa place.

À la gare centrale de Stockholm, il dénicha un taxi suffisamment grand pour les contenir tous. Une voiture de police passa. Tania et Tea-Bag agitèrent la main. L'un des policiers leur rendit le salut. Elles se croient en sécurité parce qu'elles sont avec moi, pensa Jesper Humlin. Elles ne comprennent pas que je n'ai aucun pouvoir de garantir quoi que ce soit.

La rencontre entre sa mère et les voyageurs de Göteborg démentit toutes les craintes de Jesper Humlin. Les quatre jeunes gens l'adoptèrent dès le premier instant avec une affection teintée d'incrédulité. À contrecœur, il dut admettre qu'elle avait une facilité de contact surprenante, lorsque l'envie lui en prenait, une attitude simple et carrée qui faisait des merveilles. Elle confondait leurs noms, s'entêtait à faire de Leïla une Indienne et de Tea-Bag la « jolie fille de Sumatra ». Quant à Tania, elle s'obstinait pour une raison insondable à l'appeler Elsa. Mais ça ne portait pas à conséquence. Les jeunes étaient enchantés. Même le regard que les filles portaient sur lui n'était plus le même depuis qu'il se révélait avoir une mère pareille.

Le grand appartement était une zone franche, un havre, un territoire où prévalait l'immunité diplomatique. Elle avait mis des draps dans tous les lits et, quelques minutes à peine après leur arrivée, tout le monde était installé. Tea-Bag et Tania continuaient à partager la même chambre, Leïla dormait seule et Torsten s'était vu assigner un lit de camp dans l'entrée.

– Je ne peux naturellement pas laisser dormir dans la même chambre des personnes qui ne sont pas mariées.

– C'est un peu vieux jeu, comme façon de voir, objecta son fils.

– Je *suis* vieux jeu.

– Tes activités téléphoniques contredisent cette affirmation.

Sa mère ne répondit pas. Elle avait déjà tourné les talons.

Un peu plus tard, Jesper Humlin partit faire des courses, en emmenant Tania pour l'aider à porter les sacs. Il avait d'abord demandé à Torsten de venir, mais Leïla avait paru si malheureuse qu'il s'était ravisé. En route vers le supermarché, Tania s'arrêta devant un pub.

– J'ai soif.

Elle entra. Jesper la suivit. Tania commanda une bière au comptoir.

– Je t'invite, dit-elle. Mais c'est toi qui paies. Je n'ai que des téléphones.

– Ce n'est pas un peu tôt pour boire de la bière ?

Tania marmonna une réponse plutôt agressive et partit s'asseoir à une table. Jesper Humlin la rejoignit, avec une tasse de café. Il vit qu'elle était tendue. Son regard errait dans la salle.

– Tu veux être tranquille ?

Elle ne répondit pas. Jesper Humlin attendit. Elle vida son verre. Puis elle se leva et se dirigea vers les lavabos. Un de ses téléphones, qui était resté sur la table, se mit à sonner. C'est elle, pensa Jesper Humlin. Elle me refait le même coup que chez la famille Yüksel. Quand elle a quelque chose d'important à dire, ça passe par le téléphone. Il ramassa l'appareil.

– Allô ?

– Assesseur Hansson auprès de la Cour d'appel, je souhaiterais parler au procureur Westin.

– Il n'est pas là, dit Jesper Humlin.

Il raccrocha. Le téléphone se remit à sonner. Il essaya de faire apparaître le numéro, échoua et répondit.

– Je crois que nous avons été interrompus. Je souhaitais parler au procureur Westin.

– Il n'est toujours pas revenu.

Jesper Humlin commençait à transpirer. Tania n'était pas ressortie des lavabos. Après un moment, il se leva et poussa la porte. Devant les toilettes des dames, il prêta l'oreille. Silence. Il frappa. Pas de réponse. Il cria le nom de Tania. Puis il ouvrit. Elle n'y était pas. Il y avait une fenêtre, il essaya de l'ouvrir. Les gonds étaient rouillés. Personne n'est sorti par ce chemin-là, se dit-il. Il entra dans les toilettes des hommes.

Tania était assise par terre, à côté de l'urinoir, une serviette en papier pressée contre son visage. Jesper Humlin crut qu'elle était tombée et tentait de contenir un saignement de nez. Puis il s'aperçut qu'elle tenait quelque chose, dans la serviette. Il la lui arracha des mains. La serviette contenait une espèce de savon tout collant. Il comprit que c'était un des blocs parfumés qui garnissaient la cuvette des urinoirs. Il avait entendu parler du phénomène : l'urine libérait l'ammoniaque contenue dans le bloc. Il était possible d'en respirer les émanations – la plus humiliante des drogues. Il avait pourtant du mal à y croire. Les yeux brillants de Tania, la serviette, le cube bleu qui collait aux doigts… Quand il essaya de la mettre debout, elle le frappa au visage et lui hurla quelque chose en russe.

Un homme entra. Jesper Humlin lui rugit d'utiliser les toilettes des femmes. L'autre referma la porte sans demander son reste.

Jesper Humlin commença à lutter avec Tania pour récupérer le bloc poisseux. Tous deux rampaient sur le carrelage. Elle le griffa au visage. Cela le mit hors de lui. Il l'empoigna par la taille, la souleva et la plaqua contre le mur. Leurs vêtements étaient souillés d'urine. Il lui cria de se calmer. Comme elle continuait de lui résister, tout en essayant de ramasser un autre bloc dans l'urinoir, il la gifla. Le sang jaillit de son nez. Tania s'immobilisa.

Des pas approchaient. Il l'entraîna dans la cabine et tira le verrou. Un homme entra, toussa, pissa longuement. Jesper Humlin s'était assis sur le siège, Tania sur les genoux. Elle respirait lourdement, les yeux fermés. Il se demanda si elle allait tomber dans les pommes. L'homme eut enfin terminé et ressortit. Jesper Humlin la secoua.

– Ça va pas, non ? Pourquoi tu fais ça ?

Tania fit non de la tête.

– Je veux dormir.

– On ne peut pas rester là. On a des courses à faire. Les autres nous attendent.

– Attends ! Juste un petit moment encore. Je n'ai pas été assise comme ça depuis que ma tante me prenait sur ses genoux, quand j'étais toute petite.

– On est dans des W.-C., dit Jesper Humlin.

Soudain elle se redressa et agrippa les murs.

– Je vais gerber…

Jesper Humlin se faufila dehors et ferma la porte. Il l'entendit vomir. Puis le silence. Il revint et lui tendit une serviette mouillée. Elle s'essuya le visage. Puis elle accepta de le suivre. À la porte, ils croisèrent un type qui ouvrait déjà sa braguette. Celui-ci détailla Tania avec curiosité, puis il fit un clin d'œil à Jesper Humlin, qui faillit à cet instant s'arrêter pour lui coller une beigne.

Dehors, Tania montra la grille du cimetière, de l'autre côté de la rue.

– On peut y aller ?

– On a des courses à faire.

– Dix minutes, pas plus.

Ils traversèrent. Il poussa la grille, qui s'ouvrit avec un grincement. Appuyée contre une pierre tombale dont les lettres étaient presque effacées, une vieille femme dormait. Elle était vêtue de loques, entourée de sacs plastique et de paquets de journaux serrés avec des cordes à linge. Tania s'arrêta devant elle.

– Tu crois qu'elle a besoin d'un téléphone ?

– Ça m'étonnerait qu'elle ait quelqu'un à qui téléphoner. Mais elle peut toujours le vendre.

Tania tira un portable de sa poche et le posa contre la joue de la femme endormie. Ils repartirent le long des allées désertes. Tania s'assit sur un banc. Jesper Humlin se laissa choir à côté d'elle.

– Je devrais peut-être l'appeler. Cette femme à qui j'ai donné le téléphone… La sonnerie de celui-là, c'est une vieille berceuse très jolie. Elle se réveillera comme au paradis.

– Il vaut mieux la laisser dormir. Pourquoi veux-tu qu'elle se réveille ?

Tania laissa échapper une plainte, comme sous l'effet d'un accès de douleur.

– Tu ne peux pas dire ça ! *Pourquoi veux-tu qu'elle se réveille ?* Et moi ? Il vaut mieux aussi que je ne me réveille pas ? Tu veux que je pense que je serais mieux morte ? Je l'ai déjà fait, je suis montée sur des parapets, je me suis piquée sans savoir ce qu'il y avait dans la seringue, je n'en avais rien à foutre. Mais tout au fond de moi, j'ai toujours voulu me réveiller. Tu crois que j'étais assise par terre tout à l'heure parce que je ne voulais plus me réveiller ? Tu te trompes. Je voulais juste m'échapper un peu, plus de mots, plus de voix, rien, juste un peu de silence. Je me souviens quand j'étais petite, il y avait un petit lac dans la forêt, un petit lac tout noir et menaçant au milieu des grands arbres. Dès que j'étais triste, j'y allais et je me disais que cette eau, toute lisse et immobile, c'était moi. Une grande paix, et rien d'autre. J'ai besoin de ce calme-là.

Tania se mit à farfouiller dans son sac à dos. Jesper Humlin compta une fois de plus jusqu'à sept téléphones, qu'elle aligna sur le banc avant de trouver ce qu'elle cherchait : un paquet de cigarettes chiffonné. Il ne l'avait jamais vue fumer auparavant. Elle alluma une cigarette, aspira goulûment la fumée, comme si elle cherchait de l'oxygène. Puis, aussi soudainement qu'elle l'avait allumée, elle la jeta sur le gravier et l'écrasa d'un coup de talon.

« Ce que je comprends le moins, la question que je veux emmener avec moi au jour du Jugement, que je ne lâcherai pas même après ma mort, c'est comment il se fait qu'il y a eu de la joie, malgré tout, dans tout cet

enfer que j'ai traversé. Ou peut-être n'était-ce pas un enfer ? Hier, dans le lit du chef de police, Tea-Bag a dit : "Ça n'a pas été pire pour toi que pour les autres." Et elle s'est endormie. C'est peut-être vrai ? Je n'en sais rien. Ce que je ne comprends pas, c'est comment, au milieu de toute la saloperie, il était encore possible de rire. Je crois qu'on a besoin de sentir ça, cette joie, tellement simple, parce qu'on va rester mort si longtemps. Ce n'est pas l'acte de mourir qui fait peur, à mon avis, pas le moment de l'extinction, mais le fait de savoir qu'on va rester mort pendant un temps si incroyablement long. Il m'arrive encore de penser à ce jour-là, il y a quatre ans, on était au bord de la route, quatre filles avec des jupes beaucoup trop courtes. On était de l'Est, point barre. On savait comment ceux de l'Ouest nous voyaient. On était les minables, les pauvres minables de l'Est. On était là, avec nos minijupes, en plein hiver, en pleine misère, dans cet énorme bourbier qui puait la vodka – c'est tout ce qui restait après le grand écroulement. Quatre filles, quatorze, seize, dix-sept et dix-neuf ans, l'aînée c'était moi, et on riait comme des folles dans le froid, on était heureuses, tu peux comprendre ça ? Parce qu'on était en train de tailler la route vers la liberté ! Quand la voiture est arrivée, une bagnole pourrie – comment te dire ? –, ça ne nous aurait pas paru plus fantastique si Jésus, Bouddha et Mohammed étaient descendus tous ensemble des nuages. Car c'est grâce à cette vieille bagnole qui sentait le moisi et les pieds pas lavés qu'on allait enfin être libres.

Pourquoi les gens partent-ils ? Pourquoi arrache-t-on ses propres racines ? On peut être chassé, menacé, poussé à la fuite. Il peut y avoir la guerre, la faim, la peur, toujours elle. Mais on peut aussi choisir la fuite parce qu'elle est sage. Une adolescente peut répondre aussi bien qu'un saint patriarche à la question : où puis-je trouver une vie loin de tout ce qui me fait horreur ?

Il y avait une grange abandonnée au bout d'un champ, juste après la cabane de Missia, Missia qui était vieille et folle et un peu dangereuse. On avait l'habitude de traîner par là, Inez, Tatiana, Natalia et moi. On se connaissait depuis si longtemps qu'on ne savait même plus comment on s'était rencontrées. On faisait tribunal, dans la grange. Inez avait volé des cordes sur une des péniches qui circulaient le long du fleuve. Elle était complètement dingue, elle était partie à la nage dans l'eau glacée, un couteau entre les dents, pour couper quelques cordes qu'elle avait rapportées à terre en les attachant à ses jambes. On fabriquait des nœuds coulants, Natalia avait un frère, un ancien du KGB, qui savait à quoi ressemble un vrai nœud coulant. Ensuite on pendait nos ennemis. On remplissait des sacs de paille et de cailloux, on prononçait le jugement et on les pendait aux poutres du toit. On exécutait nos profs, nos parents, le père de Tatiana qui était méchant, qui la battait sans arrêt – lui, on le pendait au moins une fois par semaine. Je crois qu'on ne réfléchissait pas du tout à ce qu'on faisait. Il n'y avait que la vie et la mort, le châtiment et la grâce. Mais personne n'obtenait sa grâce, car personne ne la méritait.

On était quatre petits anges de la mort dans ce village près de Smolensk, et on s'était donné un nom : les rats d'égout. C'est comme ça qu'on se voyait. Des bestioles souterraines, sans valeur, chassées de partout, on se méprisait beaucoup nous-mêmes. En attendant, on ne faisait pas que rendre la justice, on avait aussi des dieux bien à nous. Inez avait volé à son beau-père un livre plein d'images de grandes villes d'Amérique et d'Europe de l'Ouest. Inez volait tout à cette époque, c'est elle qui m'a appris à voler, pas mon père ; quand j'ai dit ça j'ai menti, mon père était un minable qui n'aurait pas réussi à forcer le cadenas d'un vélo. Inez, elle, n'avait même pas peur d'entrer dans les églises pour voler les cadres des icônes. On arrachait donc les images de ce livre, on les mettait dans les cadres, on les accrochait comme des tableaux et on priait. Notre prière, c'était de pouvoir un jour dans notre vie mettre le pied dans ces villes-là. Pour que personne ne nous les vole, on les cachait tout de suite après dans un coin de la grange où le plancher était pourri.

Je ne sais plus laquelle d'entre nous a fini par prononcer les mots qui ont signé le début du voyage des rats d'égout. Peut-être moi, c'est même probable, puisque j'étais l'aînée. On était dans la grange, on rêvait tout haut, on rêvait d'ailleurs. Autour de nous, il n'y avait que la désespérance. Les frontières s'étaient écroulées, mais pour nous elles existaient encore. La seule différence par rapport à avant, c'était qu'on pouvait voir ce qu'il y avait de l'autre côté. Tout était là, comme à portée de main, la belle vie, les richesses. Mais comment partir ? Comment franchir ce mur invisible ? On détestait ce sentiment d'enfermement qu'on avait, on continuait à exécuter nos ennemis. Puis on a commencé à se shooter avec tout ce qui nous tombait sous la main. On n'allait pas à l'école, on ne travaillait pas. Inez m'a tout appris, j'étais avec elle quand elle cambriolait les maisons et quand elle volait dans les poches des gens. Plusieurs fois, on a commencé à économiser pour partir. Mais l'argent disparaissait toujours, pour de la drogue, des fringues, puis on se remettait à économiser. Je crois bien que je n'ai pas été claire un seul jour au cours de ces années-là, j'étais toujours défoncée.

Qui, la première, a entendu parler de la Moufle ? Je ne sais pas. Je crois que c'était Inez, mais je n'en suis pas sûre. La rumeur a couru qu'un type était arrivé en ville, qui proposait aux filles des boulots bien payés à l'Ouest. La condition, c'était d'être jolie, indépendante, et d'aimer l'aventure. Il logeait à hôtel, il ne devait rester que deux jours. On s'est décidées tout de suite. On s'est habillées avec ce qu'on avait de mieux, on s'est maquillées, on s'est rempli les poches de tubes de colle et on y est allées. On a sniffé pendant tout le trajet, dans le bus, et Tatiana a dû vomir avant qu'on puisse entrer dans l'hôtel. L'homme qui nous a ouvert la porte de la chambre – je me rappelle qu'elle avait le numéro 345 – portait pour de vrai des moufles en laine blanche. Plus tard, quelqu'un a dit qu'il avait de l'eczéma, que l'intérieur des moufles était enduit de pommade. Il nous a promis du travail dans un restaurant de Tallinn. On serait serveuses, on serait bien payées, sans parler des pourboires. Il nous a raconté ce que les filles là-bas gagnaient par jour, et, à l'entendre, c'était possible d'amasser en deux heures l'équivalent de ce qui était chez nous un mois de salaire. Ce restaurant avait pour clientèle des étrangers chics, des Occidentaux, parfois même des Américains, et pour se loger, on partagerait un grand appartement.

On l'a écouté et on l'a regardé. Les moufles étaient en laine ordinaire. Mais son costume était de très bonne qualité, il souriait tout le temps, il disait s'appeler Peter Ludorf, et il glissait parfois des mots d'allemand dans ses phrases pour montrer qu'il n'était pas n'importe qui. Il a noté nos noms dans un petit carnet. Puis un autre type est arrivé dans la chambre, je ne sais pas son nom, ni son surnom s'il en avait un. Mais je n'ai jamais vu quelqu'un se déplacer aussi silencieusement. J'ai encore des frissons quand je pense à lui. Il nous a prises en photo et il est ressorti. C'était terminé.

Quelques semaines plus tard, on s'est retrouvées au bord de la route avec nos minijupes, en plein hiver, à attendre la voiture de Peter Ludorf. Mais les types qui sont arrivés étaient mal rasés et puaient la vodka. On s'est arrêtés dans plusieurs maisons, en route, les conducteurs changeaient, on ne nous donnait presque rien à manger, que de l'eau, et on devait faire vite pour pisser dans la neige quand les conducteurs se relayaient ou prenaient de l'essence.

Peter Ludorf nous avait donné des faux passeports et des faux noms. Au début on a eu peur. C'était comme si on cherchait à nous enlever notre identité. Tatiana a dit que c'était comme si quelqu'un ôtait des couches de peau de notre visage, une couche après l'autre. Mais on faisait confiance à Peter Ludorf. Il nous avait donné des vêtements, il nous avait parlé comme à des adultes. Que pouvions-nous faire ? Nous avions remis nos vies entre ses mains. Il était venu nous chercher, nous sauver, nous donner la liberté, un radeau pour partir, quitter ce pourrissoir où on pataugeait dans la vodka, où les rats d'égout comme nous n'avaient pas d'avenir.

Quand on est arrivés, c'était la nuit. La voiture a freiné dans une cour pas éclairée, où des chiens grondaient en tirant sur leur chaîne. Je me souviens que Tatiana m'a empoigné le bras en chuchotant : "Ça ne va pas du tout." On est sorties de la voiture, il faisait froid, l'air était humide, il y avait des odeurs étrangères. En plus des chiens, on a entendu des voix qui parlaient dans une langue qu'on ne connaissait pas. Un type, entre autres, est arrivé et a ricané en nous regardant, j'ai compris qu'il nous commentait – les quatre filles gelées dans leurs minijupes.

On nous a poussées dans une pièce dont les murs étaient en velours rouge avec de grands miroirs, et sur un canapé on a vu Peter Ludorf avec ses moufles blanches. Il souriait. Il nous a regardées un moment, puis il s'est levé. Son sourire s'est éteint à ce moment-là comme si on avait soufflé une bougie. Ses yeux ont *changé de couleur, même sa voix a changé. Il s'est planté devant moi, très près, et il a dit qu'on logerait dans des chambres à l'étage. On devait être au service des hommes qui nous seraient envoyés. On devait rendre les passeports.*

Pour nous faire comprendre que c'était sérieux, qu'il ne plaisantait pas, il nous a fait avancer jusqu'à une table qui se trouvait à côté du canapé. Sur la table, il y avait une boîte, une boîte en bois qui mesurait dans les vingt centimètres de haut et autant de large. Il continuait à parler, sans arrêt il nous parlait, en disant que d'autres filles avaient fait le même voyage que nous, mais qu'elles n'avaient pas bien compris, ces filles-là, le sérieux de ses paroles. Il a ouvert la boîte et il en a sorti deux bocaux de verre. Le premier contenait une bouche conservée dans le formol. On n'a pas réalisé tout de suite. C'est en voyant ce qu'il y avait dans le deuxième bocal – un doigt avec une bague et un ongle verni en rouge – qu'on a saisi de quoi il s'agissait. Une paire de lèvres découpées dans le visage d'une femme.

Peter Ludorf parlait sans arrêt. Il a dit que ces lèvres avaient appartenu à une fille qui s'appelait Virginia. Elle avait essayé de s'évader, en enfonçant un tournevis dans la poitrine d'un de ses clients, membre éminent d'une délégation commerciale française. Peter Ludorf avait l'air presque attristé en nous racontant que c'était lui qui avait découpé ses lèvres de ses propres mains pour les montrer aux autres, qui avaient mal jugé la situation et croyaient qu'il existait une tolérance pour la révolte. La fille qui avait perdu son doigt – Peter Ludorf dit qu'il l'avait sectionné avec le genre de pince dont se servent les maréchaux-ferrants pour retirer les vieux clous des fers – s'appelait Nadia, elle avait dix-sept ans et elle aussi avait essayé de s'enfuir en passant par la fenêtre et en volant une voiture qu'elle avait ensuite écrasée contre une maison de l'autre côté de la rue.

Peter Ludorf a rangé les bocaux dans la boîte et il a refermé le couvercle. Je crois qu'aucune d'entre nous ne comprenait ce qu'il avait dit, l'implication réelle de ses paroles. On avait faim, on était épuisées, on avait froid. On nous a emmenées dans une cuisine sale, où une femme remuait à la louche le contenu d'une marmite. Elle était tellement maigre qu'on aurait cru qu'elle allait mourir d'une minute à l'autre, elle fumait sans arrêt, elle n'avait plus une seule dent. Pourtant, à mon avis, elle n'avait que la trentaine. De restaurant, en fait, il n'y en avait pas. Juste un petit bar au rez-de-chaussée pour cacher ce qui se passait là-haut. Peter Ludorf nous avait menées en bateau, comme il l'avait fait avec beaucoup d'autres. Il savait exactement comment s'y prendre pour séduire les petits rats d'égout.

Je crois que les autres étaient comme moi : on n'avait aucune idée de ce qui nous attendait. On s'est assises dans la cuisine, on a mangé la mauvaise soupe servie par la femme sans dents et sans nom, et puis ils nous ont enfermées. Plus tard dans la nuit, à travers la cloison, j'ai entendu Tatiana pleurer. Je crois qu'on pleurait toutes, mais on n'entendait que Tatiana. Cette nuit-là j'ai pensé : pourquoi est-ce que je n'essaierais pas de m'endormir pour de vrai ? Si j'arrive à me tapir tout au fond de moi, si ça se trouve je ne me réveillerai peut-être jamais. En même temps je sentais monter une colère. Ce Peter Ludorf, qui nous enfermait comme des animaux alors qu'il nous avait promis la liberté, allions-nous vraiment l'autoriser à nous montrer qu'il était le plus fort ? Allions-nous accepter qu'il nous avait vaincues ?

J'ai passé le reste de la nuit assise, à attendre le jour. Je n'avais qu'une idée en tête : on devait partir toutes les quatre. On n'allait pas se laisser faire. On n'avait rien à faire là. Aucune d'entre nous n'était vierge, mais on n'était pas des putes pour autant, on n'était pas du tout prêtes à se vendre. Tea-Bag l'a fait, je sais, mais elle y était obligée, elle n'avait pas le choix. Nous, on allait s'évader, on n'allait pas se laisser découper en tranches et mettre en bocal, pour être exhibées dans une pièce dont les murs de velours étaient en réalité imbibés de sang. Mais quand j'ai entendu la clé tourner dans la porte au matin, je me suis retrouvée comme paralysée.

Bon, ce n'est pas la peine que je te raconte ce qu'on a subi après. Pendant six mois, tous les matins, j'étais derrière la porte, prête à frapper. Mais je ne pouvais pas, je n'osais pas. J'ai mis six mois à rassembler suffisamment de courage, six mois pendant lesquels j'ai cru que je ne toucherais jamais le fond.

Une nuit, j'ai été submergée par une rage dont je ne me savais pas capable. J'ai dévissé deux pieds du lit. Ils étaient en fer. Je les ai attachés ensemble avec une taie d'oreiller. C'était l'arme avec laquelle je m'évaderais. Et le matin d'après, j'ai frappé.

L'homme qui a ouvert, je ne l'avais jamais vu avant. J'ai frappé de toutes mes forces en visant la tête, le sang a giclé, j'ai éteint sa vie d'un coup d'un seul. Je lui ai pris ses clés et j'ai commencé à ouvrir les autres portes. C'était comme ouvrir les portes d'un musée des horreurs. Tatiana était recroquevillée au sol, l'air d'un zombie, je lui ai hurlé de se lever, qu'on partait, je l'ai tirée par les bras mais elle n'a pas bougé. J'ai ouvert la porte d'Inez. Il n'y avait personne, puis j'ai compris qu'elle s'était cachée sous le lit. J'ai essayé de la faire sortir de là, je l'ai suppliée, je l'ai frappée aux jambes, mais elle avait tellement peur qu'elle n'a pas osé sortir. J'ai ouvert la porte de Natalia, c'est la seule qui a accepté de me suivre.

À nous deux, on a essayé d'entraîner les autres, on leur criait dessus, on les tirait par les bras, les jambes, mais rien à faire. On ne pouvait pas rester là. Puis on a *entendu des voix dans l'escalier. On s'est glissées par la fenêtre, on a sauté sur le toit d'un garage. J'ai couru, je croyais que Natalia était juste derrière moi. Quand je n'ai plus eu la force de courir, je me suis retournée, et c'est à ce moment que j'ai vu qu'elle n'était plus là. Peut-être s'est-elle blessée en atterrissant sur le toit. Je ne sais pas.*

La plupart du temps j'arrive à garder la douleur à distance, à la contrôler comme on tient un cheval. Mais parfois je n'y arrive pas. Alors je vais sniffer un bloc aux toilettes et je rêve que Peter Ludorf est mort, et que mes amies sont libres. Je ne sais rien de ce qui leur est arrivé après mon évasion. Dans mes rêves, je nous vois au bord de la route boueuse, près de Smolensk, avec nos jupes trop courtes, en train d'attendre la voiture qui devait nous offrir la liberté mais qui nous a emmenées vers une obscurité sans fin. Où je continue d'avancer comme une aveugle. »

Tania se tut.

Je dois l'interroger sur Irina, pensa Jesper Humlin. Mais pas maintenant. Il faut attendre. Cette question-là est une question qui existe en dehors du temps et qui mûrit très, très lentement.

Tania ramassa un de ses téléphones et pianota sur le clavier. Jesper Humlin entendit comme de très loin une mélodie – une berceuse qui résonnait dans un lieu invisible depuis le banc sur lequel il était assis, mais où une vieille femme dormait, la tête appuyée contre une pierre tombale.

Une pierre au texte effacé depuis longtemps.

19

Après la longue halte au cimetière, ils firent leurs achats au supermarché et traînèrent les sacs jusqu'à l'appartement. Sa mère se mit aussitôt aux fourneaux. Jesper Humlin s'installa au salon. Des rires et des bruits de faïence entrechoquée lui parvenaient de la cuisine. Il fallait pourtant envisager la suite, il le savait. Les filles ne pourraient pas rester indéfiniment chez sa mère. Il devait dès maintenant esquisser le chapitre suivant. Comme si les événements qui se déroulaient autour de lui entraient dans un récit et non pas dans la réalité. Le téléphone sonna dans le salon, sa mère répondit. Jesper Humlin tendit l'oreille avec inquiétude, attentif aux modulations de sa voix. Elle parlait normalement.

– C'est pour toi, dit-elle en lui tendant le combiné.

– Impossible. Personne ne sait que je suis là.

– J'ai communiqué l'information.

– Je t'avais pourtant dit de ne pas le faire !

– Je n'ai rien dit concernant les filles et le bègue. Mais il n'a jamais été précisé que je ne devais pas parler de toi.

– Qui est-ce ?

– Ta femme.

– Je n'ai pas de femme. C'est Andrea ?

Sa mère leva les yeux au ciel. Il prit le combiné.

Andrea était en colère.

– Pourquoi ne m'appelles-tu pas ?

– Je croyais t'avoir expliqué que j'avais certains problèmes à régler.

– Ça ne t'empêche pas d'appeler.

– Je ne peux pas te parler maintenant. Je n'en ai pas la force.

– Rappelle-moi quand ça ira mieux. Mais ne sois pas si sûr que j'aurai du temps à t'accorder.

– Que veux-tu dire ?

– Ce que je dis. Olof Lundin a appelé. Il avait un message urgent pour toi.

– Lequel ?

– Il ne me l'a pas dit. Tu peux le joindre à son bureau. Et un certain Anders Burén a appelé aussi. Il dit qu'il a une idée brillante à te soumettre.

– Il en a toujours. La dernière fois, il a essayé de me transformer en appartement de sports d'hiver. Je ne veux pas lui parler.

– Et moi, je ne veux pas être ta secrétaire.

Et elle raccrocha. C'est moi qui la rends comme ça, pensa Jesper Humlin résigné. Quand on s'est connus, Andrea n'était pas une emmerdeuse. C'est ma faute, comme d'habitude.

Il composa le numéro d'Olof Lundin.

– Pourquoi ne m'appelles-tu jamais ?

Olof Lundin était hors d'haleine. La sonnerie du téléphone avait dû le tirer de son rameur.

– J'avais à faire à Göteborg.

– Encore tes grosses ? Combien de fois t'ai-je dit que tu n'as pas le temps de t'occuper d'elles ? On publie le premier chapitre de *La Promesse du neuvième cavalier* dans le prochain numéro de notre journal interne.

– *La Prome…* C'est quoi ?

– Le livre que tu es en train d'écrire. J'ai été obligé d'inventer un titre. Pas mal, non ?

Le sang de Jesper Humlin ne fit qu'un tour.

– Je t'ai déjà dit que je n'écrirai pas le bouquin auquel tu penses. Et ton horrible titre, tu peux te torcher avec.

– Je n'apprécie pas ce langage. Et il est trop tard pour changer de titre.

Jesper Humlin perdit le contrôle de ses réactions. Il se mit à hurler. Au même instant Tea-Bag apparut avec un plateau chargé d'assiettes et de couverts. Elle s'arrêta sur le seuil et le dévisagea avec curiosité. D'une certaine manière, la présence de Tea-Bag lui donna la force et le courage qui lui faisaient défaut d'habitude.

– Je n'écrirai aucun polar, tu m'entends ? Et comment as-tu pu imaginer un titre aussi con ? Comment as-tu pu écrire le début d'un livre qui n'existe pas ? Et qui n'existera jamais ? Je quitte cette maison.

– Tu ne feras rien du tout.

– Je n'ai jamais été insulté comme ça de toute ma vie.

– Tu n'as pas l'intention d'écrire le livre sur lequel nous nous sommes mis d'accord ?

– On ne s'est mis d'accord sur rien. Tu t'es mis d'accord tout seul. Je n'écrirai pas un mot sur ces neuf cavaliers.

– Je ne te comprends pas. Pour la première fois que tu as la possibilité de faire du tirage. Tu n'as pas le choix.

Jesper Humlin regardait Tea-Bag dresser la table pour six.

– J'ai l'intention d'écrire un livre à propos de quelques jeunes immigrées.

– Bon Dieu !

Jesper Humlin fut sur le point de révéler la vérité à Olof Lundin. Qu'il se trouvait dans l'appartement de sa mère en compagnie de trois filles et d'un garçon bègue. Que deux de ces filles séjournaient illégalement en

Suède et que la troisième venait de vivre le miracle qu'on appelle l'amour. Mais il se maîtrisa. Olof Lundin n'y comprendrait rien.

– Je ne veux pas te parler.

– Bien sûr que tu le veux. Je ne comprends pas pourquoi tu t'énerves comme ça. Rappelle-moi demain.

C'était terminé. Jesper Humlin reposa le combiné avec douceur, comme s'il craignait, par un geste brusque, de relancer la discussion.

La table servie était somptueuse. Pour la première fois depuis bien des années, Jesper Humlin constata qu'il pouvait avoir de l'appétit chez sa mère. Il nota aussi le respect que les filles lui témoignaient. Tout ce qu'elles avaient pu révéler sur leur vie, leur passé, fut comme mis hors jeu au cours de ce repas. Elles étaient protégées. Cette salle à manger était une zone franche où rien ne pouvait les atteindre, ni les souvenirs, ni la réalité. Jesper Humlin pensa qu'il aurait dû inviter Andrea. Peut-être alors aurait-elle compris ce qu'il n'avait pas réussi à lui expliquer. Tout comme Viktor Leander, et son médecin, et l'agent Burén : tous ses proches. Mais c'était surtout une autre personne qui manquait, autour de cette table.

Jesper Humlin s'excusa et quitta la pièce. Dans le bureau de sa mère, il composa le numéro du club de boxe. À sa surprise, ce fut Amanda qui répondit.

– Que fais-tu au club à cette heure ?

– Le ménage, dit-elle. Ça m'arrive de temps en temps. Sinon ce serait tellement crade que personne ne supporterait plus de venir.

– Je crois que je ne t'ai jamais dit que ton jules était un type formidable.

– Des types, il y en a plein. Des hommes, c'est plus rare. Pelle est un homme.

Jesper Humlin tenta de saisir la nuance en attendant que Pelle Törnblom arrive. Puis il lui raconta leur départ précipité de Göteborg. Pelle ricana de satisfaction.

– La maison du chef de la police de Göteborg ?

– C'est ce qu'a dit Tania. Elle n'a pas l'habitude de mentir.

– Elle ment sans arrêt. Mais pas sur ce genre de sujet. Que vas-tu faire maintenant ?

– Moi ? Peu importe. Si j'ai appris une chose, à propos de ces filles, c'est qu'elles n'ont besoin de personne pour se débrouiller. Ce ne sont pas des victimes. Elles sortent victorieuses de tous les combats qu'on les oblige à livrer.

– Je t'avais dit que ça se passerait bien. Pas vrai ?

– Rien de ce que j'imaginais ne s'est réalisé. Je devais leur apprendre à écrire. Le récit écrit le plus long que j'ai obtenu d'elles tient en quelques lignes.

– Qui a dit qu'il fallait tout coller sur le papier ? Le plus important, à mon avis, c'est qu'elles osent raconter quoi que ce soit. Tiens-moi au courant. Il faut que j'y aille, il y a des gars qui font du grabuge dehors.

Pelle Törnblom raccrocha. Jesper Humlin resta assis devant le secrétaire maternel à écouter la conversation qui allait bon train dans la pièce voisine, autour de la table du dîner. Puis il comprit qu'il ne pourrait pas les rejoindre avant d'avoir pris une décision. Allait-il céder à Olof Lundin et écrire ce roman policier qui se vendrait peut-être, permettant ainsi de rétablir ses finances ruinées par Anders Burén ? Avait-il même le choix ? Que voulait-il ? Dans sa relation à Tea-Bag, à Tania et à Leïla, il se faisait soudain l'effet d'un pickpocket. De la même manière que Tania volait les portables, il raflait leurs histoires et les enfouissait dans ses poches.

Il se leva et s'approcha de la fenêtre. Il se rappela le jour où il avait vu Tea-Bag disparaître au coin de la rue avec un singe sur le dos. Tea-Bag, venue en Suède après avoir croisé dans un camp espagnol un journaliste qui s'était intéressé à son histoire. C'est évidemment comme ça que ça devait se passer ! Il le voyait tout à fait clairement, d'un coup. La solution n'était pas dans la fuite. Tea-Bag, Tania et Leïla n'avaient pas à se cacher. Voilà toute l'erreur. Au lieu de se planquer, elles devaient au contraire attirer à elles les journalistes avec l'unique arme dont elles disposaient : leur existence illégale en Suède. Le fait qu'elles étaient porteuses d'histoires de vie dont peu de Suédois soupçonnaient même la possibilité.

Il n'eut pas à réfléchir. Sa décision était prise. Il sortit son agenda et commença à donner des coups de fil. En quelques minutes, il avait parlé à des journalistes de plusieurs quotidiens nationaux. Et ils avaient compris.

Il était toujours devant le secrétaire lorsque sa mère passa la tête dans le bureau. Elle le cherchait. Il constata aussi qu'elle avait bu pas mal de vin et qu'elle était pompette.

– Qu'est-ce que tu fais là ?
– J'avais besoin de réfléchir.
– En tout cas, tu ne manques à personne, à table.
Jesper Humlin devint fou de rage.
– Je manque à tout le monde ! Pas à toi. Mais aux autres. Si c'est tout ce que tu avais à me dire, tu peux partir. J'ai envie d'être seul.
– Calme-toi.
– Pour une fois, je pose des limites.
– Tu vas bouder longtemps ?
– Je ne boude pas. Je réfléchis. J'ai pris une décision importante. Pars maintenant. J'arrive.
Sa mère eut soudain l'air soucieux et baissa la voix.
– Tu n'as pas dit à ces filles ce que je faisais pour t'assurer un héritage ?

– Je n'ai rien dit du tout.

L'interphone bourdonna.

– Qui c'est ?

Jesper Humlin se leva.

– Tu vas voir.

– Je n'aime pas que tu invites des gens chez moi sans me prévenir.

– Je n'ai invité personne chez toi, maman. En revanche Tea-Bag, Tania et Leïla vont recevoir la visite de gens qui leur seront bien plus utiles que toi ou moi.

Jesper Humlin alla ouvrir. Les journalistes arrivaient en tir groupé. Un flash illumina le visage de sa mère, qui se tourna vers lui, abasourdie.

– Des journalistes ? Pourquoi les laisses-tu entrer ?

– Parce que c'est ce que nous pouvons faire de mieux.

– Ma maison est lieu d'asile. Je croyais que ces filles étaient en fuite ?

– Tu as bu trop de vin, maman. Tu ne comprends pas ce qui se passe.

– Je ne laisserai entrer aucun journaliste chez moi.

– Bien sûr que si.

Malgré la résistance de sa mère, il fit entrer les journalistes dans la salle à manger où se déroulait le repas. Avant qu'il ait pu dire un mot, expliquer la présence des gens de la presse et l'idée qu'il avait eue, Leïla se leva avec un hurlement.

– Je ne peux pas être dans le journal ! Si mes parents me voient, ils vont me tuer !

– Je vais tout t'expliquer. Si tu veux bien m'écouter une seconde.

Mais personne ne l'écoutait. Tea-Bag se jeta sur lui et commença à le bourrer de coups de poing.

– Mais pourquoi les as-tu laissés entrer ?

– Je vais t'expliquer.

Tea-Bag continua à le frapper.

– Ils vont nous prendre en photo ? Génial ! Chaque flic qui veut nous faire quitter le pays verra nos trombines. Et Leïla ? Qu'est-ce qui va lui arriver à ton avis, elle qui n'a même pas dit à ses parents qu'elle avait rencontré Torsten ? Pourquoi as-tu fait ça ?

– Parce que c'est la seule solution. Il faut que les gens sachent. Qu'ils entendent ce que vous m'avez raconté à moi.

Tea-Bag n'écoutait pas. Elle le frappait. De désespoir, il finit par lui balancer une gifle. Un flash crépita. Tea-Bag avait les larmes aux yeux. Il fit une nouvelle tentative pour l'amadouer.

– Je crois que c'est la meilleure chose à faire.

Mais Tea-Bag pleurait. Tania lança une assiette de spaghettis sur un journaliste. Elle prit Tea-Bag par le bras et l'entraîna vers l'entrée. Jesper Humlin les suivit en refermant la porte derrière lui.

– Vous ne pouvez pas disparaître ! Je fais ça pour vous. Où allez-vous ? Où puis-je vous joindre ?

– Tu ne le peux pas, hurla Tea-Bag. L'atelier est terminé. On a appris tout ce qu'on avait besoin de savoir.

Tania cracha quelques mots en russe. Jesper Humlin les perçut comme des paroles de malédiction. Il les entendit dévaler l'escalier. La porte de l'immeuble claqua. Leïla et Torsten surgirent à leur tour dans l'entrée. Leïla était en larmes.

– Que font les journalistes ? demanda-t-il.

– Ils parlent avec ta mère. On s'en va.

– Où allez-vous ? Il n'y a pas de train pour Göteborg ce soir.

Leïla l'empoigna et le secoua sans un mot.

– Je veux vous aider dans la mesure de mes moyens.

Leïla le regardait. Les larmes ruisselaient sur ses joues.

– Tu ne voulais rien du tout, dit-elle. Rien du tout.

Leïla et Torsten prirent leurs manteaux et disparurent eux aussi. Jesper Humlin resta comme paralysé. Ce n'est pas ma faute, se dit-il. Ce sont les autres qui se trompent. Pour une fois j'ai fait ce que je crois être juste.

Il s'assit sur une chaise. Un journaliste le rejoignit dans l'entrée. Il souriait.

– Jesper Humlin, dit-il. Le poète qui a ouvert les yeux.

– Qu'est-ce que tu racontes ?

– Jusqu'ici, dans tes poèmes, tu n'avais pas manifesté beaucoup d'intérêt pour le monde qui t'entoure.

– Ce n'est pas vrai.

– Bien sûr que si. Mais ne t'inquiète pas. Je ne vais pas parler de ça. L'article se tient très bien tel quel. « Clandestins en fuite dans la réalité suédoise. Un poète et sa vieille mère leur offrent leur soutien. »

Le journaliste leva un chapeau imaginaire et sortit de l'appartement. Les autres l'imitèrent peu après. Jesper Humlin se leva. Des débris de faïence et des restes de spaghettis jonchaient le grand tapis de la salle à manger. Sa mère le regarda. Il écarta les bras.

– Je sais ce que tu penses. Pas la peine de me le dire. Mais mon intention était bonne.

Elle ne répondit pas. Il se pencha et commença à ramasser les restes du repas.

Il était deux heures du matin quand tout fut enfin nettoyé et rangé. Ils s'assirent dans le séjour et burent un verre de vin en silence. Puis Jesper Humlin se leva. Sa mère le suivit dans l'entrée et le retint par le bras.

– Elles vont s'en sortir ?

– Je ne sais pas.

Il ouvrit la porte. Elle ne lâchait pas son bras.

– C'était quoi, la bestiole qu'elle avait sur elle, la fille qui s'appelle, euh, Tea-Bag ?

– Elle n'avait pas de bestiole.

– Curieux. Pourtant j'ai bien cru voir un animal caché dans son dos.

– Il ressemblait à quoi ?

– On aurait dit une sorte de grand écureuil.

Jesper Humlin lui tapota la joue.

– Tu te fais des idées.

Jesper Humlin rentra à pied chez lui à travers la ville. De temps à autre il se retournait. Mais il n'y avait personne parmi les ombres.

Deux jours plus tard, il se rendit à l'église de la Vallée des Chiens. Tea-Bag ne s'y était pas montrée. Sur le chemin du retour, il demanda soudain au chauffeur de taxi de le conduire plutôt à la gare centrale. Dans le grand hall, il se posta à l'endroit où il avait attendu Tea-Bag à deux reprises. Il regarda autour de lui. Pas de Tea-Bag, pas de Tania. Le lendemain il y retourna, à la même heure que le jour où il était parti avec Tea-Bag pour Göteborg et où elle avait disparu après l'arrêt à Hallsberg. Personne ne vint.

Le soir même, il devait dîner avec Viktor Leander. Il se décommanda en disant qu'il était malade. Au ton de Leander, il était évident qu'il ne le croyait pas. Mais il s'en fichait.

Le lendemain, il était de retour à la gare. Même heure, même manège. Soudain il aperçut Tania. Elle le dévisageait depuis le stand du fleuriste. Il pensa que c'était son regard à elle qui avait attiré le sien, pas l'inverse. Tea-Bag apparut et se rangea au côté de Tania. Jesper Humlin se mit en marche dans leur direction. Quand il fut assez près pour bien voir leur visage, il pensa : tiens, même les Noirs peuvent pâlir. La doudoune de Tea-Bag était comme d'habitude fermée jusqu'au menton.

– Je suis seul, commença-t-il. Je n'ai amené personne. J'ai eu tort de parler aux journalistes. Je croyais que c'était la chose à faire. Mais je me suis trompé.

Ils s'assirent sur un banc.

– Et maintenant ? demanda-t-il.

Tania secoua la tête. Tea-Bag se rencogna un peu plus dans sa veste.

– Où logez-vous ? À l'église ?

Tania haussa les épaules. Son regard se déplaçait sans cesse. C'était elle, non Tea-Bag, qui montait la garde. Jesper Humlin s'inquiéta soudain à l'idée qu'il était en train de les perdre. Tania et Tea-Bag allaient disparaître s'il ne les retenait pas. Mais les retenir où ? À quoi ?

– Quand est prévue notre prochaine rencontre à Göteborg ?

Tea-Bag se redressa.

– C'est fini. Je suis venue dans ce pays pour raconter mon histoire. Maintenant je l'ai fait. Personne ne m'a écoutée.

– Ce n'est pas vrai.

– Qui m'a écoutée ?

Le sourire de Tea-Bag avait disparu. Elle le regardait comme du haut d'un observatoire lointain. Jesper Humlin pensa à ce qu'elle lui avait raconté sur le fleuve qui descendait de la montagne, l'eau claire et froide. Elle le regardait du haut de cette montagne.

– Moi, je t'ai écoutée.

– Tu n'as pas entendu ma voix. Tu n'entendais que la tienne. Tu ne m'as pas vue. Tu voyais une personne qui naissait de tes mots à toi.

– Ce n'est pas vrai.

Tea-Bag haussa les épaules.

– Vrai ou pas vrai, quelle importance ?

– Que va-t-il se passer ?

– On se lève, on s'en va. Tu nous vois partir. On est parties. Voilà. Stockholm est une ville qui vaut les autres, pour les gens qui n'existent pas. Qu'on entrevoit, puis qui s'effacent. Je n'existe pas. Tania non plus. On est des ombres au bord de la lumière. De temps en temps, on tend un pied, ou une main, ou un bout de visage à la lumière. Mais on les retire très vite. On est en train de gagner le droit de rester dans ce pays. Comment on va le gagner, je n'en sais rien. Mais aussi longtemps qu'on reste cachées, aussi longtemps qu'on est des ombres et que vous ne voyez qu'un pied ou qu'une main, nous approchons. Un jour nous pourrons peut-être aller dans la lumière. Mais Leïla existe déjà. Elle a trouvé comment sortir du monde des ombres.

Elles me glissent entre les mains, pensa-t-il.

Il essaya encore de les retenir avec des questions.

– Cette photographie de la petite, Tania. C'est ta fille ?

Elle lui jeta un regard surpris.

– Je n'ai pas de fille.

– Alors c'est toi. Mais ça ne colle pas. La photo a été prise il y a quelques années seulement.

– Ce n'est pas ma fille. Et ce n'est pas moi.

– Qui est-ce alors ?

– Irina.

– Qui est Irina ?

– La fille de Natalia. J'ai reçu cette photo quand on est arrivées en Estonie. Elle avait laissé sa fille à Smolensk chez sa grand-mère paternelle. Elle avait quatre photos d'elle. Elle nous en a donné une à chacune. Une nuit, une fois les derniers charognards sortis de nos chambres, elle nous a donné les photos, comme des icônes. Pour elle, pour Irina, on devait survivre et se débrouiller pour revenir à Smolensk. On était responsables ensemble de la fille de Natalia. Un jour, j'y retournerai et j'assumerai cette responsabilité.

À moins que Natalia ne soit revenue entre-temps, ou une des autres. Mais ça, je n'y crois pas.

Jesper Humlin réfléchit longuement à ce qu'elle avait dit. Puis il se tourna vers Tea-Bag.

– Je pense à ce que tu as dit la première fois qu'on s'est rencontrés. Le soir où il y a eu de la bagarre dans le public. Tu te souviens de la question que tu m'as posée alors ? Tu m'as demandé pourquoi je n'écrivais pas sur quelqu'un comme toi. Je vais le faire maintenant.

Tea-Bag fit non de la tête.

– Tu ne peux pas. Dès qu'on sera parties, tu nous auras oubliées.

– Tu me blesses.

Tea-Bag le regarda au fond des yeux.

– Je ne blesse personne. Maintenant tu vas entendre la fin de mon histoire.

« Tu te souviens ? J'étais arrivée sur la plage, au sud de Gibraltar. J'avais l'impression d'être dans la ville sainte des migrants, un palais de sable mouillé d'où s'élevait un pont invisible qui menait au paradis. Parmi les arrivants, beaucoup voyaient avec épouvante qu'il y avait une étendue d'eau entre le paradis et nous. Je me rappelle la tension, et la peur, pendant que nous attendions le bateau qui nous ferait accomplir la traversée. Chaque grain de sable était un soldat à l'affût. Mais je me rappelle aussi une légèreté étrange, des gens qui fredonnaient à voix basse, qui bougeaient comme s'ils dansaient, une danse de la victoire, retenue et lente. Comme si nous étions déjà arrivés. Le pont était là, la dernière partie du voyage ne serait presque rien, juste un saut dans le vide, en apesanteur.

Je ne sais pas pourquoi j'ai survécu, moi précisément, quand le bateau a coulé et que les gens enfermés dans le noir essayaient de sortir de la cale avec leurs ongles. Mais je sais que le pont que nous avons tous cru voir, sur cette plage tout au nord de l'Afrique, ce continent que nous fuyions et que nous regrettions déjà – ce pont sera construit un jour. Un jour, la montagne des corps entassés au fond de la mer s'élèvera si haut que le sommet émergera hors des vagues comme une nouvelle terre, et ce pont de crânes et de tibias fera le lien entre les continents, un lien qu'aucun garde-côte, aucun chien, aucun marin ivre mort, aucun passeur ne pourra détruire. Alors seulement cette folie cruelle cessera, cette folie où des gens innombrables qui fuient pour leur vie sont contraints de s'enterrer dans des sous-sols et d'être les hommes des cavernes de l'ère nouvelle.

J'ai survécu, la mer ne m'a pas avalée, pas plus que la trahison, la lâcheté ou la cupidité. J'ai rencontré un homme qui oscillait comme un palmier et m'a dit qu'il existait des gens qui voulaient entendre mon histoire et me laisseraient vivre dans ce pays. Mais ces gens-là, je ne les ai pas rencontrés. Je donne mon sourire à tous ceux que je croise, mais que me donne-t-on en retour ? J'ai cru qu'on viendrait à ma rencontre. Mais personne n'est venu. Et je vais peut-être sombrer. Mais je crois que je suis plus forte que toute cette grisaille qui cherche à me rendre invisible. J'existe, même si je n'ai pas le droit d'exister, je suis visible alors même que je vis dans l'ombre. »

Tea-Bag ouvrit les bras et sourit. Mais son sourire s'éteignit. Soudain, toutes deux paraissaient pressées.

Jesper Humlin les regarda s'éloigner vers la sortie. Il se haussa sur la pointe des pieds pour les voir le plus longtemps possible. Puis elles ne furent plus là. Disparues, englouties dans le paysage de la clandestinité. Il se rassit sur le banc et regarda autour de lui. Il se demanda combien, parmi les gens qu'il voyait là, n'existaient pas réellement, vivaient en sursis, avec des identités d'emprunt. Après un moment il se leva. Avec un dernier regard au plafond du hall de la gare.

Tout là-haut, à côté des pigeons, il crut voir un singe au pelage brun-vert.

Peut-être, pensa Jesper Humlin, tient-il un portable dans sa main. Et peut-être rêve-t-il du fleuve à l'eau claire et froide qui a sa source loin d'ici dans les montagnes de Tea-Bag.

Postface

Ceci est un roman. Mais Tea-Bag existe. Tout comme Tania et Leïla. Peu importe comment elles se nomment dans la réalité. Ce qui importe, c'est leur histoire.

Beaucoup de personnes m'ont aidé en cours de route. Beaucoup d'impressions, de sentiments, de récits inachevés sont tissés dans les pages de ce livre.

Beaucoup se sont engagés. À tous j'adresse mes remerciements.

Henning Mankell

Meurtriers sans visage
Christian Bourgois, 1994, 2001
et « Points Policier », n° P1122

La Société secrète
Flammarion, 1998
et « Castor Poche », n° 656

Le Secret du feu
Flammarion, 1998
et « Castor Poche », n° 628

Le Guerrier solitaire
prix Mystère de la Critique
Seuil, 1999
et « Points Policier », n° P792

La Cinquième Femme
Seuil, 2000
et « Points Policier », n° P877

Le chat qui aimait la pluie
Flammarion, 2000
et « Castor Poche », n° 518

Les Morts de la Saint-Jean
Seuil, 2001
et « Points Policier », n° P971

La Muraille invisible
prix Calibre 38
Seuil, 2002
et « Points Policier », n° P1081

Comédia Infantil
Seuil, 2003
et « Points », n° P1324

L'Assassin sans scrupules
théâtre
L'Arche, 2003

Le Mystère du feu
Flammarion, 2003
et « Castor Poche », n° 910

Les Chiens de Riga
prix Trophée 813
Seuil, 2003
et « Points Policier », n° P1187

Le Fils du vent
Seuil, 2004
et « Points », n° P1327

La Lionne blanche
Seuil, 2004
et « Points Policier », n° P1306

L'Homme qui souriait
Seuil, 2004
et « Points Policier », n° P1451

Avant le gel
Seuil, 2005
et « Points Policier », n° P1539

Ténèbres, Antilopes
théâtre
L'Arche, 2006

Le Retour du professeur de danse
Seuil, 2006
et « Points Policier », n° P1678

Profondeurs
Seuil, 2008

RÉALISATION : IGS-CP À L'ISLE-D'ESPAGNAC

GROUPE CPI

Achevé d'imprimer en février 2008
par **BUSSIÈRE**
à Saint-Amand-Montrond (Cher)
N° d'édition : 97338. - N° d'impression : 80178.
Dépôt légal : mars 2008.
Imprimé en France

Collection Points